Dragões da Trapaça

DESTINOS DE DRAGONLANCE: VOLUME 1

Dragons of Deceit
Copyright © 2023 by Wizards of the Coast LLC

Dungeons & Dragons, Wizards of the Coast, Dragonlance, and their respective logos are trademarks of Wizards of the Coast LLC and are used with permission. All Rights Reserved. Licensed by Hasbro.
All Dragonlance characters and the distinctive likenesses thereof are property of Wizards of the Coast LLC.

Todos os direitos de tradução reservados e protegidos pela Lei 9.610 de 19/02/1998. Nenhuma parte desta publicação, sem autorização prévia por escrito da editora, poderá ser reproduzida ou transmitida sejam quais forem os meios empregados: eletrônicos, mecânicos, fotográficos, gravação ou quaisquer outros.

Tradução	*Lina Machado*
Preparação	*Guilherme Summa*
Revisão	*Rafael Bisoffi*
	Vanessa Omura
Revisão técnica	*Leonardo Alvarez*
Arte e adaptação de capa	*Francine C. Silva*
Projeto gráfico e diagramação	*Renato Klisman	@rkeditorial*
Tipografia	*Adobe Caslon Pro*
Impressão	*COAN Gráfica*

Dados Internacionais de Catalogação na Publicação (CIP)
Angélica Ilacqua CRB-8/7057

W452d	Weis, Margaret
	Dragões da Trapaça : destinos de Dragonlance / Margaret Weis, Tracy Hickman ; tradução de Lina Machado. — São Paulo : Excelsior, 2023.
	400 p.
	ISBN 978-65-80448-76-0
	Título original: *Dragons of Deceit* (Destinos de Dragonlance, vol. 1)
	1. Dungeons and Dragons (Jogo) - Ficção infantojuvenil I. Título II. Hickman, Tracy III. Machado, Lina
23- 1149	CDD 793.93

UM ROMANCE DE **DUNGEONS & DRAGONS**

DRAGÕES da TRAPAÇA

DESTINOS DE DRAGONLANCE: VOLUME 1

MARGARET WEIS & TRACY HICKMAN

EXCELSIOR
BOOK ONE

São Paulo
2023

Para David, Josiah e Matt
Com os mais sinceros agradecimentos!

Margaret Weis
e Tracy Hickman

O chamado do rio
por Michael Williams

Pois um nome é um destino pela alma impelido
por imperativo da linguagem
pela direção cega do coração

E porque a margem do rio
onde estamos, meio testemunha
meio parte da corrente
é e não é a maré alta

Há esse espaço
que enchemos de imaginação
o impulso da ancestralidade
de lugar e de cuidado

Esta lacuna entre o sonho
e o que jamais seremos
conectada pelo dedo divino
a forma de estrela e estação

até que possamos dizer, veja lá
no meio do rio, onde a escuridão se rompe
e sobe à superfície da água onde
algo que fazemos está nos fazendo

e onde as aves do rio
inclinam as asas e estilhaçam a água
e por um momento a corrente quase significa
o que devemos ser.

PRÓLOGO

O Castelo Rosethorn ficava em um rochedo com vista para o vale fértil pelo qual corria o rio Vingaard. O castelo era antigo, remontava aos tempos pré-cataclísmicos, inspirada em outras fortalezas solâmnicas da época, embora em escala mais modesta. Contudo, o Castelo Rosethorn era muito diferente de qualquer outra fortaleza devido à singularidade de sua localização e à sua arquitetura criativa. O castelo era considerado de uma beleza quase mágica.

Pouco se sabe sobre o arquiteto, pois seu nome perdeu-se no tempo. Talvez ele tivesse se cansado de traçar planos para fortalezas utilitárias, ou talvez o nome "Rosethorn" e a localização peculiar no rochedo tenham estimulado sua imaginação.

Ele projetou os seis lados da cortina defensiva externa em torno das formações naturais de pedras salientes do rochedo, aproveitando os contornos para uso estético e prático. Cada um dos seis pontos das ameias incluía bastiões que se projetavam da cortina, que foram apelidados de "espinhos". A fortaleza que brotava das paredes espinhosas era a "rosa".

Trabalhadores haviam passado anos cavando o fosso que cercava o castelo da rocha sólida do pico. O castelo podia ser acessado apenas por um passadiço e uma ponte levadiça, e impedia que sapadores tentassem entrar cavando por baixo. Quem desejasse entrar precisava passar por dois portões para chegar ao castelo e seguir por uma estreita estrada de paralelepípedos. O portão inferior era guardado por um rastrilho de ferro dando acesso à estreita estrada de paralelepípedos que corria entre a face do penhasco à direita e a parte interna da cortina à esquerda.

Conhecida como "Manopla Espinhosa", a estrada subia enquanto se curvava entre o rochedo de um lado e os parapeitos defensivos do outro. Um riacho veloz corria por um canal profundo cortado no centro dos paralelepípedos.

O portão superior que guardava a "rosa" ficava perto do topo da curva da Manopla Espinhosa. Ele era flanqueado pela cascata que alimentava o riacho. Depois de passar pelo portão, a estreita estrada de paralelepípedos se abria em um pátio amplo que cercava a fortaleza.

A fortaleza em si consistia no edifício principal e duas torres circulares: a Torre de Vigia e a Torre da Rosa. A Torre de Vigia era baixa e larga, sem janelas. Uma escada em espiral que contornava a parede externa levava a um telhado em forma de botão. A Torre da Rosa era mais estreita e afunilada em direção ao topo. Uma escada interna em espiral elevava-se até uma varanda estreita que cercava a base de sua torre ornamentada, talhada para parecer uma rosa recém-desabrochada.

O Senhor Gregory Rosethorn havia subido a escada da Torre da Rosa ao amanhecer, como costumava fazer. Ele gostava de observar o rio lá embaixo, refletindo o sol e brilhando nos campos de trigo dourado, cevada, feijão e aveia, bem como pastagens exuberantes. Ovelhas pontilhavam as colinas verdejantes. O gado pastava. A fumaça das fogueiras de cozinhar erguia-se da vila de Ironwood, ao longe.

O rio serpenteava entre as colinas baixas e os vales rasos e desaparecia nas densas florestas, onde a vegetação começava a se transformar com a chegada do outono. As folhas alaranjadas dos bordos exibiam sua beleza entre o escuro verde-azulado dos abetos e o rico verde do carvalho. A colheita logo teria início. Seria boa este ano.

Gregory apoiou-se na grade para contemplar os campos, que eram inundados anualmente pelo rio Vingaard durante o degelo, fornecendo solo fértil para as plantações. Ele olhou para o norte em direção às montanhas Habakkuk e ao famoso Passo do Portão Oeste: a única passagem pelas montanhas rumo à cidade de Palanthas.

A passagem era protegida por uma fortaleza conhecida como Torre do Alto Clérigo. A fortaleza fora construída pelo fundador de Solâmnia e da cavalaria — Vinas Solamnus — e guardara a passagem durante séculos. Havia sido abandonada há mais de trezentos anos, após o Cataclismo, a partida dos deuses e a morte do último Alto Clérigo.

Ninguém se interessara em ocupar o lugar do clérigo, pois os solâmnicos não tinham qualquer intenção de adorar deuses que os haviam abandonado em um momento de extrema necessidade.

Gregory voltou o olhar para o leste em direção à cordilheira Dargaard. Em dias claros como hoje, ele conseguia divisar os picos do castelo, já cobertos pela neve.

A visão de uma forte tempestade se formando no leste chamou sua atenção. Nuvens escuras e turbulentas fervilhavam nos céus acima das montanhas. Relâmpagos faiscavam entre elas, iluminando as nuvens com uma terrível beleza púrpura. O sol da manhã se erguia acima dos picos e mergulhava sobre a terra de Solâmnia, desafiando a ameaça da escuridão.

As tempestades do leste não costumavam descer das montanhas até Solâmnia, mas agora as nuvens escureciam. Suas enormes torres negras e cortadas por raios elevavam-se no céu. Gregory sentiu o vento frio do leste agitar seus cabelos. Sentiu o cheiro de chuva e agora conseguia ouvir o ronco distante de um trovão.

Gregory estremeceu, e não apenas por causa do vento. Foi dominado por uma sensação de mau presságio. Ele balançou a cabeça, zombando de si mesmo. Era um cavaleiro de Solâmnia, não uma criança, para ter medo de relâmpagos crepitantes e trovões estrondosos. No entanto, não conseguia afastar a sensação. Observou a tempestade que se aproximava e viu em sua mente exércitos sombrios marchando sem oposição sobre a terra.

Ele não podia rezar aos deuses para que salvassem seu país, como os cavaleiros tinham feito no passado distante, pois agora não havia deuses que pudessem ouvir. No entanto, esperou por um sinal que lhe trouxesse esperança. Ele aguardou o sol ficar mais brilhante e forte e banir a escuridão.

As nuvens aglomeraram-se e depois trovejaram descendo pelos picos das montanhas e devorando o sol. A aurora se foi, banida pelo que parecia ser uma nova noite.

Gregory desafiou a tempestade e permaneceu nas muralhas, alimentando sua esperança até que um raio caiu tão perto que ele conseguiu ouvi-lo chiar e sentir o cheiro do enxofre. O trovão sacudiu as paredes do castelo e a chuva desabou sobre sua cabeça, encharcando-o por completo.

Por fim, expulso das muralhas, ele desceu lentamente as escadas da torre, tentando afastar o sentimento de pavor de seu coração enquanto sacudia a água de seus longos cabelos, pois hoje era o Dia do Presente da Vida de sua querida filha.

Gregory estava determinado a pensar apenas nela.

— As nuvens escuras passarão — disse a si mesmo. — Tempestades que caem tão cedo pela manhã raramente duram além do meio-dia. O sol vai brilhar no dia especial dela.

Mas quando parou diante de uma janela da torre e olhou para o leste, tudo o que viu foi escuridão.

CAPÍTULO UM

Destina Rosethorn era filha do destino. Ela nasceu no ano 337 DC, e recebeu esse nome quando sua mãe, Atieno, leu os presságios e contou para a seu pai, o Cavaleiro da Coroa Gregory Rosethorn, que a criança moldaria o destino de nações.

Gregory era leal à Medida, como todos os verdadeiros cavaleiros solâmnicos, e não acreditava em presságios, pois eles implicavam que os humanos não tinham controle sobre o próprio destino. Dado que seu filho seria o herdeiro de um rico e influente Cavaleiro da Coroa, Gregory não precisava de um presságio para prever o futuro. Escolheu o nome Destin, que significa "destino", e presenteou Atieno com um par de brincos de ouro em forma de coroa para marcar a ocasião.

Gregory ficou, portanto, compreensivelmente surpreso quando a criança que moldaria o destino de nações se revelou uma menina.

Atieno sabia pelos presságios que daria à luz uma filha, mas escondera essa informação do marido. Entre seu povo, as crianças do sexo feminino eram treinadas como guerreiras para lutar ao lado dos homens, pois sua tribo era pequena e, se fosse atacada, todos deveriam defendê-la. Mas seu marido era solâmnico e, embora as mulheres fossem treinadas para lutar na defesa do lar, não podiam se tornar cavaleiras ou herdar propriedades sem uma dispensa especial. Atieno amava o marido de todo o coração. Teria feito qualquer coisa para agradá-lo, exceto por aquilo sobre o qual não tinha controle: não fora capaz de lhe dar um filho para dar continuidade ao nome e às tradições da família.

No entanto, Atieno não precisava se preocupar. Gregory amou a filha desde que ela respirou pela primeira vez e decidiu chamá-la de Destina, pois, como ele disse: "Ela está destinada a ser a salvação de seu pai".

Ele não quis dizer outra coisa com isso senão que, ao contrário de um filho, uma filha estaria presente para confortá-lo e cuidar dele quando seus cabelos ficassem grisalhos e sua visão falhasse. Assim, ele sempre brincava com Destina. Ela passaria a entender essas palavras de maneira diferente, no entanto, e elas voltariam para assombrá-la.

Gregory imaginava que filhos do sexo masculino ainda viriam, para carregar o nome da família, herdar o Castelo Rosethorn e continuar a linhagem Rosethorn, mas isso não aconteceu. A criança seguinte foi um menino que morreu durante o parto, e não houve mais filhos depois. No entanto, se Gregory ficou decepcionado, jamais o revelou à filha.

Como era típico de muitos cavaleiros solâmnicos, Gregory criou a filha como teria criado o filho, pois a história solâmnica estava repleta de contos de mulheres valentes que haviam guardado a fortaleza depois que seus homens haviam morrido. Ele ensinou Destina a cavalgar, caçar e lutar com espada e escudo. Levou-a consigo montada na frente do próprio cavalo quando era pequena. Educou-a, ensinou-a a ler, a escrever e a criptografar. Contou-lhe as lendas de todos os grandes cavaleiros da antiguidade. A favorita de Destina era a lenda de Huma Destruidor de Dragões.

Ela costumava imaginar que era o famoso cavaleiro e animava seu treino com espada lutando contra dragões míticos com célebres lanças de dragão, forjadas com o mágico metal de dragão e dadas a Huma quando ele montou seu dragão na batalha contra a Rainha das Trevas. A lança de dragão de Destina foi forjada a partir de um cabo de vassoura, e seu pequeno pônei desempenhava o papel de dragão. Imaginava-se como a escudeira de Huma, batalhando heroicamente ao seu lado, quando todos os outros covardes o haviam abandonado.

Destina ficou arrasada ao saber, aos oito anos, que as mulheres não tinham permissão da Medida para se tornarem cavaleiras. Protestou contra essa proibição para o pai.

— Por que as mulheres não podem se tornar cavaleiras, papai? Não é justo! Consigo correr mais rápido e cavalgar melhor do que qualquer menino. Também posso lutar! Sempre venço Berthel quando brincamos de cavaleiros e goblins.

— E os pais dele não ficaram nada satisfeitos por você tê-lo deixado com o nariz sangrando e um lábio cortado — respondeu Gregory, sorrindo. — Eu não necessariamente concordo com a Medida nisso. Sua mãe é uma guerreira habilidosa e provavelmente venceria qualquer cavaleiro no campo.

— A Medida está errada, papai — declarou Destina. — Quando eu crescer, vou mudar isso.

— Espero que mude — disse Gregory. — Mas você terá outros deveres e responsabilidades que são muito mais importantes do que se tornar uma cavaleira.

— Quais, papai? — Destina perguntou.

— Você será a Senhora do Castelo Rosethorn — respondeu o pai.

Destina nunca havia pensado muito em herdar o legado do pai, até que ele dissesse essas palavras, mas ela ouviu o orgulho em sua voz. A partir desse momento, seus planos e sonhos mudaram. Ela se tornaria a Senhora do Castelo Rosethorn e seria honrada e conhecida por todo o país.

Entretanto, planos mudam e sonhos morrem quando confrontados com a dura realidade.

Atieno previu a mudança de suas sortes nos presságios, porém, não contou ao marido. *Ele nada pode fazer para mudar isso*, disse a si mesma. *E isso vai apenas preocupá-lo.*

Se Gregory Rosethorn acreditasse nos deuses, talvez dissesse que eles haviam se voltado contra Solâmnia. A seca acabou com a colheita em um ano. Inundações destruíram as plantações nos dois anos seguintes e mataram um número incontável de pessoas. A nação não passava por tempos tão difíceis desde o Cataclismo.

Gregory era responsável por seus arrendatários. Ele perdoou os aluguéis que não eram capazes de pagar e garantiu que tivessem comida e abrigo. Mas alguns morreram, e outros desistiram e partiram. Em um espaço de três anos, Gregory Rosethorn perdeu grande parte de sua fortuna e restava-lhe apenas o suficiente para sustentar sua família e manter o Castelo Rosethorn, que desempenhava um papel importante na defesa de Solâmnia.

Ele foi obrigado a desistir dos planos de expandir o castelo e fazer os extensos reparos necessários. Precisou reduzir o número de criados e soldados. Contudo, fez questão de reservar dinheiro para o dote da filha. Destina era a alegria de sua vida, e ele estava determinado a fazê-la se casar bem.

Aos quinze anos, Destina era considerada a jovem mais bela de toda a província de Vingaard. Herdara a beleza ergothiana da mãe e, em uma terra de pessoas pálidas, desbotadas e de olhos azuis, Destina era notável por sua pele bronzeada, cabelos pretos, olhos negros e bochechas tocadas pelas chamas.

Destina pensava pouco em sua aparência. A Medida afirmava que a verdadeira beleza residia na mente, não no rosto. Orgulhava-se de ser inteligente, resoluta, ousada e decidida. Sabia da situação financeira do pai e sofria por ele, porque via o quanto os problemas estavam pesando sobre ele. Ele passava horas na biblioteca, não lendo os livros que amava, mas trabalhando em contas ou reunindo-se com seu advogado.

Destina decidiu aliviar os problemas dele. Considerava-se, como futura Senhora do Castelo Rosethorn, responsável pela propriedade. Ela se casaria com seu amigo de infância, Berthel Berthelboch, filho do comerciante mais rico da província de Vingaard. Restauraria o legado dos Rosethorn.

Berthel tinha dezesseis anos, era bonito, rico e apaixonado por Destina. Ela era um ano mais nova, e os dois brincavam juntos desde a infância, pois os pais dele tiveram o cuidado de cultivar seu relacionamento com a família Rosethorn. O pai de Berthel era prefeito da cidade de Ironwood e agora esperava se aliar a uma família nobre para melhorar sua posição social.

Os Berthelboch haviam proposto o casamento a Gregory no dia anterior, um dia antes da celebração do Dia do Presente da Vida de Destina. Destina sabia da proposta, pois Berthel havia lhe contado. Esperou a manhã toda que o pai conversasse com ela sobre isso.

Destina estava em seus aposentos, admirando o novo vestido que usaria naquela noite no jantar de comemoração. A peça era de veludo branco, como convinha a uma donzela, e tinha as barras decoradas com um motivo de rosas bordadas em carmesim. O corpete do vestido era justo e se acomodava sobre suas curvas como creme, afunilando-se na cintura e depois se abrindo em uma saia longa e esvoaçante.

Uma tempestade a despertara ao amanhecer e continuou forte até o meio da manhã. O granizo batia contra as janelas de chumbo e o trovão ribombava. Destina nunca teve medo de tempestades, e não deu muita atenção a esta, exceto para desejar que acabasse logo e não estragasse sua festa.

Uma batida na porta desviou sua atenção do vestido.

— Por favor, senhora — disse uma criada fazendo uma reverência —, seu pai pede que você se junte a ele na biblioteca.

Destina alisou o vestido e amarrou uma fita ao redor de sua longa e grossa trança de cabelos pretos. Agradava a seu pai que ela tivesse boa aparência, e ela gostava de ver sei rosto geralmente sério se iluminar com um sorriso sempre que a via. Ela desceu correndo as escadas de seu quarto na torre perto do topo do castelo até a biblioteca que ficava no andar térreo.

Gregory chamava a biblioteca de "o cofre do tesouro dos Rosethorn", não apenas pelo fato de os livros serem raros e caros, mas, principalmente, pelo conhecimento contido neles.

A biblioteca e sua coleção datavam do primeiro Senhor do Castelo Rosethorn, e senhores e senhoras ao longo dos tempos haviam-na aumentado. A biblioteca de Rosethorn abrigava os trinta e sete volumes da Medida — o extenso conjunto de leis compiladas dos escritos do fundador dos cavaleiros, Vinas Solumnus —, além dos livros que indexavam e referenciavam todo o material para que os estudiosos pudessem encontrar uma determinada referência rapidamente. A biblioteca também continha livros sobre a história de Solâmnia: cópias de originais que estavam guardados na Grande Biblioteca de Palanthas.

Gregory era um estudioso da história. Passava muitas horas felizes sentado à sua escrivaninha ou em frente ao fogo lendo sem medo de ser interrompido — pois não permitia que os criados limpassem, para não arriscar danificar seus livros. Ele mesmo acendia o fogo, espanava os livros e varria o chão.

Destina adorava a biblioteca com sua pesada escrivaninha de carvalho, tapetes grossos e uma lareira cavernosa com os suportes de lenha em forma de dragão. Deleitava-se com o silêncio e a escuridão fria e sombria, pois Gregory sempre mantinha as pesadas cortinas de veludo diante das janelas gradeadas fechadas, para evitar que a luz do sol desbotasse os tapetes, as tapeçarias e as capas dos livros.

Quando ela era pequena, Gregory se sentava em sua cadeira de espaldar alto perto do fogo, colocava Destina no colo e lia para ela livros sobre Vinas Solamnus e a Rebelião das Rosas ou sobre Huma Destruidor de Dragões e seu confronto contra a Rainha das Trevas. Às vezes, ela adormecia em seus braços, e então ele a levava para a cama e a deixava sonhando com cavaleiros de armadura montando dragões rumo à batalha.

Mas esses sonhos haviam partido agora, substituídos por novos. Ela seria a salvadora do legado dos Rosethorn.

Gregory sempre mantinha a porta da biblioteca fechada, para não ser incomodado. Destina bateu e depois a abriu. Ele estava lendo quando entrou, e ela se aproximou devagar para não o interromper e ficou parada à ponta da escrivaninha, em silêncio, até que ele chegou a uma pausa.

Ela estava animada em seu dia especial, ansiosa para usar seu vestido novo, sentar-se à mesa com os adultos e ávida para ver que presente maravilhoso seu pai lhe daria.

Gregory marcou onde parou no livro com uma fita, fechou-o e cumprimentou-a com um sorriso. Levantando-se, saiu de trás da mesa, beijou-a e desejou-lhe alegria em seu dia especial.

— Seu cabelo está molhado, papai — comentou Destina, repreendendo-o. — Esteve lá fora na tempestade? Vai acabar morrendo de um resfriado.

— Eu nunca fico resfriado, minha querida — disse Gregory. — Por favor, sente-se, Destina. Tenho um assunto importante para discutir com você.

Destina puxou uma das cadeiras de madeira de espaldar alto e ricamente esculpidas para a ponta da mesa e se sentou em frente ao pai. Cruzou as mãos no colo e esperou com compostura, embora por dentro estivesse orgulhosa e satisfeita pelo pai estar falando com ela como uma mulher adulta.

— Berthel Berthelboch fez uma oferta por sua mão em casamento, filha — revelou o pai. — Ou melhor, o pai dele fez a oferta, já que o filho tem apenas dezesseis anos. O pai dele afirma na carta que Berthel pediu que você se casasse com ele e que você aceitou. Isso é verdade, Destina?

— É, papai — respondeu Destina.

Ela sorriu ao lembrar da proposta de Berthel. Ele estava tão corado e gaguejava tanto que Destina arruinou o momento solene rindo e basicamente o pediu em casamento. Ela, é claro, não contou isso para o pai.

Gregory já estava bastante perturbado.

— Escolher a pessoa com quem passará o resto de sua vida é a decisão mais importante que você tomará. Precisa refletir sobre esse assunto com seriedade. Não sei de nada ruim sobre Berthel, mas ele não é igual a você nem em nascimento nem em educação. Não é treinado em armas ou em combate. Não sabe nada sobre a Medida ou o Voto. Não conhece história. Mal sabe ler e escrever. Considera-o um candidato adequado para marido, Destina? Você o ama?

— Berthel é divertido e bem-humorado. Eu o conheço há anos. Ele e eu nos damos bem e não posso culpá-lo por gostar de caçar com os amigos — respondeu Destina, esquivando-se da pergunta sobre amor.

Algumas mulheres não podem se dar ao luxo de amar, ela poderia ter dito ao pai, porém, sabia que as palavras o magoariam profundamente; portanto, não as proferiu. Estava sendo prática, fazendo o que era necessário. Os poetas, afinal, valorizavam demasiado o amor, ela refletiu.

Gregory a encarava com seriedade.

— O vasto abismo entre vocês dois me preocupa, Destina. A Medida diz: "Um casal deve permanecer junto como um forte baluarte contra o mundo".

— E o senhor teme que haja fendas no baluarte de Berthel — questionou Destina, provocando.

— Casamento é um assunto sério, Destina — disse Gregory.

— Eu sei disso, papai — respondeu ela. — E pelo menos a mãe de Bertie não vê o futuro nas xícaras de chá.

Destina soube, no momento em que pronunciou as palavras, que havia cometido um erro. Os olhos de seu pai se estreitaram.

— Acho que *não* acabei de ouvi-la falar desrespeitosamente de sua mãe, em especial no dia em que ela lhe deu a vida!

— Sinto muito, papai — disse Destina, arrependida. — Eu amo e respeito mamãe, de verdade. Mas ela é tão… diferente.

Destina suspirou. Ele jamais entenderia.

Ela não conhecia muitas garotas de sua idade. Como filha do Senhor do Castelo Rosethorn, ela tinha seus próprios deveres e responsabilidades que a mantinham afastada de seus vizinhos. Contudo, nas ocasiões em que tivera a chance de estar com outras jovens, descobrira que elas, assim como si própria, consideravam suas mães uma constante fonte de constrangimento.

A nobre senhora mãe de uma das garotas gostava de cozinhar e se juntava aos criados na cozinha no dia de assar, para grande desgosto da filha. A mãe de outra menina lavava as próprias meias e uma terceira, ainda, escandalizava a filha saindo com os trabalhadores para o campo durante a colheita.

Destina considerava que tinha boas razões para estar mais ressentida. Pelo menos as outras mães eram solâmnicas de nascimento. Atieno era de uma tribo guerreira de Ergoth. Ela tinha uma aparência diferente, e comportava-se de forma diferente.

Tinha aprendido sozinha a língua solâmnica e lido e estudado todos os trinta e sete volumes da Medida, enquanto pouquíssimos cavaleiros solâmnicos podiam dizer o mesmo. Mas ela também manteve os costumes de seu povo e preparava poções, confeccionava amuletos e tinha visões do futuro em folhas de chá, e faria isso para qualquer um, mortificando sua filha.

— Não quis desrespeitar mamãe. Falei sem pensar.

Ele continuou com uma expressão séria, e ela rapidamente mudou o assunto de volta para seu casamento.

— Sei o que estou fazendo, papai. Como você disse, não há nada de mal que se possa dizer sobre Berthel. A riqueza de sua família será uma adição bem-vinda à nossa.

— Você não fala nada relacionado a amá-lo — observou Gregory. — Não gostaria que você passasse pela vida sem saber o que é amar alguém com tanto carinho quanto amo sua mãe. Você conhece a história de como nos conhecemos.

Destina conhecia a história. Ela a ouvira muitas vezes e nunca se cansava. Esperava animar o pai, afastar os pensamentos dele de Berthel por enquanto. Gregory sempre cedia aos seus desejos. Ela só precisava de um pouco mais de tempo.

— Mamãe era a mulher mais linda que você já viu. Você salvou a vida dela…

— E ela abençoou a minha — prosseguiu Gregory. — Eu tinha dezessete anos e estava em minha missão de cavaleiro. Deparei-me com uma batalha entre facções do povo dela que estavam em guerra. Vi sua mãe entre os guerreiros, participando da batalha. Sua beleza altiva e sua coragem transpassaram meu coração. Ela escorregou e caiu, e um dos desgraçados tentou arrastá-la para longe. Ela o enfrentou e ele a acertou com um golpe selvagem. Eu fiquei furioso. Matei seu agressor e então a recolhi em meus braços.

Ela olhou para mim e, embora um não pudesse entender a língua que o outro falava, entendíamos a língua de nossos corações. Ela me levou para conhecer seus pais e nos apresentamos unidos, de mãos dadas, deixando claro para seu pai que queríamos ficar juntos.

Ele deu sua permissão e nos casamos pouco depois. Lembro-me pouco do casamento — contou Gregory. — Os dias pareciam cheios de riso e de amor.

Nossa viagem de volta para casa levou mais de um mês. Sua mãe não permitia que viajássemos a menos que os presságios dissessem que a estrada estava segura. Talvez tenham falado a verdade, pois nunca encontramos perigo algum. Ensinei-a a falar a minha língua. Ela tentou me ensinar a falar a dela, mas não tenho ouvido para línguas, e ela ria das minhas tentativas desajeitadas. Em vez disso, ensinou-me a entender a linguagem da natureza. Fez-me ouvir o canto dos pássaros e escutar os sussurros das árvores. Ela abriu meus olhos para a beleza do mundo.

Eu a trouxe para casa e orgulhosamente a apresentei aos meus pais. Vi seus olhos se estreitarem, seus rostos se tornarem frios e severos. Suas expressões ficaram sombrias com desaprovação. Foram pelo menos educados o suficiente para não verbalizar nada a Atieno. Ainda carrego as cicatrizes das palavras cruéis que me disseram. Eles insistiram para que eu terminasse o casamento. Como eu não havia me casado em uma cerimônia solâmnica adequada, aquela união não contava. Encontrariam advogados para cuidar disso.

Deixei claro para eles que, se quisessem segurar o primeiro neto, receberiam minha esposa como um membro honrado da família.

Permitiram que vivêssemos com eles aqui, mas nunca poderiam aceitar sua mãe. Quando ela falava do que via em seus presságios, meu pai ficava indignado e citava as passagens nas quais a Medida diz que a crença em presságios, sinais e previsões é ímpia, pois tais coisas tiram o livre-arbítrio do homem.

Gregory sorriu.

— Lembro-me de uma noite, durante um jantar, na qual ele disse a ela que a Medida diz que um homem não deve depositar sua fé em falsos deuses que aparecem para nós com aparência agradável para nos tentar até a ruína.

— Então, seus próprios deuses devem ser falsos — respondeu-lhe Atieno. — A Medida nos diz que os cavaleiros outrora oravam aos deuses para curar os enfermos. Agora vocês precisam convocar um homem inútil que afirma ter aprendido a curar com os livros. O que os livros sabem sobre cura? O que aconteceu com os deuses dos cavaleiros? Para onde eles foram? Perderam-nos? Eles lhes abandonaram?

— Meu pai ficou ultrajado. Seu rosto ficou vermelho. Seus bigodes estremeciam tanto que pensei que fossem cair. Ele não conseguiu responder e saiu da sala batendo os pés.

Gregory alisou os próprios bigodes compridos — a marca registrada dos cavaleiros solâmnicos desde a época de Vinus Solamnus. Muitos cavaleiros se barbeavam por completo hoje em dia, alegando que os bigodes longos e caídos estavam fora de moda, mas Gregory exibia o seu com orgulho.

— Por que *você* acha que os deuses nos deixaram, papai? — Destina perguntou.

Ela adorava essas conversas com o pai, pois sentia que ele compartilhava seus pensamentos com ela como uma adulta. Adorava sentar-se com ele na biblioteca, isolada do resto do mundo, discutindo assuntos aprendidos. Esqueceu-se do casamento no prazer de estar com ele.

— Sua mãe e eu conversamos sobre isso muitas vezes — respondeu Gregory. — Ela não acha que os deuses nos deixaram, mas que ainda estão aqui para aqueles que os procuram. Eu acho que os deuses partiram porque estão nos testando, assim como testamos jovens escudeiros para ter certeza de que estão preparados para assumir o manto da cavalaria.

— Concordo com você, papai — disse Destina. — Mamãe fala de um deus que vive na floresta ou algo assim. Mas não sou criança para acreditar nessas coisas.

— E o que Berthel pensa sobre fé e religião, Destina? Você já discutiu questões relevantes assim, com ele? — Gregory perguntou com delicadeza.

Destina mordeu o lábio. Ela agora via a armadilha que o pai havia lhe preparado, mas apenas porque foi pega nela. Uma filha obediente teria segurado a língua e humildemente concordado que o pai sabia o que era melhor e acataria seu julgamento. No entanto, uma tempestade furiosa, como a desta manhã, assolou Destina e explodiu antes que ela pudesse detê-la.

— O que quer que eu faça, papai? — ela exclamou. — Eu sou uma mulher. Não posso partir em missões de cavaleiros para encontrar minha felicidade! Nós mulheres precisamos encontrar nossa felicidade da melhor maneira possível, contentar-nos com o que temos. E Berthel é o que eu tenho. Ele é tudo que tenho. Encare os fatos, papai. Jovens adequados de sangue nobre não estão exatamente derrubando as paredes do castelo para pedir minha mão em casamento!

Destina engoliu em seco. Gregory não disse nada, e Destina não ousava olhar para ele, temendo que ele estivesse tão zangado que não conseguisse falar. Quando ela finalmente ergueu o olhar, viu-o encarando-a com tristeza.

— Perdoe-me, Destina — declarou ele. — Eu falhei com você. Farei com que meu advogado redija o contrato de casamento.

— Berthel e eu nos damos bem — reforçou Destina, procurando confortá-lo. — Eu ficarei contente.

Ele assentiu distraidamente.

— Precisa me prometer uma coisa. De acordo com a lei, você estará livre para se casar quando tiver dezoito anos, mas a lei não permite que um homem ou uma mulher herde propriedades até que tenha completado vinte e um anos. Prometa-me que você e Berthel vão esperar até você fazer vinte e um anos.

— Eu prometo, papai — disse Destina. — Mas por que devo esperar?

— Eu poderia dizer que os anos adicionais darão a Berthel tempo para se tornar um homem melhor — respondeu Gregory secamente. — Mas, na verdade, pretendo garantir seu futuro, e você deve ser maior de idade para assinar contratos e fazer outros acordos comerciais. Como Berthel é um ano mais velho, ele poderia tomar decisões como seu marido, e você não poderia opinar sobre elas.

— Entendo. E como vai garantir meu futuro, papai? — questionou Destina.

— Tudo a seu tempo, Destina — respondeu o pai, sorrindo. — Quais são seus planos para depois que se casar?

O plano de Destina era usar a riqueza de seu futuro marido para restaurar e consertar o Castelo Rosethorn, mas ela sabia que mencionar isso aborreceria o pai.

— Vamos morar aqui com você e mamãe. Berthel cavalgará até Ironwood para trabalhar para os pais dele, e eu continuarei com meus deveres e aprenderei a ser a senhora do castelo. O senhor prometeu me ensinar a administrar as contas.

— É verdade — admitiu Gregory. — Algum dia, quando você estiver mais velha. Enquanto esse dia não chega, concorda com meus termos?

— Muito bem, papai. Eu vou esperar. Contou a mamãe sobre o casamento?

— Falei com ela antes de chamar você.

— O que ela disse? — Destina perguntou. — Ela ficou chateada? Ela não gosta dos Berthelboch.

— Ela não deu importância. Viu um presságio de que o casamento nunca aconteceria.

Destina suspirou.

— Espero que mamãe não fale nada sobre presságios esta noite no jantar com nossos convidados.

— A conversa no jantar será sobre política e a próxima votação para Grão-Mestre — disse Gregory. — Como essas discussões sempre terminam em gritos, prefiro falar sobre presságios.

Ele se levantou, e Destina sabia que era hora de deixá-lo com seus estudos.

— Estou ansiosa para ver meu presente, papai — ela comentou, enquanto ele a acompanhava até a porta. — Vai me entregar no jantar?

— Quem disse que tenho um presente para você? — Gregory perguntou, provocando-a. Então, cedeu e disse: — Sua mãe planeja uma festa particular. Eu lhe darei seu presente nesse momento.

Ele segurou a porta para ela e fitou-a com ternura e amor e uma estranha, profunda e latente tristeza.

— Receba minha bênção, filha. — Gregory beijou-a na testa, depois voltou para a escrivaninha e sua leitura.

Destina fechou a porta silenciosamente e ficou parada do lado de fora. Nunca tinha visto o pai tão abatido. Disse a si mesma que ele estava apenas perturbado por esta proposta de casamento. Como a maioria dos pais, ele nunca consideraria nenhum homem digno de sua filha querida. Mas o conhecia bem e tinha a sensação de que essa tristeza era muito mais profunda do que a inquietação com as deficiências do futuro genro. Ela deduziu que essas preocupações eram sobre dinheiro.

No entanto, Destina estava satisfeita com sua escolha. Não era romântica para acreditar em felizes para sempre. Poucas pessoas entre a nobreza solâmnica se casavam por amor. Para elas, o casamento era um negócio: comerciantes ricos como os Berthelboch trocavam dinheiro por títulos. Berthel era bonito, agradável e bem-quisto. Muitas jovens em Ironwood tinham ciúmes de Destina. E se Berthel queria passar o tempo todo caçando, pelo menos não estaria por perto para interferir nos planos dela.

Destina juntou-se ao pai e à mãe no solar após a refeição do meio-dia. Era o cômodo mais agradável do castelo, pois o sol da tarde entrava pelas inúmeras janelas, iluminando-o e enchendo-o de calor.

A tempestade finalmente havia diminuído. Atieno abrira as janelas e o ar lavado pela chuva era doce e refrescante.

Atieno estava particularmente bem-humorada. Entre seu povo, uma menina atingia a maioridade aos quinze anos.

Gregory juntou-se a elas, trazendo uma caixa de madeira contendo seu presente. Sua animação aumentou, como sempre acontecia quando estava na presença de sua esposa. Beijou-a e desejou-lhe alegria do dia em que lhe dera a filha, a felicidade dele.

— Qual é o meu presente, mamãe? — Destina perguntou.

Atieno presenteou Destina com uma corrente dourada.

— Ouro pelo sol, pelo feixe de trigo, pelas folhas no outono — disse Atieno. — Ouro pela deusa da estrela amarela.

Destina não seria atraída para mais discussões sobre deuses que não existiam. Ela pendurou a corrente ao redor do pescoço e agradeceu à mãe.

Gregory apresentou à filha seu presente: um cálice de prata decorado com motivo de martim-pescador. O pássaro, com sua brilhante plumagem azul-celeste e laranja-fogo, fora escolhido como mascote dos cavaleiros por Vinus Solamnus. O martim-pescador simbolizava coragem e esperança, pois dizia-se que, no dia da criação do mundo, o corajoso martim-pescador foi a primeira ave que ousou levantar voo.

— Para o seu baú de recordações, filha — disse Gregory.

— Papai, obrigada! É lindo. — Destina passou os braços ao redor do pescoço do pai e o beijou.

Gregory a abraçou e depois serviu vinho para si e para a esposa para comemorar.

— Por favor, papai, só um pouco para mim no meu novo cálice? — Destina implorou. — Afinal, mamãe diz que hoje sou uma mulher.

Ela estendeu o cálice e Gregory serviu vários goles de vinho tinto do jarro na taça. Gregory e Atieno brindaram à filha. Destina respondeu agradecendo aos pais por terem lhe concedido a vida e bebeu o vinho, admirando o cálice enquanto o fazia, girando-o na mão. Quando terminou, entregou o cálice à mãe.

— Precisa ver meu futuro na borra, mamãe — disse Destina. — Diga a papai que vou ser feliz com Bertie.

Atieno franziu a testa e trocou olhares com o marido.

— Eu conversei com ela — disse Gregory. — Ela está determinada. Mas prometeu esperar até completar vinte e um anos.

Atieno deu de ombros.

— O presságio diz que não vai acontecer.

— Olhe de novo, mamãe, por favor — pediu Destina. — Talvez tenha cometido um erro.

Atieno olhou para o cálice onde a borra havia se depositado.

— O que vê, mamãe? — Destina perguntou. — Bertie e eu vamos ter dezesseis filhos?

Para seu espanto, Atieno soltou um grito de horror e arremessou o cálice para longe. A taça de prata atingiu o chão de pedra com um estrondo retumbante e rolou para baixo de uma mesa.

Atieno fez um gesto de proteção com a mão e murmurou algumas palavras que Destina não compreendeu e presumiu serem o que a mãe chamava de "magia". Atieno então saltou da cadeira e saiu correndo da sala.

Gregory olhou para ela com preocupação.

— O que há de errado com sua mãe? O que ela disse?

— Parece que mamãe viu um mau presságio na borra, e acredito que ela lançou um feitiço mágico para afastar o mal. Não tem nada a ver com Berthel, papai, então não fique tão preocupado.

— Qual era o presságio, então? — Gregory perguntou.

— Eu... hã... na verdade, não consegui entendê-la — respondeu Destina, incomodada de falar sobre isso. — Vou conversar com ela.

Saiu à procura da mãe e encontrou Atieno no quarto, envolta em uma capa forrada de pele, encolhida em uma cadeira. O sol brilhava através das janelas gradeadas. O dia estava excepcionalmente ameno para o início do outono, e o quarto estava tão quente que sufocava, pois os criados haviam acendido um fogo intenso. Atieno viera de um clima quente e nunca se acostumara com o frio solâmnico.

Destina olhou para ela e pensou na história que seu pai havia contado sobre conhecê-la e apaixonar-se por ela à primeira vista. Destina entendeu o motivo para isso ter acontecido. Sabia que ela mesma era bonita; precisava apenas observar o próprio reflexo em um espelho de aço polido para saber disso. Mas a mãe era linda.

Atieno não tinha certeza de sua idade no calendário solâmnico, pois seu povo contava a passagem do tempo de maneira diferente dos solâmnicos. Gregory tinha trinta e dois anos, e Atieno provavelmente estava perto disso. No entanto, parecia tão jovem que as pessoas muitas vezes pensavam que era irmã de Destina, em vez de sua mãe.

Hoje Atieno usava os lisos cabelos pretos presos em uma rede enfeitada com joias na parte de trás da cabeça. Seus olhos negros eram grandes e algumas vezes tão aguçados e penetrantes quanto os de um falcão e às vezes sonhadores e luminosos. Ela nunca esfregava bálsamo de frutas silvestres nos lábios ou nas bochechas para avermelhá-los, como algumas mulheres faziam, nem precisava aplicar fuligem nos longos cílios para realçar os olhos.

Seu vestido era carmesim e cortado no estilo que era moda entre as mulheres solâmnicas, veludo de seda macio e elegante; enfeitado com bordados complexos e de mangas compridas e justas; e uma longa cauda que se arrastava.

Atieno observava pela janela o claro céu azul acima e as lustrosas folhas alaranjadas abaixo.

— Venha ver as lindas cores, Destina. São as cores do martim-pescador. Azul acima e laranja abaixo.

Destina não estava interessada por martins-pescadores nem pelas cores do outono. A Medida proibia a crença em presságios e profecias, e Destina tentava obedecer, mas tinha tantas perguntas e nenhum dos trinta e sete volumes da Medida era capaz respondê-las.

Atieno parecia encontrar tanto consolo em seus presságios, sinais e prenúncios que Destina desejava sentir a mesma segurança, a mesma serena aceitação. Não ousara contar ao pai, mas uma vez havia implorado à mãe que a ensinasse a ler os presságios, na esperança de encontrar explicações para o inexplicável. Atieno a desapontara.

— Os presságios vêm espontaneamente, Destina — Atieno lhe dissera. — Precisa aprender a ver com o coração e não com os olhos.

— Mamãe, isso não faz sentido — respondera Destina, exasperada.

— O sentido é para os insensíveis — observara Atieno, e Destina desistira.

Atieno continuou olhando pela janela. Destina viu lágrimas no rosto da mãe e ficou ainda mais assustada. Destina nunca em sua vida havia visto a mãe chorar.

— Mamãe, o que viu na borra? — Destina exigiu saber.

— Como podemos enfrentar o que está por vir? — perguntou Atieno. — Como podemos suportar isso?

Ela se virou para Destina e disse suavemente:

— Minha pobre criança...

Destina refugiou-se na Medida.

— Mamãe, lembre-se do que a Medida diz: "O paladino forja a espada, mas o homem escolhe como manuseá-la". Isso significa que cada pessoa é responsável pelo que faz nesta vida. A Medida também adverte: "Não confie no adivinho, pois suas palavras são mentiras para enganar os incautos".

— E meu povo diz: "O lobo nasceu para matar. A ovelha nasce para ser morta" — retrucou Atieno, fixando-a com olhos escuros e brilhantes.

— Mamãe, por favor, diga-me o que viu no cálice! — Destina implorou, desesperada.

— Traga o cálice para mim — respondeu Atieno. — Vou lhe mostrar.

Destina correu até o solar para buscar o cálice. Teve que ficar de joelhos para recuperá-lo. Voltou para a mãe e o estendeu para ela.

Atieno recuou, recusando-se a tocá-lo.

— Olhe para ele, filha, e me diga o que vê.

— Mãe, você sabe que eu nunca vejo nada além de borra — Destina protestou.

— Se você quer ver, olhe! — Atieno insistiu.

Destina suspirou e olhou para dentro do cálice e, desta vez, viu que a borra tinha formado um padrão reconhecível. Ela riu e disse antes de pensar:

— Que engraçado, mamãe! A borra forma um dragão. Veja, aqui está a cauda e a cabeça e as asas...

Ela ouviu um suspiro estrangulado e olhou para a mãe. O sangue havia abandonado o rosto e os lábios de Atieno, deixando sua pele morena cinza e plúmbea.

— Você viu o dragão! O mesmo presságio. Eu tinha a esperança de estar errada, mas você o confirma!

— Mamãe, você está me assustando — declarou Destina. — Eu vi a *forma* de um dragão. Não passa de borra, resíduos, fermento morto. Aqui, vou lhe mostrar!

Ela mergulhou o dedo indicador no cálice e passou-o por dentro. O dragão desapareceu, manchando seu dedo de vermelho. Destina ergueu o dedo para mostrar à mãe.

— Pronto, mamãe. Não precisa se preocupar. O fermento morto se foi e o dragão também.

Atieno encarou horrorizada a mancha vermelha no dedo de Destina. Ela afundou em uma cadeira parecendo tão doente que Destina gritou pelo pai.

— Meu amor, o que há de errado? — ele perguntou ao entrar. Ele olhou para Destina. — O que aconteceu?

— Perguntei a ela sobre o mau presságio no cálice. Mamãe disse que viu um dragão na borra — explicou Destina.

— Um dragão? — Gregory repetiu, a voz oca. — Você viu um dragão?

Atieno correu até ele e o abraçou, segurando-o com força.

— Não vá para a torre, meu amor! — ela implorou. — Não vá!

— Que torre? — Gregory perguntou.

Em resposta, Atieno lançou um olhar assustado para fora da janela. Gregory seguiu seu olhar. A alta espiral da Torre do Alto Clérigo podia ser vista à distância. Ele deu um sorriso tenso.

— Minha querida esposa, a torre está abandonada há centenas de anos. Não tenho motivos para ir para lá. Não precisa se preocupar.

Atieno o beijou, depois se afastou dele.

— O dia está bonito. Você e Destina deveriam passear ao ar livre.

— Você está chateada. Não quero deixá-la sozinha — comentou Gregory. — Você vai ficar bem?

— Não — respondeu Atieno, encarando-o com olhos escuros e brilhantes. — Mas vou aguentar. Por favor, vá agora.

Ela fechou as cortinas, bloqueando o sol.

— Coloque sua capa, Destina — pediu Gregory. — Sua mãe está certa. Vamos andar pelas muralhas e aproveitar o sol.

CAPÍTULO DOIS

Destina colocou a capa sobre os ombros e subiu as escadas ao lado do pai até as muralhas da Torre da Rosa.

Os dois seguiram em silêncio. O vento estava frio com a chegada do inverno. Gregory lançava olhares para Destina com frequência, como se tentasse decidir se falaria ou não. Destina notou seu desconforto.

— Por favor, diga-me o que o está incomodando, papai. Espero que não esteja chateado comigo.

— Pelo contrário — respondeu Gregory. — Tenho outro presente para você. Encontrei-me com meu advogado, William Bolland, para redigir meu testamento...

— Seu testamento! — Destina agarrou-se a ele, aterrorizada. — Papai, o que está dizendo?

— Apenas que sou mortal, como todos os homens, e devo assumir a responsabilidade por minha família caso algo me aconteça — explicou Gregory, oferecendo-lhe um sorriso tranquilizador. — Planejo viver muito, Destina. Não tema. Isso é o que eu quis dizer esta manhã, quando falei em garantir o seu futuro.

Destina conseguiu respirar novamente.

— Fiz meu testamento declarando que, se eu morrer, você herdará tudo, quando chegar à maioridade aos vinte e um anos. William Bolland redigirá e manterá cópias dele e do contrato de casamento. Sua mãe e eu concordamos que você deve ser a proprietária das terras no caso de minha morte.

Destina foi dominada pelo prazer e pelo orgulho de saber que seu pai confiava nela o suficiente para deixar o Castelo Rosethorn aos seus cuidados. Ele poderia muito bem ter deixado para o irmão, tio Vincent.

— Estou mais agradecida do que sou capaz de verbalizar, papai — disse Destina, com a voz embargada.

— Seu avô acreditava que as mulheres não deveriam herdar terras e declarou em seu testamento que, se eu morresse sem um testamento declarando meus desejos, seu tio, Vincent, herdaria as terras. Do jeito que está, meu testamento agora anula o de seu avô. Entende?

— Acho que sim — respondeu Destina. — Tio Vincent ficará chateado se eu herdar?

— A esposa de seu tio trouxe para ele a própria riqueza, e nosso pai deu terras de presente para ele, portanto, é um homem rico por direito próprio — disse Gregory. — Falei com ele e disse-lhe o que pretendia fazer. Ele gosta de você e acha que você se sairá bem.

Destina ficou satisfeita com o elogio.

— Os Berthelboch são pessoas dignas, mas não sabem nada sobre administrar propriedades tão extensas. Não conhecem os deveres e responsabilidades de um nobre conforme exigido pelo Voto e pela Medida. Ensinei a você como teria ensinado a um filho, Destina. Sei que posso contar com você para cuidar de nossos arrendatários, que dependem de nós.

— Vou estudar ainda mais agora — assegurou Destina. — Vou deixá-lo orgulhoso de mim, papai.

— Você já deixa — declarou Gregory. — Não pode ser uma cavaleira, Destina, mas se algo acontecer comigo, você pode e será a Senhora do Castelo Rosethorn. Você manterá o nome Rosethorn e continuará o legado da família. Os Rosethorn construíram o Castelo Rosethorn durante o reinado do Rei Sacerdote. Eles o construíram forte, para resistir ao tempo. Nosso castelo resistiu ao Cataclismo, quando os deuses lançaram a montanha de fogo sobre Krynn, enfurecidos com a arrogância do Rei Sacerdote. Muitos outros foram destruídos, mas o Castelo Rosethorn resistiu e pudemos fornecer abrigo para aqueles que se voltaram para nós em desespero. Abrimos nossas portas e demos livremente o que tínhamos.

— Os deuses podem ter partido, mas permanecemos fiéis ao Voto e à Medida. Em particular, ao juramento que os cavaleiros fazem: *Est sularus oth mithas*. 'Minha honra é minha vida.' Hoje em dia, cavaleiros demais se apoiam apenas na Medida. Esqueceram-se ou não se importam mais com a honra.

Ele fez uma pausa em sua caminhada e se virou para olhar para a Torre do Alto Clérigo, montando guarda sobre a Passagem do Portão

Oeste, protegendo a estrada que levava à capital de Solâmnia, a cidade de Palanthas.

Seu rosto foi tomado de preocupação.

— Partirei amanhã para Palanthas em companhia do Senhor Marcus e do Senhor Reginald. Espero falar ao Grande Círculo dos Cavaleiros.

— E sobre o que, papai?

— O Senhor Marcus e o Senhor Reginald retornaram de suas viagens no leste e trazem relatos perturbadores de bandos de goblins, ogros e homens maus atacando e incendiando cidades.

— Você sempre disse que nunca deveríamos temer criaturas baixas e covardes como goblins e ogros, papai — questionou Destina com desdém. — Se um cavaleiro simplesmente brandir sua espada contra um goblin, a criatura gritará e fugirá.

— Assim foi no passado, mas não agora — retrucou Gregory. — Marcus e Reginald acreditam que um inimigo sombrio e poderoso está reunindo forças nas Planícies de Neraka e conduzindo esses ataques. Há propósito e inteligência por trás deles.

— O que os faz pensar isso? — Destina perguntou.

— Normalmente, goblins e ogros vagantes atacam uma cidade, saqueiam e fogem com seus despojos. Esses exércitos atacam uma cidade, ocupam-na, fortificam-na e depois avançam para tomar a próxima. Estão acumulando vastas extensões de território e avançando lenta e constantemente para o oeste, em direção a Solâmnia.

Destina sentiu um calafrio de medo. Se houvesse guerra, seu pai teria que lutar! Talvez fosse por isso que ele falava de testamentos e heranças.

— O que está dizendo, papai? Será que o presságio da mamãe se tornará realidade? Eu mesma vi o dragão!

— Eu não queria preocupá-la — disse Gregory. — Tenho uma tarefa difícil pela frente. Em alguns dias, viajarei para Palanthas para relatar ao Grande Círculo o que os senhores descobriram. Eles me pediram para falar, já que tenho certa influência. Devo tentar fazer o Círculo entender que esse é o momento de a cavalaria se unir, reforçar nossas fortificações e reunir exércitos para enfrentar a escuridão que temo estar chegando. Não devemos desperdiçar tempo e recursos travando batalhas políticas uns com os outros.

Gregory fez uma pausa, então acrescentou quase para si mesmo:

— Receio que ninguém dará ouvidos aos meus avisos, mas devo tentar.

— Quanto tempo vai ficar fora?

— O Grande Círculo se reúne em quinze dias — respondeu Gregory. — Volto assim que acabar. Mais cedo, se ninguém me ouvir.

— Eles vão ouvir, papai. Não se preocupe. Estudarei a Medida diligentemente para aprender meu dever como senhora do castelo, embora não seja uma cavaleira.

Gregory olhou para sua filha com carinho.

— A Medida diz: "O valor de um verdadeiro cavaleiro brota do coração pulsante". Observe que não distingue entre o coração de um homem e o de uma mulher. E agora nossos convidados vão chegar, e você deve usar seu novo vestido. O presente de sua mãe fica bem em você.

Destina tocou a corrente dourada.

— Ela disse que é ouro por alguma deusa da estrela amarela. Você já ouviu falar de tal divindade?

— Não, mas sua mãe é muito mais erudita nessas coisas do que eu. *Tem certeza* de que quer prosseguir com esse noivado, Destina? — Gregory perguntou enquanto desciam as escadas das muralhas. — Você ainda pode mudar de ideia.

— Tenho certeza, papai — respondeu Destina. — Tenho meu futuro planejado e este casamento é o primeiro passo.

Um punhado de fermento morto não mudaria isso!

CAPÍTULO TRÊS

Gregory observou Berthel com atenção durante o jantar de celebração do aniversário de Destina. Supôs que o jovem poderia ser considerado bonito pelos padrões modernos, com seus longos cabelos castanhos encaracolados e rosto bem barbeado, corado com o bom humor da juventude e talvez algum constrangimento por estar na presença do futuro sogro.

Berthel era atencioso e respeitoso com Destina, e estava claramente apaixonado por ela. Não conseguia tirar os olhos dela durante todo o tempo em que estavam comendo. Mas também falava bastante sobre caça e passou a maior parte da refeição descrevendo como havia rastreado e matado um javali.

Os pais sorriam com orgulho para ele e adoravam Destina; deram-lhe um pente de prata para os cabelos de presente de aniversário. Atieno era uma anfitriã graciosa, embora falasse pouco e comesse menos ainda. Concluída a história de Berthel sobre o javali, a conversa voltou-se, como Gregory previra, para a política. Os Berthelboch apoiavam Derek Crownguard e tentaram persuadir Gregory a votar nele. Ele disse educadamente que ainda não havia se decidido.

Destina parecia satisfeita com sua escolha para marido, pois sorriu gentilmente com Berthel e deixou que ele segurasse sua mão, enquanto ela acompanhava a ele e aos pais até a porta. Gregory estava um pouco mais tranquilo.

E tinha vários anos para manter a esperança que Destina encontrasse outra pessoa.

No dia seguinte ao aniversário de Destina, Gregory Rosethorn partiu para Palanthas, viajando com dois jovens amigos, o Senhor Marcus e o Senhor Reginald, que recentemente haviam sido aceitos na cavalaria solâmnica. Ele havia sido seu padrinho, pois suas famílias eram amigas há muitos anos. Os jovens foram os primeiros em sua geração a se tornarem cavaleiros.

O Senhor Reginald tinha vinte e poucos anos, era loiro e de olhos azuis, grande e um pouco corpulento. Sua armadura era justa e ele sempre reclamava, rindo, que havia encolhido. O Senhor Marcus tinha pele negra, cabelos negros e olhos negros. Seus ancestrais vieram de Nordmaar, uma terra perto da distante terra natal dos minotauros a nordeste. Um povo marítimo, seus ancestrais naufragaram na costa norte de Solâmnia um século antes, por volta da época da Terceira Guerra dos Dragões. A família continuou a tradição marítima, tornando-se prósperos marinheiros mercantes.

Gregory e seu grupo seguiram o rio rumo ao norte até que seu caminho cruzou a antiga Grande Estrada do Cavaleiro. Destruída pelo Cataclismo, a estrada nunca havia sido devidamente reparada, mas ainda era a melhor e mais segura rota através da Planície Central de Solâmnia. Descobriram que a ponte sobre o rio Klaar, ao sul das antigas propriedades de Uth Montante Luzente, havia desabado em uma enchente e tiveram que fazer um pequeno desvio, cavalgando para o norte para vadear o rio.

Voltaram à Grande Estrada do Cavaleiro e continuaram a segui-la rumo a noroeste em direção à Torre do Alto Clérigo e à passagem que conduzia a Palanthas.

Enquanto viajavam, os três discutiam a próxima reunião do Grande Círculo e as regras pelas quais tais reuniões eram regidas. Os cavaleiros mais jovens nunca haviam participado de um Grande Círculo e estavam compreensivelmente nervosos e ansiosos para causar uma boa impressão em seus companheiros cavaleiros. Gregory poderia citar a Medida palavra por palavra, e o fez para a edificação deles.

— As leis que regem tais reuniões foram determinadas por Vinas Solamnus quando ele formou a cavalaria — explicou Gregory. — Ele escreveu que todos os cavaleiros em todas as cidades onde os cavaleiros residem abertamente formarão o que ele chamou de Círculo para "discutir e decidir sobre assuntos relevantes para os cavaleiros daquela região".

"O corpo diretivo da cavalaria é conhecido como o Grande Círculo. Os círculos regionais são obrigados a enviar representantes para o Grande Círculo, que se reúne em um momento marcado uma vez por ano para lidar com os negócios da cavalaria."

— Até agora, tudo certo — disse Reginald. — Agora chegamos à parte complicada: política.

— Infelizmente, é verdade — concordou Gregory. — Duvido que Vinas Solamnus tenha previsto o tumulto que criaria. "A reunião do Grande Círculo será oficiada por um Grão-Mestre, que será escolhido entre os líderes das três Ordens: Alto Guerreiro dos Cavaleiros da Rosa, Alto Guardião dos Cavaleiros da Coroa e Alto Clérigo dos Cavaleiros da Espada. O líder da cavalaria será o Senhor dos Cavaleiros, escolhido pelo Grande Círculo entre os líderes das ordens. O Senhor dos Cavaleiros mantém essa posição por toda a vida, a menos que seja considerado culpado de crimes ou atos desonrosos."

— Ou a menos que nunca seja escolhido — Gregory acrescentou secamente —, uma vez que três quartos dos membros do Grande Círculo devem estar presentes para selecionar um senhor dos Cavaleiros, e nós nunca conseguimos reunir esses números. Nesse caso, a Medida estabelece que o Grão-Mestre deve ocupar esse cargo até que o quórum seja alcançado.

— Qual é a graça? — Marcus perguntou, vendo Gregory sorrir.

— Eu estava lembrando da vez que minha esposa contratou um grande erudito para tentar ensiná-la sobre a Medida — respondeu Gregory. — O estudioso chegou a esta parte sobre a organização da cavalaria e passou uma hora expondo-a.

— Atieno ouviu atentamente, depois resumiu e deixou o assunto para lá em duas frases simples. 'Círculos dentro de círculos. Cavaleiros correndo atrás do próprio rabo e não chegando a lugar algum'.

— Uma mulher sábia — comentou Reginald, rindo. Ele e Marcus eram um pouco apaixonados pela bela Atieno.

— O que o estudioso disse? — Marcus perguntou.

— Ele se ofendeu e foi embora.

Reginald balançou a cabeça.

— Não posso dizer que a senhora sua esposa estava errada. Organizar a cavalaria em círculos funcionou bem na Era do Poder, mas o sistema se desmantelou após o Cataclismo, quando turbas mataram muitos cavaleiros ou os forçaram a se esconder. Hoje em dia, um círculo pode consistir em dois cavaleiros se encontrando na adega.

Marcus concordou.

— E assim acabamos sendo liderados por um Grão-Mestre. Falando nisso, qual candidato receberá seu voto, meu senhor? Sei que ambos estão buscando seu endosso.

Embora tivesse apenas trinta e dois anos, Gregory Rosethorn era um membro influente do Grande Círculo. Ele não tinha ilusões sobre o porquê. O pai dele havia sido o Alto Guardião, chefe da Ordem da Coroa, mas a principal razão era porque Gregory já havia sido rico com extensas propriedades de terras. Ele já havia contribuído com vastas somas para a cavalaria.

Ele não podia mais fazer isso e temia que sua influência tivesse diminuído junto com sua fortuna.

— O Senhor Gunthar Uth Wistan era amigo de meu pai — respondeu Gregory. — Nunca conheci o outro candidato, o Senhor Derek Crownguard. Convidei-o para vir ao Castelo Rosethorn, mas ele escreveu que estava muito ocupado para se encontrar comigo. Em vez disso, enviou emissários que me instaram a apoiar sua reivindicação, embora fossem vagos quanto ao motivo pelo qual eu deveria fazê-lo. Não tomarei minha decisão sendo justo até que o tenha conhecido e julgado eu mesmo.

Gregory possuía sua própria residência na cidade em Palanthas, onde ficava quando estava na capital cuidando dos negócios dos cavaleiros e convidou os amigos para serem seus hóspedes. Eles desempacotaram seus pertences, foram prestar homenagem ao Senhor Prefeito de Palanthas e passaram o resto do tempo na Grande Biblioteca, que se dizia abrigar a maior coleção de livros de Ansalon.

Naquela noite, eles visitaram uma taverna conhecida como A Rosa, a Coroa e a Espada. O estabelecimento atendia membros da cavalaria e estava lotado naquela noite. Gregory viu muitos velhos amigos, todos os quais o questionaram sobre o mesmo: quem ele estava apoiando para Grão-Mestre? Ele ouviu algumas conversas sobre rumores de guerra, mas os homens estavam muito mais interessados em política.

Ele ficou desanimado e saiu cedo, dizendo a seus jovens amigos para ficarem e se divertirem. No dia seguinte, ele, Marcus e Reginald vestiram suas melhores roupas e foram participar da reunião, que aconteceu ao pôr do sol.

O Grande Círculo se reunia no Salão de Solamnus, localizado no que era conhecido como a Cidade Velha. Construído durante a Era do Poder, o salão era um imponente edifício feito de mármore, cujo teto repousava sobre três enormes colunas simbolizando as três ordens da cavalaria. A construção outrora fora o coração da cavalaria. Os escudeiros eram obrigados a frequentar aulas ali para estudar a Medida. Os cavaleiros se reuniam ali para conduzir os negócios da cavalaria e fazer planos para o futuro.

Infelizmente, esse futuro não incluiu o Cataclismo e a queda da cavalaria que se seguiu. Multidões atacaram qualquer cavaleiro que ousasse aparecer em Palanthas. Elas invadiram o salão, saquearam e desfiguraram as paredes de mármore com desenhos obscenos e palavras vis. Os membros sobreviventes da cavalaria se esconderam e o salão caiu em ruínas e abandono.

O tempo curara muitas das velhas feridas. Trezentos anos haviam se passado desde o Cataclismo, e enquanto as regiões mais rurais e "atrasadas" de Solâmnia ainda viam com maus olhos a cavalaria, os cidadãos civilizados de Palanthas acolheram os cavaleiros de volta em sua cidade. Os próprios cavaleiros esfregaram os desenhos vis das paredes e limparam o lixo deixado pelos vagabundos. Agora, retornavam uma vez por ano para realizar o Grande Círculo.

Os cavaleiros reuniram-se em torno de uma enorme mesa de banquete retangular à qual se sentaram em fileiras, com o mais importante na ponta da mesa e o menos importante na outra extremidade. Gregory estava em algum lugar no meio. Seus dois jovens amigos, Marcus e Reginald, não foram convidados a sentar-se à mesa, pois não eram membros do Grande Círculo. No entanto, ele obteve permissão para que os dois descrevessem o que haviam testemunhado, e eles aguardaram em uma antecâmara até serem convocados.

Os cavaleiros desfrutaram de uma farta refeição servida a eles por seus escudeiros, que se retiraram após o término. Então, a mesa foi limpa, exceto por taças de vinho e canecas de cerveja, dependendo da preferência de cada um.

Um Cavaleiro da Rosa, o Senhor Gunthar, era o membro mais elevado do Grande Círculo, e ele solicitou ordem na reunião. Rapidamente despachou qualquer negócio antigo e passou para os novos.

— Senhor Gregory Rosethorn, Cavaleiro da Coroa, pediu ao círculo para falar — declarou Gunthar. — Senhor Gregory, a palavra é sua.

Gregory levantou-se e examinou os cavaleiros reunidos à mesa. Estavam sorridentes, bem-humorados, com as canecas e as barrigas cheias. Estavam totalmente preparados para ouvir qualquer coisa que Gregory tivesse a dizer, apenas esperando que ele fosse breve para que pudessem se retirar para as tavernas.

Gregory viu sua complacência e poderia ter previsto o resultado sem a necessidade de um dos presságios da esposa. Ele precisava tentar convencê-los, entretanto. Precisava cumprir seu dever com o Voto. Tinha que avisar os cavaleiros da aproximação da guerra.

— Os humanos de Lemish e Taman Busque há muito são nossos inimigos mais inveterados e agora formaram alianças com criaturas malignas das Planícies de Neraka: goblins, hobgoblins, kobolds e afins — declarou Gregory, de pé à cabeceira da mesa. — Eles não são mais hordas de saqueadores, como víamos antigamente. As criaturas asquerosas foram organizadas em exércitos disciplinados que ficam mais fortes à medida que marcham para o oeste atravessando as planícies. Acredito que eles tenham um objetivo em mente: a derrota e a conquista de Solâmnia.

Ninguém o interrompeu. Seus companheiros cavaleiros ouviram educadamente, mas Gregory podia vê-los trocando olhares divertidos e revirando os olhos ou sorrindo amplamente ao pensar em humanos selvagens e goblins enfrentando o poder de Solâmnia.

— Esses exércitos ainda não são fortes o suficiente para nos atacar — prosseguiu Gregory, sabendo o que eles estavam pensando. — Mas chegará o momento em que cruzarão nossas fronteiras. Devemos começar agora a fortalecer e equipar fortificações como a Torre do Alto Clérigo e o Forte de Vingaard. Devemos instar os senhores prefeitos de Palanthas e de outras grandes cidades a fortalecer suas defesas e a aumentar o tamanho de seus exércitos permanentes.

— Há muito tempo deixamos que disputas pelo poder nos consumam e nos dividam. Chamamos uns aos outros de malignos. Nos vemos como o inimigo. Em algum lugar lá fora — Gregory apontou para o leste — mentes militares experientes e inteligentes riem de nossa complacência e aguardam seu momento, esperando para tirar vantagem de nossa fraqueza. A guerra está chegando e não estamos preparados. Se não agirmos agora, Solâmnia cairá como as folhas mortas do outono.

Ele concluiu chamando o Senhor Marcus e o Senhor Reginald para prestarem contas dos relatórios que haviam recebido. Agora os cavaleiros estavam começando a ficar inquietos. Derek Crownguard não estava mais fingindo prestar atenção, mas falou em voz baixa com vários de seus apoiadores durante todo o tempo em que o Senhor Marcus estava apresentando suas evidências.

O Senhor Marcus mal havia concluído antes que Derek se levantasse.

— Proponho que o assunto seja encaminhado para revisão pendente até a próxima reunião do Grande Círculo.

— Nunca haverá outra reunião se não agirmos — retrucou Gregory, mas ninguém lhe deu ouvidos.

O Grande Círculo votou para postergar a questão. Eles agradeceram a Gregory por seu serviço de longa data à cavalaria, e Derek Crownguard propôs que a reunião fosse adiada. Seus apoiadores concordaram. Os cavaleiros se levantaram para recitar o Voto e prometer sua lealdade eterna.

— Minha honra é minha vida.

E, com isso, a reunião chegou ao fim. O escriba que anotara as palavras de Gregory as levou para mofarem em um baú. Os cavaleiros levantaram-se com satisfação para esticar as pernas. Alguns partiram em busca dos prazeres de Palanthas. Os outros ficaram para pedir mais cerveja e vinho e discutir política.

Gregory estava desanimado, mas observara o Senhor Gunthar ouvindo-o atentamente, e ainda esperava ganhar o apoio dele. Como Grão-Mestre, Gunthar tinha autoridade para agir independentemente do Grande Círculo caso considerasse a situação uma emergência. Ele poderia pelo menos se comprometer a fortificar e reforçar a Torre do Alto Clérigo.

O Senhor Gunthar caminhou para lamentar com Gregory, que o apresentou a seus jovens amigos.

— Espero que pelo menos tenhamos convencido você, meu senhor, da necessidade de agir — disse Gregory.

Gunthar lançou-lhe o sorriso indulgente de um pai.

— Vocês, rapazes, estão sempre ansiosos demais pela guerra para se provarem em batalha. Vocês falam de exércitos goblins. Realmente os viram?

— Não, meu senhor — Marcus respondeu gravemente. — Não estaríamos aqui esta noite se tivéssemos. Ouvimos relatos dos sobreviventes...

— Vocês "ouviram" relatos. — Gunthar franziu a testa. — A Medida diz: "Não confie em seus ouvidos, apenas em seus olhos". Vocês estão tomando susto com sombras. Jamais existiu criatura mais estúpida do que goblins. Organizar goblins em uma força de combate seria como tentar organizar um bando de galinhas. Os cavaleiros solâmnicos são temidos em todo o mundo. Se essas mentes militares são tão "astutas e inteligentes" como você diz, Gregory, então elas sabem que não devem nos desafiar.

— Talvez já tenhamos sido temidos, porém, não mais, meu senhor — Gregory argumentou. — Peço a Vossa Senhoria que veja um mapa que desenhei... — Não foi adiante. Um escudeiro ofegante correu até Gunthar. — Meu senhor, Derek Crownguard acaba de deixar o salão na companhia do senhor prefeito!

Gunthar franziu a testa diante da notícia.

— Eu sabia! Aqueles dois estão tramando contra mim. Preciso descobrir o que está acontecendo.

Ele apressadamente apertou a mão de Gregory.

— Obrigado por ter vindo. Sei que posso contar com seu apoio para Grão-Mestre.

Ele se afastou depressa com o escudeiro antes que Gregory tivesse a chance de dizer mais alguma coisa.

Reginald encarou-o, franzindo a testa.

— Por que não disse aos cavaleiros dos relatórios que contam que esses exércitos servem à Rainha das Trevas Takhisis, e que são liderados por aqueles que chamam de Senhores dos Dragões, com dragões malignos sob seu comando, meu senhor?

— Eles teriam rido de mim — disse Gregory. — E não posso dizer que os culparia. Dragões não são vistos em Ansalon desde que Huma Destruidor de Dragões os expulsou de volta para o Abismo durante a Terceira Guerra dos Dragões. Com certeza nenhum de nós jamais viu um dragão.

Ele acrescentou, suspirando:

— Senhor Gunthar é um homem sábio. Talvez ele esteja certo. Talvez estejamos tomando susto com nossas próprias sombras.

— Melhor se assustar com sombras do que ser apunhalado pelas costas — declarou Marcus.

— A Medida realmente diz isso? — Reginald brincou.

— Se não, então deveria — respondeu Marcus. — O que fazemos agora?

— Voltamos para nossas casas — disse Gregory. — E nos preparamos para a guerra.

CAPÍTULO QUATRO

O outono passou. As folhas caíram das árvores, e os rumores da guerra ficaram tão grandes que nem mesmo os cavaleiros de Solâmnia podiam fingir que estavam surdos a eles. Gregory fez planos para mudar sua família para Palanthas, onde estaria segura atrás dos muros da cidade quando a guerra chegasse.

No inverno do ano novo, 352 DC, as forças do exército da Rainha das Trevas avançavam pelas Planícies de Solâmnia com a clara intenção de tomar Palanthas. O Senhor Gunthar finalmente agiu, enviando uma convocação urgente aos membros da cavalaria por toda Solâmnia para se reunirem na Torre do Alto Clérigo, para oferecer uma última resistência contra a morte alada vinda dos céus.

Gregory poderia muito bem ter lembrado a seus companheiros cavaleiros que os advertira e que eles sorriram e alisaram os bigodes, mas sabia que não faria diferença agora. Melhor concentrar suas energias na luta que se aproximava, pois temia que esta fosse uma batalha que não conseguiriam vencer sem um milagre dos deuses.

Gregory tinha ouvido falar que os deuses do bem, Paladine, Kiri-Jolith e Habakkuk, que haviam desaparecido após o Cataclismo, tinham voltado para realizar esses milagres, mas não viu sinal algum, nenhum milagre para lhe provar que os deuses haviam retornado.

Marcus e Reginald responderam à convocação do Senhor Gunthar. Chegaram ao Castelo Rosethorn para se juntar a Gregory e sua pequena força de soldados que partiriam para a Torre do Alto Clérigo no dia seguinte. Falaram durante o jantar sobre as histórias que ouviram sobre o retorno dos deuses e os milagres realizados em seus nomes.

— Ouvi falar de uma mulher que se dizia clériga da deusa Mishakal. Essa mulher carregava um cajado feito de cristal azul e realizava milagres de cura — contou Marcus. — Esses milagres provam que os deuses voltaram.

— Os verdadeiros deuses não voltaram porque nunca partiram — afirmou Atieno com um movimento de cabeça.

— Mamãe, por favor, não diga essas coisas — pediu Destina.

Atieno lançou um olhar de repreensão à filha.

— Não está vendo que a taça do Senhor Reginald está vazia, Destina? Ofereça a sua senhoria mais vinho.

Destina serviu o vinho e disse:

— Mamãe, vamos deixar os cavalheiros conversarem. Ainda temos que fazer as malas se vamos para Palanthas amanhã.

— Sente-se, filha — disse Atieno. — Não vamos para Palanthas. Você sabe que eu odeio a cidade com seu barulho e seus cheiros ruins. Esta noite, os presságios me informaram que você e eu estaremos muito mais seguras no castelo.

Gregory viu a filha lançar-lhe um olhar suplicante, instando-o a falar com a mãe. Ele falaria com Atieno esta noite, tentaria convencê-la a buscar segurança na cidade, embora não pudesse deixar de se perguntar desoladamente se algum lugar em Solâmnia seria seguro.

Ele ouviu os sons no pátio do castelo de homens se preparando para marchar para a guerra. Conseguia escutar o tinir do martelo do ferreiro. O ferreiro trabalharia a noite toda para consertar espadas e lâminas de machado, reparar elos quebrados em cotas de malha, desfazer amassados em escudos e armaduras. Ele ouviu os criados gritando enquanto carregavam carroças com suprimentos, ou chamando os cozinheiros que assavam carne e pão para a viagem.

Olhou para seus jovens amigos, Marcus e Reginald, que estavam de bom humor. Eles já haviam bebido várias taças de vinho e estavam animados e ansiosos para a batalha que estava por vir.

Marcus conversava com Atieno.

— Por que diz que os deuses não nos abandonaram, minha senhora? Eles lançaram uma montanha de fogo em nosso mundo e então partiram em grande indignação. Desde então, as pessoas rezam para eles, mas os deuses devem ter ido embora, pois eles não responderam.

— As pessoas não rezavam para eles — respondeu Atieno. — As pessoas gritavam com eles tal qual crianças mimadas exigindo doces e depois saíam furiosas quando eles não respondiam. Ao passo que eu rastejei até os deuses de joelhos e implorei perdão por tê-los ofendido, e fui recompensada. Uma deusa veio até mim. O nome dela é Chislev. Ela me disse que os deuses não nos abandonaram. Nós é que os abandonamos.

— Chislev? — Reginald perguntou, curioso. — Quem é Chislev?

— A deusa da estrela amarela — revelou Atieno. — Uma das divindades antigas. São lideradas por Paladine, Deus da Luz, e sua irmã, Takhisis, Rainha das Trevas.

Quando Atieno pronunciou o nome, ela pegou uma pitada de sal do pires sobre a mesa e a atirou para o alto para afastar o mal. Os dois jovens cavaleiros se divertiram muito com esse procedimento, embora fossem educados o suficiente para manter seus sorrisos escondidos atrás de seus bigodes.

— O terceiro é o irmão deles, Gilean, Deus do Meio do Caminho — concluiu Atieno.

— Meio do caminho entre o que, minha senhora? — perguntou Reginald.

— Os outros dois, claro — disse Atieno.

— Mamãe, acho que você e eu devemos nos recolher — suplicou Destina, cujas bochechas agora estavam queimando de vergonha. Ela lançou outro olhar para o pai, implorando para que ele mudasse de conversa. Mas Gregory sorriu para sua esposa, incitando-a a continuar. Quando ele a ouvia, os sons dos martelos de guerra pareciam diminuir.

— A Medida fala de Paladine e Habakkuk e Kiri-Jolith — comentou Marcus —, mas não diz nada sobre essa Chislev.

— Porque ela não queria nada com três velhos que só falam de regras, regras e mais regras. Chislev é a natureza, e a natureza tem apenas três regras. Nós nascemos. Nós vivemos. Nós morremos.

— Ouvi dizer que é capaz de ler presságios no vinho, senhora — comentou Reginald. — Diga o meu futuro.

— E o meu! — pediu Marcus, acrescentando com uma piscadela para o amigo. — Aposto que algum dia serei Grão-Mestre.

Atieno ficou satisfeita com o pedido. Ela disse para beberem o vinho todo, deixando um gole, e para depois agitá-lo no fundo. Reginald entregou-lhe sua taça. Atieno olhou dentro dela.

Então, olhou para o marido. Ela deu um sorriso forçado e devolveu a taça de vinho.

— Eu vejo apenas borra.

Gregory estava tão arrebatado pela visão dela como no dia em que se apaixonara pela bela mulher guerreira.

A pesada mesa de banquete de madeira era longa e projetada para acomodar muitos convidados. Ele estava sentado a uma ponta e Atieno à outra. Ele tomou seu vinho e então pegou o próprio cálice, levantou-se e levou-o até ela. Colocou-o diante da esposa.

— O que vê no meu vinho, *tercinta*? — perguntou gentilmente. Atieno encarou-o. Seus olhos brilhavam; seus lábios tremiam. Gregory nunca antes havia falado sua língua ou mesmo alegado conhecê-la. A palavra *tercinta*, em sua língua, significava "mais amada".

Atieno olhou no interior do cálice, depois depositou-o sobre a mesa e levantou-se para encará-lo. Ela era uma mulher alta, tão alta quanto o marido. Ela segurou seu rosto entre as mãos. Beijou-lhe a testa; beijou-lhe os lábios.

— Meu bravo marido, meu amado — disse, enquanto as lágrimas escorriam, ignoradas, por seu rosto. — Eu vejo o presságio. Os cavaleiros cavalgam rumo à glória e os verdadeiros deuses cavalgam ao seu lado.

Gregory sorriu e beijou a mão da esposa. Ele ordenou ao criado que mantivesse seus convidados abastecidos com bebida e então pediu licença, dizendo que precisava ir aos estábulos para verificar um de seus cavalos que ficara manco.

Virando-se para sair do salão, ele evitou propositalmente a luz do fogo e se manteve nas sombras para esconder o rosto. Ao passar pela enorme lareira, uma tora desmoronou, provocando uma chuva de faíscas e chamas, banhando-o em luz. Ele olhou de volta para a filha.

Destina segurava o cálice. Ela devia ter olhado dentro dele e visto o mesmo presságio, pois seu rosto estava pálido de medo.

Gregory queria ir consolá-la, mas não tinha consolo para oferecer. Ele mesmo tinha visto a borra.

O dragão nos sedimentos.

CAPÍTULO CINCO

Destina estava acordada e vestida antes do amanhecer do dia seguinte, para dar adeus formalmente a seu pai, pois ele, Reginald e Marcus partiriam naquela manhã ao raiar do sol. Seu pai havia se despedido em particular, indo até seu quarto antes do amanhecer.

Ela o ouviu entrar, mas fingiu estar dormindo, pois não queria ter que encará-lo. Não queria que ele visse que ela sabia a verdade sobre o presságio.

O pai não tentou acordá-la. Abaixou-se e a beijou carinhosamente, os bigodes roçando seu rosto, e colocou a mão na cabeça dela em uma bênção paterna.

Depois que ele saiu, Destina enrolou-se em uma bola e enfiou o cobertor na boca para impedir que ele ou a mãe ouvisse seus soluços. Permaneceu deitada por um longo tempo até que ouviu a agitação no pátio. O pai e as tropas estavam se preparando para partir. Lembrou a si mesma de que era filha de um cavaleiro e a futura Senhora do Castelo Rosethorn. Banhou o rosto em água gelada para esconder as lágrimas, colocou seu melhor vestido e desceu para se juntar à mãe.

O pátio do Castelo Rosethorn era um espaço amplo e aberto no pátio superior entre a fortaleza e o portão superior. Escadas largas conduziam do pátio às portas principais da Fortaleza Rose. Atieno estava parada no topo dessas escadas quando Destina chegou. Marido e esposa já teriam se despedido em particular, para evitarem se expôr diante da multidão.

Atieno não mencionou o presságio, pelo que Destina ficou grata. A mãe estava calma e majestosa, envolta em peles para se proteger do frio. Era o modelo da esposa solâmnica adequada, observando bravamente o marido partir para a batalha com orgulho e sem demonstrações excessivas de emoção.

Gregory montou em seu cavalo à frente de seu pequeno exército, composto de vinte soldados armados com espada e escudo, lacaios e as carroças de bagagem. Estava saindo cedo para se encontrar com o irmão mais novo, Sir Vincent Rosethorn, e as forças de Vincent no caminho para a torre. Nevara durante a noite e a manhã estava extremamente fria, mas todos na cidade de Ironwood fizeram a longa caminhada até o castelo para incentivar seus homens que partiam para a guerra.

Os habitantes da cidade se reuniram do lado de fora do portão inferior, logo após a ponte, aguardando Gregory e seu exército surgirem. Destina ouviu os criados relatarem como o prefeito Berthelboch tentou persuadir Gregory a permitir que os habitantes da cidade entrassem no pátio, supostamente para aplaudir as tropas, embora, na verdade, queria que aplaudissem o prefeito.

Gregory explicara ao senhor prefeito que não haveria espaço suficiente no pátio para acomodar adequadamente os soldados e os cidadãos. Ele agradeceu ao prefeito pelo discurso que se propusera a fazer, mas informou-lhe que o tempo era essencial e que não podia se dar ao luxo. Ele permitiu que o prefeito e seu filho entrassem no pátio, no entanto, ainda mais considerando o fato de que o filho do prefeito se casaria com sua filha.

Destina viu Berthel vindo em sua direção. Ele parecia particularmente bonito naquela manhã, com o rosto corado pelo frio. Encarava-a com um sorriso solidário, deixando-a ciente de que entendia quão difícil este dia devia ser para ela.

Destina normalmente teria retribuído o sorriso e deixado que ele se juntasse a ela e segurasse sua mão, mas não queria estar perto dele nem de ninguém hoje. Ressentia-se dele. Como ele seria capaz de entender o que estava sentindo? O pai dele estaria voltando para a casa da família esta noite, enquanto o dela estaria cavalgando rumo à batalha. Ela deu a Berthel um sorriso triste e murmurou as palavras: "Devo ficar com minha mãe". Em seguida, cobriu a cabeça com o capuz de pele e se juntou a Atieno, que estava parada no alto da escada que dava para o pátio.

Berthel acenou com a cabeça em compreensão e foi falar com um de seus amigos, que também estava indo à guerra.

Destina estava orgulhosa do pai. Gregory usava sua túnica branca com o brasão dos Rosethorn: uma rosa espinhosa entrelaçada em uma coroa. Ele havia embalado sua armadura de placas e usava apenas sua cota de malha com a espada afivelada ao lado do corpo. Os exércitos do dragão ainda não haviam penetrado tão ao norte, mas ele revelara a Destina que temia que pudessem encontrá-los na estrada.

Gregory deu o sinal e ele e sua tropa partiram. Olhou para trás, para a esposa e a filha, enquanto conduzia os homens pelo portão superior e acenou em despedida. Destina acenou de volta até seu braço doer. Arrependeu-se amargamente de não ter tido coragem de encará-lo. Desejou ter lhe dito o quanto o amava. Mas seu olhar permaneceu nela, e ele parecia saber o que ela estava pensando, pois sorriu, apenas para ela. Então, ele e sua comitiva partiram com os estandartes tremulando e as pessoas celebrando, iniciando sua descida colina abaixo em direção à Manopla Espinhenta.

E eles se foram.

— Ele não vai voltar — declarou Atieno em voz baixa. Uma única lágrima escorreu por sua bochecha, seguida por outra.

Destina estava assustada, mas disfarçou o medo com raiva.

— Você não deveria dizer essas coisas, mãe!

— Três presságios — Atieno entoou, sem prestar atenção à filha. — Arautos da desgraça. Eu os vi ontem à noite.

— Você disse ao meu pai que ele cavalgaria rumo à glória! — exclamou Destina.

— Os presságios não são para ele — explicou Atieno. — Meu senhor *vai* cavalgar para a glória. Os presságios são para você, Destina. O primeiro será sangue. O segundo será a espada. O terceiro, a coroa.

Destina ficou constrangida, com medo de que os criados a ouvissem.

— Venha para dentro agora, mãe! — insistiu. — Você está tremendo.

Atieno a acompanhou, porém, continuou a falar.

— A Medida diz: "Paladine, o Eterno Ferreiro, empunha seu martelo, cada golpe testando a humanidade. O aço defeituoso quebra. O aço verdadeiro fica mais forte". Eles se abaterão sobre você como golpes de martelo, Destina. Você deve ser forte.

— Serei, mãe — declarou Destina.

Ela conduziu depressa a mãe para dentro, fechou as portas e abaixou a pesada barra que as trancava.

Destina temia que sua mãe se trancasse em seu quarto, lendo presságios e prevendo desastres até que o pai retornasse, mas Atieno surpreendeu a filha. Na manhã seguinte, ordenou ao senescal que reunisse o que restava dos criados da casa no saguão de entrada, para que pudesse lhes falar. Estes consistiam na cozinheira, uma copeira, o senescal que Gregory havia encarregado da propriedade e Nanny, a ama de Destina, que ficara, pois não conseguiram convencê-la a deixar a família que passou a considerá-la como a sua.

Atieno tomou seu lugar diante deles vestida com seus melhores trajes e falou com firmeza e determinação, sem mencionar nada sobre presságios.

— Os exércitos das trevas invadiram nossa terra e não se limitarão a atacar a Torre do Alto Clérigo. Devemos nos preparar para a possibilidade de atacarem o Castelo Rosethorn. Alguns de vocês pediram permissão para retornar para suas casas para proteger suas famílias. Dou-lhes licença para partir e desejo-lhes boa sorte. Aqueles que optarem por permanecer podem fazê-lo e são bem-vindos. Temos muito trabalho a fazer.

— É verdade, senhora — assentiu o senescal. — Devemos nos preparar para viajar para Palanthas. Nanny e eu já começamos a fazer as malas...

Atieno interrompeu-o, contrariada.

— Então, pode desfazê-las. Eu já lhe disse antes. Vou ficar aqui para defender meu lar.

— Mas, senhora, os exércitos de dragões! Não estamos seguros! O mestre tomou providências...

— O mestre se foi e eu sou a senhora — retrucou Atieno.

Ele começou a protestar, notou o olhar inflamado de Atieno e murchou diante das chamas. Lançou um olhar para Destina, buscando uma pessoa capaz de pensar racionalmente.

— Papai queria que estivéssemos seguras, mamãe — interveio Destina. — Os Berthelboch e outros residentes de Ironwood estão viajando para Palanthas. Eles nos ofereceram um lugar em sua caravana.

— E quanto ao pobre povo de Ironwood que não tem condições de fugir? — questionou Atieno. — O que será deles? A Medida diz: "O dever mais sagrado de um cavaleiro é proteger e defender os fracos, os inocentes, os indefesos". Discuti isso com seu pai antes de ele partir. Ele concordou que eu estava certa e me concedeu sua bênção. Ele insistiu que eu a enviasse para Palanthas...

— Se vai ficar, mamãe, então eu também vou — declarou Destina.

— Sou a Senhora do Castelo Rosethorn na ausência do meu pai. Não gostaria que papai pensasse que sou uma covarde.

Atieno deu-lhe um sorriso de aprovação.

— Temos muito trabalho pela frente e pouco tempo para fazê-lo.

Ela começou a trabalhar naquele mesmo dia, ensinando à cozinheira uma receita de pão feito apenas com farinha, água e sal que, segundo ela, duraria meses sem mofar. Ordenou que os soldados que Gregory havia deixado para a proteção do castelo formassem um grupo de caça e surpreendeu Destina ao ordenar que selassem seu cavalo, dizendo que cavalgaria com eles.

Destina tentou aplacar o senescal ofendido, que insistia que Gregory o deixara no comando, prometendo que ela conversaria com a mãe. Ela foi até os aposentos da mãe apenas para encontrar Atieno usando túnica, calças e botas de couro macio.

— Essas roupas velhas ainda me servem — comentou Atieno com orgulho. — Seu pai a ensinou a usar um arco, Destina?

— Não, mamãe — respondeu Destina, desdenhosa. — O arco não é uma arma adequada para um cavaleiro.

— É adequada para quem não quer morrer — retrucou Atieno, em um tom cortante. — É hora de ensinar-lhe as habilidades do meu povo, Destina. Você aprenderá a usar um arco, como rastrear caça, como estripar um cervo. Vá trocar de roupa. Não pode caçar de vestido de veludo.

Ela puxou outra túnica de couro e um par de calças do baú e os atirou para Destina.

— Essas devem caber em você.

Destina torceu o nariz com nojo do cheiro do couro bem gasto.

— Mas, mamãe, não posso usar peles de animais! Sou filha de um cavaleiro! — Destina protestou.

Atieno voltou-se para ela furiosa.

— Você também é filha de uma guerreira! Devemos preparar este castelo para ser atacado, e isso significa que precisamos estocar carne para alimentar os famintos. Não permitirei que você fique ociosa, citando a Medida enquanto o resto de nós trabalha para salvar vidas.

Destina sentiu as bochechas queimarem com a repreensão, tomando-a como injusta. Ela agarrou o couro ensebado e caminhou para seu quarto. Felizmente, as calças de couro não serviram. Entretanto, não seria acusada de se esquivar de seu dever e colocou as calças e a túnica de lã que usava quando saía para cavalgar com o pai.

Naquela tarde, Atieno liderou seu grupo de caça para territórios selvagens. Destina cavalgava ao lado da mãe, armada com um arco, flechas e uma faca.

Nos dias seguintes, Destina viu a mãe se transformar. O senescal, escandalizado, reclamou que Atieno havia voltado aos seus modos de guerreira; Destina, porém, via uma mulher que havia sido libertada de uma prisão e desenvolveu um novo respeito pela mãe, embora a lição quase a matasse.

Atieno ensinou à filha a arte de sobreviver na indiferente natureza selvagem. Destina passou os dias rastreando, caçando, capturando e matando. Passou as noites cortando, salgando e embalando a carne em barris.

Aqueles primeiros dias foram como um pesadelo. Destina estava sempre imunda e dolorida. Seus dedos estavam cortados e ensanguentados por causa da corda do arco. Suas roupas estavam cobertas de sangue seco, seu cabelo emaranhado e cheio de nós. Estava constantemente com frio e sempre faminta, pois Atieno mantinha os criados ocupados demais para cozinhar para elas. Elas comiam o que podiam, quando conseguiam. Destina estava tão exausta que certa vez adormeceu na sela e quase caiu do cavalo.

No quinto dia, Destina percebeu que também havia mudado. Suas habilidades com o arco melhoraram tanto que conseguia acertar um alvo duas vezes em dez. Ela ainda ficava desajeitada ao estripar um cervo e engasgava com o fedor, mas era capaz de fazê-lo. E quando um dos soldados foi pego na própria armadilha, içando-o e pendurando-o no ar, ela riu com Atieno até as duas ficarem sem ar. Naquele momento, Destina sentiu-se mais próxima da mãe do que jamais se sentira.

Dias se passaram sem notícias de Gregory. Rumores abundavam. Algumas pessoas diziam que os exércitos dos dragões estavam no norte marchando para o sul, e outras diziam que estavam no sul marchando rumo ao norte. Os rumores concordavam que, onde quer que estivessem, os exércitos dos dragões, sob o comando de uma Senhora Dracônica conhecida como Dama Azul, estavam se preparando para lançar um ataque final à Torre do Alto Clérigo. O medo pelo pai era uma sombra constante no coração de Destina.

Atieno nunca falava dos próprios medos, embora consultasse os presságios todas as manhãs. Destina teve vontade de perguntar à mãe o que os presságios revelavam, mas lembrou-se da raiva do pai quando ela os mencionara e se manteve em silêncio.

Depois de uma semana de trabalho árduo, Atieno considerou que haviam armazenado o suficiente para enfrentar o que quer que lhes acontecesse. Depois disso, não podiam fazer nada, exceto esperar e vigiar.

Algumas noites depois, Atieno acordou a filha de um sono profundo, sacudindo-a bruscamente pelo ombro e puxando os cobertores. Atordoada, Destina sentou-se ereta.

— Mamãe, o que foi? Qual é o problema?

— Vista-se depressa. O inimigo está aqui.

— Onde eles estão? — Destina ofegou.

— Nos arredores da cidade. Estão saqueando e incendiando fazendas. Virão nos atacar em seguida.

Destina agarrou-se ao cobertor e encarou a mãe, assustada.

— Apresse-se, Destina — mandou Atieno bruscamente. — Preciso de sua ajuda.

Destina vestiu-se, apressada, com as roupas que usara para caçar, agora lavadas e limpas, embora fosse impossível remover as manchas de sangue. Ela desceu as escadas correndo e encontrou a mãe dando ordens e os criados correndo para obedecê-la.

— Abra os portões para o nosso povo — ordenou Atieno ao senescal. — Permita que todos entrem. Alguns de vocês cavalguem até Ironwood para avisar o povo da cidade. Diga para juntarem seus pertences e buscarem abrigo no Castelo Rosethorn.

Os primeiros refugiados vindos das fazendas já estavam entrando pelos portões. Destina lembrou-se da história do Senhor Nathaniel e trouxe-lhes comida e bebida e exortou-os a aquecerem-se junto ao fogo. A maioria parecia atordoada pela súbita reviravolta em suas vidas, incapaz de compreender a perda de tudo o que possuíam. Choravam e contavam sobre o gado abatido e suas casas incendiadas. Alguns dos fazendeiros haviam fugido; outros, porém, haviam lutado e pagaram por sua coragem com a vida.

Destina tentou consolar as pessoas da melhor forma que podia, mesmo enquanto o próprio medo aumentava. Precisando saber o que poderiam vir a enfrentar, ela foi até as ameias para conversar com o comandante das tropas do pai.

O Capitão Hull começara a servir Gregory como mercenário dez anos antes. Ele estava na casa dos quarenta anos na época, e a vida errante e incerta de um mercenário havia começado a cansá-lo. Ele havia encontrado um lar no Castelo Rosethorn, conquistado a confiança de sua senhoria e agora era o comandante da guarda do castelo.

Hull havia colocado homens no portão inferior para guiar os refugiados através da Manopla Espinhosa conforme entravam, com ordens para fechar o rastrilho e os portões assim que todos estivessem em segurança dentro das muralhas. Ele posicionou a maior parte de suas forças nas ameias da cortina acima da Manopla Espinhosa. Enviou dois esquadrões menores para a Torre de Vigia e as ameias da Torre da Rosa. Destina o encontrou em uma dessas ameias contemplando uma noite pontilhada de fogueiras, brilhando com um laranja lúgubre na escuridão.

Ele a viu se aproximar e franziu a testa.

— Não deveria estar aqui, jovem senhora. Não é seguro.

— Eles vão atacar o castelo, capitão? — Destina perguntou. Ela havia ensaiado as palavras para que sua voz não vacilasse.

O capitão olhou para as fogueiras que surgiam na noite. Ele parecia perturbado, sem saber como responder.

— Não precisa esconder a verdade de mim, capitão — declarou Destina. — Sou filha de um cavaleiro.

Hull sorriu.

— Então não vou mentir, senhora. Soldados podem pensar duas vezes antes de atacar, mas esses são bandos errantes de desertores e bandidos que buscam apenas incendiar, saquear e matar. Eles sabem que nossa guarnição está com poucos homens e estão ávidos pelas riquezas dentro do castelo.

Uma bola de fogo irrompeu na noite, desabrochando como uma flor hedionda.

— Veja, senhora — apontou Hull severamente. — Os miseráveis estão fartos de saquear e matar. Estão incendiando a cidade agora.

As casas de fazenda incendiadas eram pequenos pontos de chamas espalhados pela paisagem. Os prédios, lojas e casas da cidade eram muito próximos. Bastavam incendiar apenas uma construção que o fogo se espalharia para as outras. Logo a cidade de Ironwood era um inferno ardente.

— Está tremendo, jovem senhora — comentou o capitão. — Melhor voltar para o castelo.

— Quando eles vão atacar? — Destina perguntou, com a garganta apertada.

— Provavelmente pela manhã, quando tiverem bebido o suficiente para juntar coragem — respondeu ele, e saiu para preparar os defensores para a violenta ofensiva que se aproximava.

Destina demorou-se, observando a crescente conflagração com uma espécie de fascínio medonho. Pensou nos Berthelboch. A esplêndida casa deles, sem dúvida, estava pegando fogo, mas eles tinham outra residência, mais bonita, em Palanthas, assim como a família dela e muitas das famílias ricas. Todos haviam escapado com segurança. As pessoas refugiadas no Castelo Rosethorn não tinham para onde ir. Elas haviam perdido entes queridos, suas casas e fazendas, estoques de alimentos para o inverno.

Destina pensou nos numerosos barris de carne que a mãe salgara e guardara, nos cestos de pão que não mofavam. Apresentada a chance de fugir para ficar em segurança, Atieno previra a necessidade e escolheu ficar para lutar e defender seu povo.

Destina tinha orgulho da mãe e orgulho de ser filha de sua mãe. Não era apenas filha de um cavaleiro, era filha de uma mulher guerreira de Ergoth.

CAPÍTULO SEIS

Atieno e alguns soldados e seu exército de fazendeiros e camponeses passaram a noite se preparando para defender o Castelo Rosethorn. O fosso que cercava o castelo estava parcialmente congelado, cheio de pedaços flutuantes de gelo que ajudariam a retardar o avanço do inimigo. Ela ergueu a ponte levadiça e reforçou os portões externo e interno, obviamente os pontos mais frágeis do castelo. Ela baixou o rastrilho e fechou e trancou as portas. Aqueles que eram habilidosos com o arco ocuparam posições nos buracos assassinos no teto acima do portão inferior, preparados para disparar flechas ou derramar água e óleo fervente nas cabeças do inimigo.

Ela posicionou homens sem habilidade com armas nas muralhas, segurando longos bastões bifurcados, prontos para empurrar escadas, enquanto outros estavam preparados para atirar pedras enormes no inimigo.

Ela enviou Destina para procurar o Capitão Hull e entregar uma mensagem. Destina estava usando uma das camisas de cota de malha descartadas do pai por cima da túnica de lã. A cota de malha era grande demais e faltavam alguns elos, mas ela estava orgulhosa de como ficava nela, parecendo uma verdadeira cavaleira.

Ela encontrou Hull no portão inferior. Ele estava ocupado e não pôde atendê-la imediatamente, e ela olhou para a escuridão, tentando encontrar o inimigo. Não conseguia localizá-los, mas podia ver as manchas alaranjadas de suas fogueiras na escuridão. Podia ouvir vozes estridentes e, então, uma mulher urrando em sofrimento. A mulher gritava e continuou gritando até que seus urros pararam de repente.

Destina começou a tremer, embora ninguém ao seu redor parecesse notar. Estavam ocupados com suas tarefas e, embora alguns aparentassem tristeza, não paravam de trabalhar. Por fim, alguém deve ter notado sua angústia e dito algo para o capitão, pois ele surgiu da escuridão iluminada pelo fogo.

Os lábios de Destina estavam rígidos, mas ela conseguiu passar sua mensagem.

— Minha mãe precisa falar com você, capitão.

— É melhor voltar para o castelo, senhora — Hull respondeu, delicadamente. — Diga à Senhora Atieno que a encontrarei no saguão de entrada.

Destina ficou feliz por poder escapar com algum resquício de dignidade. Desceu as escadas correndo, entrou aos tropeços nas latrinas e vomitou. Sentindo-se um pouco melhor, jogou água fria de um dos barris no rosto e foi procurar a mãe.

Os criados informaram-na de que Atieno havia levado as crianças e os anciãos da cidade para a cripta, os depósitos abaixo do castelo. Destina desceu uma escada estreita até a vasta câmara com paredes de tijolos que era confortável e seca o ano todo, adequada tanto para armazenar grãos e outros suprimentos, quanto para pessoas se refugiarem ali caso o castelo fosse atacado.

A cripta agora estava cheia de refugiados, principalmente mulheres e crianças; homens e meninos mais velhos estavam se juntando à defesa do castelo. Destina encontrou a mãe distribuindo cobertores e consolando crianças assustadas.

— Vocês estão no Castelo Rosethorn — Atieno lhes dizia. — Este castelo existe há séculos e nunca sucumbiu a um inimigo. Se forem corajosas e boazinhas esta noite, haverá bolinhos de aveia para vocês amanhã.

Ela finalmente se virou para Destina.

— Entregou minha mensagem?

— O Capitão Hull disse que vai encontrá-la no saguão de entrada.

Atieno subiu agilmente as escadas para o saguão, e Destina a acompanhou, movendo-se mais devagar. O peso da cota de malha estava começando a machucar suas costas e ombros. Suas mãos estavam suadas e trêmulas, seu estômago se revirava e ela tinha um gosto ruim na boca.

Ao vê-la ficar para trás, Atieno lançou-lhe um olhar penetrante.

— Qual é o problema, Destina? Parece doente. Está se sentindo mal?

— Sou uma covarde, mamãe — confessou Destina, abaixando a cabeça. — Meu pai teria tanta vergonha de mim.

Atieno deteve-se para olhá-la com seriedade.

— O que a faz pensar que é uma covarde?

— Porque eu estou com medo — respondeu Destina, engolindo em seco.

— Espero que esteja! — Atieno retrucou secamente. — O medo é a sua armadura e vai protegê-la muito melhor do que a cota de malha danificada que está usando. Quanto ao seu pai... Venha comigo. Quero lhe dar uma coisa.

Ela levou Destina para o andar de cima. Destina mal reconhecia a própria casa. Atieno havia ordenado aos criados que restavam que desnudassem o interior, retirassem as tapeçarias e afastassem os móveis para que não atrapalhassem a defesa.

Atieno entrou em seu quarto, onde abriu um baú contendo roupas de cama. Procurando embaixo dos lençóis, retirou uma espada e entregou a arma a Destina, que a observou com admiração, maravilhada com a qualidade. A espada era belamente trabalhada, a lâmina gravada com um motivo de rosas e espinhos.

— Onde conseguiu isso? — Destina perguntou.

— Esta espada era minha — revelou Atieno. — Seu pai mandou fazer especialmente para mim.

— É linda — comentou Destina, esquecendo o medo.

— Seu pai tentou me ensinar a usar, mas eu não era uma boa aluna — contou Atieno. — Ele ria e dizia que eu lutava igual a um ogro, brandindo a espada como um cutelo. Seu pai pretendia dá-la para você daqui a alguns anos, quando você fosse maior de idade, mas acho que deveria tê-la agora.

— Obrigada, mãe — disse Destina. — Vou cuidar bem dela.

— Espero que a utilize, bem como cuide dela. E espero que você seja mais habilidosa com uma espada do que é com um arco — retrucou Atieno, mas sorria ao dizer isso.

Gregory havia ensinado Destina a manusear uma espada, e ela experimentou esta, estocando e aparando, acostumando-se com a sensação, o peso e o equilíbrio. Ela pôs a arma em um dos talabartes do pai e o colocou sobre o ombro. Conseguia ouvir a voz do pai nos tempos em que a ensinava e se sentiu reconfortada, como se ele estivesse ao seu lado.

A aurora se aproximava. A luz do sol entrava pelas janelas. Destina ouviu uma comoção dentro e fora do castelo, enquanto soldados e arqueiros tomavam suas posições, preparando-se para o ataque que acreditavam que viria após o amanhecer. Ela desceu correndo as escadas e entrou no saguão de entrada.

O Capitão Hull estava conversando com Atieno perto das portas de entrada. Os dois estavam absortos na conversa e, como não tinham visto Destina, ela se escondeu nas sombras para ouvir.

— O inimigo é mais forte do que pensávamos, minha senhora — Hull estava dizendo. — Ontem à noite, eram um bando desorganizado de desertores, ladrões e salteadores. Agora, as unidades do exército dracônico chegaram. Se fosse para dar um palpite, eu diria que os exércitos dracônicos pretendem tomar este castelo e mantê-lo para proteger sua retaguarda.

— Qual é o número dos inimigos, capitão? — perguntou Atieno.

— As tropas são pequenas, talvez apenas algumas centenas. Goblins e hobgoblins, provavelmente liderados por um comandante humano. É provável que tenham ouvido de seus espiões que estamos desfalcados de homens e que o castelo está precariamente defendido.

— Eles logo aprenderão a não confiar em seus espiões — replicou Atieno. — Conseguimos fazer funcionar o antigo mecanismo da comporta da Torre de Vigia. Se necessário, podemos liberar a água da chuva armazenada na cisterna.

O Capitão Hull hesitou e comentou:

— Espero não estar faltando ao respeito, minha senhora, mas sei que meu Senhor Gregory gostaria que você e a jovem senhora se abrigassem na cripta, onde estarão seguras.

— Tenho certeza de que sua senhoria gostaria — respondeu Atieno, sorrindo. — Eu diria a ele como estou dizendo a você que sou uma guerreira de Ackal e a esposa de um cavaleiro. A Medida diz que é nosso dever proteger os inocentes. Meus arqueiros e eu nos posicionaremos nos buracos assassinos. Quanto à minha filha...

— Tomarei meu lugar nas muralhas, Capitão Hull — anunciou Destina, emergindo das sombras. Ela viu o capitão prestes a protestar e acrescentou: — Estou decidida. Tanto meu pai quanto minha mãe esperam que eu obedeça à Medida.

O Capitão Hull lançou um olhar para Atieno, sem dúvida esperando que ela mandasse a filha para a cripta; Atieno, porém, apenas sorriu e deu um beijo de aprovação na bochecha de Destina.

— Vejo que encontrou sua coragem, filha. Pegue sua capa, pois vai estar frio lá em cima, depois acompanhe o capitão e faça o que ele mandar.

Destina percebeu pela expressão sombria do Capitão Hull que ele não estava nem um pouco satisfeito. Ele era responsável pela defesa do castelo e agora também era responsável pela filha de seu senhor.

— Não serei um fardo, senhor — assegurou-lhe Destina, enquanto subiam as escadas. — Sei como manejar uma espada. Meu pai me treinou.

Hull grunhiu e murmurou algo que se perdeu em sua barba.

Eles contornaram a base da Torre da Rosa, depois cruzaram uma larga ponte de madeira acima do riacho que corria da eclusa que a mãe dela havia mencionado na base da Torre de Vigia. Subiram a escada da torre e chegaram a uma muralha pela qual podiam ver o portão inferior além da borda do penhasco. Hull a conduziu até um canto escuro na sombra da torre de guarda e a empurrou contra a parede.

— Cuidado para não se cortar com essa lâmina, senhora — Hull disse com severidade. Ele se virou para um velho soldado com um cavanhaque grisalho que estava observando com um leve ar de diversão. — Fique de olho nela, Rufus Gray.

— Sim, senhor — disse o velho com uma saudação negligente.

Destina ficou irritada e olhou raivosa para o capitão.

— Eu sou Destina Rosethorn! Ele não tem o direito de me tratar com tanto desrespeito.

— Claro que tem, senhorita — respondeu Rufus. — Seu pai vai colocar a cabeça dele em uma estaca se alguma coisa lhe acontecer.

Destina ainda estava furiosa, mas naquele momento ouviu o ressoar das cornetas do inimigo e o estrondo de seus tambores, convocando suas forças para a batalha. Os soldados e arqueiros do castelo que estavam nas muralhas pegaram suas armas e correram para tomar suas posições. Presa em seu canto, Destina não conseguia ver nada. Preocupou-se e ficou na ponta dos pés, tentando descobrir o que estava acontecendo.

— Eu tinha mais ou menos a sua idade quando me tornei um soldado, senhorita — comentou Rufus. — Venha ficar aqui perto de mim e olhe através daquela seteira ali na parede. Você terá uma ótima vista.

Destina temia que, se o Capitão Hull a pegasse saindo de seu canto, ele a mandaria descer para a adega. Ele havia deixado o mirante para preparar as tropas para a batalha, e Destina se esgueirou de seu canto e olhou pela seteira para as forças inimigas, então ofegou, chocada.

Ela havia lido sobre batalhas nos livros do pai e imaginara fileiras ordenadas de soldados em armaduras reluzentes marchando, decididas, em direção ao inimigo. Em vez disso, contemplava um mar túrgido e agitado de criaturas diabólicas, que uivavam, brandiam armas e berravam em alguma linguagem grosseira.

— São goblins? — ela perguntou.

— Gobs e hobs — explicou Rufus, traduzindo para ela —, goblins e hobgoblins. Nunca viu um antes?

— Não — respondeu Destina, engolindo em seco. — Quais são o quê?

— Hobs são maiores e mais espertos do que gobs e mais altos do que a maioria dos humanos. Eles têm cabelos ruivos e pele vermelha e braços e pernas grandes e volumosos. Os hobs dão as ordens. Eles podem usar grandes quantidades de armadura e adoram a batalha. Os gobs são aqueles miseraveizinhos esqueléticos. Se juntar todos, não dá um cérebro. Observe só — ele acrescentou com desgosto —, não conseguem nem formar fileiras.

Os hobs estavam tentando forçar os goblins a marchar em algum tipo de ordem, mas as criaturas menores começaram a empurrar umas às outras e quase imediatamente brigas irromperam. Hobgoblins montados em cavalos grandes e ossudos avançaram pela massa uivante e atacaram os goblins com as laterais de suas espadas em uma tentativa de cessar as brigas.

— Onde está o comandante deles? — Destina questionou. — Por que ele não faz alguma coisa?

— Vê o homem de armadura azul sentado em seu cavalo lá longe em um campo, cercado por seus guarda-costas? Aquele é o comandante deles. Ele não chegará perto da batalha. Ele deixa isso para os subalternos.

— Ele é um Senhor de Dragões? — Destina perguntou.

— Não! — O velho cuspiu por cima do muro. — Os Grão-Mestres são os comandantes supremos. São importantes e poderosos demais para se ocuparem com gente como nós. Provavelmente é um tenente liderando o exército.

Destina observou os goblins que gritavam, enojada.

— Não sei como chamam isso de exército. Parece mais uma turba. Nós os derrotaremos.

Rufus esfregou o queixo.

— Não subestime esses demônios, jovem senhorita. O que falta aos gobs em cérebro, eles compensam com selvageria. E não morrem com facilidade. Será uma luta árdua, demorada e feia.

— Nós vamos prevalecer no final, não vamos? — Destina perguntou, ansiosa.

— Claro que vamos, jovem senhorita — respondeu Rufus, sorrindo. Ele tinha apenas um punhado de dentes. — Não podemos permitir que sua senhoria volte para casa vitorioso da batalha para encontrar o castelo invadido por gobs.

Tranquilizada, Destina voltou a olhar pela seteira.

— Quem são aquelas duas criaturas enormes de mantos pretos conversando com o tenente?

— Ogros xamãs — explicou Rufus, franzindo a testa. — Não gosto nada disso. Os ogros geralmente são tão estúpidos quanto tocos de árvore, mas seus xamãs são mais espertos que a maioria. Eles idolatram algum deus sombrio, foi o que ouvi dizer, e podem operar milagres profanos.

Esses dois ogros tinham mais de dois metros e meio de altura, com corpos muito musculosos. Tinham cabelos compridos que desciam até os ombros e caíam por cima de seus rostos, as testas salientes, olhos pequenos e garras negras nas mãos.

Enquanto Destina observava, podia ver o tenente gesticulando com sua espada na direção do castelo. Os dois ogros se curvaram em resposta e, em seguida, viraram-se e começaram a correr em direção à guarita. Abriram passagem através do enxame de goblins, chutando e pisoteando aqueles que não saíram de seu caminho.

— Ora, o que acha que esses malditos estão planejando? — Rufus murmurou.

Os ogros xamãs alcançaram o fosso em frente ao portão inferior e Destina pensou que isso iria detê-los. Contudo, não hesitaram, mas ergueram suas vestes negras e pularam na água gelada, que chegava apenas até os seus joelhos. Chapinharam pelo fosso e escalaram do outro lado.

Destina podia ver o Capitão Hull caminhando pelas ameias do portão inferior, gritando instruções para os arqueiros.

— Não disparem suas flechas até que eu dê a ordem! — ele berrou.

— Nem precisa se incomodar — Rufus resmungou. — Flechas só vão irritar os ogros; aquela pele azul deles é mais resistente do que couro de bota.

Os ogros xamãs avançaram em direção à guarita com passadas largas e calmas, movendo-se com tanta ousadia como se fossem convidados para o jantar. Pararam assim que chegaram ao rastrilho. Uma barreira formidável, tal aparato de defesa no Castelo Rosethorn constituía-se de uma grade de treliça feita de madeira e faixas de metal ancoradas na pedra, projetadas para resistir contra aríetes.

Destina viu a mãe e seus arqueiros se posicionarem atrás dele.

— Arqueiros, agora! — gritou o Capitão Hull.

Os arqueiros nas plataformas disparavam das seteiras na muralha. Atieno e seus arqueiros dispararam por entre as ripas de ferro e madeira do rastrilho da passagem do outro lado.

Flechas atingiram os ogros, mas, como Rufus havia previsto, elas causaram pouco dano às suas peles grossas. Os xamãs arrancavam as flechas de suas vestes, afastavam-nas ou as ignoravam completamente.

Erguendo os braços como se estivessem em louvor, eles olharam para o céu e começaram a entoar um cântico. Destina só conseguia entender uma palavra em sua linguagem horrenda, a palavra: "Takhisis".

— Estão invocando a rainha das trevas — disse Rufus.

Aparentemente, ela os atendeu. Chamas desceram do céu, envolvendo seus braços e girando ao redor de suas mãos. Os xamãs gritaram em triunfo enquanto esticavam as mãos flamejantes e plantavam os dedos abertos sobre as ripas de madeira do rastrilho.

A madeira explodiu em chamas, ardendo com um brilho incandescente que consumiu as ripas em segundos. Atieno e seus arqueiros recuaram diante do calor intenso. Os ogros então pressionaram as mãos ardentes contra o ferro até que ficasse incandescente e começasse a derreter. Eles pararam de cantar. As chamas em suas mãos se extinguiram. Aguardaram pacientemente, suportando uma saraivada de flechas, até que o rastrilho fosse reduzido a madeira carbonizada e metal retorcido; então, golpearam o rastrilho com os punhos e ele se partiu.

Com sua missão concluída, os xamãs riram em desafio aos humanos que estavam alinhados nas muralhas, rebateram mais flechas como se fossem mosquitos e partiram sem pressa.

O tenente ergueu a espada e gritou. Cornetas berraram freneticamente. Os tambores ressoaram e os goblins fizeram grande alarido, uivaram e saltitaram de alegria. Os hobgoblins deram a ordem, e a primeira onda das forças inimigas avançou como um enxame, lançando-se contra o portão.

Os hobgoblins cavalgavam atrás dos goblins, brandindo seus chicotes. Os goblins correram para a guarita, acotovelando-se e guinchando até alcançarem o fosso. Aqueles que vinham na frente pararam na beirada, assustados com a visão da água sombria e gelada. Seus companheiros que os seguiam continuaram correndo para evitar os chicotes dos hobgoblins, e as primeiras fileiras saltaram ou foram empurradas para o fosso. Eles se debateram e chapinharam na água rasa. Alguns afundaram, mas a maioria fez a travessia e chegou à guarita.

Eles pisotearam o que sobrara do rastrilho fumegante e correram para o interior, rangendo os dentes, sedentos por sangue. Destina os perdeu de vista, mas sabia que agora deviam estar entrando na Manopla Espinhosa, a passagem estreita repleta de buracos assassinos.

Ela aguardou sem fôlego pelo que viria a seguir.

Atieno e suas forças claramente esperaram até que um grande número de goblins ocupasse a passagem para lançar seu ataque. Agora, derrubavam pedras nos goblins através dos buracos acima da passagem, atiravam suas flechas na massa de corpos que se contorcia e derramavam alcatrão fervente sobre eles.

Os gritos e ganidos dos goblins eram tão altos que Destina conseguia ouvi-los das muralhas. Os goblins que haviam entrado voltaram correndo para fora, uivando de dor e terror. Alguns tinham flechas cravadas nas costas ou nas entranhas, e muitos caíram mortos. Outros estavam cobertos de alcatrão que havia queimado sua pele, e berravam de agonia e pulavam no fosso para tentar aliviar a dor.

Os goblins que vinham atrás ouviram os gritos terríveis de seus companheiros e os viram pulando no fosso ou morrendo sobre as pedras do calçamento, e ou pararam, recusando-se a seguir em frente, ou se viraram e fugiram. Os hobgoblins gritaram, furiosos, e estalaram seus chicotes, tentando obrigá-los a retornar à batalha.

O tenente continuava em seu cavalo, observando a batalha. Ele deu outra ordem. As cornetas berraram mais uma vez e uma segunda onda de goblins avançou. Esses carregavam gigantescas escadas de madeira, segurando-as acima das cabeças enquanto corriam. Plantaram-nas contra a muralha e começaram a subir, carregando suas espadas de lâmina curta e larga presas entre os dentes.

Rufus Gray desembainhou sua espada.

— Faça-me um favor, sim, garota? Fique aí naquele canto e proteja minha retaguarda. Dê um grito se algum desses demônios tentar se esgueirar atrás de mim.

Destina fez o que ele pediu, embora suspeitasse que ele estava tentando mantê-la fora de perigo. Ela se afastou para ficar perto da torre, com a espada na mão. Havia perdido seu ponto de observação pela seteira, mas encontrou um buraco na parede, onde parte da alvenaria havia desmoronado, e pelo qual conseguia ver.

Uma escada se chocou contra a parede em frente à seteira onde Destina estivera. Rufus gritou por ajuda, e um homem empurrou a escada com uma forquilha e a afastou da parede. A julgar pelos gritos, os goblins agarrados à escada caíram com ela.

Essa escada era apenas uma entre muitas. Os goblins içaram escada após escada, muito mais do que os homens nas muralhas podiam repelir, e logo invadiram a muralha. Eles foram recebidos pelos soldados que atacavam com suas espadas e os camponeses que lutavam com porretes e machados.

Os goblins atacaram os inimigos, golpeando-os com as espadas ou tentando acertá-los na cabeça com porretes. Os defensores do castelo matavam as criaturas, de modo que as muralhas estavam escorregadias devido ao sangue escuro, porém, mais continuavam vindo.

Os hobgoblins eram pesados demais para escalar as escadas frágeis, então ficaram no chão abaixo, conduzindo os goblins para a passagem ou incitando-os a subir as escadas. Os ogros xamãs estavam ali perto observando os goblins e gargalhando. De tempos em tempos, um deles se abaixava, agarrava um goblin que estava tentando fugir, erguia-o no ar e o atirava de volta na luta.

O tenente continuava montado em seu cavalo, observando a batalha a uma distância segura.

Destina agarrava a espada com mãos suadas, enquanto a luta mortal se desenrolava ao seu redor. Uma cabeça decepada de goblin rolou pelas pedras manchadas de sangue e parou aos seus pés. O hediondo rosto sem vida encarava-a de uma poça de sangue escuro. Destina engasgou, pôs a mão sobre a boca e se encolheu de volta no canto.

Outra escada chocou-se contra a parte da muralha que estava ruindo, a apenas alguns metros de Destina. Goblins escalaram e pularam, com as espadas entre os dentes afiados. Os goblins eram criaturas esqueléticas com pernas e braços finos, cabeças enormes, pele dura e semelhante ao couro, e pés grandes e desajeitados. Eles não a viram, pois ela estava oculta nas sombras. Destina abriu a boca para gritar um aviso, contudo, percebeu que, caso o fizesse, alertaria os goblins e eles se voltariam contra ela. Sua garganta se fechou de medo.

Rufus enfiou a espada em um goblin e rasgou-lhe as entranhas. A criatura gritou horrivelmente quando suas tripas se espalharam. Ele pulou para dar o golpe final e escorregou na sujeira escura e pútrida e caiu. Outro goblin correu para o ataque. O homem notou o perigo e se esforçou para ficar de pé. O goblin saltou sobre ele e o derrubou, levantando a clava para esmagar o crânio do soldado.

Destina correu até o goblin e enfiou a espada nas costas da criatura, apenas para descobrir que esfaquear carne e osso era muito diferente de mergulhar sua espada em um saco de areia, como praticara com o pai. O goblin contorceu-se e estremeceu em seus estertores de morte, quase arrancando a espada da mão dela. Sangue escuro jorrou e ele desabou morto.

Destina teve dificuldade em segurar o punho da espada, pois agora estava escorregadio com sangue. Conseguiu arrancá-la do cadáver enquanto Rufus se levantava.

— Cuidado, garota! — Rufus alertou e deu-lhe um forte empurrão que a jogou contra a parede. Ele avançou e atravessou a espada por um goblin que estava bem atrás dela.

Outro goblin arrastou-se por cima da muralha. Rufus o espetou na garganta com a espada, e a criatura tombou para trás. O velho soldado então agarrou a escada tosca e tentou empurrá-la para longe, enquanto mais um goblin empoleirado no degrau superior da escada começou a golpeá-lo com uma faca. Rufus o socou no rosto com o punho fechado, e o goblin perdeu o controle e caiu. Outro rapidamente tomou seu lugar.

— Ajude aqui, garota! — Rufus gritou, empurrando a escada. Destina largou a espada e correu para ajudar. Naquele momento, ela entendeu o significado das palavras da mãe quando falou do medo de servi-la, pois quando ela empurrou a escada, a força brotou de algum lugar dentro dela. A escada caiu para trás, enquanto os goblins saltavam para salvar suas vidas.

Ela ouviu um guincho estridente, pegou a espada e começou a se virar de um lado para outro, aterrorizada, esperando ver hordas de goblins correndo em sua direção.

O guincho não vinha dos goblins. Vinha do antigo mecanismo que controlava as comportas, que gemia e reclamava por ter sido forçado a entrar em ação após um século em desuso. Os portões se abriram e liberaram uma torrente de água repentina, tão poderosa que inundou a passarela, desabou sobre a Manopla Espinhosa e arrastou os inimigos desafortunados para longe.

O ataque soçobrou, e houve uma pausa na batalha. Os soldados continuaram em guarda, com as armas em punho, enquanto outros cuidavam dos feridos ou começavam a atirar cadáveres de goblins das muralhas.

— O que aconteceu? — Destina ofegou, atordoada. — Onde estão os goblins?

Rufus deu tapinhas no ombro dela.

— Acalme-se, moça. Podemos respirar um pouco. Quer ver uma coisa bonita? Olhe lá fora.

Um líquido pegajoso estava grudado em suas pálpebras. Destina passou a mão pelo rosto e a afastou, coberta de sangue. Fez uma careta e limpou a mão na calça, depois voltou para olhar pela seteira.

Os goblins estavam fugindo. Eles se espalhavam pelos campos, ignorando os hobgoblins e seus chicotes, preferindo as chicotadas aos defensores do Castelo Rosethorn. Alguns dos homens comemoraram, mas outros, mais sábios, ficaram em silêncio e se dedicaram à dura tarefa da limpeza.

— Eles vão lançar outro ataque? — Destina questionou.

— Difícil dizer — explicou Rufus. — Os gobs não vão longe. Assim que ficarem com fome, voltarão para o acampamento e para as carroças de suprimentos. Olhe ali. Aquele tenente não está feliz. Ele contava que fôssemos uma presa fácil. Jogou o que tinha contra nós, e nós o jogamos de volta.

Destina entendeu o que o velho soldado quis dizer. O tenente havia descido do cavalo e andava de um lado para outro, furioso, gritando com os comandantes hobgoblins que haviam se reunido ao seu redor. Os ogros xamãs estavam aparentemente seguros de que haviam cumprido seu dever, pois permaneceram afastados, conversando entre si e sem prestar atenção nele.

— Ele pode mandar buscar reforços — comentou Rufus, esfregando o queixo.

Alguém na outra ponta da muralha soltou um grito de pânico. Todos se viraram para olhar e viram-no apontando para o norte.

— Malditas sejam minhas entranhas e moela! — Rufus disse, espantado. — Um dragão!

Destina seguiu o olhar dele. Ela nunca tinha visto um dragão antes, mas ouvira as histórias de seu pai sobre Huma e lido descrições das feras em livros. Elas não faziam jus à besta. Nenhuma palavra poderia descrever o terrível esplendor do dragão.

A criatura era longa, lustrosa e esguia. O sol reluzia em suas escamas azuis e cintilava em suas asas. Ele voou rapidamente acima das muralhas do castelo. Ao ver o dragão, uma onda de medo se abateu sobre aqueles que estavam nas muralhas. Soldados experientes em batalha gritaram de terror e se atiraram sobre as pedras encharcadas de sangue.

Rufus agachou-se por trás da muralha. Seu rosto estava pálido, e ele suava. Gritou para Destina se esconder, porém, ela não conseguia se mexer.

Ela estava fascinada pela visão da magnífica criatura, tão bela e tão mortal.

O dragão vinha do norte e seguia direto para o Castelo Rosethorn. Destina teve visões de Huma voando no próprio dragão de prata para se juntar à batalha contra os monstros da Rainha das Trevas, carregando a lendária lança do dragão, agora perdida para o mundo. Ela ouviu a voz do pai contando a história.

Observou o dragão aumentando diante de seus olhos enquanto se aproximava, e tremeu e tentou imaginar Huma enfrentando-o, a lança do dragão em punho.

Rufus agarrou Destina e a arrastou para baixo junto com ele, no momento em que o dragão os sobrevoou. A sombra do dragão fluiu sobre as muralhas, e os homens se encolheram de medo. Destina estremeceu, pois até a sombra parecia fria como a morte.

— Se aquela fera atacar, estamos perdidos — Rufus murmurou.

O dragão azul não deu atenção aos defensores, talvez ciente de que eles não tinham armas capazes de feri-lo. Deixando o castelo para trás, o dragão sobrevoou o exército goblin.

Os goblins bateram as espadas contra os escudos em saudação, e os em fuga pararam sua corrida desvairada e impetuosa e voltaram correndo para participar da matança. Os ogros xamãs ergueram os braços em reverência.

O dragão não prestou atenção a nenhum deles. A besta pousou no chão perto do tenente, que se apressou em ir encontrá-la. Os dois conferenciaram brevemente, e, em seguida, o dragão mais uma vez alçou voo. O tenente teve alguma dificuldade em voltar a montar no cavalo, pois o animal ficou apavorado ao ver o dragão e precisou que dois de seus guarda-costas o segurassem.

Ele emitiu ordens, então galopou, tomando a estrada que levava rumo ao norte em direção às montanhas. Os hobgoblins cavalgaram atrás do comandante. Aqueles que conduziam os vagões de suprimentos os seguiram. Alguns dos goblins correram atrás deles, mas Destina viu outros fugirem para a floresta.

O dragão circulou acima do exército como se esperando para ter certeza de que suas ordens foram cumpridas, então afastou-se. Enquanto o dragão sobrevoava o castelo novamente, a besta desacelerou seu voo, inspirou e cuspiu um raio de sua boca contra a Torre de Vigia.

A explosão destruiu a torre e fez com que as paredes do castelo estremecessem. Pedaços de alvenaria quebrada despencaram no pátio. A Torre da Rosa, desprovida do apoio, estremeceu.

O dragão passou voando sem se preocupar em ver o dano que havia causado e continuou em sua jornada para o norte.

O medo debilitante partiu com o dragão, e Destina levantou-se trêmula.

— Por que o dragão não destruiu o castelo? — ela questionou, espantada e deslumbrada.

— Não entendo nada dessas feras abomináveis, então não sou capaz de dizer — Rufus resmungou. — Acho que tem negócios urgentes em outro lugar e não tem tempo para nós.

Ele tentou se levantar, mas seus joelhos estavam rígidos. Estendeu a mão para Destina.

— Dê uma ajuda, garota. Não sou tão ágil quanto antes.

Destina ajudou o velho soldado a ficar de pé. Podia ver os remanescentes do exército goblin fervilhando ao longo da estrada norte, abandonando a batalha. Os soldados começaram a celebrar, agora que o dragão havia partido, e deram tapinhas nas costas uns dos outros, congratulando-se.

— Vencemos! — Destina declarou, exultante.

Rufus balançou a cabeça.

— Não vencemos, garota. O melhor que se pode dizer é que não perdemos. Esse exército está se dirigindo para algum lugar. Temo que o que parece bom para nós seja um mau presságio para outros.

Os defensores do castelo carregavam seus feridos para baixo e cuidavam dos poucos que haviam morrido. Outros aventuraram-se no pátio, que agora estava coberto de detritos e escombros da torre caída. Felizmente, devido à batalha, ninguém estava no pátio quando a torre desabou.

— Preciso ir ver se minha mãe está bem — disse Destina. — Obrigada por me ajudar a encontrar minha coragem, Rufus.

— Sua coragem esteve presente o tempo todo, moça. Ela só precisava de um empurrãozinho. — Ele deu tapinhas desajeitados no ombro dela. — Você salvou minha vida quando aquele gob pulou em mim, e eu sou grato.

— É o que camaradas de batalha fazem — respondeu Destina.

Rufus lançou-lhe um sorriso desdentado.

— Lembre-se de limpar essa sua espada. Sangue de goblin pode deixar um fedor.

Ele baixou a voz e acrescentou mais sombriamente:

— E se você começar a ter tremedeira mais tarde, pensando nisso tudo, tome alguns goles de aguardente anã. Vai acalmá-la.

Destina estava exultante e animada, e não fazia ideia do que ele queria dizer com tremedeira. Ela educadamente lhe prometeu que se lembraria da aguardente anã, embora não soubesse o que era e pensasse parecer algo verdadeiramente horrível.

Enquanto descia as escadas correndo para encontrar a mãe e contar sobre o dragão reluzindo ao sol, desejou de todo o coração que o pai tivesse estado lá para compartilhar o momento com ela.

CAPÍTULO SETE

O dia seguinte passou em estado de vigilância no Castelo Rosethorn. A euforia pela vitória se dissipara quando viram a Torre de Vigia em ruínas no pátio. Um homem com conhecimento de alvenaria examinou a Torre da Rosa e pensou que poderia ser consertada. Enquanto isso, até que suportes pudessem ser erguidos, ele disse que a torre deveria ser fechada, e ninguém deveria ter permissão para entrar.

O dragão nem mesmo avançou contra o castelo de verdade, mas apenas o atacou por capricho, simplesmente para demonstrar seu poder. Todos sabiam que se mais dragões viessem, eles seriam capazes de destruir a fortaleza. Atieno ordenou que os guardas nas muralhas examinassem os céus com medo. Ninguém dormiu naquela noite.

O dragão não voltou, nem os exércitos de dragões. Quando o dia amanheceu, os defensores avistaram alguns goblins espreitando da borda das florestas, talvez tentando reunir coragem para um ataque rápido. Atieno, seus arqueiros e soldados não lhes deram chance, entretanto, cavalgando até a floresta para despachá-los.

Pouco podiam fazer para limpar a destruição deixada no pátio pela queda da torre. O trabalho de remover os escombros exigiria cavalos de tração e carroças, e Gregory os levara consigo. Eles isolaram o pátio e os andares superiores da fortaleza que haviam sido danificados no desabamento, planejando esperar até a primavera para reconstruí-los.

No dia seguinte, enterraram os mortos com reverência e os entregaram a Huma. Os mortos incluíam o Capitão Hull, que havia sido golpeado até a morte por goblins empunhando machados. Eles empilharam os cadáveres dos goblins em um campo e atearam-lhes fogo, poluindo o ar com fumaça escura e nociva e deixando um trecho de grama queimada onde nada mais cresceria depois.

O ferreiro começou a trabalhar imediatamente na construção de um novo rastrilho. As mulheres esfregaram por dias para limpar o sangue escuro da passagem sob os buracos assassinos.

Continuaram a falar do dragão, pois tais bestas não eram vistas em Ansalon desde que Huma Destruidor de Dragões banira a eles e à sua Rainha das Trevas de volta ao Abismo. Muitos haviam zombado dos rumores de seu retorno, alegando que os dragões não passavam de contos da carochinha. As velhas riam em triunfo agora, suas histórias provando ser verdadeiras.

O povo de Ironwood finalmente se arriscou a se aventurar para ver o que havia acontecido com suas casas, lojas e fazendas, esperando salvar o que pudessem, o que não era muito. Juraram, com verdadeiro espírito solâmnico, reconstruir. Alguns conseguiram voltar para o que restava de suas residências ou partiram para ficar com parentes. Atieno ofereceu abrigo a quem não tinha para onde ir. Uma pequena aldeia de tendas logo surgiu no pátio.

Destina passava o dia ocupada, da manhã até a noite, ajudando a mãe a cuidar dos doentes e feridos, caçando, preparando armadilhas e laços, vigiando as crianças e aliviando preocupações e temores. O retorno dos dragões representava a volta da Rainha das Trevas, mas significava que os outros deuses haviam retornado? E, caso houvessem, por que não tinham enviado algum sinal para seu povo?

Destina subia na muralha todos os dias, esperando ansiosamente por mensageiros que trouxessem notícias. Dias se passaram sem ninguém aparecer. Hoje ela via um cavaleiro galopando pela estrada.

Ele cavalgou até o portão inferior, que estava sendo consertado, e parou para falar com os guardas. Não ficou muito tempo. Virando o cavalo, foi embora a galope.

Um dos guardas do portão subiu apressado a Manopla Espinhosa em direção ao castelo. Destina desceu correndo as escadas da torre, tropeçando impacientemente nas saias, e chegou a tempo de ver refugiados vindos de todas as partes do castelo chegarem correndo. Sua mãe estava lá para receber o soldado.

— Quais são as novidades? — perguntou Atieno.

— A batalha está ganha, minha senhora! — ele gritou sem fôlego.

— Que batalha? Onde? — Atieno exigiu saber.

— A da Torre do Alto Clérigo — respondeu o guarda. — Um cavaleiro acabou de avisar. Os exércitos do dragão foram derrotados e estão em retirada!

As pessoas no saguão começaram a bater palmas e a comemorar. Atieno silenciou-os com um olhar.

— Que notícias traz de meu senhor? — ela perguntou.

— Perguntei ao mensageiro sobre o Senhor Gregory, senhora. Ele disse que não sabia. — O guarda viu a sombra em seu rosto e acrescentou em tom tranquilizador: — O homem estava com pressa para trazer boas notícias, senhora. Tenho certeza de que teremos notícias de sua senhoria em breve.

Atieno assentiu, mas a sombra em seu olhar permaneceu. Ela serviu uma medida extra de cerveja para cada pessoa abrigada no castelo para brindar à vitória, então voltou ao trabalho.

As pessoas ficaram animadas com a notícia e o ânimo melhorou. Falavam com esperança do retorno de seus homens e da reconstrução de suas vidas. A alegria de Destina era grande demais, profunda demais para comemorar. Os presságios de sua mãe estavam errados. Seu pai logo estaria em casa. Sua vida voltaria ao normal — estudando a Medida, cavalgando juntos.

Ela correu para o próprio quarto, abriu seu baú de recordações e tirou o cálice de prata que ele havia lhe dado. Ela o guardara fora de vista, após o infeliz incidente com a previsão da mãe. Agora, Destina o limpava e o colocava na mesa perto de sua cama, onde veria a luz do sol brilhar na prata quando acordasse.

Os dias se passaram sem mais notícias, e então um segundo mensageiro chegou. Destina e sua mãe atravessavam o saguão quando ele entrou. Ambas o reconheceram. Seu nome era John Peters, e ele era um dos soldados que cavalgaram para a batalha junto com o Senhor Gregory.

Peters estava coberto de lama e sangue, mancava e parecia exausto a ponto de desmaiar. Ele retirou o elmo. Sua cabeça estava envolta em uma bandagem ensanguentada, seu rosto profundamente abatido. Segurava algo embrulhado em um tecido manchado de sangue.

Mancando até Atieno, ajoelhou-se dolorosamente diante dela e abaixou a cabeça. Depositou o objeto no chão e então o desembrulhou.

— A espada de meu Senhor Gregory — declarou.

A lâmina e o cabo estavam manchados de preto com sangue seco. Atieno olhou para a arma e desabou no chão, onde ficou imóvel.

As pessoas gritaram em alarme e se agruparam ao redor dela. Algumas juraram que estava morta. Outras disseram que não, que ainda vivia. Esfregaram-lhe as mãos, afrouxaram-lhe as roupas e pediram vinho. Alguém saiu correndo atrás de Nanny.

Destina não deu atenção à mãe. Ela se aproximou do soldado, que permanecia ajoelhado, e parou diante dele. Inspirou, trêmula.

— Você serviu com meu pai, John Peters. Está aqui para nos dizer que ele está morto — ela declarou em uma voz que não reconhecia como sua.

O soldado baixou a cabeça.

— Sinto muito, senhora.

Destina pensou que deveria sentir alguma coisa — dor, tristeza. Mas apenas se sentia fria e oca.

— Levante-se e conte-me o que aconteceu — ordenou Destina.

Peters esforçou-se para ficar de pé. Levou um momento para ordenar seus pensamentos, então começou seu relato.

— A batalha parecia perdida, senhora. Estávamos em menor número. Enfrentávamos dragões, dragões azuis... As feras trouxeram terror aos nossos corações e nos desalentaram... — Ele estremeceu e por um momento não pôde continuar.

— Prossiga — exigiu Destina, implacável.

— Esperávamos que as tropas de Palanthas viessem em nosso auxílio, mas elas não chegaram. Mais tarde, ouvimos dizer que o prefeito havia feito um acordo secreto com os Senhores Dracônicos de se render caso poupassem a cidade. O Senhor Derek Crownguard, Cavaleiro da Rosa, estava no comando. Ele liderou um malfadado ataque contra o inimigo. Ele e suas forças foram exterminados.

O silêncio recaiu no corredor. A notícia espalhou-se e as pessoas vieram correndo do pátio para ouvir. Ninguém se mexia nem falava, exceto Nanny. Ela segurava Atieno, inconsciente, em seus braços, umedecendo-lhe os lábios com vinho e sussurrando-lhe palavras de consolo.

Destina estava de punhos cerrados, o olhar fixo no soldado.

— E quanto ao meu pai?

O homem a fitou, com olhar suplicante.

— Precisa entender, senhora. Estávamos em grande desvantagem numérica. Os dragões lançaram uma mortalha sobre nossos corações;

jamais conheci tamanho medo. Tudo o que conseguia ver era minha própria morte, meu corpo sendo despedaçado por garras dilacerantes. Meu Senhor Gregory e seu irmão, o Senhor Vincent, também foram afligidos. Meu Senhor Gregory declarou que permanecer na torre era morrer por uma causa perdida. Ele disse que cada cavaleiro deveria voltar para casa e proteger sua família.

— Está dizendo que meu pai estava planejando voltar para casa, para nós — interrompeu Destina com lábios trêmulos. — Ele ia voltar para o nosso castelo, onde estaria seguro. E agora ele está morto.

Ela teve que fazer uma pausa para remover o engasgo na garganta, então disse:

— Quem o impediu de deixar a torre?

— Ninguém impediu o meu senhor, senhora — respondeu John Peters gravemente. — Muito pelo contrário. Ele fez amizade com um colega cavaleiro, Sturm Montante Luzente, que assumiu o comando após a morte de Derek Crownguard. Meu senhor disse a Montante Luzente que ele e outros planejavam voltar para proteger suas casas. Meu senhor temia que Montante Luzente pensasse que ele estava sendo desonrado, abandonando seu dever, porém, Montante Luzente disse que também tinha um dever para com a própria família e desejou a meu senhor e aos outros uma viagem segura. Antes que meu senhor pudesse partir, no entanto, os exércitos de dragões atacaram.

"Montante Luzente trouxe consigo um povo estranho — uma donzela elfa, um kender e um anão. Eles carregavam o que diziam ser as lendárias lanças de dragão de Huma Destruidor de Dragões e um orbe mágico que diziam ser capaz de destruir dragões. Ninguém acreditava nessa história, exceto Montante Luzente. Ele disse que ganharia tempo para os amigos prepararem o orbe e subiu na muralha, armado com uma lança de dragão, para enfrentar os dragões sozinho."

Ele baixou a voz e murmurou:

— Montante Luzente morreu naquela muralha, sozinho.

As pessoas no salão sussurraram em solidariedade enquanto imaginavam a corajosa e nobre morte. Destina lançou-lhes um olhar e eles ficaram em silêncio.

— E quanto ao meu pai? — ela perguntou novamente.

— Meu Senhor Gregory viu o amigo cair. Ele ficou furioso e envergonhado e jurou vingar sua morte. Convocou todos nós a nos lembrarmos do Voto. "Minha honra é minha vida", ele gritou e pegou uma das lanças de dragão e a ergueu no ar. A lança reluziu prateada e parecia brilhar sobre ele com uma luz sagrada. Meu Senhor Gregory disse que os Cavaleiros de Solâmnia cavalgariam para a glória naquele dia. E assim fizemos. Pois nós vencemos a batalha.

Ninguém no salão se mexia.

— Não sei dizer o que aconteceu depois disso, senhora, pois fui derrubado no primeiro ataque. — Peters pôs a mão na bandagem ensanguentada amarrada em sua cabeça. — Quando recuperei os sentidos, procurei meu senhor e encontrei seu corpo. Ele estava coberto com sangue de dragões, segurava a lendária lança de dragão e sorria triunfante.

— O irmão dele, Senhor Vincent, jazia ao seu lado. Ainda estava vivo, embora gravemente ferido, e seu povo o levou para casa para morrer. Muitos sucumbiram naquele dia, mas levaram um número incontável de dragões malignos com eles. O Senhor Dracônico foi forçado a recuar. A vitória foi nossa.

Destina mal o ouviu. Ela agarrava-se a palavras que pareciam sair de uma névoa tingida de sangue. O pai estava voltando para casa, e então sua obrigação para com alguém chamado Montante Luzente o impediu.

Peters parou de falar e sua cabeça pendeu sobre o peito. Ele cambaleou onde estava, e Destina temeu que ele pudesse desmaiar. Ela o sacudiu pelo braço, de modo que se remexeu e ergueu os olhos vidrados para encará-la.

— Meu pai ia voltar para nós e agora está morto! — ela exclamou, tremendo de raiva. — Esse Montante Luzente ordenou que ele ficasse?

Peters endireitou-se, ergueu-se diante dela e a encarou com dignidade.

— Ninguém impediu que meu senhor partisse, senhora — ele disse em severa repreensão. — Ninguém mandou ele ficar. Senhor Gregory *escolheu* ficar.

Destina estava com raiva e com o coração partido e percebeu que estava chateada com o pai. Como pôde deixá-los? Sabia que precisavam dele! Ela ouviu os próprios pensamentos e foi dominada pela vergonha e pela culpa e rapidamente os afastou. Sentia-se desamparada e sozinha e tinha apenas uma vaga noção de que Nanny e algumas outras pessoas estavam conduzindo Atieno gentilmente para o quarto, enquanto os que permaneciam no salão choravam ou olhavam para ela desamparados.

Ela não tinha ideia do que queriam dela, e então ouviu a voz de seu pai, agora para sempre calada.

Você não pode ser uma cavaleira, Destina, mas pode e será a Senhora do Castelo Rosethorn.

Ela era a herdeira de seu pai. Era responsável pelo bem-estar de seu povo. Eles estavam assustados e esperando que ela assumisse o comando, para dizer-lhes o que fazer, para dizer-lhes que tudo ficaria bem. Não importava que ela desejasse que alguém lhe dissesse a mesma coisa.

— Trinta partiram com meu pai, John Peters — disse ela. — Quantos retornaram com você?

— Eu sou o único sobrevivente, senhora.

Ao ouvir isso, uma mulher caiu em prantos e suas amigas se agruparam ao seu redor para consolá-la.

Destina suspirou.

— Vou precisar dos nomes dos outros, para que possa avisar suas famílias. Vá para a cozinha, coma e beba e peça ao cozinheiro para cuidar de seus ferimentos. Vou me juntar a você lá.

John Peters fez uma reverência e começou a se afastar mancando.

— Espere! — Destina chamou. — Onde está o corpo do meu pai? Trouxe-o de volta para nós?

— Não, minha senhora — respondeu John Peters. — Não sabíamos se os exércitos dos dragões se reagrupariam e atacariam novamente. O Grão-Mestre, o Senhor Gunthar Uth Wistan, ordenou que enterrássemos meu senhor e os outros defensores com honra na Câmara de Paladine. Selamos a tumba deles para que nenhuma criatura maligna pudesse profanar os corpos. Trouxe a espada de seu pai conforme ele solicitou. Meu senhor nos disse na noite anterior à batalha que, se ele perecesse, deveríamos dar-lhe a espada, senhora.

Destina baixou o olhar para a espada de seu pai ainda caída no chão. Quando Destina se ajoelhou para tocá-la, manchada com o sangue dele, as lágrimas surgiram depressa e ela precisou contê-las. Não demonstraria fraqueza. Deixaria o pai orgulhoso.

Ela deu ordens sem ter ideia do que estava dizendo, e as pessoas correram para cumpri-las, deixando-a sozinha com a lâmina do pai.

Ela enrolou a espada no tecido e a levou para o próprio quarto. Depositou-a sobre a lareira ao lado do cálice de prata e se demorou um momento, a mão pousada sobre a espada coberta. Pretendera chorar agora que estava sozinha, mas as lágrimas não vieram.

Desejava permanecer trancada em seu quarto, mas tinha outros deveres, e o primeiro era com sua mãe. Foi até o quarto dela.

Atieno estava deitada na cama, apoiada em travesseiros. Seus olhos e seu rosto estavam inchados de tanto chorar.

— Os presságios de desastre estão se tornando realidade, Destina — disse Atieno febrilmente. — O primeiro era sangue, vermelho como a rosa. O segundo, a espada.

— Posso lhe trazer alguma coisa, mãe? — Destina perguntou com os dentes cerrados, mas Atieno não parou.

— Precisa estar preparada para o terceiro presságio, filha: a coroa. Os presságios dizem que é quando o golpe cairá.

Destina revoltou-se, furiosa.

— Presságios!? Meu pai está morto e você fala de presságios! Você o envergonhou! Envergonhou a todos nós!

De repente, foi dominada pela fúria. Sua ira era uma sensação boa, muito melhor do que as lágrimas não derramadas e a dor doentia de um sofrimento insuportável. Ela correu até o pequeno altar onde a mãe guardava objetos que eram sagrados para Chislev, como as azuis pedras celestes e pequenos feixes de sálvia que ela queimava para purificar o ar, e atirou-os ao chão com um grito.

— Eu odeio você! — ela vociferou. — Por que você está viva e ele não? Por que ele teve que morrer? Por que ele não voltou para casa para mim? Era para ele voltar para casa...

A mãe saiu da cama e colocou um braço em volta dela, tentando confortá-la. Destina a afastou. Nanny pairou ao redor dela, oferecendo-lhe um pouco de gemada com mel e sumo de papoula, mas Destina não queria cair no esquecimento. Jamais esqueceria. Jamais!

— Sinto muito, mamãe. Não disse aquelas palavras terríveis a sério. Vou mandar a criada vir limpar a bagunça. A senhora devia dormir um pouco.

No entanto, Atieno recusou-se a tomar a gemada ou voltar para a cama, embora Destina a exortasse a descansar. As pessoas ainda viviam no castelo e ela tinha que atender às suas necessidades.

— O terceiro presságio virá, embora talvez demore muito tempo — declarou Atieno. — Você é forte, Destina. Provou sua força. Não vai permitir que o destino a derrote.

Ela beijou Destina na bochecha e saiu para cuidar de seus deveres.

— Você deveria tomar um copo de vinho, senhora — ofereceu Nanny. — Coma um pouco para aquecer o estômago. Há um pouco de carne fria na despensa.

Destina sentiu náuseas só de pensar nisso. Precisava ficar sozinha e conhecia apenas um lugar para ir no castelo no qual poderia ter certeza de que ninguém a incomodaria. Foi para a biblioteca do pai.

Dando ordens para que não a perturbassem, Destina fechou a porta da biblioteca atrás de si. O silêncio e a escuridão eram reconfortantes. Ela parou com as costas contra a porta, esperando que seus olhos se ajustassem à escuridão, esperando que seu coração se ajustasse ao fato de que seu pai nunca voltaria para casa.

As pesadas cortinas estavam fechadas, exatamente como o pai as havia deixado. Um pouco de luz conseguia se infiltrar por elas, no entanto, permitindo que ela visse. Ela foi até a escrivaninha, pisando com delicadeza, como sempre fazia quando o pai estava lendo, para não o incomodar.

Ela acendeu as duas velas de cera de abelha que ele mantinha na escrivaninha, e uma luz suave preencheu o aposento. Gregory havia deixado seus livros de contabilidade e registros em uma pilha organizada na mesa. Destina encontrou um diagrama da Torre do Alto Clérigo e um mapa da área ao redor. Aparentemente, ele estivera estudando a configuração da torre antes de partir. O livro que estivera lendo ainda estava sobre a escrivaninha onde o havia deixado, fechado.

Destina conhecia todos os livros da biblioteca, pois às vezes ajudava o pai a espaná-los, mas não reconheceu este. Devia tê-lo comprado na última vez que esteve em Palanthas. O livro era encadernado em couro com uma rosa, uma coroa e uma espada gravadas em folha de ouro. Não havia título na capa. Ela o abriu na folha de rosto.

Um relato verídico da vida de Huma Destruidor de Dragões por alguém que o conhecia.

Destina sorriu tristemente. Gregory idolatrava Huma, o mais famoso de todos os cavaleiros solâmnicos. Ele havia deixado uma fita de veludo no livro para marcar a página. Destina sentou-se na cadeira do pai e abriu o livro na página que ele estivera lendo antes de fechá-lo, para nunca mais voltar para terminar.

Seu pai costumava sublinhar as passagens que achava particularmente interessantes ou aquelas que queria estudar depois. Ele fazia anotações nas margens com sua caligrafia elegante e compacta. Havia escrito uma observação na margem ao lado de uma das frases.

Destina leu a página que ele havia marcado.

Magius veio a Huma à noite, enquanto ele estava ajoelhado em oração. Eu estava deitado no chão em um canto do aposento, enrolado em um cobertor. Huma levantou-se e Magius começou a falar com ele. Eu não pretendia espiar, mas tinha medo de Magius, como a maioria de nós no forte, e fingi estar dormindo para não ter que encará-lo.

Magius estava extremamente animado. Ele disse a Huma que tinha informações importantes. Tinha descoberto que o Conclave de Magos havia obtido um poderoso artefato mágico que permitia ao usuário viajar no tempo. Ele chamou o artefato de "Dispositivo de Viagem no Tempo". Disse que poderia colocar as mãos neste dispositivo e usá-lo para viajar no tempo para salvar a irmã mais nova de Huma, Greta, que havia morrido há mais de dez anos, com dezessete anos de idade.

Uma guerreira valente por mérito próprio, Greta havia sofrido o que parecia ser um pequeno ferimento de flecha em uma escaramuça contra as forças da Rainha das Trevas. A ferida infeccionou. Nenhum curandeiro foi capaz de ajudá-la, e Huma passou a acreditar que a flecha que a atingira estava envenenada.

— Com este dispositivo mágico, posso voltar no tempo e impedir que a flecha a atinja — declarou Magius ao amigo.

Magius havia sido noivo de Greta. Os dois se amavam muito e Huma deve ter ficado tentado, pois adorava a irmã. No entanto, ele tinha dúvidas.

— Se ela viver em vez de morrer, mudaremos o tempo — disse Huma.

— A única coisa que vai mudar é que Greta estará viva — disse Magius. — Vinas Solamnus escreve na Medida que o tempo é como um poderoso rio, e nós nada mais somos do que folhas que flutuam na superfície do rio até afundarmos e sermos esquecidos. Se seiscentos morrem em batalha e eu restauro a vida de um, isso não mudará o resultado dessa batalha. O rio continua seu curso.

— Isso pode ser verdade, mas não há como você ter certeza — argumentou Huma. — O fato de Greta estar viva pode alterar o tempo.

— Ela alteraria nosso tempo e para melhor — respondeu Magius.

— Não tem como você ter certeza... — Huma retrucou, balançando a cabeça.

— Não tenho como ter certeza de que vou estar vivo amanhã — disse Magius impaciente. — Mas ter Greta de volta em nossas vidas... Nós dois deveríamos estar dispostos a correr o risco.

— Se fosse apenas a minha vida, eu a arriscaria sem pensar duas vezes — declarou Huma. — Não sabemos como a mudança pode afetar a vida de inúmeras outras pessoas. Perdoe-me, meu amigo, mas não confio em tal magia.

— Você confia em mim para matar goblins com minha magia — replicou Magius, irritado.

— Admito que os goblins merecem coisa melhor, mas você é tudo o que temos — disse Huma gravemente.

Magius parecia que ia continuar zangado, mas então viu Huma sorrir. Huma tinha um sorriso cativante e Magius não era capaz de resistir. Ele não pôde deixar de rir, embora sua risada tenha se transformado em um suspiro.

— Eu apenas sinto tanta falta dela.

— Eu também — revelou Huma. — Nossa amada Greta está com Paladine, meu amigo. Somos egoístas de querê-la de volta.

Destina sabia que a maioria dos solâmnicos nunca foi capaz de entender a lendária amizade entre Huma e Magius. Seu pai costumava comentar sobre ela, dizendo achar incompreensível que um cavaleiro como Huma, um adepto devotado da Medida, pudesse confiar em um mago. No entanto, a discussão entre os dois não era o motivo pelo qual Gregory sublinhara os parágrafos, aparentemente. Ele havia escrito as seguintes palavras ao lado da linha que descrevia o Dispositivo de Viagem no Tempo:

Se eu pudesse voltar no tempo, convenceria os cavaleiros a se prepararem para enfrentar nossos inimigos e não seríamos convocados para morrer nesta batalha sem esperança que antevejo.

Uma ideia floresceu na mente de Destina. Dizia-se que Magius era o maior bruxo que já existira, e ele acreditara que havia encontrado uma forma de viajar no tempo com este artefato mágico, o Dispositivo de Viagem no Tempo.

— Pergunto-me se é possível voltar no tempo para salvar meu pai... — Destina disse para si mesma. — O tempo é um rio. "Se seiscentos morrem em batalha e eu restauro a vida de um, isso não mudará o resultado dessa batalha." Outros cavaleiros sobreviveram. John Peters voltou para casa. Por que não meu pai?

De repente, Destina ficou chocada consigo mesma por ter pensamentos tão profanos. O pai se irritara com sua mãe por ler presságios em uma taça de vinho. Ela não podia imaginar a fúria dele se soubesse que a filha estava pensando em usar um artefato mágico para impedi-lo de fazer um sacrifício honrado e heroico.

No entanto, sentia tanta falta dele. A dor era insuportável. Ela deitou a cabeça nos braços em cima da mesa e chorou até que suas lágrimas secaram.

Ainda assim, a dor permaneceu.

Ela se levantou e fechou o livro. Contudo, marcou a página.

CAPÍTULO OITO

Nas semanas que seguiram, Destina não conseguia pensar em mais nada além da morte do pai. Ela se movia como se estivesse em uma névoa fria, mas continuou se movendo, pois os negócios da casa deviam continuar, e ela agora era a Senhora do Castelo Rosethorn.

Ela encontrou consolo no trabalho. O Castelo Rosethorn passou a representar o pai em sua mente. Ele havia lhe confiado seu legado e o legado de gerações de Rosethorn. Jurava a ele todos os dias, quando entrava na biblioteca, que não o decepcionaria.

Ela teve pouco tempo para pensar mais em magia ou em um dispositivo mágico. O livro de Huma estava ocupando espaço na escrivaninha do pai, então ela o colocou nas prateleiras e logo não pensou mais nele.

Um de seus primeiros deveres foi enviar um mensageiro para saber sobre a saúde do tio. O Senhor Vincent era viúvo. Sua esposa morrera no parto, deixando-o com um filho, Anthony, um jovem quase da idade de Destina. A família morava a cerca de oitenta quilômetros, na propriedade que a esposa lhe dera quando se casaram. Eles não se reuniam com frequência devido às dificuldades de viajar uma distância tão grande. Destina havia visto o primo duas vezes e lembrava apenas vagamente dele.

O mensageiro trouxe a notícia de que o Senhor Vincent pairava entre a vida e a morte, mas que estava sendo tratado por um clérigo de Kiri-Jolith, e esperavam que se recuperasse.

Destina também enviou notícias da morte de seu pai aos Berthelboch, que haviam abandonado Ironwood após a guerra e se mudaram para uma bela casa nova em Kalaman. Ela recebeu uma mensagem efusiva em resposta, expressando sua tristeza e instando-a a deixar toda a administração da propriedade para o senescal de seu pai.

"Você não gostaria que uma tarefa tão pesada estragasse sua bela aparência", escreveu Madame Berthelboch.

Destina não respondeu.

Ela reuniu-se com o senescal, que foi todo solidário e garantiu que cuidaria de tudo.

— Não precisa fazer nada, exceto dar vazão à sua dor, Senhora Destina. Cuidarei das contas, cobrarei os aluguéis e farei tudo o que for necessário.

— Pelo contrário, vou cuidar das contas, assim como meu pai — declarou Destina. — Me familiarizei com todos os contratos e documentos legais. Minha única preocupação é não conseguir encontrar o testamento de meu pai entre seus papéis.

— Sua senhoria entregou o testamento a seu advogado, William Bolland, para fazer uma cópia.

— Então pegue o testamento e a cópia com ele e traga-os para mim — ordenou Destina.

— Temo que isso seja impossível — declarou o senescal, lançando--lhe um olhar estranho. Parecia angustiado por estar dando más notícias a ela. — Pensei que soubesse, minha senhora. Goblins incendiaram a casa de William Bolland e o escritório onde ele trabalhava. Mestre Bolland e sua família pereceram. Todos os seus documentos legais foram perdidos no incêndio, inclusive o testamento de seu pai.

— Eu não sabia — respondeu Destina. — Lamento saber de sua morte. Meu pai tinha muita consideração por ele.

— Talvez seu pai tenha deixado uma cópia de seu testamento em sua mesa. Já procurou entre os papéis dele, minha senhora?

— Claro que procurei, mas não está lá. O testamento me nomeia herdeira de sua propriedade. Sem esse documento e, sendo mulher, não tenho direito. A propriedade irá para tio Vincent.

— Talvez sua senhoria o tenha escondido entre as páginas de um livro ou atrás de um tijolo na lareira? Já ouvi falar de pessoas que fazem essas coisas.

— Pessoas irracionais, talvez — replicou Destina, sorrindo tris-temente. — Meu pai era um homem meticuloso. Ele mantinha todos os seus documentos bem organizados.

— Ouso dizer que não importa, minha senhora — comentou o senescal delicadamente. — Todos conheciam os desejos de seu pai, inclusive o irmão. Senhor Vincent não a privaria de sua herança. Eu não me preocuparia com o testamento.

Destina decidiu seguir seu conselho. Como Senhora do Castelo Rosethorn, tinha muito mais com que se preocupar.

O inverno avançava e a guerra continuava furiosa. Viajantes de Palanthas relataram que o Senhor Gunthar estava formando um exército, e que ele nomeara Laurana — a donzela elfa que lutara na Torre do Alto Clérigo — para comandá-lo.

A notícia mais importante era que Paladine e os antigos deuses haviam voltado para ajudar na batalha. Dragões bons de ouro e prata, cobre, bronze e latão haviam se juntado à batalha contra os dragões malignos da Rainha das Trevas.

Destina importava-se pouco com deuses e dragões. Sua principal preocupação era que os combatentes ficassem longe do Castelo Rosethorn, onde seu pai parecia estar sempre com ela. Quando ela estava brigando com as contas e os números não batiam corretamente, ele a instava a ser paciente. Quando se cansava e desanimava, ele a encorajava. Sua presença sombria não aliviava sua dor. Muitas vezes, ela se levantava de seu trabalho, pensando que tinha ouvido a voz dele, apenas para se lembrar que ele havia partido, sua voz silenciada.

O inverno finalmente afrouxou suas garras e as flores da primavera começaram a abrir caminho pela neve. Os exércitos do dragão haviam sido expulsos de Solâmnia e as pessoas se sentiram seguras o bastante para começar a reconstruir suas casas e suas vidas. Os refugiados restantes saíram do Castelo Rosethorn, oferecendo agradecimentos e bênçãos para Atieno e Destina.

A guerra que agora estava se tornando conhecida como a Guerra da Lança terminou na primavera de 352 DC com a queda de Neraka, a capital da Rainha das Trevas. Ela e seus dragões malignos foram banidos do mundo, forçados a retornar para o Abismo. Os dragões bons permaneceram, assim como os deuses antigos, entre eles aqueles mencionados na Medida: Paladine, Kiri-Jolith e Habakkuk.

Destina estava cética em relação a esses novos deuses antigos, assim como muitos do povo solâmnico, até que os clérigos de Paladine e Kiri-Jolith trouxeram milagres de cura para eles. Os clérigos começaram a ensinar as pessoas sobre seus valores e preceitos, lembrando-os da Medida e exortando as pessoas a se voltarem para sua adoração.

Destina entrou no quarto da mãe certa manhã para encontrar Atieno reunindo as pedras celestes e as pedras de sangue e guardando-as em um baú. Enquanto Destina observava atônita, sua mãe jogou feixes de sálvia no fogo, onde queimaram e começaram a encher a sala com uma fumaça perfumada.

Destina tossiu e abriu uma janela.

— Mamãe, o que está fazendo? Como vai conseguir ler os presságios?

— Tornei-me uma clériga da deusa, Chislev — Atieno lhe revelou. — Não leio mais presságios.

— Chislev? Essa é a deusa que você disse que vive nas árvores? — questionou Destina. — Ela proíbe a leitura de presságios?

— Chislev não proíbe coisa alguma — respondeu Atieno. — Ela não é como aqueles velhos deuses rígidos, Paladine e Kiri-Jolith, com suas regras e lições. Chislev é a mãe do mundo. Ela é a deusa das plantas e dos animais. Ela pede a nós, seus seguidores, que confiemos em nossos instintos e sensações. Agora percebo que nenhum presságio me contou coisa alguma. Eu os sentia em meu coração e os conhecia em minha alma.

— Então sou grata a esta deusa, pois agora posso tomar meu chá sem preocupação — comentou Destina, sorrindo.

Ela esperava fazer a mãe sorrir, porém, Atieno a encarou com ar de preocupação.

— Eu estava conversando com um clérigo de Kiri-Jolith. Ele disse que você se recusou a falar com ele.

— Eu falei com ele — disse Destina. — Perguntei-lhe por que devo adorar um deus o qual permitiu que meu pai morresse. Ele não tinha resposta, exceto para tagarelar sobre os mortais não serem capazes de conceber a mente de um deus.

— Você está sofrendo, Destina — disse Atieno. — Deveria deixar que Kiri-Jolith cure sua ferida.

— Não faço ideia do que você está falando, mamãe — desconversou Destina, irritada. — Estou em perfeita saúde e ocupada demais para perder meu tempo com algum clérigo orando por mim.

Ela virou-se para sair, mas sua mãe a deteve na porta.

— Eu falo da dor que você carrega dentro de si, Destina. Sua dor por seu pai é uma ferida aberta e purulenta que você se recusa a tratar.

Cheguei a pensar que você gosta de sua dor, adora alimentá-la e estimular seu sofrimento.

— Porque minha dor é tudo que me resta! — Destina gritou, aproximando-se da mãe. — Quero senti-la todos os dias. Eu preciso senti-la. Não vou esquecê-lo! Não como você o esqueceu!

Atieno começou a dizer algo, mas Destina não quis ouvir. Saiu, batendo a porta atrás de si.

A mãe raramente estava em casa depois disso. Passava os dias e noites na floresta ou entre as pessoas, tratando os animais doentes e feridos, auxiliando no parto das ovelhas, curando cavalos que ficaram mancos e doenças do gado. Também não negligenciava as plantas. Destina soube que a mãe havia detido a praga do milho, seja lá o que isso fosse, salvando assim a colheita de um fazendeiro.

No outono de 353, quando tinha dezesseis anos, Destina recebeu uma carta do tio, o Senhor Vincent. Ele escreveu que não estava bem de saúde, nunca tendo se recuperado totalmente dos terríveis ferimentos que sofreu na batalha da Torre do Alto Clérigo. Ele disse que apenas as bênçãos de Kiri-Jolith o mantinham vivo.

Estou ficando cansado desta vida, ele escreveu. *Antes de morrer, queria que soubesse que os últimos pensamentos de seu pai foram sobre você, sua filha. Ele estava tão orgulhoso de você.*

Destina alimentou sua dor com essas palavras.

Os meses se tornaram anos, e Destina começou a apreciar seus deveres como a Senhora do Castelo Rosethorn. Ela contratou pedreiros para começar a reconstruir a Torre de Vigia, mas não conseguiu pagar os reparos da Torre da Rosa. As pessoas ficavam maravilhadas com sua capacidade para administrar uma propriedade, em especial, por causa de sua pouca idade. Seus arrendatários a consideravam justa e buscavam seu conselho em tudo, desde como lidar com disputas sobre limites entre propriedades até quais culturas deveriam plantar. Ela dava o que podia para os pobres e foi homenageada pelos cidadãos da recém-reconstruída cidade de Ironwood como patrona da cidade. Tudo o que fez foi em nome de seu pai.

Como Senhora do Castelo Rosethorn, Destina manteve vivo o legado do pai.

No outono de 355, aos dezoito anos, Destina foi para Palanthas na companhia dos Berthelboch, que realizavam uma viagem anual e convidaram Destina para acompanhá-los. Ela residiu na casa que o Senhor Gregory possuíra na cidade e passou dois meses lá. Os Berthelboch a instaram a comprar à custa deles tudo o que precisava para se preparar para o casamento. Destina recusou a princípio, até perceber que ficaram insultados com sua recusa e cedeu. Ela passou dois meses comprando sedas, lãs e veludos e contratando costureiras para confeccionar novos vestidos para a mãe e para ela.

Ela tentou persuadir a mãe a viajar com ela, mas Atieno persistiu em sua antipatia pelos Berthelboch e em seu ódio por cidades. Além disso, declarou, não podia deixar seus deveres como clériga.

Destina ficou maravilhada com a beleza de Palanthas, uma cidade famosa em todo o mundo. Ela visitou a Grande Biblioteca e ouviu com horrorizado prazer como um poderoso mago de vestes pretas chamado Raistlin Majere ousou entrar na maldita Torre da Alta Feitiçaria e reivindicá-la para si.

Destina passava muito tempo com o noivo, Berthel, e sua família. Berthel estava mais apaixonado por ela do que nunca. Ele também estava mais belo do que nunca, e Destina gostava dos olhares invejosos das outras mulheres, enquanto caminhava ao seu lado. Ele e a família a tratavam com deferência e respeito e a cobriam com presentes. Destina continuava satisfeita com sua escolha para marido.

Às vezes, pensava em permanecer solteira, mas logo descartava a ideia. Queria a própria família e filhos para herdar o Castelo Rosethorn e manter vivo o legado do pai. Ainda assim, ficou aliviada por seu pai ter declarado no contrato de casamento que eles não se uniriam em matrimônio até que ela atingisse a maioridade aos vinte e um anos.

Os Berthelboch tentaram insistir que Berthel deveria começar imediatamente a trabalhar com o senescal dela para aprender a gerir o Castelo Rosethorn, para que ela pudesse dedicar seu tempo a planejar o casamento, bordar tapeçarias e tocar harpa, mas Destina havia recusado.

— Eu sou a Senhora do Castelo Rosethorn — Destina lhes respondeu com firmeza. — Pretendo continuar sendo a senhora do castelo depois de me casar. Tal era o desejo de meu pai.

Ela pensou que isso resolveria o assunto e ficou extremamente aborrecida mais tarde, quando ouviu Madame Berthelboch dizer ao marido: "Ela mudará de ideia quando tiver bebês para cuidar".

Destina sorriu para si mesma. É por isso que se contrata amas.

Ela tinha vinte anos em 357 quando recebeu de seu primo a notícia de que seu tio, o Senhor Vincent Rosethorn, havia morrido.

Seu primo, Anthony, enviou um servo de confiança para trazer as tristes notícias. O criado estava vestido com esplendor para mostrar a riqueza da casa e presenteou Destina com uma caixa de jacarandá forrada de veludo e contendo uma carta. Ela abriu a caixa e encontrou um diadema de ouro, lindo em sua simplicidade.

— O Senhor Anthony achou que a senhora gostaria de ter este adorno — declarou o criado. — O diadema pertencia a sua avó.

— Que gentileza meu primo pensar em mim — disse Destina.

O criado sorriu e revelou:

— Na verdade, o Senhor Vincent o deixou para a esposa do Senhor Anthony, a Senhora Emily, mas ela não o quis. Ela disse que poderia muito bem ir para você.

— Como ousa tomar tais liberdades, falando de sua senhora de maneira tão ofensiva! — Destina o repreendeu. — Saia da minha frente.

O criado partiu, ofendido.

Destina pensou que talvez seu primo simplesmente não conseguisse controlar seus criados, mas, ao ler a carta, seu descontentamento com o primo aumentou.

Meu pai pediu para ser enterrado com seu irmão e os outros cavaleiros na Câmara de Paladine na Torre do Alto Clérigo. Aliviei suas últimas horas concordando, mas tal viagem provou ser muito cara e inconveniente de empreender. Enterramos o Senhor Vincent no túmulo da família.

Destina achou reprovável que o primo tivesse ignorado o último pedido do pai. Ela foi dar a notícia à mãe.

Atieno estava no solar, sentada perto da janela ao sol, tecendo em seu tear manual. O tecido era feito de fios que ela mesma tingira em cores vivas. Atieno interrompeu o trabalho quando Destina entrou e ergueu os olhos com um sorriso.

— Gosta desse tom de vermelho, filha? Fiz a tinta com insetos esmagados. Estou tecendo um xale para você usar. O vermelho combina com a sua tez.

Destina elogiou o xale e disse:

— Receio ter notícias tristes, mamãe. Meu primo escreve que seu pai, Senhor Vincent, faleceu. Anthony me enviou isso em memória do meu tio. Ele disse que era da minha avó.

Destina entregou a caixa de jacarandá a Atieno. A mãe a abriu. O diadema reluziu à luz do sol. Atieno o viu, engasgou de horror, depois atirou a caixa para longe de si. O objeto atingiu os ladrilhos de pedra e se partiu em pedaços. O diadema rolou pelo chão.

— Mamãe, o que você fez? — Destina perguntou, chocada.

Atieno apontou para o diadema.

— A coroa! O terceiro presságio!

— Não seja ridícula! — Destina disse com raiva. — É apenas um diadema. Achei que você tivesse abandonado essa crença supersticiosa em presságios. Chislev disse que você deveria confiar em suas sensações ou algo assim.

— Não posso deixar de ver o que vi — respondeu Atieno com dignidade. — Sangue tão vermelho quanto a rosa foi o primeiro. A espada de seu pai foi o segundo. Esta coroa é o terceiro.

Destina ficou exasperada.

— Lamento que tio Vincent esteja morto, mamãe, mas eu mal conhecia o homem. Sua morte não tem nada a ver comigo. Quanto ao diadema, deixou-o para a nora. Ela não gostou dele e me deu. Então, como pode ser um presságio quando não foi feito para mim?

— Mais um motivo — disse Atieno. — Você viu o dragão na borra!

Destina estava tão furiosa que não ousou proferir as palavras ofensivas com seus lábios. Curvando-se, pegou o diadema que estava entre o que restara da caixa e saiu do quarto.

Ela trancou o diadema em um cofre. Não conseguiria ter prazer em usar o adorno, não depois disso.

Na primavera de 357, um mensageiro chegou aos portões do castelo, dizendo aos guardas que trazia uma mensagem do Senhor Prefeito de Palanthas para o mestre do Castelo Rosethorn. Deixaram-no passar e ele galopou até o pátio, gritando pelo senhor do castelo.

Os criados correram para buscar Destina, e ela se apressou para encontrá-lo.

— Preciso falar com o mestre — disse o mensageiro.

— Já está falando — respondeu-lhe Destina.

O mensageiro ficou surpreso, embora estivesse com pressa demais para fazer perguntas. Ele não desmontou, mas dirigiu-lhe a palavra da sela.

— Palanthas está sob ataque dos exércitos da Dama Azul, a mesma que atacou a Torre do Alto Clérigo — ele revelou. — Temo que nossa nobre cidade pereça. O senhor prefeito conclama todos os solâmnicos leais a virem em nosso auxílio!

— Traga o Capitão Peters — Destina ordenou a um criado, que saiu correndo. Ela se voltou para o cavaleiro. — Vou enviar homens para ajudar a defender a cidade. Você cavalgou bastante. Quer entrar, tomar alguma coisa e descansar o cavalo?

— Agradeço, minha senhora, mas não tenho tempo — disse o cavaleiro. — Devo espalhar a notícia. Sou grato por sua ajuda.

Ele esporeou o cavalo suado e partiu a galope. O Capitão Peters era o mesmo John Peters que trouxera a Destina a notícia da morte de seu pai. Ele continuara a seu serviço, e ela recompensou sua lealdade tornando-o o comandante dos guardas do castelo após a morte de Hull. Ela ordenou que ele reunisse as tropas e partisse o mais rápido possível para Palanthas, deixando apenas homens suficientes para guardar o castelo.

— Esta Dama Azul é a Senhora Dracônica que derrubou o Comandante Montante Luzente — contou o Capitão Peters, com ar sombrio. — Os dragões dela mataram seu pai. Ficarei feliz por ter outra chance de confrontá-la.

— Se for da vontade dos deuses, vamos acabar com ela desta vez — disse Destina. — E ela passará a eternidade em tormento sem fim.

Ele e seus homens marcharam naquele dia. Destina ordenou que os guardas restantes ficassem alertas caso a guerra se espalhasse além de Palanthas.

Alguns dias depois, ela ficou surpresa ao ver o Capitão Peters e suas tropas cavalgando de volta pelos portões do castelo. Ele veio relatar.

— Nunca chegamos a Palanthas, minha senhora. Nós estávamos na estrada quando recebemos a notícia de que a batalha havia acabado. A Dama Azul supostamente foi morta, embora ninguém saiba como ela morreu ou o que aconteceu com seu corpo. Diz-se que ela encontrou seu fim na Torre da Alta Feitiçaria.

— Espero que a morte dela tenha sido longa e dolorosa — comentou Destina.

— Também ouvimos dizer que, embora tenhamos vencido no final, o inimigo destruiu grande parte da cidade — informou o Capitão Peters.

Destina enviou um dos criados para verificar a casa que possuíam em Palanthas. Ele retornou para relatar que a casa havia sofrido alguns danos, principalmente no telhado e nas janelas. Ele havia feito reparos de emergência, mas Destina precisaria contratar operários para fazer um trabalho adequado.

Mais uma despesa.

CAPÍTULO NOVE

Atieno não disse mais nada a Destina sobre o terceiro presságio, talvez porque nada resultou de sua previsão. A primavera floresceu no verão. As colheitas desabrocharam sob o céu ensolarado e as chuvas amenas. Destina não estava ocupada apenas com suas tarefas como Senhora do Castelo Rosethorn, estava planejando seu casamento, que seria um evento extravagante na primavera seguinte.

Destina comemorou seu vigésimo primeiro ano de vida no outono de 358 — uma ocasião importante, pois atingira a maioridade e agora podia herdar legalmente. Pensou em seu pai ao acordar naquela manhã e ver novamente o cálice de prata de seu décimo quinto aniversário.

A dor por perdê-lo não havia diminuído ao longo dos anos. Sempre que Destina temia que pudesse estar começando a esquecer, remexia nas brasas para que o fogo de sua dor ardesse forte e quente.

Ela levantou-se da cama e pegou o cálice no consolo da lareira. Segurou-o nas mãos até que a prata fria ficou quente ao seu toque, enquanto pensava no pai. Então, colocou o cálice de volta na lareira e foi ao quarto da mãe para desejar-lhe bom dia.

Atieno estava sentada à penteadeira, arrumando os cabelos. Suas pulseiras tilintavam e seus brincos de ouro reluziam.

Atieno cumprimentou Destina com um beijo.

— Que Chislev a abençoe em seu Dia do Presente da Vida, filha. Seu pai ficaria muito orgulhoso de você.

Destina não respondeu. Nunca deixou de se ressentir com a calma com a qual sua mãe falava do pai, como se ele estivesse viajando e fosse voltar a qualquer momento. Ela mudou de assunto.

— Vim para lhe dizer, mamãe, que um dragão de cobre macho fixou residência nas montanhas. O dragão não causou nenhum dano até agora, mas as pessoas temem que ele invada suas fazendas ou incendeie a cidade e estão em pânico. Enviaram uma delegação para me instar a atacar o dragão e expulsá-lo.

— Você não fará isso, Destina! — Atieno disse, sua raiva assustando Destina. — Dragões de cobre são dragões bons. Tenho certeza de que, se você conversar com ele, poderá convencê-lo a limitar suas refeições a veados ou javalis.

— Acontece, mamãe, que temos a mesma opinião nessa questão — disse Destina. Ela ainda se lembrava vividamente do dragão azul que vira sobrevoando o castelo. Não tinha visto um dragão desde então, e estava secretamente animada para conhecer este, embora jamais fosse admitir isso para a mãe. — Não tenho intenção de atacar a fera, desde que ela se mostre razoável. Vou pedir-lhe gentilmente que encontre outro lugar para morar.

— Eu pediria que ele ficasse — comentou Atieno. — Um dragão seria uma boa proteção para o castelo e a cidade.

Destina considerou essa ideia. Decidiu que encontraria o dragão primeiro e depois decidiria.

— O Capitão Peters e eu cavalgaremos até o covil do dragão esta manhã para falar com ele — ela disse à mãe. — Não se preocupe comigo, mamãe. Estou levando guardas armados.

Atieno sorriu.

— Não estou nem um pouco preocupada, filha. O dragão é jovem. O nome dele é Saber. Você e o Capitão Peters devem ir sozinhos, pois Saber interpretará homens armados como uma ameaça.

— Como sabe disso? — Destina perguntou.

— Eu visitei o covil dele outro dia e conversei com ele. Saber é muito charmoso, embora bastante tagarela, como todos os dragões de cobre.

— Você o visitou! — Destina ficou chocada. — Poderia ter sido morta!

— Bobagem — respondeu Atieno bruscamente. — Saber lutou na Guerra da Lança. Ele carregava cavaleiros para a batalha. Ele vem como amigo, e devemos acolhê-lo.

Ela enfiou a mão em seu porta-joias e retirou um grande e berrante colar de prata cravejado de enormes joias feitas de vidro colorido. Entregou-o a Destina.

— É lindo, mãe — declarou Destina, forçando um sorriso. — Vou guardá-lo como um tesouro.

Atieno riu.

— Se você pudesse ver a expressão em seu rosto! O colar não é para você. É um presente para o dragão.

— Por que um dragão ia querer um colar? — Destina perguntou, achando graça.

— Dragões de cobre gostam de pedras preciosas e joias, especialmente as brilhantes e reluzentes. Saber me mostrou sua coleção e achei que ele gostaria disso. Comprei-o daquele mascate anão que veio ao castelo outro dia.

Destina não sabia que um mascate anão havia estado no castelo. Geralmente, ela tentava afastar mascates, kender e vendedores ambulantes, antes que a mãe tivesse a chance de encontrá-los, pois Atieno adorava passar metade do dia conversando com essas pessoas e sempre comprava o que quer que estivessem vendendo.

— Este é meu presente para você, filha querida — prosseguiu Atieno.

Ela entregou a Destina uma pequena caixa feita de casca de bétula.

Destina abriu a caixa com certa apreensão, temendo que pudesse ser um colar tão espalhafatoso quanto o do dragão. Seu presente este ano era um anel de ouro simples com uma única e pequena esmeralda. A mãe tirou o anel e colocou-o no dedo mindinho da mão de Destina.

O anel era grande demais e balançava em seu dedo, mas Atieno não pareceu notar.

— O anel é um artefato abençoado de Chislev e tem poderes sagrados. Caso você se perca em qualquer lugar, no campo, em uma caverna ou na floresta, você só precisa apertar o anel e invocar a deusa, e ela a guiará para um local seguro.

— Não tenho intenção de ficar perdida em uma caverna, mamãe, mas tenho certeza de que isso será útil caso isso me ocorra — respondeu Destina, feliz por descobrir que o presente não era nada pior. — Espero que não tenha convidado ninguém esta noite. Eu estava pensando que você e eu poderíamos passar uma noite tranquila em casa.

— Não chamei convidados — disse Atieno. Encarou Destina com um olhar estranho. — No entanto, os convidados podem vir sem serem chamados. E agora você deve ir. O Capitão Peters está aguardando. Não se esqueça de dar o colar a Saber.

Destina foi para os próprios aposentos colocar roupas de montaria. Uma vez longe da mãe, começou a tirar o anel de Chislev. Não queria nada com os deuses. Em especial, não queria seus presentes.

Mas descobriu, para sua surpresa, que o anel não saía. Parecia ter se moldado ao seu dedo e ela não conseguia removê-lo, por mais que o puxasse. O anel não estava apertado, nem era doloroso ou desconfortável. Simplesmente não saía.

Destina pensou que talvez seu dedo tivesse inchado e decidiu que tentaria tirar mais tarde.

O Capitão Peters e seis guardas montados esperavam por ela. Um cavalariço havia trazido seu cavalo e o segurava para ela. Enquanto Destina montava, olhou para os seis guardas em sua cota de malha, armados com espada e escudo.

— Pode dispensar a escolta, capitão — disse Destina. — Não quero provocar o dragão.

O Capitão Peters arriscou um protesto, mas ela foi firme e ele fez conforme ordenado. Os dois cavalgaram para fora dos portões do castelo em direção ao sopé das montanhas Vingaard.

— Sabia que minha mãe foi visitar o dragão? — Destina perguntou.

— Não, minha senhora! — o Capitão Peters respondeu, surpreso. — Garanto-lhe, se soubesse, eu a teria impedido. Pelo menos — emendou ele, conhecendo a mãe dela — teria tentado impedi-la.

Destina sorriu.

— Minha mãe diz que este dragão é um dragão de cobre e que lutou na Guerra da Lança. Diga-me o que sabe sobre esses dragões. Devo confiar nesta besta?

— Acredito que pode, minha senhora, embora eu continuaria cauteloso — admitiu Peters. — Os dragões de cobre são bons dragões, embora tendam a ser caprichosos e egocêntricos. Eles não são como dragões de prata e ouro, que são altruístas e honrados, como convém aos devotos de Paladine e Kiri-Jolith.

— Minha mãe diz que este dragão é próximo de sua deusa, Chislev.

— Isso não me surpreenderia, minha senhora — respondeu Peters. — Chislev pertence ao panteão de deuses que seguem Gilean, o Viajante Cinzento. Gilean não se alinha com o irmão, Paladine, e os deuses do bem, nem segue a irmã, a Rainha das Trevas, Takhisis, e os deuses do mal. Gilean segue o próprio caminho.

— Acredita nesses deuses, capitão? — Destina perguntou.

— Sim, minha senhora — declarou Peters. — Sou um seguidor de Kiri-Jolith, a divindade padroeira dos guerreiros. Se quiser, posso falar sobre eles.

— Não temos nada melhor para fazer enquanto cavalgamos — disse Destina, dando de ombros.

— Paladine representa a verdade e a honra. Ele acredita que é seu dever fornecer marcos como o Voto e a Medida para conduzir a humanidade nos caminhos da retidão. Takhisis não guia os homens. Ela os envolve com mentiras e falsas promessas ou os escraviza e os força a obedecê-la. Gilean não faz nenhuma das duas coisas. Ele acredita que os homens devem ser livres para escolher qualquer caminho sem interferência dos deuses. O conhecimento é a chave para a compreensão do homem. Ele fundou a Grande Biblioteca de Palanthas. O pêndulo do tempo oscila entre os três. Assim, o equilíbrio do mundo é mantido.

— Já ouvi falar de Takhisis, é claro, mas não de Gilean — comentou Destina.

— O povo solâmnico sempre confiou nos deuses do bem em detrimento de outros. A deusa em quem sua mãe acredita, Chislev, é um dos deuses que seguem Gilean. Ela é a deusa da natureza, que não é nem boa nem má.

— E o que esses deuses têm a ver com os dragões? — Destina questionou.

— Os dragões metálicos de ouro, prata, cobre, bronze e latão são consagrados a Paladine, minha senhora. Os dragões negros, vermelhos, brancos, verdes e azuis, como os que enfrentamos na Torre do Alto Clérigo, são consagrados à Rainha Takhisis.

Destina notou que o Capitão Peters pareceu começar a acrescentar algo, mas depois ficou em silêncio.

— Fale, capitão — pediu ela. — Somos amigos, acredito eu.

— Sinto-me honrado, minha senhora. Não falei sobre isso antes, porque temi aborrecê-la. Antes de morrer, seu pai, o Senhor Gregory, tornou-se um seguidor de Paladine. Ele encontrou paz em sua fé, dizendo que finalmente tinha algo em que acreditar.

— E ainda assim, este Paladine e o seu deus, Kiri-Jolith, levaram meu pai à morte — retrucou Destina. — Não quero mais falar de deuses, capitão. Vamos falar desse dragão de cobre.

— De acordo com relatos, Saber é um jovem dragão macho. Ele gosta de humanos, de acumular tesouros e de conversar. Cavaleiros que montaram dragões de cobre durante a guerra dizem que as feras não conseguem ficar quietas nem durante a batalha. Eles lançam insultos vis contra os inimigos e os deixam furiosos. De certa forma, suponho que se possa dizer que os dragões de cobre são muito parecidos com os kender.

— Um dragão parecido com um kender. Era só o que me faltava! — Destina resmungou, suspirando.

Os kender eram a pedra em seu sapato. A raça diminuta era conhecida pela curiosidade insaciável e pela incapacidade de compreender o conceito de propriedade pessoal. Os kender normalmente eram alegres e bem-intencionados. Nunca tinham o intuito de levar nada. Quando levavam alguma coisa, sempre pretendiam devolvê-la e, quando eram pegos, sempre ficavam consideravelmente surpresos ao descobrir que não o haviam feito.

Felizmente, os kender tinham pouco senso de valor e em geral pegavam o que quer que despertasse seu interesse. Certa vez, quando Destina flagrou um em casa, ela o fez esvaziar as bolsas e descobriu que ele havia furtado um fuso, um novelo de lã e uma concha de madeira. E como o kender tinha conseguido furar os dedos no fuso, Destina foi forçada a encontrar teia de aranha para estancar o sangramento antes de levá-lo para fora do castelo.

No entanto, quando Destina contou à mãe e se referiu aos kender como ladrões, Atieno a repreendeu.

— Os kender entendem a alegria de viver. Nós, humanos, passamos nossas curtas vidas agarrados a objetos materiais achando que eles nos trazem alegria. Os kender nos fazem ver nossa tolice ensinando-nos que essas coisas não têm valor real algum.

— Minha vida não girava em torno do fuso, mãe, mas era o *meu* fuso —, respondera Destina. Ela poderia muito bem ter economizado o esforço.

— Minha mãe sugere que o dragão permaneça aqui para proteger a cidade e o castelo — revelou Destina.

— Acho que é uma boa ideia, minha senhora — disse o Capitão Peters.

— Farei o que puder, embora nunca tenha imaginado que meus deveres como Senhora do Castelo Rosethorn envolveriam negociar com um dragão — comentou Destina.

Ela e o Capitão Peters deixaram os cavalos entre os abetos, a alguma distância da caverna. O cavalo do Capitão Peters havia sido treinado durante a guerra para ficar perto de dragões, mas a montaria de Destina não, e o capitão temia que ela pudesse fugir aterrorizada.

Apesar das garantias da mãe de que o dragão era amigável e bem-intencionado, Destina estava nervosa ao se aproximar da fera. A lembrança do dragão azul destruindo a Torre de Vigia ainda estava vívida em sua mente.

O dia de outono estava quente e eles encontraram o dragão de cobre, Saber, tomando sol nas rochas em frente ao seu covil. Ele pareceu entusiasmado por receber visitantes, pois bateu as asas e o rabo e imediatamente arrastou-se pelo terreno rochoso para recebê-los.

Destina nunca estivera tão perto de um dragão antes, e ficou maravilhada e impressionada com o tamanho da besta, bem como com sua beleza. Ele tinha quatro metros e meio de altura, sem incluir os dois chifres no topo de sua cabeça. Suas escamas de cobre reluziam ao sol com um brilho vermelho-dourado polido.

Destina apresentou-se e o Capitão Peters.

O dragão curvou sua enorme cabeça e bateu suas asas.

— Eu sou Saber. Estou tão feliz em conhecê-la, Senhora Destina. Sua honrada mãe me falou de você. Ela está imensamente orgulhosa de você. Ouvi dizer que seu pai morreu na Torre do Alto Clérigo. Minhas condolências. Eu não estava lá. Participei da campanha em Vingaard.

Destina havia se perguntado se seria capaz de entender o dragão, mas ele falava a língua humana com muito mais habilidade do que ela imaginara ser possível.

— Por favor, entrem no meu covil. Não, não, não por esse caminho. Essa é a entrada da frente e leva a um labirinto projetado por mim para confundir os visitantes indesejados. Voltas e voltas e para cima e para baixo eles seguem! Haha! — Saber riu. — Vou levá-los pela entrada de trás. Muito mais fácil.

Destina não tinha intenção de entrar no covil de um dragão, mas não queria ofendê-lo.

— O tempo está tão bom hoje. Poderíamos nos sentar ao sol...

— Não, não, eu insisto! — disse Saber. — Uma visita da Senhora do Castelo Rosethorn! Devo honrar minha convidada. Eu mostrarei o caminho. Cuidado com o meu rabo. Eu não gostaria de derrubá-la da montanha por acidente.

Ele riu quando mencionou isso, mas Destina achou a ideia alarmante e fez questão de caminhar vários passos atrás da besta.

Saber tagarelava, falando disto, daquilo e daquilo outro. Felizmente, não parecia esperar respostas, pois Destina logo desistiu de prestar atenção.

Ela esperara que o covil de um dragão fosse escuro, fétido e malcheiroso, cheio de ossos e carcaças podres, porém, o covil de Saber mostrou-se tão iluminado e arejado quanto o solar dela mesma. Um buraco no teto da caverna deixava entrar a luz do sol e o ar e estava posicionado logo acima de um estoque de tesouros reluzentes, obviamente os bens mais valiosos de Saber, embora Destina pudesse ver de relance que eram de pouco valor.

A mãe havia falado do tesouro, mas Destina ficou surpresa ao ver além disso uma grande sela de madeira com espaldar alto, rédeas de couro e arreios.

— O que é tudo isso, Saber? — Destina perguntou, observando a sela com curiosidade.

— Essa foi a sela que meu cavaleiro e eu usamos em batalha — disse Saber, orgulhoso. — Vejo que está admirando a sela, senhora Destina. Pode sentar nela, se quiser.

Destina estava prestes a recusar. Não era uma criança brincando em um cavalo de madeira. Mas estava cativada pela sela e pela ideia de voar em um dragão. Imaginou-se sentada nas costas de Saber, voando acima de casas, campos e rios. Antes que soubesse o que estava fazendo, estava sentando na sela e ouvindo atentamente Saber descrever como as várias correias e fivelas trabalhavam para manter o cavaleiro seguro. Ela esqueceu sua dignidade e lembrou-se apenas de seus sonhos de infância de voar.

— Eu observava as águias e desejava me juntar a elas nas nuvens. Estar livre do chão, voar pelo ar. Uma vez eu tentei voar de verdade — Destina confessou, rindo. — Eu tinha seis anos. Subi até o topo de um morro, abri os braços e pulei.

— Teve sorte de não morrer, minha senhora — comentou o Capitão Peters, sorrindo.

— Felizmente, o morro não era muito alto — disse Destina. — Caí de cabeça, rasguei minhas roupas e acabei arranhada e dolorida. Falei para meu pai que tinha tropeçado, mas acho que ele sabia a verdade.

— Posso levá-la para voar, minha senhora — Saber ofereceu. — Eu ficaria honrado.

Destina viu o Capitão Peters franzir a testa e balançar a cabeça, mas o ignorou.

— Eu adoraria, Saber — ela respondeu. — Trouxe um presente para você. Da minha mãe e de mim.

Saber ficou encantado com o colar. Pegando-o com uma garra, ele o segurou diante da luz do sol para ver as joias brilharem.

— Este será o item mais valioso da minha coleção. Não tenho como agradecê-las o suficiente, Senhora Destina.

— O prazer foi todo meu — declarou Destina. — Mas preciso falar sobre algo sério. Alguns dos meus inquilinos estão preocupados que você possa roubar o gado deles. Se pudesse me oferecer sua garantia de que não vai pegar as ovelhas deles...

— Dou-lhe minha promessa, Senhora Destina. Embora eu deva dizer que gosto de um pouco de carneiro de vez em quando, vou me contentar com veados e uma cabra selvagem uma vez ou outra para variar. Amo um escorpião suculento, mas não consigo encontrá-los por aqui...

Enquanto Saber continuava a falar da iguaria, Destina viu o Capitão Peters fazendo sinais de que era hora de partirem.

— Precisamos ir, Saber — Destina disse quando o dragão fez uma pausa para respirar. — Temos um longo caminho a percorrer e devemos estar de volta antes de escurecer. Gostei de conhecê-lo. Estou ansiosa para conversar com você novamente e gostaria muito de aprender a voar.

Saber insistiu em escoltá-los para fora de seu covil e mostrar-lhes o caminho mais fácil para descer a montanha. Ele conversou o tempo todo enquanto caminhavam, dizendo o quanto amava a área, como as fazendas pareciam bem cuidadas, que tipo de inverno provavelmente teriam, perguntando se o lago congelava e assim por diante. Ele ainda estava falando, gritando para eles à distância, enquanto eles montavam nos cavalos e partiam.

— Minha senhora, espero que não esteja falando sério sobre voar com o dragão — comentou o Capitão Peters.

— Estou, capitão — respondeu Destina. — Atualmente, estou atolada em um lodaçal de livros de contabilidade, resolvendo disputas de inquilinos e preocupada se as chuvas de outono vão estragar a colheita, além de estar planejando meu casamento. — Ela levantou a cabeça e olhou para o céu azul. — Desejo voar acima de tudo. Talvez, se eu olhar para os meus problemas de uma grande altura, os veja diminuir.

Ao chegar em casa, Destina entregou seu cavalo aos cuidados dos cavalariços e foi relatar à mãe que o dragão havia gostado do presente e se mostrado extremamente sensato em relação ao gado.

Ela encontrou a mãe se preparando para sair a cavalo.

— Um dos inquilinos veio me contar que ladrões invadiram seu galinheiro durante a noite e levaram várias galinhas. Pelos rastros de pés largos, ele deduziu que os ladrões são goblins.

Destina não se surpreendeu ao saber dessa notícia. Os solâmnicos haviam expulsado a maioria das criaturas malignas de suas terras durante a guerra, mas gangues errantes de goblins, hobgoblins e semelhantes permaneceram na floresta, atacando os desavisados.

— Por que está indo, mamãe? — Destina perguntou. — Ordenarei ao Capitão Peters que leve soldados para a floresta, cace os goblins e dê cabo deles.

— Não é necessário, filha — disse Atieno. — Pretendo falar com os centauros que vivem na floresta. Eles desprezam os goblins. Vão lidar com eles.

— Centauros? Que centauros? — Destina perguntou, espantada. — Nenhum centauro vive em Solâmnia.

Atieno lançou-lhe um sorriso conhecedor.

— É o que os centauros querem que você acredite.

— Pelo menos leve soldados para acompanhá-la! — pediu Destina. — A floresta não é segura!

— Os centauros cuidarão de mim — recusou Atieno, e partiu antes que Destina pudesse falar mais alguma coisa.

Balançando a cabeça com as esquisitices da mãe, Destina foi para a biblioteca revisar os relatórios sobre a colheita. As plantações eram abundantes e os celeiros transbordavam. Ninguém passaria fome neste inverno.

Ela foi interrompida por uma batida à porta.

— Desculpe-me, minha senhora — disse o senescal. — O Senhor Anthony Rosethorn e sua esposa e uma grande comitiva chegaram aos portões do castelo.

Destina largou a caneta e ergueu os olhos, atônita.

— Está falando de meu primo, Anthony?

— Sim, minha senhora — confirmou o senescal. — Dei ordens para que fossem admitidos. Espero que tenha a aprovação de Vossa Senhoria.

— Sim, com certeza — anuiu Destina. — Anthony disse por que veio?

— Não, minha senhora — respondeu o senescal. — Ele tem um grupo grande, com dez cavalheiros, numerosos criados e uma escolta armada.

Destina ficou incomodada com esta visita estranha e inesperada. Ela questionaria mais o senescal, mas ele tinha um ar furtivo que aumentou sua inquietação.

— Talvez ele esteja aqui para comemorar meu Dia da Vida, embora nunca tenha parecido se importar antes — Destina murmurou. Ela tinha seus deveres como senhora do castelo e se levantou apressada. — Devemos fazer com que ele e seu grupo sejam bem recebidos.

Apressou-se para falar com a cozinheira sobre os preparativos do jantar para tanta gente e ordenou aos criados que abrissem e arejassem os quartos de hóspedes. Enquanto colocava seu melhor vestido para receber os visitantes, podia ouvir o barulho de cascos no pátio e a agitação enquanto os cavalariços corriam para receber os cavalos e os criados escoltavam os convidados para dentro. Lembrou-se no último momento de colocar o diadema que lhe deram, em memória do tio. Mostraria a eles que honrava sua memória, mesmo que eles próprios não o fizessem.

Anthony e sua senhora viajavam em uma carruagem. O resto da comitiva cavalgava, incluindo criados, soldados e dois cavalheiros usando longas vestes pretas, chapéus pretos e meias pretas. Destina percebeu que eram advogados. Fazia muito tempo que ela não pensava no testamento perdido do pai, mas a lembrança voltou e sua inquietude se transformou em pavor.

Destina cumprimentou o primo e a esposa dele no grande saguão de entrada. A câmara era impressionante com seu teto alto e abobadado, maciças vigas de madeira e piso de mármore preto e branco. Escudos de seus ancestrais adornavam as paredes. Ela havia pendurado o escudo do pai entre eles ao centro.

Quando ela conheceu Anthony, ele era uma criança gorducha. Ela ouvira de um bardo viajante que o primo havia se casado na primavera depois que a guerra terminou. O bardo fora convidado para tocar e cantar no casamento e relatou que tinha sido esplêndido. Anthony havia se casado com uma viúva rica, alguns anos mais velha que ele.

— A esposa dele afirma ter vinte e cinco anos — disse o bardo fofoqueiro com uma grande piscadela — embora os relatos digam que está perto dos trinta. Ela era casada com um mercador palanthiano que lhe deixou uma fortuna ao morrer.

Anthony entrou com a esposa ao seu lado. Estava suntuosamente vestido, usando um manto forrado de pele sobre um sobretudo de lã, botas de couro finamente trabalhadas e um chapéu de pele. Sua esposa também usava uma capa de pele com capuz com um fecho incrustado com joias e um vestido elegante com acabamento bordado.

— Prima, estou muito feliz em reencontrá-la — cumprimentou Anthony. — Minha esposa, Senhora Emily.

Anthony parecia-se com o pai, com cabelos loiros e olhos azuis-claros. A Senhora Emily era robusta, com cabelos loiros elaborados e penteados de modo artificial, de olhos astutos e maneiras prepotentes. Ela ignorou a educada reverência de Destina e disse em voz alta:

— Este lugar tem ratos? Tenho certeza de que vi um rato correndo atrás daquele armário.

Destina ficou chocada com os maus modos da mulher, mas garantiu-lhe que o gato da cozinheira cuidava das pragas. Deu-lhes as boas-vindas ao Castelo Rosethorn e ordenou aos criados que ajudassem com a bagagem, que era numerosa, a julgar pela quantidade de cavalos de carga necessários para carregar os baús e malas.

Anthony acenou para os dois homens de beca, ambos carregando bolsas de couro por cima dos ombros e declarou casualmente:

— Meus advogados.

Os dois curvaram-se respeitosamente, mas não disseram nada.

Antes que Destina pudesse responder, ela ficou ainda mais confusa com a chegada inesperada de sua mãe.

Atieno estivera cavalgando na floresta, e trouxera a floresta de volta consigo. Ela estava usando suas roupas de montaria que consistiam de uma túnica e calças de couro e botas. Seus cabelos estavam soltos e despenteados pelo vento, e ela adornara seus cachos negros e selvagens com folhas vermelhas flamejantes. Estava coberta de terra.

Anthony e Emily a encararam, escandalizados, então trocaram olhares significativos. Emily fungou e levou o lenço ao nariz. Os dois advogados fitaram Atieno com espanto sem limites e de olhos esbugalhados.

Atieno franziu a testa para eles, seus olhos negros faiscando.

— Quem são essas pessoas? — exigiu saber imperiosamente.

— Este é meu primo, mamãe, filho do tio Vincent, Senhor Anthony Rosethorn — informou Destina, tentando evitar que sua voz tremesse. — E sua esposa, Senhora Emily Rosethorn. Esses senhores são os advogados de meu primo.

À menção de advogados, Atieno enrijeceu. Seus lábios franziram.

— Por que seu primo trouxe advogados? — perguntou.

Destina não foi capaz de responder. Apenas conseguiu balançar a cabeça.

Anthony tocou os bigodes, como se quisesse se assegurar que ainda estavam lá, mas parecia constrangido, sem saber o que dizer. Sua boca abriu e fechou, então abriu de novo e em seguida se fechou novamente.

— Fale, meu amor! — mandou Emily, cutucando-o, impaciente. — Não fique aí boquiaberto.

— Está bem, minha querida — assentiu o Senhor Anthony. Ele endireitou-se e estufou o peito. — Trouxe meus advogados, querida prima Destina, porque vim reivindicar o Castelo Rosethorn.

CAPÍTULO DEZ

— Reivindicar o Castelo Rosethorn — repetiu Destina. Ela se sentia atordoada, como se tivesse sido atingida por trás. Recompôs-se e retrucou: — Meu pai fez um testamento deixando seus bens para mim!

Um dos advogados a interrompeu.

— Desculpe-me, minha senhora, mas o Senhor Anthony levou o caso dele perante um tribunal solâmnico e nós ganhamos. Meu sócio tem consigo a decisão do tribunal.

O outro advogado enfiou a mão na bolsa e tirou um pedaço de pergaminho enrolado amarrado com uma fita.

— Como pode ver, Sua Excelência decidiu em favor de nosso cliente, Senhor Anthony — acrescentou o advogado.

— Mas eu nem sabia que você tinha levado isso ao tribunal! Eu não estava presente para defender meu caso — retrucou Destina com raiva.

— Você não tem um caso, prima — respondeu Anthony. — Procuramos poupá-la do trabalho e das despesas de uma longa jornada que teria sido em vão.

— A lei solâmnica é clara, Senhora Destina — acrescentou o advogado. — Como seu pai, o Senhor Gregory, não deixou herdeiros homens, a propriedade passa para o próximo homem na linha de sucessão, o filho de seu irmão, nosso cliente, o Senhor Anthony Rosethorn.

— Meu pai deixou suas propriedades para mim! — Destina repetiu, furiosa. — Ele fez um testamento! Este é o legado dele!

— O testamento foi destruído em um incêndio — declarou o Senhor Anthony. — E de acordo com seu senescal, que tem me sido muito útil, o Senhor Gregory não guardou nenhuma cópia. Peço que leia a decisão do tribunal, prima.

O advogado avançou, estendendo o pergaminho para Destina. Ela não conseguia se mexer. Encarou-o, imóvel. Atieno agarrou o pergaminho e o arrancou da mão do homem.

— Saiam! — ela vociferou. — Todos vocês!

O advogado empertigou-se com sua dignidade ofendida. Ignorando Atieno, ele falou com Destina.

— Eu a advirto, senhora, que sua mãe deve se controlar...

— Eu disse, saiam! Lutamos por este castelo! Não vamos deixá-lo! — Atieno gritou furiosamente, e ela golpeou com o pergaminho como se fosse uma clava e o atingiu no rosto.

O advogado engasgou de dor e cambaleou para trás. O pergaminho havia deixado uma marca vermelha brilhante em seu rosto.

Atieno atacou o segundo advogado, que agarrou a barra das vestes e fugiu. O primeiro seguiu seu exemplo. Pegando sua bolsa, ele saiu correndo pela entrada.

Atieno avançou até Anthony e o ameaçou com o pergaminho.

— Sua cobra! Bah! Eu cuspo em você! — Atieno seguiu suas palavras com sua ação. — Saia e leve sua rameira com você!

Emily estava com o rosto vermelho e furiosa.

— Rameira? Está vendo como ela me insulta, marido? Enfrente-a!

— Senhora Atieno, está fora de si... — Anthony começou a dizer, engolindo em seco.

— Víbora! Serpente! — Atieno gritou e tentou acertar a cabeça dele com o rolo de pergaminho.

Anthony levantou o braço para se defender, e ela o agarrou pelo cotovelo, então continuou a golpear qualquer parte de seu corpo rechonchudo que estivesse ao alcance. Anthony gritou e cambaleou para trás, os braços acima da cabeça.

— Pare com isso, sua selvagem! — Emily gritava e ameaçava Atieno com o leque.

O pergaminho estava em péssimo estado. Havia perdido a fita e estava começando a se desenrolar e agora era inútil como arma.

Atieno agarrou Emily pelos cabelos e puxou. Os cachos loiros saíram em sua mão. Atieno ficou momentaneamente atônita por estar segurando os cabelos da senhora, depois riu, jogou a peruca no chão e a pisoteou.

Emily cobriu a cabeça raspada com as mãos e começou a berrar:

— Fuja, meu amor! Esta selvagem vai matar todos nós!

Ela ergueu a saia e saiu correndo porta afora. Anthony a seguiu, com os bigodes tremendo. Parou apenas quando teve certeza de que estava fora de alcance para gritar:

— Nós voltaremos, prima Destina! E da próxima vez traremos o xerife!

— Verme! — Atieno bateu a porta atrás dele. Ela a abriu novamente para jogar a peruca fora, então a fechou, girou a chave e abaixou a viga que a trancava. Virou-se triunfante, os olhos cintilando com a vitória.

Destina estava horrorizada.

— Mãe, o que você fez?

— O que pude — respondeu Atieno. — Embora eu tema que não seja o suficiente. — Ela apontou para o diadema. — A coroa. O terceiro presságio.

Destina recusou-se a ouvir. Pegando o pergaminho maltratado, escapou para a biblioteca, afundou na cadeira do pai e jogou o pergaminho sobre a mesa. Apoiou a cabeça latejante nas mãos e tentou pensar.

Talvez o pai tivesse elaborado uma cópia do testamento ou feito anotações. Ela não encontrou nada entre os papéis dele, mas ele poderia ter escondido entre as páginas de um livro…

O senescal traiçoeiro havia dito algo semelhante. Destina ergueu a cabeça com uma súbita esperança. Ela olhou para as centenas de livros que estavam em fileiras ordenadas nas prateleiras, e sua esperança morreu.

A Medida dizia: *Um lugar para cada coisa e cada coisa em seu lugar.*

Gregory tinha sido meticuloso, organizado. Se seu pai tivesse feito anotações ou guardado uma cópia do testamento, ele o teria acondicionado junto de seus outros papéis importantes.

Ela olhou em volta para a biblioteca que ele amava e caiu de joelhos. Ela havia perdido a biblioteca, perdido o Castelo Rosethorn, o legado do pai, e era como se o tivesse perdido novamente.

— Sinto muito, papai! — ela chorou.

Enquanto estava ajoelhada no chão, um raio de sol atingiu um livro na prateleira de baixo. Ela reconheceu o livro sobre Huma que seu pai estivera lendo antes de partir para a batalha. Destina lembrou-se da conversa entre Huma e Magius.

"Se seiscentos homens morrem... A vida ou a morte de um homem... Viajar no tempo..."

Destina percebeu com um sobressalto que o plano para salvar seu pai estivera espreitando em sua mente desde que lera aquela passagem pela primeira vez, aguardando o momento certo, esperando pacientemente até que uma necessidade desesperada a levasse a procurá-lo. Ela não conseguia vislumbrar o plano ainda, exceto seu olhar firme, encarando-a da escuridão. Pegou o livro da estante e segurou-o perto do coração.

Os livros pertenciam ao castelo e ao seu primo. Anthony não podia ficar com este. Destina levou o livro para o quarto. Colocando-o no fundo de seu baú de recordações, cobriu-o com as roupas e fechou a tampa.

Sentiu-se melhor, sabendo que estava lá.

Voltando para a biblioteca, respirou fundo, como o pai a ensinara a fazer antes de enfrentar um oponente na batalha, então desenrolou e leu o pergaminho. O documento consistia em várias páginas, e ela estava perturbada demais para compreender o que estava lendo. Tudo o que realmente entendeu foi o selo de cera oficial afixado na parte inferior.

— Vou levá-lo para meu próprio advogado — decidiu Destina. — Ele vai perceber aquilo que eu não enxergo.

No dia seguinte, ela convocou o advogado que fora amigo do falecido William Bolland e que conhecia as circunstâncias da família. Ela relatou tudo o que aconteceu com Anthony, deixando de lado a agressão de sua mãe.

O advogado leu a sentença e informou-lhe que o primo estava certo. Tudo era legal e correto.

— Se o proprietário morrer sem deixar testamento, a herança passa para o herdeiro do sexo masculino para mantê-la intacta — confirmou o advogado. — Pelo que entendi, seu pai pediu a William Bolland que redigisse um testamento para evitar que isso acontecesse. Suponho que ele não guardou nenhuma cópia, nenhuma nota detalhando seus desejos?

— Não, senhor — disse Destina com um suspiro.

— É uma pena — lamentou o advogado. — Ainda assim, o juiz fez provisões justas para a senhora e sua mãe. Não ficarão desamparadas. O juiz determinou que a senhora receberá uma mesada do espólio, uma quantia de cem aços paga anualmente, por toda a sua vida. Poderá manter suas próprias joias, a prataria e seu dote de mil aços que seu casamento traz para os Berthelboch. O Senhor Anthony também tentou obter a casa em Palanthas, mas o juiz determinou que ela deveria ficar com a senhora e sua mãe para que tenham um lugar onde morar.

— Sua renda não será grande — acrescentou o advogado. — Se quer meu conselho, sugiro que venda a casa em Palanthas, que é grande e cara demais para a senhora manter. Depois de casada, é claro, não vai precisar se preocupar. A senhora e sua mãe vão morar com os Berthelboch, e seu marido vai sustentá-la.

Os Berthelboch! Destina havia se esquecido deles e de seu casamento iminente. Perguntou-se com uma pontada de inquietação como reagiriam à notícia de que o castelo e as terras que contavam que ela herdaria estavam perdidos. Consolava-se sabendo que Berthel a amava e que seus pais gostavam dela, e ela tinha a mesada e o dote. E ainda era filha de um cavaleiro com sangue nobre nas veias. Ninguém poderia tirar isso dela.

Ela foi até o solar para conversar com a mãe e encontrou Atieno sentada estranhamente ociosa. Seu tear jazia intocado em cima de uma mesa, junto com a cesta de lã. Um fogo geralmente ardia na lareira, pois sua mãe sempre reclamava do frio. A lareira estava apagada. Ninguém trouxera madeira.

— Mãe, por que os criados não acenderam o fogo para a senhora? — Destina questionou.

— Eu os peguei fofocando — contou Atieno. — Ordenei que fossem embora no mesmo instante ou eu os estriparia como trutas. Que é o que farei com aquele senescal se eu pegá-lo!

Ela se levantou e se aproximou da janela.

— Eu tinha começado a ter esperança de que os presságios estivessem errados, Destina. Chislev ensina que somos livres para escolher e, portanto, o futuro está sempre mudando e se transformando e não pode ser previsto. Mas suponho que até os deuses cometem erros.

— Temo que eu seja capaz de prever nosso futuro sem deuses ou presságios, mamãe. Falei com um advogado — revelou Destina. — A decisão é legal. Ficamos com a casa em Palanthas, nossas joias e uma mesada. Podemos vender a casa em Palanthas e morar com os Berthelboch em Kalaman.

O plano anterior era que Berthel, ela e a mãe morassem juntos no Castelo Rosethorn. Atieno não gostava de Berthel, mas ela ficava fora a maior parte do tempo em seus deveres clericais. Destina teria dado um jeito.

Atieno cruzou os braços em frente ao peito.

— Eu não vou morar em uma cidade. Eu preferiria viver em um esgoto!

— Mãe, por favor, me escute — implorou Destina. — Podemos viver com muito menos despesas em Kalaman...

A mãe balançou a cabeça teimosamente, fazendo seus brincos tilintarem. Destina desistiu e saiu. Daria à mãe alguns dias para se recuperar do choque e reconsiderar. Afinal, Atieno não tinha escolha.

Destina recebeu um bilhete de Anthony, dizendo que ele e a esposa haviam se alojado em Ironwood, pois não queriam ser assassinados enquanto dormiam. Ele enviaria seu secretário para fazer o inventário dos objetos de valor.

Destina jogou o bilhete no fogo. Lembrou-se da expressão no rosto de sua esposa quando Atieno arrancou sua peruca, e não pôde deixar de rir, embora seu riso se aproximasse das lágrimas.

Ela passou a maior parte do tempo na biblioteca nos dias que se seguiram, revendo as contas, tentando calcular quanto dinheiro obteriam com a venda da casa, suas joias e outras posses. Decidiu adiantar a data do casamento. Era maior de idade. Não havia razão para esperar, especialmente porque não podia mais pagar pelo luxuoso casamento que planejara. Seu único problema agora era a mãe — e como dar a notícia aos Berthelboch.

Retirou-se para a biblioteca para cumprir a árdua tarefa de escrever aos Berthelboch que havia perdido o Castelo Rosethorn, embora tivesse certeza de que já teriam recebido a notícia a esta altura. Todos dentro de um raio de cento e sessenta quilômetros de Ironwood não falavam de outra coisa. Destina garantiu que ainda tinha seu dote para pagá-los, a casa em Palanthas, e expressou o desejo de que ela e Berthel pudessem se casar imediatamente.

"Sabem que meu maior desejo é fazer seu filho feliz", escreveu Destina.

Ela concluiu a carta, fechou-a e a selou. Agora, precisava de alguém para levá-la aos Berthelboch em Kalaman, e havia apenas uma pessoa em quem confiava.

Anthony insistira que os soldados permanecessem em seus postos, pois estava convencido de que os goblins provavelmente atacariam a qualquer momento. Destina perguntou a um dos guardas do portão onde encontrar o Capitão Peters. O guarda a conduziu até as muralhas. Destina não tinha um criado para buscá-lo. Ela mesma subiu as escadas.

Ele sorriu ao vê-la.

— Como posso servi-la, minha senhora?

— Primeiro, capitão, ouvi dizer que o Senhor Anthony lhe fez uma oferta generosa para que comandasse a guarda e que você recusou — disse Destina. — Isso é sábio? Como vai viver?

— Eu morreria de fome antes de aceitar um farelo de pão da mão gananciosa dele! — respondeu o Capitão Peters. — Sou um soldado, minha senhora, e sempre há uma guerra a ser travada em algum lugar. Não terei problemas para encontrar trabalho. Pretendo ficar aqui até que a senhora esteja pronta para partir, então vou acompanhá-la em sua jornada a Kalaman.

Destina ficou profundamente tocada.

— Eu agradeço, capitão. Vim conversar com você sobre Kalaman. Eu gostaria que entregasse esta carta aos Berthelboch. Como o assunto é urgente, pensei que poderia perguntar a Saber se ele poderia levá-lo. Não teria medo de montar um dragão, teria?

— De jeito nenhum, minha senhora. Falarei com ele.

Ele relatou que Saber estava ansioso para fazer a viagem. O dragão sentia falta dos dias em que carregava cavaleiros para a batalha, e isso seria como nos velhos tempos. Destina tentou dar dinheiro ao Capitão Peters para suas despesas, mas ele fingiu não a ouvir e foi embora.

Destina não tinha visto muito Atieno durante esse tempo. A mãe não descia para as refeições, deixando Destina para jantar sozinha na grande mesa. Incapaz de suportar as lembranças dos momentos felizes naquela mesa com o pai, realizava as refeições em seu quarto.

Destina estava na biblioteca no dia seguinte, cuidando das contas, quando foi interrompida por uma batida na porta.

— Está aí, Destina? — Atieno chamou. — Preciso falar com você.

— Sim, mãe, por favor, entre — disse Destina. — Chegou na hora certa, pois também preciso falar com a senhora.

Atieno abriu a porta, depois hesitou na soleira. Nunca havia entrado na biblioteca do marido. Destina sabia que ela não gostava do aposento, que dizia ser escuro, empoeirado e abafado. A mãe olhou ao redor com desconforto, oprimida pela mobília pesada e ornamentada, os tapetes grossos que amorteciam os ruídos e as prateleiras cheias de volumes empoeirados.

— Esta sala é muito escura — comentou Atieno quando entrou. — Como consegue enxergar para trabalhar?

— Essas velas fornecem luz suficiente — respondeu Destina, referindo-se a duas grandes velas de cera de abelha sobre a mesa. — A luz do sol é prejudicial para os livros.

Atieno não entendeu, mas sentou-se na ponta de uma cadeira mais próxima da porta e olhou em volta com admiração.

— Tantos livros — ela murmurou.

— Não se preocupe com os livros agora, mamãe — interrompeu Destina. — Pensou sobre o que eu lhe disse? Acredito que teremos o suficiente para alugar uma casa pequena em Kalaman, onde você poderá morar depois que eu me casar.

— Foi por isso que vim conversar com você, filha — disse Atieno. — Rezei a Chislev e tomei uma decisão.

Destina não tinha interesse no que Chislev tinha a dizer.

— Falaremos sobre sua oração mais tarde, mãe. Tenho vinte e um anos e sou maior de idade. Berthel e eu deveríamos nos casar imediatamente, não esperar até a primavera. O pai de Berthel é um barão agora, um homem rico com conexões em toda Solâmnia. Depois de me casar, vou convencê-lo a usar sua influência para me ajudar a recuperar minha herança. Ele saberá de um juiz aberto a receber suborno...

Atieno levantou-se de um salto, lívida e trêmula de raiva.

— Está ouvindo a si mesma, filha? Suborno? Influência? Seu pai morreria de vergonha se ouvisse tais palavras saindo dos lábios da filha. Você desonra a memória dele, Destina!

— Honra e nobreza são boas para aqueles que podem se dar ao luxo — retrucou Destina em tom amargo. — Ao passo que eu não posso.

— O que aconteceu com você, filha? — Atieno perguntou infeliz. — Eu não a reconheço mais!

— O que aconteceu comigo? Eu sou a Senhora do Castelo Rosethorn! — Destina gritou, levantando-se de um salto para confrontar a mãe. Ela bateu com as mãos na mesa. — Sou capaz de qualquer coisa para salvar o legado de meu pai, para manter sua memória viva! Violarei a lei que for! Subornarei qualquer um. Não importa o que vai me custar, salvarei o legado de meu pai!

Atieno encarou-a com tristeza, então se virou e começou a sair. Destina correu atrás dela e segurou a mão da mãe.

— Perdoe-me, mãe. Sinto muito ter gritado. Por favor, precisamos conversar. Venha, sente-se.

Atieno ficou, mas não voltou para a cadeira. Permaneceu parada junto à porta.

— Sei que não quer morar em uma cidade, mãe... — Destina prosseguiu.

— Não precisa se preocupar comigo, Destina — interrompeu Atieno, falando com dignidade. — Não serei um fardo para você, nem morarei em uma cidade. Rezei para Chislev e decidi voltar para meu povo em Ergoth.

Atieno abriu a porta e uma luz brilhante inundou o quarto escuro. Ela se virou para olhar para a filha.

— Minha pobre filha — Atieno disse suavemente.

Ela tocou Destina gentilmente na bochecha, depois saiu e gentilmente fechou a porta atrás de si.

Destina ficou um longo momento parada, então voltou para a escrivaninha e sentou-se. Estava envergonhada de admitir que sua reação inicial ao ouvir o anúncio da mãe foi alívio. A partida da mãe resolveria muitos de seus problemas, entre eles os Berthelboch.

— Minha mãe será muito mais feliz vivendo entre seu próprio povo — Destina refletiu.

Atieno logo estava pronta para sua jornada. Tinha muito pouco para empacotar. Pegou apenas as roupas que usara quando chegou ao Castelo Rosethorn como noiva, um arco e uma aljava com flechas, uma faca de caça, um odre e alguns saquinhos cheios de ervas. Recusou a oferta de um cavalo, dizendo que preferia ir a pé.

Bem cedo na manhã seguinte, junto com a aurora, Atieno deixou o Castelo Rosethorn. Destina acompanhou a mãe até os portões da fortaleza. Tentou convencer a mãe a ficar, mas Atieno estava irredutível, e os pedidos de Destina foram débeis.

Teve que admitir que a mãe estava mais feliz do que Destina jamais a vira. Atieno deixou o castelo sem arrependimentos, caminhando a passos largos como alguém livre, sem amarras. Sob o céu aberto, além dos portões, ela jogou a cabeça para trás e respirou profundamente o ar fresco.

Elas se separaram na estrada. Atieno abraçou a filha e Destina compreendeu plenamente que, quando a mãe se fosse, estaria sozinha no mundo. Ficou assustada diante da ideia e se agarrou a Atieno.

— Por favor, não vá! — ela implorou. — Não vou suportar ficar sozinha.

Atieno alisou os cabelos escuros da filha e a beijou.

— Você é uma filha do destino, Destina. Seu pai sempre acreditou nisso, e você também, no passado. — Atieno acrescentou com um sorriso triste: — Sei que você não me considera muito inteligente ou muito sábia, Destina. No entanto, aprendi uma lição em minha vida e a transmito com a bênção de uma mãe. Esteja atenta, como diz o poema, que o destino "que criamos está nos criando"...

Destina não entendeu; mas, também, nunca entendera a mãe.

— Gostaria que permitisse que o Capitão Peters a acompanhasse, mamãe. Não deveria viajar sozinha.

— Eu não ando sozinha — retrucou Atieno. — Chislev caminha comigo. — Em seguida, deu um beijo em Destina, sorriu e se afastou dela com o vigor e a energia de uma mulher jovem.

Destina permaneceu dentro dos portões, observando enquanto a mãe saiu da estrada e tomou o caminho que conduzia à floresta. Três homens se juntaram a ela e se curvaram com deferência. Os homens eram estranhos, de peito nu e cabelos longos e desgrenhados que desciam pelas costas. Destina ficou perplexa, pois conhecia todos em Ironwood e não reconhecia esses homens.

Perguntou-se se deveria se preocupar até que um dos homens saiu das sombras para a luz do sol, e Destina viu em choque que não se tratava de um homem. Era um centauro: um homem da cintura para cima com patas e corpo de cavalo.

Atieno virou-se e acenou, gritando:

— Não se preocupe, Destina! Como você pode ver, estou com amigos.

Ela entrou na floresta acompanhada de sua escolta e se perdeu de vista.

O Castelo Rosethorn ficou silencioso e vazio após a partida de Atieno. Destina havia dispensado os criados, pois não tinha dinheiro para mantê-los. A ama, a última a sair, despediu-se chorosa de Destina.

— Sinto muito por você, querida senhora. Vou morar com meu filho em Ironwood — disse a ama. — Ele está bem de vida e pode se dar ao luxo de ajudar. Se algum dia precisar, por favor, me avise.

Destina agradeceu e garantiu que ficaria bem, embora estivesse envergonhada por pensar que a própria criada tinha pena dela.

Destina viu-se ansiosa pelo casamento. Estava sozinha e ficaria feliz em fazer parte de uma família novamente. Berthel a amava. Ele a consolaria. Ela esperou ansiosamente por uma resposta dos Berthelboch, ocupando-se empacotando seus pertences. Vendeu a maior parte das joias para uma casa de penhores, incluindo as pulseiras e brincos de ouro da mãe, ficando apenas com as joias que usaria no dia do casamento, o cálice de prata e a espada de seu pai, que guardou em um baú. Conservou a espada que Gregory mandara fazer para sua mãe, que agora era dela, a espada que usara para defender o castelo dos goblins.

Ela também ficou com o anel de Chislev que a mãe lhe dera, embora mais por obrigação. Destina teria preferido vender o anel, mas ainda não conseguia tirá-lo. Vendeu o diadema que Anthony lhe dera. Presságio ou não, estava feliz por se livrar dele.

Depois que tudo havia sido embalado, Destina examinou os céus, impaciente, em busca do dragão e do Capitão Peters. Ela ouviu Saber antes de vê-lo. O dragão anunciou seu retorno com um trombetear alto, enquanto voava acima do castelo, alarmando os soldados, que pegaram suas armas.

O Capitão Peters apareceu a tempo de garantir a seus homens que estava tudo bem, o dragão era um amigo. Em seguida, foi ver Destina, que o aguardava ansiosamente na biblioteca. Ela pediu que ele se sentasse e educadamente perguntou sobre a viagem.

Ele parecia estranhamente sério e deu uma resposta breve, dizendo que a viagem fora tranquila. Entregou-lhe a carta. Ela rompeu o selo depressa. A mensagem era curta. Ela leu rapidamente e sentiu o sangue fugir de seu coração.

Deve ter aparentado estar passando mal, pois o Capitão Peters apressou-se em buscar-lhe uma taça de vinho e insistiu para que bebesse.

Destina tomou um gole de vinho, foi tudo o que conseguiu.

— Obrigada, capitão — ela disse com voz fraca.

O Capitão Peters fez uma reverência e começou a sair.

— Não vá, capitão — pediu Destina. — Eu... Não quero ficar sozinha.

Ela apontou para uma cadeira e o capitão sentou-se. Destina consultou a carta.

— Os Berthelboch escrevem para dizer que, como não sou mais proprietária do Castelo Rosethorn, descumpri o contrato e eles cancelaram o casamento. Eles já arranjaram para que Berthel se case com a filha de um rico mercador de grãos.

Ela ergueu o olhar para ver o capitão fitando-a de maneira solidária.

— Mas você já sabia disso. Eles lhe contaram, não é?

— O Barão Berthelboch me informou sobre o conteúdo de sua carta, minha senhora, para o caso de ela se extraviar ou ser roubada — revelou o Capitão Peters. Estava claramente zangado por ela. — Peço que me perdoe por falar sem permissão, mas acredito que você está melhor se livrando dessas pessoas. Eles são rudes e desonrados. Para eles, o Voto Solâmnico deveria ser: "Meu dinheiro é minha vida".

O Capitão Peters se levantou.

— Precisa de um amigo, Senhora Destina, e pode confiar em mim. Farei o que precisar que eu faça.

Destina lançou-lhe um sorriso fraco.

— Assim que eu decidir o que fazer, capitão, eu o avisarei.

O capitão saiu para cuidar de seus deveres. Destina acendeu uma vela, aproximou a carta da chama e observou seus sonhos enegrecerem e virarem cinzas.

Ela então soprou a vela e ficou sozinha na escuridão.

CAPÍTULO ONZE

Justarius, o mestre da Torre da Alta Feitiçaria em Wayreth, estava estudando seu livro de feitiços à luz de uma lareira ardente em seus aposentos particulares quando um dos aprendizes de mago que o servia bateu à porta.

Justarius estava tentando memorizar um feitiço particularmente complexo. Ele havia colocado uma fechadura mágica na porta para que pudesse trabalhar em paz e, portanto, ficou muito irritado com a interrupção.

— Deixei instruções para não ser incomodado — ele disse aborrecido, pondo o dedo na passagem que estava memorizando.

— Perdoe-me, mestre, mas chegou visita para o senhor — informou o aprendiz do outro lado da porta fechada.

— Está tarde. Diga a essa pessoa para voltar pela manhã — disse Justarius.

— O visitante é Dalamar, o Escuro, mestre da Torre de Palanthas. Ele pede desculpas por incomodá-lo, mas diz que o assunto é urgente.

— Dalamar? — Justarius repetiu, assustado.

Ele fechou o livro de feitiços e removeu a tranca mágica com uma palavra e um gesto. Pegando sua bengala, levantou-se para cumprimentar o visitante.

— Faça com que Mestre Dalamar entre.

Justarius era o líder do Conclave, o conselho de magos que governava a magia em Ansalon, bem como o mestre da Torre da Alta Feitiçaria em Wayreth. Era um mago poderoso, talvez o mais poderoso de Ansalon naquela época.

Dalamar, o Escuro, mestre da Torre da Alta Feitiçaria em Palanthas, era sem dúvida o segundo mais poderoso. E embora Justarius fosse um Manto Vermelho, um seguidor de Lunitari, filha do deus Gilean, e Dalamar fosse um Manto Negro, seguidor de Nuitari, filho da deusa Takhisis, os dois eram amigos.

Durante séculos, os magos foram perseguidos, condenados ao ostracismo e insultados pelos incultos que não possuíam o dom da magia e temiam o que não eram capazes de compreender. Os magos aprenderam por amargas experiências que apenas conseguiriam sobreviver permanecendo unidos, apoiando-se uns nos outros. Assim, quer usassem os Mantos Brancos de Solinari, os Mantos Vermelhos, de Lunitari ou os Mantos Negros de Nuitari, os magos de Ansalon estavam antes, acima de tudo e para sempre unidos pela magia.

Os magos originalmente construíram cinco torres para servir como fortalezas nas quais poderiam se reunir em paz para estudar sua magia. Destas cinco, apenas duas ainda existiam no inverno de 358: a Torre da Alta Feitiçaria em Wayreth e a torre em Palanthas.

Destas duas, a torre em Wayreth era a mais antiga e a mais reverenciada. Localizada em algum lugar perto da fronteira de Qualinesti, a história da torre remontava a milhares de anos até a Primeira Guerra dos Dragões.

Ambas as torres eram protegidas por florestas encantadas para manter afastados os curiosos, bem como aqueles que poderiam representar uma ameaça. Além disso, a torre de Wayreth defendia-se mudando constantemente de posição no espaço e no tempo. Dizia-se que um dos fundadores da torre, um mago elfo chamado Corenthus, havia dito: "Não se encontra a torre, é a torre de Wayreth que vai ao seu encontro".

Magos vinham de todas as partes de Ansalon para estudar na torre, que tinha uma extensa biblioteca de livros de feitiços, bem como volumes sobre componentes de feitiços, história da magia, mapas do continente de Ansalon e além, mapas estelares, as fases das três luas, leis que regiam a feitiçaria e o lançamento de feitiços e incontáveis outros. Os magos também iam à torre em Wayreth para fazer o Teste.

Os primeiros magos perceberam que a magia era uma força tão poderosa e potencialmente destrutiva que precisavam encontrar uma forma de limitar a prática da magia àqueles que realmente se dedicassem à arte. Eles criaram o Teste e o tornaram obrigatório a todos os magos que buscavam obter maior poder. Aqueles que concordavam em realizar o Teste tinham que estar dispostos a arriscar tudo, inclusive suas vidas, pelo bem da magia.

Cada teste era planejado para o indivíduo, com o objetivo de ensinar aos aspirantes a magos lições sobre si mesmos.

Corenthus é citado como tendo dito: "Alguns que fazem o Teste não sobreviverão. Podemos considerá-los os afortunados, pois aqueles que sobreviverem serão transformados para sempre".

Isso era verdade para Justarius, o mestre da torre de Wayreth, um Manto Vermelho e o mago mais poderoso de Ansalon.

Quando jovem, Justarius se orgulhara de sua bela aparência e destreza física, bem como de suas habilidades em magia. Ele havia entrado na torre para fazer o Teste com confiança, seguro de que com sua força e habilidade passaria facilmente e receberia grande poder.

O Teste ensinou a Justarius uma lição de humildade. Ele nunca falou sobre a penosa experiência e ficava com uma expressão muito sombria quando o Teste era mencionado. Tudo o que se sabia era que, no fim, ele fora forçado a rastejar em agonia para fora da câmara. Os ossos de sua perna esquerda foram estilhaçados, deixando-o aleijado pelo resto da vida.

Justarius havia aceitado seu destino sem reclamar e aprendido com ele. Embora andasse com uma bengala, continuou seus estudos e avançou rapidamente pelas fileiras dos magos para se tornar o líder do Conclave: o conselho dos Mantos Negros, Mantos Brancos e Mantos Vermelhos que governava os usuários de magia.

Justarius também era um homem casado e feliz com uma filhinha recém-nascida chamada Jenna. Era forte e vigoroso apesar de sua deficiência, e um político perspicaz, capaz de unir os frequentemente conflituosos membros do Conclave em um grupo forte e coeso.

O aprendiz abriu a porta para admitir o mestre da torre de Palanthas, Dalamar, o Escuro. Dotado da beleza do povo élfico, Dalamar era alto e esguio, com longos cabelos negros e olhos escuros e amendoados, e se movia com uma graça ágil e natural. Ele tinha uma predileção por coisas finas. Suas vestes negras eram feitas de veludo caro e adornadas com runas bordadas em fios dourados que brilhavam à luz do fogo. Tinha a fala mansa e uma voz suave e melodiosa.

Poucos diriam ao olhar para ele que era um dos magos mais habilidosos de Ansalon, assim como um dos mais perigosos.

Justarius providenciou uma cadeira para seu visitante e ordenou ao aprendiz que trouxesse uma bebida.

— Recebo um barril da melhor cerveja de Ansalon que me é entregue mensalmente da Estalagem do Último Lar — informou Justarius. — Ou, se preferir, também tenho várias garrafas de hidromel de Qualinesti. O sabor lembra o verão.

— Aceito o hidromel, obrigado. Este inverno tem sido brutal em Palanthas e sinto que preciso de um lembrete do sol — disse Dalamar.

O aprendiz serviu cerveja e hidromel, depois retirou-se para deixar os mestres conversando. Justarius garantiu que não seriam perturbados recolocando a tranca de mago.

— Meus aposentos são à prova de som — acrescentou. — Tudo o que disser não sairá daqui.

Dalamar assentiu, mas não respondeu. Segurava a taça na mão, sem provar o hidromel. Pareceu esquecer que a estava segurando.

Justarius esperou que a espuma de sua cerveja baixasse antes de bebê-la e aproveitou a oportunidade para observar o amigo de longa data.

— Como vai, Dalamar? — perguntou abruptamente. — Faz um ano que não o vejo, desde a guerra com a Dama Azul. Espero que esteja recuperado de seu confronto com Kitiara e o cavaleiro da morte, Lorde Soth? Soube que você mal escapou com vida.

— Estou bem, graças aos meus amigos Caramon Majere e Tanis Meio-Elfo — respondeu Dalamar. Ele acrescentou com um leve sorriso; — E Tasslehoff Pés-Ligeiros. Não podemos esquecê-lo.

Justarius fez uma careta.

— Pés-Ligeiros, o kender viajante no tempo. Temos sorte de qualquer um de nós estar vivo depois de suas façanhas desmioladas. Fiquei aliviado ao saber que ele ficou entediado com o Dispositivo de Viagem no Tempo e concordou, após ter ponderado, em entregá-lo a Astinus Lorekeeper.

— Apenas um kender seria capaz de ficar entediado viajando no tempo — observou Dalamar. — Ouvi dizer que Tas ficou bastante lisonjeado quando Astinus o visitou.

Justarius franziu a testa.

— Pergunto-me, considera sábio dar o dispositivo para Astinus? É um artefato mágico tão poderoso que eu gostaria que estivesse seguro trancado a sete chaves em sua torre.

— Astinus solicitou permissão para ficar com o dispositivo, mestre. Seus estetas o utilizam em seus estudos. E eu não poderia me opor a um deus — Dalamar acrescentou secamente.

— Suponho que não — concordou Justarius. — Pelo menos, se o dispositivo está sob os cuidados de Gilean, nenhum kender porá as mãos nele.

— Estranho você mencionar o aparelho — prosseguiu Dalamar. — Pois o que vim dizer envolve um artefato mágico que também faz referência ao tempo.

— Você está com frio — observou Justarius. — Aproxime sua cadeira do fogo.

— A noite de inverno é implacável mesmo para aqueles de nós que trilhamos os caminhos da magia — respondeu Dalamar. — No entanto, não é o clima que gela meus ossos até a medula.

— Pensei que você parecia perturbado. Um fardo compartilhado é um fardo dividido pela metade, como dizem — disse Justarius.

— Infelizmente, esse fardo pode esmagar a nós dois — retrucou Dalamar.

Agora, Justarius estava profundamente perturbado. Dalamar era controlado, tinha raciocínio rápido e era conhecido por seu comportamento calmo. Já tinha vivido por mais de noventa e dois anos — ainda era jovem para os padrões élficos — e suportara muitas dificuldades durante sua vida. Era do reino élfico de Silvanesti, onde foi pego praticando magias proibidas e exilado sob pena de morte.

Continuara a estudar magia e servira como espião para o Conclave, investigando o infame mago Raistlin Majere. Dalamar recebeu o crédito por ter sido fundamental para frustrar a trama de Raistlin em desafiar os deuses. Suportou sem reclamar cinco feridas sangrentas em seu peito, a punição de Raistlin por sua traição.

Justarius esperou que Dalamar falasse aparentando calma exterior, mas com um mau pressentimento.

Dalamar soltou um suspiro profundo e tomou um gole de seu hidromel como se estivesse se fortalecendo, então pousou a taça na mesa ao seu lado.

— Conhece um mago chamado Ungar, Justarius? Ele reside em Palanthas.

Justarius ponderou.

— Acho que não. O nome não me é familiar.

— Não tem motivo para conhecê-lo — informou-o Dalamar. — Ele nunca fez o Teste, embora seja habilidoso o suficiente para fazê-lo.

Justarius franziu a testa.

— Esse Ungar é um renegado? Nesse caso, devemos trazê-lo perante o Conclave.

Os magos renegados eram aqueles que optavam por não obedecer às leis e regras do Conclave, mas persistiam em praticar magia. Esses magos o faziam arriscando a própria vida, pois o Conclave os considerava altamente perigosos e fazia de tudo para caçá-los.

— Tenho certeza que sim, embora não tenha provas — respondeu Dalamar. — Ele opera uma loja de produtos para magos em Palanthas. Ungar é solâmnico de nascimento, belo e charmoso. Ele vende artefatos, poções e pós, mas ganha a maior parte de seu dinheiro fornecendo serviços mágicos para clientes de má reputação. Ouvi rumores de que ele recorre à extorsão e chantageia os próprios clientes. Se isso é verdade, nenhuma de suas vítimas está disposta a falar, então não posso provar que ele está infringindo a lei.

Justarius remexeu-se de raiva.

— Magos como este Ungar são a ruína de nossa existência. Eles fazem as pessoas pensarem mal de todos nós.

— Estou trabalhando para reunir provas contra ele. Para isso, há cerca de três meses, um esteta da Grande Biblioteca de Palanthas chamado Bertrem me visitou. Ele veio me informar que os estetas suspeitavam que Ungar havia roubado um livro.

A expressão de Justarius ficou séria.

— Não preciso dizer-lhe, mestre — acrescentou Dalamar —, que esta é uma acusação muito séria.

— De fato é, se for verdade — concordou Justarius, cauteloso. — Como eles sabem que esse Ungar o pegou? Eles o acusaram?

— Não, mas Bertrem me deu a descrição do ladrão: humano, alto, loiro de olhos azuis, vestes vermelhas. Ungar corresponde a essa descrição. Os estetas lembravam dele porque acharam estranho um mago estudar na Grande Biblioteca, quando a maioria dos livros sobre magia e conjuração estão nas bibliotecas da torre.

— Sobre o que é esse livro? — perguntou Justarius.

— A Gema Cinzenta de Gargath — revelou Dalamar.

Justarius estava prestes a tomar um gole de cerveja. Largou a caneca abruptamente, alarmado com a notícia.

— Bertrem fez bem em falar com você!

— Os estetas relataram que Ungar passou dias na biblioteca fazendo pesquisas sobre a Gema Cinzenta. Bertrem questionou-o sobre isso, e ele afirmou que estava escrevendo um trabalho para apresentar ao Conclave. E então, o livro desapareceu.

— Suponho que você tenha investigado — comentou Justarius.

— Visitei a loja de Ungar para falar com ele, apenas para descobrir que ele havia deixado a cidade. Questionei os vizinhos. Disseram que ele ter viajado não era incomum. Ele frequentemente vendia suas poções mágicas na estrada. Procurei na loja, mas não consegui encontrar o livro desaparecido. Ungar sumiu há dois meses. Então, ontem, ele voltou. Ou melhor... alguém o trouxe de volta.

— O que quer dizer? — perguntou Justarius.

— Uma das minhas aprendizes o encontrou mais morto do que vivo na rua em frente à Torre da Alta Feitiçaria e me chamou. Ordenei à aprendiz que o levasse para casa e depois mandasse chamar um clérigo de Mishakal. A aprendiz descobriu um bilhete preso nas vestes dele, que ela me entregou. A mensagem fora escrita na língua comum de modo rudimentar e com erros ortográficos. "Aviso que isso é o que fazemos com os magos que tentam roubar nossa magia." Mago tinha sido escrito "megus" e magia foi escrita com um "j".

— Ungar mora em aposentos acima de sua loja. Quando fui vê-lo, ele estava inconsciente. Pude deduzir pela extensão de seus ferimentos que havia sido torturado. A clériga chegou logo depois de mim. Vendo minhas vestes negras, ordenou que eu fosse embora. Eu lhe disse que estava preocupado com meu colega mago e que não ficaria tranquilo até saber que ele estava fora de perigo. A clériga não gostou, mas me deu permissão para aguardar no andar de baixo e depois me mandou sair do quarto.

— Como pode imaginar, fiquei muito satisfeito em aguardar no laboratório de Ungar, localizado atrás de sua loja. Eu tinha o bilhete comigo e lancei um Feitiço de Detecção sobre ele, esperando descobrir algo sobre a pessoa que o escrevera.

Dalamar fez uma careta.

— Sorte a minha que tomei a precaução de colocar o bilhete em cima de uma mesa de pedra, pois, quando lancei meu feitiço, a nota explodiu. Se eu o estivesse segurando, teria perdido a mão.

— Um contrafeitiço — disse Justarius.

— E um dos poderosos — ressaltou Dalamar. — Aproveitei para revistar novamente seu laboratório. Não consegui achar o livro que havia sumido, mas encontrei algo interessante: um relógio mágico. E não apenas um relógio mágico qualquer, mas um feito por Ranniker. Encontrei a marca dele na base do relógio.

— Ranniker! — Justarius repetiu, espantado. — Este relógio deve valer uma fortuna! Como, pelo Abismo, o dono de uma loja de artigos mágicos conseguiu um artefato Ranniker?

— Acrescentei isso à lista de perguntas que pretendia fazer a Ungar — declarou Dalamar secamente. — Mas estou me adiantando. Ungar havia desmontado o relógio e escondido a chave, o que achei suspeito. Consegui encontrar todas as peças, assim como a chave, e montei-o de novo. O relógio é uma maravilha mágica. Ele marca o tempo, embora não em horas nem minutos. O relógio marca anos. Os ponteiros estavam no ano 383 DC, vinte e cinco anos no futuro.

— Fiquei intrigado. Conheço o trabalho de Ranniker e nunca tinha lido que ele fez um relógio. O artefato é muito complexo e bonito. O mostrador do relógio fica em um castelo com cerca de um metro de altura, feito de prata e ouro com pináculos e torres, várias pequenas janelas e uma única porta grande na frente. Sendo naturalmente curioso, deixei os ponteiros em 383 e inseri a chave e dei corda no relógio, que começou a funcionar. A porta abriu e ou eu encolhi ou o castelo cresceu, pois pude entrar.

— Fiquei extasiado e naturalmente ansioso para inspecionar o interior deste castelo mágico. Subi ao topo de uma das torres e olhei pela janela.

Dalamar empalideceu e parou para tomar um gole de hidromel.

— O que você viu? — Justarius insistiu, impaciente.

— Perdoe-me, mestre. Estou tentando pensar em como colocar isso em palavras, pois não é fácil — respondeu Dalamar. — Eu vi uma criatura extraordinariamente bela, alta como um ogro, com pele azul, enfiar uma estaca em uma joia cinza...

Justarius respirou fundo.

— Uma joia cinza. A Gema Cinzenta?

— Vejo que você entende — disse Dalamar sombriamente. — Esta criatura partiu a Gema Cinzenta ao meio. Depois disso, vi nosso mundo se afundar no caos. Vi a cidade de Palanthas e a Torre da Alta Feitiçaria, a minha torre. O céu noturno tinha apenas uma lua e as estrelas estavam nos lugares errados. Vi um mundo sem magia, sem deuses. Vi um dragão estranho emergir das brumas para aterrorizar e escravizar o povo de Krynn. E então, o relógio parou. A porta se fechou e eu estava fora do castelo, que tinha voltado a ter um metro de altura.

— Um mundo sem magia ou deuses. Que visão extraordinária! — disse Justarius.

— Não foi uma visão, mestre — retrucou Dalamar sombriamente. — Juro a você por Nuitari e por tudo o que considero sagrado, tive um vislumbre do futuro, o futuro do nosso mundo.

Justarius franziu a testa, nitidamente cético.

— Conduzi um experimento para verificar minha teoria — continuou Dalamar. — Coloquei os ponteiros no ano 382. Mais uma vez, a porta se abriu. Subi até o topo da torre e olhei pela janela. Vi as três luas. Vi as constelações dos deuses no céu noturno. Vi guerra e morte, mas também vi nascimento e esperança.

Dalamar parou mais uma vez para tomar um gole. Justarius observava o elfo atentamente. Ele parecia visivelmente assombrado por sua experiência. Justarius refletiu sobre o fato de que o relógio havia sido construído por Ranniker, o mais lendário fabricante de artefatos de sua época... ou de qualquer época.

De qualquer época... As palavras tinham uma importância sinistra. Justarius esfregou a perna, que tendia a doer, especialmente durante o inverno, e esperou que Dalamar prosseguisse.

— Então, acertei os ponteiros do relógio para este ano, 358. Vi tudo como é agora. Consigo apenas teorizar que algo catastrófico acontece em 383 para mudar o mundo. Talvez a destruição da Gema Cinzenta.

— E quanto ao ano 384? — questionou Justarius.

— O relógio termina em 383. Não acho que haja nada de sinistro nisso — apressou-se Dalamar em acrescentar. — A data de fabricação é 283 e o primeiro ano no relógio é 283. Os números do mostrador do relógio vão de 283 a 383. Ranniker fez o relógio para durar cem anos.

— Faz sentido — admitiu Justarius. Ele franziu a testa, ponderando. — Acho estranho que, se Ranniker previu esse destino, não avisou o mundo sobre isso.

Dalamar deu de ombros.

— Quem pode dizer se Ranniker de fato viu isso? Ele era um inventor que adorava fazer artefatos mágicos. Quanto à advertência de um desastre que poderia se abater sobre o mundo em cem anos, ele pode ter sido sábio o suficiente para se manter em silêncio, sabendo que, se as pessoas tentassem evitá-lo, poderiam na verdade precipitá-lo.

— Infelizmente — Dalamar acrescentou secamente —, Ungar não é sábio. Assim era mais imperativo do que nunca que eu falasse com ele.

Justarius suspirou.

— O que você fez?

— Subi para os aposentos dele e descobri que ele havia recobrado a consciência. A clériga tentou impedir minha entrada. Disse que contou a Ungar que eu estava lá e que Ungar havia se recusado a me ver.

Justarius deu um sorriso sombrio.

— Sem dúvida.

— Informei a clériga que se ela não permitisse que eu cumprisse meu dever, eu iria até sua superiora, a Senhora Crysania, líder do Templo de Paladine.

— A clériga não ficou satisfeita, mas sabia que a Senhora Crysania me considera um amigo, assim, permitiu de má vontade que eu falasse com seu paciente, embora ela insistisse em ficar no quarto com ele. A presença dela limitava o que eu poderia dizer. Ainda assim, senti que não podia esperar.

— Ungar me observava furtivamente. Sorri para ele de maneira gentil, dizendo que tinha ouvido falar que ele estava gravemente ferido e que queria saber sobre sua saúde. Então, perguntei a ele como acabou em estado tão lamentável. Ele tinha uma história pronta para mim. Alegou que estava visitando a mãe em Kalaman e que voltava para Palanthas quando foi atacado por ladrões. Lamentei, depois questionei-o sobre o relógio. Ele me disse que o encontrou por acaso em uma casa de penhores. Então, falei para ele, com toda a calma: 'Agora me conte sobre o livro que você furtou da biblioteca, aquele sobre a Gema Cinzenta de Gargath'.

— Ungar me lançou um olhar cheio de ódio. Ele molhou os lábios como se estivesse tentando inventar uma mentira, quando de repente seus olhos se reviraram e ele começou a se contorcer e se remexer na cama. A clériga de Mishakal me acusou de lançar um feitiço maligno para tentar matar seu paciente e me disse para sair ou ela chamaria a guarda da cidade. Eu sabia que Ungar estava fingindo um ataque, mas achei melhor ir embora.

— Eu estava pensando em levar o castelo de Ranniker comigo para um estudo mais aprofundado. Infelizmente, a clériga me acompanhou até a porta, então fui forçado a sair sem o relógio. No entanto, levei a chave do relógio comigo.

Justarius pegou sua bengala e mancou até uma das muitas prateleiras cheias de livros de sua coleção pessoal. Começou a vasculhar as prateleiras. Dalamar serviu-se de mais hidromel.

— Conversei com o Senhor Gunthar, Grão-Mestre dos Cavaleiros de Solâmnia, dizendo que recebi uma denúncia sobre ladrões agindo na estrada entre Palanthas e Kalaman. O Senhor Gunthar disse que não tinha ouvido nenhum relato de ladrões e duvidava que o relato fosse verdadeiro, pois ladrões geralmente não agem no inverno, quando poucos viajam e, como ele disse, "os ganhos são escassos".

— Então, Ungar mentiu — observou Justarius.

— Claro que ele mentiu — retrucou Dalamar. — Ladrões espancam e roubam suas vítimas. Não as torturam.

Justarius localizou o livro que procurava, um volume grande encadernado em couro vermelho com acabamento em preto e prata e com o título: *Os magníficos artefatos de Ranniker*. Ele o removeu da prateleira e o levou de volta para sua cadeira, então o abriu no índice.

Dalamar bebeu seu hidromel em silêncio e esperou.

— Aqui está — disse Justarius. — O "Relógio de Ranniker". A descrição diz: "um castelo de ouro e prata com um metro de altura. O mostrador do relógio é numerado em anos de 283 até o ano 383, no qual termina".

Ele continuou a ler para si mesmo.

— Interessante. Ranniker considerou o relógio um fracasso. Ele pretendia fazer um dispositivo que permitisse ao usuário ver clara e amplamente o futuro ou olhar para o passado, mas ele só conseguiu obter vislumbres, como você descreveu. Ele olhou em todos os anos no relógio e os vislumbres eram todos iguais até chegar ao ano 383. Ele teve a mesma visão que você teve — acrescentou Justarius, franzindo a testa. — Uma única lua, estrelas fora de curso. Ele sabia que algo catastrófico devia ter acontecido. Ranniker dá exemplos.

Justarius lançou um olhar para Dalamar, sua expressão sombria. Ele então leu uma passagem em voz alta.

— "Reorx alterou o tempo ao aprisionar por engano o deus Caos na Gema Cinzenta e, em seguida, permitir que a gema escapasse e vagasse pelo mundo. A passagem da Gema trouxe mudanças drásticas para o mundo, trazendo à existência as raças do Caos, alterando a vida vegetal e animal. A Gema Cinzenta então desapareceu, e nem mesmo os deuses sabem onde está escondida".

— Ungar tem este livro — comentou Dalamar. — Vi na estante. Ele adquire esse castelo. Olha para o futuro como eu fiz e vê que o futuro acabou terrivelmente mal. Lê o exemplo no livro e suspeita que a catástrofe envolve a Gema Cinzenta, em seguida, vai até a biblioteca e lê tudo o que pode encontrar sobre ela.

— Não vejo como essa pesquisa lhe adiantaria de alguma coisa — apontou Justarius. — A Gema Cinzenta desapareceu séculos atrás. Como é dito neste livro, nem mesmo os deuses são capazes de encontrá-la.

— Acredito que Ungar a encontrou — declarou Dalamar. — Ele sabe onde está escondida.

Justarius encarou-o em silêncio sombrio.

— Foi por isso que ele roubou o livro — continuou Dalamar. — Informou-o onde procurar e ele foi buscá-la.

— Admito que sua teoria é sólida, mas é apenas conjectura — disse Justarius, frustrado. — Não temos como saber com certeza.

— Eu poderia lançar um feitiço de dizer a verdade nele — sugeriu Dalamar. — Obrigá-lo a me contar.

— Você sabe que eu não aprovo o uso de tais feitiços — Justarius retrucou, franzindo a testa. — As pessoas têm o direito de guardar os seus segredos.

— Mesmo segredos perigosos? — perguntou Dalamar, contrariado. — Tal como a localização da Gema Cinzenta?

— Uma vez que começarmos a sondar a mente das pessoas, onde vamos parar? — questionou Justarius. — Ficaríamos paranoicos igual ao Rei Sacerdote, tentando erradicar ideias perigosas e regular até os pensamentos das pessoas.

— Então você não vai ficar satisfeito em saber que lancei um feitiço da verdade sobre Ungar — revelou Dalamar, com frieza. — Não precisa se preocupar, mestre. Ungar ainda mantém seus malditos segredos.

— Como isso é possível? Esse miserável nem fez o Teste e mesmo assim foi capaz de resistir a um feitiço lançado por um dos magos mais poderosos do mundo?

— Ele teme mais quem o torturou.

Justarius pegou a caneca de cerveja e tomou um gole, apenas para descobrir que estava quente. Ele fez uma careta e pousou a caneca novamente.

— Suposições — murmurou.

— Talvez, mas acredito que você deve informar o Conclave — declarou Dalamar.

Justarius suspirou.

— Vou precisar do Relógio de Ranniker como prova e do livro, se você puder encontrá-lo.

— Ungar destruiu o relógio — informou Dalamar. — Quando fui à loja de artigos mágicos para lançar o feitiço da verdade sobre ele, encontrei o relógio quebrado em pedaços. Deduzo que o livro teve o mesmo destino.

Justarius ficou furioso.

— Ele destruiu um dos artefatos de Ranniker? Pelos olhos brilhantes de Lunitari, *eu* estou tentado a torturá-lo!

— Você não viu um futuro sem esperança, mestre — observou Dalamar, desanimado, com olhar sombrio. — Eu mesmo pensei em quebrar o relógio.

Ele suspirou e se levantou.

— Está tarde. Devo voltar para minha torre. O que fazemos sobre Ungar? Informará o Conclave?

— O que posso dizer a eles sem ter provas? Com sorte, este Ungar nos fornecerá alguma. Precisamos vigiá-lo. Se ele encontrou a Gema Cinzenta, pode ser tolo o suficiente para voltar para pegá-la — Justarius respondeu. Pegando sua bengala, acompanhou seu visitante até a porta. — Ele pode nos mostrar o caminho até ela.

Dalamar balançou a cabeça.

— Mesmo com a ajuda de Mishakal, Ungar nunca se recuperará totalmente de seus ferimentos. Quem o torturou era um especialista. Vou ficar de olho nele. Se ele deixar Palanthas, mandarei que o sigam.

Dalamar parou na porta.

— Ungar resistiu ao feitiço da verdade, mas tenho outros meios para convencê-lo a me contar o que sabe.

— Eu sei como você "persuade" as pessoas — observou Justarius com ar severo. — Tenha em mente que este Ungar pode ser a única pessoa *viva* — ele enfatizou a palavra — que conhece a localização da Gema Cinzenta.

Dalamar sorriu, mas o sorriso era desagradável e não era um bom presságio para Ungar. Ele entrou nas sombras e desapareceu.

Justarius fechou a porta. Entendeu o significado do sorriso do elfo e refletiu se deveria agir para proteger Ungar. Dado que havia destruído um dos artefatos de Ranniker, Justarius decidiu que Ungar estava por conta própria.

— Pelo menos Dalamar terá o bom senso de manter o que quer que faça com o miserável em segredo — Justarius murmurou.

Ele estava cansado, e sua perna ferida doía e latejava. Um mundo sem magia, sem deuses, sem esperança. Tentou imaginar a própria vida. Imaginou-se um homem velho, curvado pela idade, impotente e aleijado, vivendo sozinho em uma torre em ruínas habitada por fantasmas.

Ele baniu os pensamentos sombrios depressa. Tirou a última carta da esposa do bolso de suas vestes e leu novamente as histórias dela sobre sua filhinha. Precisava abraçar sua garotinha, para se lembrar da vida, da esperança. Ele ia visitá-las no dia seguinte.

Suspirou profundamente, então se sentou para escrever uma carta para Astinus Lorekeeper na Grande Biblioteca de Palanthas, para se desculpar pelo furto do livro e oferecer reparação.

CAPÍTULO DOZE

Ungar havia descoberto a localização da Gema Cinzenta e estava, como Dalamar havia dito, desesperado para colocar as mãos nela. Ele sabia que sua descoberta lhe traria riqueza e poder além dos sonhos da avareza, como dizia o ditado. Contudo, para lhe fazer justiça, não foi isso que o impeliu a procurá-la.

A visão que teve no Relógio de Ranniker mudou para sempre a vida de Ungar.

Ungar ficou encantado ao encontrar o relógio. Ele visitava regularmente as lojas de penhoristas em Ansalon em busca de artefatos mágicos. Os penhoristas solâmnicos, em particular, não tinham ideia do valor de tais artefatos, já que quase não havia demanda por eles. A maioria dos solâmnicos via até mesmo os magos de vestes brancas com profunda desconfiança.

Os penhoristas compravam anéis mágicos, braçadeiras e outras joias pelo valor do metal, com pouco ou nenhum interesse na magia. Os magos que eram levados a vender seus artefatos muitas vezes tinham esperança de comprá-los de volta e, portanto, não revelavam que o anel de ouro de aparência simples poderia invocar espíritos ou as braçadeiras de latão eram capazes de deter uma flecha.

Ungar tinha um olho afiado para artefatos mágicos. Conhecia seu potencial valor, em especial nas regiões mais esclarecidas de Ansalon. Podia comprar um artefato em Palanthas e cobrar o triplo por ele em Qualinesti. O principal problema era que Ungar muitas vezes não tinha ideia do poder do artefato. Ele precisava experimentar, e às vezes esses experimentos davam terrivelmente errado. Passou a aceitar tais contratempos como parte dos negócios.

No inverno anterior, ele estava visitando as casas de penhores em Palanthas certo dia, quando visitou uma de suas favoritas, conhecida como Trocas da Vovó. Ele estava bisbilhotando em um canto empoeirado nos fundos da loja quando se deparou com o relógio. O artefato estava imundo, coberto de sujeira e fezes de rato, mas soube no momento em que o viu que havia descoberto um tesouro. Lançou um olhar furtivo por cima do ombro para a vovó e a viu discutindo com outro cliente sobre o valor de um conjunto de castiçais de prata.

Ela era uma velha rabugenta, conhecida por se aproveitar dos infortúnios de seus clientes para realizar boas barganhas. Mas, naquele momento, estava focada em intimidar seu outro cliente e não estava prestando atenção em Ungar.

Ele discretamente pegou o relógio, virou-o de cabeça para baixo e esfregou a sujeira do fundo com a manga de suas vestes. Encontrou uma marca estampada no metal: um R no centro de um triângulo formado por três luas. Ungar prendeu a respiração. Suas mãos tremiam tanto que ele quase deixou o relógio cair. A marca pertencia ao famoso fabricante de artefatos mágicos: Ranniker.

Ungar teve que se recompor por um momento. Não fazia ideia do que o relógio fazia. O que *não fazia* era marcar o tempo. Os números no mostrador iam de 283 a 383, não de um a doze — em geral, não era o que se procurava em um relógio.

Ainda assim, um artefato Ranniker era de imenso valor, provavelmente mais valioso do que o valor total de todos os outros objetos daquela loja juntos. Ungar acalmou seu coração acelerado e levou o relógio até o balcão.

— O que posso lhe vender hoje, Ungar? — Vovó perguntou.

Ela estava de bom humor. O dono dos candelabros se desfizera deles provavelmente pela metade de seu valor.

— Gostei desse relógio estranho. Quanto quer por ele? — Ungar perguntou casualmente.

— Três aços — respondeu Vovó prontamente. — Ainda funciona. Ungar zombou.

— Só se alguém lhe perguntar as horas e você disser que são trezentos e dois e quinze.

— Foi feito por gnomos. Isso é hora de gnomo. — Vovó encarou-o por cima dos óculos. — Dois aços e meio.

— Caro demais — declarou Ungar. Ele começou a se afastar, deixando o relógio no balcão.

— Você é um negociador difícil, Ungar — comentou Vovó a contragosto. — Um aço. E essa é a minha oferta final. E você está tirando o pão da boca de uma velha.

Ungar resmungou que estava sendo roubado, mas pagou um aço, pegou seu relógio e saiu da loja, abraçando-o junto ao corpo. Apressou-se de volta para casa e levou o relógio para o laboratório.

Fechando a loja pelo resto dia, regozijou-se com sua descoberta. Folheou sua cópia de *Os magníficos artefatos de Ranniker* e encontrou a descrição do relógio.

Não gostou de ler que Ranniker havia considerado o relógio um fracasso, pois isso reduziria seu valor. Ainda assim, o fato de que podia prever o futuro era um forte argumento de venda. As pessoas estavam sempre ansiosas para saber o que o futuro reservava.

Ungar poliu as torres de ouro e prata do castelo e limpou a sujeira do mecanismo. Em seguida, atrasou os ponteiros do relógio seis anos para 352 DC, ano em que a Guerra da Lança havia terminado, e então deu corda no relógio. A porta do castelo se abriu e Ungar ficou satisfeito e surpreso ao descobrir que conseguia entrar.

Ele não hesitou. Não havia relatos de que os artefatos de Ranniker tivessem matado alguém. Subiu até o topo da torre e olhou pela janela.

Viu em um clarão deslumbrante as três luas no céu. Viu as constelações dos deuses e até notou que Paladine e Takhisis estavam faltando. Viu a descoberta de lanças de dragão, o ataque à Torre do Alto Clérigo, a chegada dos dragões metálicos, a derrota da Rainha das Trevas. O relógio parou e Ungar estava de volta ao seu laboratório.

Em seguida, ajustou o relógio para 357 e viu mais uma vez as três luas no céu e as constelações dos deuses; desta vez, Paladine e Takhisis haviam retornado. Ele viu a Dama Azul, Kitiara, e o cavaleiro da morte, Lorde Soth, invadirem Palanthas e quase destruírem a cidade. Ungar presumiu que as imagens estavam corretas, pois não estivera presente durante a guerra. Ele havia fugido ao primeiro sinal de problemas.

Em seguida, ajustou o relógio para o ano atual, 358. Viu as três luas, as constelações, o de sempre.

Isso estava ficando entediante. Ungar virou os ponteiros do relógio para 362, três anos no futuro. Ele entrou com alguma apreensão. Viu as três luas, as constelações dos deuses e um mundo, aparentemente, em paz, pois o único evento de destaque foi um casamento élfico. Ele teria que se assegurar de ser convidado, pois sempre fazia um bom negócio com poções do amor em casamentos.

Estava satisfeito. O relógio estava provando ser um bem valioso para o seu negócio. Decidindo dar um salto, ajustou os ponteiros para 383, o último ano no mostrador do relógio. A porta do castelo se abriu. Ele entrou, foi até o topo da torre e olhou pela janela.

Viu uma bela criatura usando um martelo e uma estaca partindo uma joia cinza. Viu um mundo arrancado de seu lugar nos céus e mergulhar no caos. Viu um céu noturno com uma única lua pálida. Os deuses haviam desaparecido. A magia havia desaparecido. As constelações haviam desaparecido. As estrelas estavam todas erradas. Viu um dragão monstruoso, muito maior do que qualquer dragão que já nascera em Krynn, descer voando das estrelas estranhas. O dragão encarou-o diretamente e abriu sua boca terrível...

Horrorizado e consternado, Ungar saiu correndo da torre e voltou para o presente. Ele desabou em uma cadeira, tremendo e suando. Não se importava com o mundo ou com as pessoas. O dragão o apavorara, mas não havia sido isso que o deixou abalado e estarrecido. Ele viu mais uma vez a solitária lua pálida.

— Se eu perder minha magia, não sou nada! Sou menos que nada — Ungar disse, estremecendo com o pensamento. — Ficarei desamparado! Um mendigo nas ruas!

Ele caiu de joelhos e invocou sua deusa.

— Lunitari, me ajude! O que devo fazer?

Lunatari não respondeu. Não era de se admirar, pois Ungar nunca rezava para ela, a menos que quisesse alguma coisa.

— Preciso olhar pela janela de novo — declarou Ungar.

Ele levou algum tempo para reunir coragem, mas acabou dando corda no relógio e escalou a torre. Primeiro, virou os ponteiros para o ano 382. Os deuses estavam em seus céus, tudo estava bem com o mundo. Ele mudou o tempo para 383. Viu exatamente as mesmas cenas terríveis: o martelo e a estaca partindo ao meio uma joia cinza, e depois disso a única lua pálida e um horrível e monstruoso dragão...

— A joia cinza partida em dois! — Ungar murmurou. — Essa deve ser a chave. O futuro sombrio começa aí. Joia cinza. Joia cinza. Essa pedra não parece muito valiosa. Não como a Joia Noturna ou a infame Gema de Sangue de Fistandantilus ou a Joia Estelar élfica. No entanto, por que soa familiar?

Ele foi até a Grande Biblioteca de Palanthas, o maior repositório conhecido de saber no continente de Ansalon, se não no mundo. Aproximou-se de um dos estetas, que serviam ao mestre da biblioteca, Astinus, e fez sua pergunta.

— Procuro informações sobre uma certa joia, de cor cinza. Não acho que seja algo valioso — acrescentou Ungar apressadamente, não querendo colocar ideais na cabeça da esteta.

— Uma joia cinza — a esteta repetiu, pensativa, então seu rosto se iluminou. — Quer dizer a Gema Cinzenta? A Gema Cinzenta de Gargath?

Ungar percebeu que era de fato isso que ele queria dizer, pois agora tudo o que vira no futuro do relógio de repente fazia um terrível sentido. A joia cinza era a Gema Cinzenta. A bela criatura ia partir a Gema Cinzenta ao meio e liberar o Caos no mundo.

— Não parece estar se sentindo bem, senhor — comentou a esteta, preocupada. — Talvez devesse se sentar. Posso lhe trazer um copo de água.

Ungar lhe agradeceu, embora soubesse que seria preciso algo muito mais forte do que água para afastar a terrível visão. Afundou em uma cadeira e pediu livros sobre a Gema Cinzenta.

Passou dias na biblioteca procurando nas prateleiras, perguntando aos estetas e lendo todos os livros, todos os pergaminhos que conseguiram encontrar com informações sobre a Gema Cinzenta. Fez tantas perguntas que sabia estar atraindo atenção indesejada. Não se importava.

Ungar copiou todas as informações pertinentes em um de seus livros de feitiços. Leu o material tantas vezes que agora o sabia de cor.

Antes da Era do Nascimento Estelar, o Caos governava o universo. O Deus Supremo trouxe pensamento e ordem ao Caos e convocou deuses do Além para ajudar a governar. Paladine, Deus da Luz, e Takhisis, Deusa das Trevas, responderam ao chamado. Prevendo uma guerra entre a escuridão e a luz, o Deus Supremo trouxe Gilean do Caos para servir de equilíbrio.

Esses deuses convocaram outros deuses para ajudá-los. Gilean trouxe Reorx, o artesão, entre outros, e o encarregou de forjar o mundo.

O Caos ainda estava presente, entretanto, e fomentou a guerra entre os deuses. Reorx criou a Gema Cinzenta, uma grande pedra de cor cinza-clara com várias facetas. A gema deveria irradiar a essência da deusa neutra, Lunitari, porém, Reorx acreditava que, se capturasse um fragmento do Caos dentro dela, a gema teria mais força para preservar o equilíbrio.

Infelizmente, Reorx acidentalmente capturou o próprio Caos. Com medo do que havia feito — e sem saber quais seriam as consequências —, Reorx escondeu a Gema Cinzenta na superfície da lua, Lunitari, e esperava que nenhum dos outros deuses descobrisse.

Na Era dos Sonhos, três raças de seres despertaram. Os ogros eram leais a Takhisis; os elfos, amados por Paladine; e os humanos, devotados a Gilean. Reorx fez amizade com os humanos que tinham o dom da forja e ensinou-lhes tudo o que sabia. Infelizmente, os humanos se tornaram arrogantes e usaram suas criações para seus próprios fins. Reorx ficou furioso e os transformou em gnomos e os amaldiçoou com uma necessidade ardente de criar, mas nunca ficarem satisfeitos com suas criações.

Hiddukel, deus da ganância, trapaça e traição, queria a Gema Cinzenta libertada, acreditando que poderia usá-la em suas tramas. Sabendo que Lunitari jamais lhe entregaria, ele revelou a Gema Cinzenta para um gnomo, que a desejou mais do que tudo no mundo. O gnomo tentou capturar a Gema Cinzenta em uma rede, mas a gema era senciente e escapou. Depois disso, a Gema Cinzenta vagou pelo mundo, perturbando a magia e espalhando o caos, alterando plantas e animais.

Os gnomos a perseguiram, tentando capturá-la. A Gema Cinzenta foi finalmente presa por um príncipe bárbaro humano chamado Gargath, que pegou a gema e a colocou em uma torre para que todos pudessem ver sua luz, mas sem que ninguém pudesse obtê-la.

Quanto aos gnomos que a perseguiam, a Gema Cinzenta causou a divisão deles em duas facções: aqueles que queriam a Gema Cinzenta por ganância e aqueles que desejavam saber como funcionava.

Os gnomos combinaram forças e construíram enormes e bizarras máquinas de cerco para atacar o castelo de Gargath. As duas primeiras máquinas falharam, uma quebrou e a outra pegou fogo. Então, os gnomos construíram uma terceira, maior que as outras, mas o mecanismo de acionamento pifou enquanto a máquina avançava em direção ao castelo. A máquina tombou, rompeu a muralha do castelo e os gnomos o invadiram.

Uma ofuscante luz cinza encheu o pátio, cegando a todos. Quando a luz se apagou, os gnomos haviam se transformado. Aqueles que desejavam a Gema Cinzenta para obter poder tornaram-se anões. Os que estavam curiosos sobre ela se tornaram kender.

A Gema Cinzenta desapareceu e, desde aquele dia, ninguém sabia para onde havia ido.

— Preciso encontrar a Gema Cinzenta, mantê-la segura e salvar o mundo — decidiu Ungar. — Ou pelo menos me salvar.

Mas o mundo era um lugar imenso e ele não sabia por onde começar a procurar.

Ele continuou sua pesquisa e, por fim, encontrou um volume obscuro escrito por um descendente de Gargath que passara a vida tentando encontrar a Gema Cinzenta. Ele havia recebido informações de que a Gema Cinzenta estava escondida em um antigo templo do clã de anões Theiwar.

Os anões não sabem que estão com ela, escreveu ele. *Aparentemente, séculos atrás, a Gema Cinzenta incrustou-se em uma parede acima do altar. Tudo o que os Theiwar sabiam era que, de repente, uma estranha e desagradável luz cinza brilhava em seu altar. Eles haviam parado de adorar os deuses há muito tempo, pois os deuses haviam se recusado a responder às suas orações pedindo por poder, e os Theiwar ficaram apavorados pensando que deuses irados tinham vindo para puni-los. Em vez de tentar aplacar os deuses, os Theiwar selaram o templo na esperança de que fossem embora. E assim, a Gema Cinzenta estava perdida para o mundo, que é, presumo, o que ela desejava.*

O autor tentou entrar em Thorbardin para procurar a Gema Cinzenta. O clã Hylar, que governava Thorbardin, zombou de sua alegação e se recusou a conceder-lhe acesso, dizendo que apenas criaria problemas. Ele havia encerrado a busca, escrevendo:

Embora eu não tenha visto a Gema Cinzenta, tenho certeza de que sei onde está escondida.

Temendo que alguém lesse esta passagem e encontrasse a Gema Cinzenta antes dele, Ungar enfiou o livro nas calças, arrumou suas vestes vermelhas sobre elas e saiu da biblioteca com o livro.

Ungar nunca havia estado no reino dos anões. Sabia pouco sobre anões, exceto que eles não eram conjuradores e que não sabiam quase nada de magia. Não tinha dúvidas de que, com suas habilidades como usuário de magia, conseguiria se esgueirar para dentro de Thorbardin, apoderar-se da Gema Cinzenta e sair antes que alguém soubesse que ela havia sumido.

O problema era como, sendo humano, ele poderia entrar no reino dos anões sem ser detectado.

Esse problema provou ser insuperável e ele temeu ter que desistir de seus planos. Estava sempre alerta para algo que o ajudasse nesse objetivo. Orou incessantemente a Lunitari, e ou ela se cansou de ouvi-lo e atendeu sua oração ou ele encontrou a solução por pura sorte.

Ele estava perambulando pela feira anual de cavalos em Kalaman algumas semanas depois, em busca de artefatos, quando se deparou com um mascate que estava fazendo um negócio extraordinariamente animado vendendo pingentes, amuletos e brincos. Várias pessoas estavam reunidas em torno de sua barraca. Ungar aproximou-se para espiar.

— Estou aqui porque ouvi dizer que suas joias têm poderes mágicos, senhor — comentou uma mulher.

— Não faço ideia do que quer dizer, senhora — respondeu o mascate. — O xerife poderia fechar minha barraca se descobrisse que estou vendendo itens mágicos.

— Não vou contar, senhor. Confie em mim — disse a mulher. — Estou desesperada.

— Bem... — O mascate hesitou.

A mulher suspirou. Uma lágrima deslizou por sua bochecha.

— Temo que meu marido tenha se apaixonado por outra.

— Por favor, não chore, senhora. Não resisto às lágrimas de uma mulher. — O mascate examinou os amuletos em exposição e selecionou um em forma de coração. — Coloque este amuleto sob o travesseiro de seu marido à noite e certifique-se de que seu rosto seja o primeiro que ele veja quando acordar de manhã. O olho dele nunca mais se desviará depois disso.

A mulher agradeceu profusamente, pagou uma peça de aço e foi embora com o amuleto.

Ungar aproximou-se para olhar os produtos. O mascate lançou um olhar para suas vestes vermelhas e rapidamente começou a juntar suas mercadorias.

— Desculpe, senhor, estou fechando...

Ungar pegou um pingente e o atirou de volta na mesa com desdém.

— Nós dois sabemos que esta mercadoria que está vendendo tem tanta magia quanto grama na sola da minha bota. Vocês, charlatães, fazem com que nós que praticamos a verdadeira magia fiquemos com má reputação. Estou pensando em ir eu mesmo falar com o xerife.

— Não há necessidade disso, bom senhor — respondeu o mascate, respirando um pouco mais aliviado. — Alguns dos meus produtos são mágicos. No entanto, não os ofereço a qualquer um. Não seria bom que um camponês colocasse as mãos em um *Anel de Deflexão Entrópica*, não é mesmo?

Ungar ficou impressionado.

— Você tem um anel desses?

— Infelizmente, bom senhor, vendi o meu último em Qualinesti — explicou o mascate. — Tenho algumas outras peças nas quais pode estar interessado. Volte esta noite, depois que a feira fechar. A minha carruagem é aquela com a pintura dourada nas rodas e o toldo listrado de vermelho e preto acima da porta. Bata três vezes.

Ungar retornou naquela noite e entrou na carruagem. O mascate exibiu três peças de joalheria que Ungar soube imediatamente serem mágicas. Duas eram de pouco valor, sendo o tipo de objetos mágicos encontrados em escolas de magia para treinar jovens aspirantes a magos. A terceira peça era um broche de prata que apresentava a cabeça de um humano mesclada com a cabeça de um elfo, de modo que a cabeça tinha um olho humano e um olho élfico, uma orelha humana e uma orelha élfica, um único nariz e uma única boca divididos ao meio.

— Isso é incrivelmente feio — comentou Ungar. — O que faz?

— Entende de artefatos, senhor — disse o mascate. — Isso é um broche de metamorfose. Muito raro. Dê uma esfregada e diga as palavras mágicas e transforme-se em um membro de outra raça.

Ungar quase deixou cair o broche de tão animado que estava. No entanto, fingiu desinteresse.

— Por que eu iria querer fazer isso? — questionou.

— Ora, digamos que o senhor caia nas garras de um agiota. Esquece-se de fazer alguns pagamentos e ele manda seus capangas para lhe ensinar uma lição. Eles vão à sua casa procurando por um humano, mas apenas encontram um elfo. O senhor lhes diz que devem ter o endereço errado. Eles pedem desculpas e vão embora.

— Não tenho muito interesse em ser um elfo — disse Ungar. — Mas sempre gostei de anões.

— Pode se transformar no que quiser — explicou o mascate. — Certa vez, um cliente furioso me perseguiu e me transformei em um kender. Ele passou correndo por mim.

— Eu não permaneceria como anão, não é? — Ungar perguntou inquieto. — Eu poderia voltar a ser humano.

— Ah, claro, senhor — tranquilizou-o o mascate. — O feitiço perde o efeito em doze horas e será humano novamente.

Ungar estava convencido, embora fingisse que não. Barganhou o preço e por fim chegou a um acordo. Foi embora com o broche.

Ele não acreditou na palavra do mascate, é claro, mas pesquisou em um de seus compêndios de artefatos mágicos. Não achou este broche em particular, mas encontrou itens semelhantes, geralmente de fabricação élfica, como este era. Dada a animosidade que existia entre humanos e elfos ao longo dos séculos, conseguia compreender por que um elfo poderia precisar usar tal artefato para escapar de uma situação perigosa.

Ao retornar a Palanthas, Ungar decidiu, com certa apreensão, experimentar. Indo para seu laboratório, ficou diante de um espelho, esfregou o artefato como o mascate o instruíra, visualizou a imagem de um anão e falou as palavras, que eram em élfico.

Poeira mágica rodopiou ao seu redor. A princípio, sentiu um formigamento distintamente desagradável por todo o corpo, então teve a sensação de ser espremido como se fosse carne de linguiça sendo enfiada em uma tripa de porco e, por último, foi acometido por uma dor lancinante, tão forte que quase desmaiou. Ele se agarrou à consciência e, após um acesso de tontura momentâneo, Ungar olhou no espelho e um anão o encarou de volta.

O anão, na verdade, parecia-se com ele, com cabelos loiros e uma longa barba esvoaçante e sobrancelhas espessas. Ungar ficou bastante satisfeito com o resultado. Tinha que permanecer no corpo de anão por doze horas. Aproveitou o tempo para se acostumar à sua nova forma.

Ficou um pouco nervoso conforme a marca das doze horas se aproximava, esperando que voltasse a ser humano e não acabasse sendo um anão para sempre. O processo de mudança de forma foi doloroso, mas valeu a pena. Era humano mais uma vez. Prendeu o broche na capa e partiu para Thorbardin.

E isso era tudo de que se lembrava com clareza — ou tudo que queria lembrar.

Às vezes, ele sonhava à noite que via uma luz cinza brilhante e desagradável, que tinha a exultante certeza de que havia encontrado a Gema Cinzenta e, em seguida, que anões Theiwar estavam lhe infligindo uma dor terrível e excruciante. A próxima coisa de que teve consciência foi que estava deitado na rua perto da Torre da Alta Feitiçaria mais morto do que vivo… e sem a Gema Cinzenta.

A clériga de Mishakal curou seus dedos quebrados e passou-lhe unguento para as queimaduras de brasas, embora não tenha sido capaz de recuperar suas unhas. Ela tinha feito o que podia para aliviar a lembrança de seu sofrimento, porém, a agonia e o medo estavam gravados para sempre em sua mente.

— Como eu poderia saber que os Theiwar eram criaturas tão brutais? — murmurava Ungar, remoendo seu fracasso. — Ninguém me avisou!

Ainda assim, o vislumbre da Gema Cinzenta fez Ungar desejá-la mais do que nunca, e ele teve a estranha sensação de que a Gema Cinzenta queria que ele a obtivesse. Ele ansiava por voltar para buscá-la, mas seu medo dos Theiwar era maior do que seu desejo.

Ele precisava de alguém que pudesse enganar para roubá-la por ele.

CAPÍTULO TREZE

Destina deixou o Castelo Rosethorn no inverno do ano 358 e mudou-se para Palanthas. Ela havia decidido não vender a casa na cidade. Poderia morar lá e economizar dinheiro, embora muitas das janelas tivessem sido quebradas e parte do telhado tivesse pegado fogo durante a guerra da Dama Azul. Destina pensou em contratar operários para consertá-la, mas poderia fazer isso depois. Precisava do dinheiro agora para executar seu plano.

Destina trancou as janelas e isolou a maioria dos cômodos. Vendeu tudo de valor nos dias seguintes, incluindo a mobília — ficando apenas com a própria cama, uma mesa e algumas cadeiras — e conseguiu cinquenta aços.

Com a casa organizada, Destina colocou seu vestido mais quente de veludo verde com mangas compridas e justas. A peça não representava a moda atual em Palanthas, onde as mulheres atualmente trajavam vestidos com mangas largas e esvoaçantes, mas era muito mais prático. Ela se envolveu em uma capa de pele e usou um regalo de pele para aquecer as mãos, então começou sua busca por lojas de artigos mágicos.

Como a maioria dos solâmnicos, Destina não sabia nada sobre magia e, embora conhecesse Palanthas, nunca tinha visto uma loja de artigos mágicos. Ficou desapontada ao descobrir, depois de perguntar, que havia apenas uma, e que ficava na Cidade Nova.

Palanthas fora construída em círculos concêntricos em torno de um círculo interno conhecido como Praça Central. O palácio, os prédios do governo e as casas da nobreza rica estavam localizados na Praça Central. A Grande Biblioteca, o Templo de Paladine e a Torre da Alta Feitiçaria estavam situados no segundo círculo. Destina vivia no terceiro círculo, onde ficavam a orla e o porto, além das áreas residenciais mais modestas. Esses três círculos compreendiam a Cidade Velha e eram cercados por uma grande muralha.

Ao longo dos anos, Palanthas cresceu e se espalhou para além da Cidade Velha. O crescimento foi explosivo após a Guerra da Lança, quando refugiados e pessoas em busca de uma nova vida se mudaram para a cidade. O transbordamento de pessoas e de negócios havia se expandido em círculos cada vez maiores que ficaram conhecidos como Cidade Nova. Infelizmente, o que trouxe esperança para alguns trouxe pobreza e desespero para outros.

A loja de artigos mágicos ficava na Cidade Nova principalmente porque uma loja que lidava com magia não seria tolerada nos distritos mais elegantes. Destina teve dificuldade em encontrá-la, pois supostamente ficava escondida em um beco à sombra da Velha Muralha. Ela nunca havia visitado esta parte da cidade e ficou chocada ao ver os prédios em ruínas se amontoando, apoiando-se uns aos outros como bêbados cambaleantes, e perguntou-se como os fundadores da cidade podiam permitir que as pessoas vivessem em tal miséria.

Os residentes da Cidade Nova passavam por ela, embrulhados em roupas surradas para se proteger do frio, olhando com inveja para sua capa de pele e botas de couro confortáveis. Ela tinha direções vagas para a loja de artefatos mágicos, que ficava na metade de um beco, embora não tivesse certeza exatamente de qual beco.

Destina parou indecisa em uma esquina, sem saber o que fazer. Os becos eram sombrios e lúgubres, e ela estava relutante em entrar neles. Enquanto tentava reunir coragem, viu um homem em vestes clericais brancas emergir de um dos prédios degradados que exibia uma placa de madeira com o símbolo de Paladine: um número oito na horizontal.

Ela abordou o clérigo, aliviada.

— Venerável senhor, estou tão contente por tê-lo encontrado. Preciso de sua ajuda.

O clérigo a encarou com preocupação.

— Minha cara jovem, o que está fazendo nesta parte da cidade? Não está segura aqui! Está perdida?

Destina corou de vergonha por ter que explicar sua missão.

— Estou procurando uma loja de artigos mágicos, Venerável. Preciso comprar uma poção. Não para mim — acrescentou depressa, seu rubor se intensificando. — Para uma amiga.

O clérigo sorriu em compreensão e deu-lhe instruções.

— Você reconhecerá a loja pelo símbolo das três luas pendurado acima da porta. Que a bênção de Paladine esteja com você, minha querida — disse o clérigo. Ele fez uma pausa e acrescentou: — Caso precise de orientação...

— Obrigada, Venerável — respondeu Destina e saiu apressada, temendo um sermão.

Ela ficou grata por encontrar a loja perto da entrada do beco. Uma sineta tocou quando abriu a porta, e o proprietário saiu de um quarto dos fundos para recebê-la.

Destina ficou agradavelmente satisfeita ao ver que não era um velho mago terrível com olhos penetrantes, mas um jovem de cabelos loiros e olhos azuis, usando vestes vermelhas. Da parte dele, a julgar por sua expressão de admiração, ficou agradavelmente surpreso ao ver uma bela jovem entrar em sua loja e a recebeu com um sorriso charmoso.

— Venha, saia do frio, senhora — disse ele, solícito. — Meu nome é Ungar, e esta é minha loja. Como posso ajudá-la hoje?

— Eu sou a Senhora Destina Rosethorn — ela começou a dizer e então fez uma pausa para observar com assombro o ambiente ao seu redor.

As paredes eram cobertas por prateleiras cheias de inúmeros potes e garrafas, cestos e caixas, todos cuidadosamente marcados e alinhados em fileiras organizadas. As estantes continham livros de todas as formas e tamanhos, encadernados em vermelho, branco ou preto. Um enorme baú de madeira cheio de cubículos para pergaminhos estava em um canto. Uma grande caixa de vidro exibia joias de todos os tipos, anéis, pingentes e brincos. O ar estava impregnado com a fragrância de maços de ervas secas penduradas no teto. O cheiro era picante e agradável, mas continha um leve odor de deterioração.

— Esta deve ser sua primeira visita a uma loja de artigos mágicos, minha senhora — comentou Ungar, notando seu interesse.

— Sim, senhor — admitiu Destina, maravilhada. — É fascinante. Sobre o que é esse livro?

Ela estendeu a mão para um dos volumes encadernados em couro preto. Ungar interveio apressadamente, tirando o livro de seu alcance.

— Eu não tocaria nisso, minha senhora. É um livro de feitiços para magos de mantos negros. Não acho que lhe faria mal, porém, nunca se sabe.

Destina rapidamente afastou a mão e colocou ambas em seu regalo por segurança. O cheiro de podridão estava ficando mais forte, e ela havia acabado de olhar de perto alguns dos frascos e viu o que pareciam ser globos oculares. Não seria dissuadida de sua missão, no entanto, embora não tivesse certeza de como abordá-la.

Ungar a observava com expectativa, e ela sentiu que precisava dizer algo.

— Notei que seus próprios dedos estão enfaixados, senhor — comentou, solícita. — Tocou no livro errado?

Ungar fez uma careta.

— Uma experiência que deu errado, minha senhora. Como posso ajudá-la? Tenho uma variedade de poções que causam uma variedade de efeitos. Posso lhe mostrar?

— Não estou em busca de nenhum tipo de poção, garanto-lhe — respondeu Destina. Ela inspirou fundo e seguiu em frente. — Vim perguntar sobre um artefato mágico. É conhecido como Dispositivo de Viagem no Tempo. Eu gostaria de comprar um. Quanto custa?

Ungar a encarou espantado e então caiu na gargalhada. Destina empertigou-se com dignidade ofendida.

— Não estou acostumada a ser ridicularizada, senhor.

Ungar viu que ela estava falando sério e tardiamente tentou engolir o riso, mas engasgou. Precisou de um momento para limpar a garganta.

— Sinto muito, Senhora Destina — desculpou-se humildemente, quando pôde falar. — Pensei que estava brincando.

— Não brinco com assuntos sérios, senhor — respondeu Destina com altivez. — Tenho dinheiro. Posso pagar o que custar.

Ungar acenou com a cabeça, lamentando.

— Mesmo que fosse rica como o próprio Senhor de Palanthas, minha senhora, não poderia comprar um artefato tão inestimável. O Dispositivo de Viagem no Tempo é único e imensamente valioso. Só existe um em todo o mundo.

Destina ficou estupefata. — Eu preciso deste dispositivo, senhor. Preciso obtê-lo para salvar meu pai!

Ungar solidarizou-se. Não a dispensou de imediato, mas pareceu levar o assunto a sério.

— Sente-se perto do fogo e aqueça-se, enquanto eu fecho a loja. Então, explicará por que precisa do dispositivo e eu contarei o que sei sobre ele. Por acaso, acredito que sei onde pode encontrá-lo.

Destina ainda estava em dúvida, mas havia chegado tão longe e talvez ele pudesse lhe dizer algo útil. Ela tirou a capa de pele e sentou-se em uma cadeira perto da lareira. Ungar fechou a porta e trancou-a, pendurou uma placa de "fechado" e voltou com uma taça de vinho.

Destina olhou para vários frascos no balcão e estava prestes a recusar educadamente quando Ungar sorriu mais uma vez.

— Sem poções, minha senhora — assegurou-lhe, claramente adivinhando o que ela estava pensando. — Apenas vinho e um muito bom. Agora, Senhora Destina, por favor, diga-me por que precisa do Dispositivo de Viagem no Tempo.

Destina umedeceu os lábios com o vinho para não ofender seu anfitrião, deixou a taça de lado e começou a contar sua história. Ungar provou-se um ouvinte atento e compreensivo, e ela estava se sentindo solitária e sem amigos. Viu-se revelando muito mais do que pretendia para ele.

Destina contou-lhe como havia lido sobre o Dispositivo de Viagem no Tempo em um dos livros do pai, como o pai havia morrido na Torre do Alto Clérigo e como ela havia perdido seu legado, o Castelo Rosethorn.

— E então, uma noite, percebi que vinha alimentando esse plano em meu coração há meses. Eu usaria o dispositivo para viajar no tempo para a Torre do Alto Clérigo, logo antes da batalha. Falaria com meu pai e imploraria para que ele voltasse para casa para mim. Exortaria-o a não sacrificar sua vida.

— Talvez alterasse o tempo, minha senhora — apontou Ungar. — Sem ele, os solâmnicos poderiam perder a guerra.

— Não perderiam — declarou Destina com firmeza. — Estudei o assunto e aprendi que apenas as raças do Caos têm o poder de alterar o tempo. A Medida nos ensina também que o tempo é um rio imenso, e meu pai é apenas uma gota nesse rio. Tantos pereceram na torre que sua morte não teve importância na história, embora certamente tenha tido para mim.

Ela falou essa última parte em voz baixa com um nó na garganta.

— E ainda assim *quer* alterar o tempo, minha senhora — disse Ungar, gentilmente insistente.

Destina fez uma pausa, percebendo que o que ele disse era verdade.

— Acho que sim. Mas só quero mudar o *meu* tempo.

— Isso ainda conta — afirmou Ungar.

Então, ele se sobressaltou, como se tivesse levado um soco nas costelas. Por um instante, ficou com uma expressão tão estranha que Destina se assustou.

— Talvez minha vinda até você tenha sido um erro...

Sem dúvida, Ungar viu que a havia alarmado e foi rápido em se justificar.

— Perdoe-me, cara senhora. Às vezes, sofro de uma indisposição febril. *Não* cometeu um erro. Acontece que procurou a única pessoa no mundo capaz de ajudá-la. Pode salvar seu pai. De fato, a senhora precisa do Dispositivo de Viagem no Tempo, e eu sei onde pode encontrá-lo. Contudo, também precisa de outro artefato poderoso: a Gema Cinzenta de Gargath.

— Isso não passa de um conto kender — Destina zombou.

— Longe disso — declarou Ungar gravemente. — A Gema Cinzenta existe. Eu sei, porque a vi. Sei onde está escondida.

Ele falou em um tom calmo e contido. Destina ouviu a sinceridade em sua voz, embora ainda duvidasse.

— Como é possível que você e ninguém mais saiba?

— Acontece que fiz um estudo da Gema Cinzenta — explicou Ungar. — Encontrei uma referência a ela em um livro obscuro. Fui procurá-la e a encontrei.

Seu rosto empalideceu e o suor escorria em sua testa. Ele afastou a cadeira da lareira, murmurando algo sobre o fogo estar muito quente.

— Então, por que não está com ela? — Destina questionou.

— Sofri um ferimento enquanto procurava e fui forçado a partir antes que pudesse obtê-la. — Enquanto Ungar falava, juntou as mãos enfaixadas, fechando-as em punhos. — Mas vi a Gema Cinzenta!

Ele falava com tanto fervor que Destina acreditava nele, até certo ponto.

— E por que diz que eu preciso dela?

— Viajar no tempo pode ser perigoso e, portanto, os antigos magos, em sua sabedoria, impuseram restrições às viagens no tempo. Deixe-me ler para você uma passagem que explicará melhor.

Ungar procurou um livro. Destina notou que a capa tinha três diferentes cores: branco, vermelho e preto. O título era: *Feitiços e encantamentos das Torres da Alta Feitiçaria*. Ungar folheou as páginas e leu em voz alta.

— "A capacidade de viajar no tempo está disponível para elfos, humanos e ogros, já que essas foram as raças criadas pelos deuses no início dos tempos e, portanto, viajam dentro de seu fluxo. O feitiço não deve ser usado ou lançado em anões, gnomos ou kender, uma vez que a criação dessas raças foi um acidente, imprevisto pelos deuses, e a introdução de qualquer uma dessas raças em um período de tempo anterior pode acarretar sérias repercussões no presente, embora quais possam ser é desconhecido."

— Então, está dizendo que para alterar o tempo eu não devo levar um kender ou um anão comigo? — Destina comprimiu os lábios. — Isso está ficando ridículo!

— Tenho uma solução muito mais fácil — respondeu Ungar. — Você simplesmente leva a Gema Cinzenta com você. A própria gema tem a capacidade de alterar o tempo.

— Mas a gema não é perigosa? A lenda diz que houve um tempo em que ela espalhou o caos pelo mundo.

— A Gema Cinzenta é senciente, mas não inteligente — explicou Ungar. — Seu único objetivo é criar o caos e aproveitará qualquer oportunidade que encontrar para fazê-lo. É por isso que você deve trazê-la para mim primeiro. Posso colocá-la em um cenário mágico do qual não pode escapar.

— Onde ela está?

Ungar hesitou.

Destina soltou um suspiro exasperado.

— Entendo que quer manter seu segredo, pois deve ser valioso. Se vou obter esta Gema Cinzenta, você precisa me dizer onde encontrá-la.

Ungar engoliu em seco e falou com relutância.

— A Gema Cinzenta está no reino dos anões de Thorbardin, escondida entre um clã de anões conhecido como Theiwar. São pessoas simples e desconhecem o poder da Gema Cinzenta. Pode fazer algum mal a eles. Você poderia salvá-los, se pudesse recuperá-la.

— Eu ia tentar fazer isso sozinho, mas não sou um homem de coragem — confessou Ungar. — Não tenho o sangue de cavaleiros em minhas veias, e lamento dizer que deixei os anões à sua triste sorte. Você é diferente, minha senhora. Você poderia salvar os Theiwar do encantamento da gema.

Destina jamais havia se aventurado além das fronteiras de sua terra natal, e agora lhe era solicitado que considerasse viajar para uma nação distante para lidar com um povo estrangeiro e exótico sobre o qual ela pouco sabia. A ideia a assustou e a sobrepujou, e ela se encolheu diante dela.

Então, pensou no que faria quando saísse da loja de Ungar. Poderia retornar para uma casa vazia para viver uma vida sombria e triste. Ou poderia cumprir a promessa de sua mãe de que era filha do destino.

Não tinha laços e ninguém por quem ficar em Solâmnia. Havia economizado dinheiro suficiente para viajar e de repente percebeu que podia pedir a Saber para levá-la. Imaginou como seria voar nas costas de um dragão em uma aventura, empreendendo uma missão por uma causa nobre. Lembrou-se do pai citando a Medida.

O valor de um verdadeiro cavaleiro brota do coração pulsante.

Os Theiwar precisavam de uma heroína que os salvasse, e ela poderia ser essa heroína. Ela poderia se tornar uma cavaleira em seu próprio coração, ao menos, embora o mundo talvez jamais reconhecesse isso.

— Certo. Digamos que eu encontre a Gema Cinzenta. Ainda preciso do Dispositivo de Viagem no Tempo — comentou Destina.

— Isso é verdade — concordou Ungar. — Traga-me a Gema Cinzenta e, enquanto estiver fora em sua missão, pesquisarei a possível localização do dispositivo.

— Você disse que sabia onde encontrá-lo — Destina o lembrou.

Ungar pareceu momentaneamente desconcertado.

— Eu disse? Bem, talvez eu tenha uma ideia. Vou investigar o assunto…

— Conte-me o que sabe sobre o dispositivo, senhor. Essa é a razão pela qual vim até você. Se não sabe de nada, cuidarei de meus assuntos em outro lugar. Imagino que existam outras lojas de artefatos mágicos em Solâmnia.

Ela pegou sua capa de pele e começou a se levantar.

— Não vá, minha senhora — pediu Ungar apressadamente. — Conheço os donos de algumas dessas lojas e não gostaria que fosse vítima de um charlatão. Vou lhe contar tudo o que sei.

Destina voltou a se sentar.

— Se essa pessoa em quem estou pensando não estiver com ele, pode saber onde está — assegurou Ungar. — O nome dele é Tasslehoff Pés-Ligeiros.

— Um kender — disse Destina, incrédula.

— Não é um kender qualquer. Este kender viajou no tempo com seu amigo, Caramon Majere, para salvar a vida de uma clériga de Paladine, a Senhora Crysania.

— Você acabou de ler naquele livro que os kender não podem voltar no tempo — apontou Destina.

— O livro diz que eles *não devem* viajar no tempo, pois eles têm a capacidade de alterá-lo. Acontece que este kender pulou no feitiço enquanto estava sendo lançado. Ele aprendeu a usar o dispositivo e, quando quebrou, encontrou um gnomo que o consertou e, dizem alguns, alterou-o no processo. Pode perguntar à Senhora Crysania, caso considere necessário verificar minha história. Acontece que Pés-Ligeiros também esteve presente na Batalha da Torre do Alto Clérigo.

— Isso parece uma coincidência notável — observou Destina.

— Não é coincidência, senhora — declarou Ungar. — Chamemos de Destino, como seu nome indica.

— E onde posso encontrar este kender?

— Eu mesmo a levarei lá — informou Ungar. — Traga-me a Gema Cinzenta e eu lhe direi onde encontrar o kender.

— Não vejo razão para que não possa me contar agora. Cometi um erro ao vir. Desejo-lhe um bom dia.

Ela colocou a capa e caminhou em direção à porta. Ungar apressou-se para impedi-la.

— Se eu disser onde encontrar o kender e ele estiver com o dispositivo, deve prometer trazê-lo para mim — pediu Ungar. — O feitiço para operá-lo é extremamente complexo e difícil de lançar. Vai precisar da minha ajuda. Eu me sentiria responsável se algo desse errado e lhe causasse algum mal.

— Eu com certeza não pretendo tentar usar magia sozinha — disse Destina, estremecendo com a ideia. — Se eu conseguir obtê-lo, trarei para você, junto com a Gema Cinzenta.

— E eu vou mandá-la de volta no tempo para salvar seu pai — afirmou Ungar. — Venha até a loja amanhã. Fornecerei poções e amuletos e qualquer outra coisa que possa precisar para sua jornada.

— Quer dizer poções mágicas, presumo — disse Destina. — Não quero me envolver com essas coisas.

— A escolha é sua, é claro — respondeu Ungar. — Mas estará se aventurando no desconhecido, e é sempre melhor estar preparada.

Destina sabia que isso era verdade. A Medida dizia: *O sábio faz provisões enquanto o tolo dança.*

— Vou pensar — concedeu Destina.

Ungar conduziu-a para fora, desejou-lhe boa noite e fechou a porta atrás dela. Destina parou do lado de fora para prender a capa e refletir.

Ungar parecia ser alguém em quem podia confiar, se é que se podia confiar em usuários de magia. Destina agora se arrependia de precisar de um mago, e se perguntava se seria capaz de prosseguir sem este ou suas poções. Conhecimento é poder, e ela cometera o erro de entrar na loja de artigos mágicos na mais completa ignorância.

Isso não voltaria a acontecer.

CAPÍTULO CATORZE

Bem cedo na manhã seguinte, Destina colocou seu vestido de veludo verde, agasalhou-se em sua capa de pele, e caminhou de sua casa pela rua conhecida como Travessa dos Estetas até a Grande Biblioteca de Palanthas. Tinha visto o prédio em viagens anteriores a Palanthas. A biblioteca havia sido projetada focando na função acima da beleza. Os moradores de Palanthas diziam que as pessoas ficavam boquiabertas de admiração quando viam o esplendor do Palácio de Palanthas e ficavam boquiabertas de tédio quando viam a biblioteca.

A biblioteca consistia em três edifícios principais de mármore branco. O edifício central era o maior, com paredes lisas e sem adornos e muitas janelas para fornecer luz. Deduzindo que esta era a entrada, Destina subiu a série de amplos degraus de mármore que levavam a um pórtico e portas duplas de bronze.

Destina tentou abrir uma das portas, apenas para descobrir que estava trancada. Então notou a placa em um suporte ao lado da porta que dizia: *Somente Estetas. Edifício Leste Aberto ao Público. (Proibido kender! Proibido armas!)*

Irritada, ela desceu as escadas e foi até o prédio menor. Este também tinha muitas janelas, mas uma entrada muito menos imponente. Um homem que presumiu ser um dos estetas, pois usava túnica cinza, estava parado à porta. Ele trabalhava como recepcionista e guardião, aparentemente, pois sorriu para Destina e, ao mesmo tempo, com habilidade agarrou um kender que estava tentando passar esgueirando-se por ele.

— Winklenose, sabe que não vou deixar você entrar — disse o esteta, dirigindo-se com severidade ao kender. — Por que insiste em tentar?

— Você sabe que ficaria entediado, Kairn, se não tivesse a mim para alegrar seu dia — respondeu o kender com um largo sorriso. — E não há nada pior nesta vida do que o tédio.

— Eu gosto do tédio — declarou Kairn. — Então, não volte.

Ele enfatizou suas palavras puxando o coque de cabelo comprido que era o orgulho de todo kender. O kender gritou e segurou a cabeça.

— Vá embora e fique longe — Kairn ordenou.

O kender, ainda esfregando a cabeça, virou-se para descer as escadas. Então, avistou Destina, fez uma reverência educada e estendeu a mão.

— Como está neste belo dia, madame? Meu nome é Lightfoot Winklenose...

— Não aperte a mão dele! — Kairn gritou.

— Certamente que não — disse Destina e colocou as próprias mãos em segurança atrás das costas.

O kender deu de ombros e se afastou, gritando por cima do ombro.

— Vejo você amanhã, Kairn!

O esteta suspirou e olhou ansiosamente para Destina.

— Ele não levou nada, levou, senhora? Ainda tem os seus anéis?

Destina estava usando apenas o anel mágico que a mãe lhe dera e duvidava que até mesmo um kender conseguisse removê-lo.

— Eu escapei sem perigo, venerável senhor — ela respondeu, sorrindo. — Agradeço pela ajuda.

Ela observou Kairn com interesse. Era um homem jovem, provavelmente de vinte e poucos anos, alto e esguio com cabelos pretos encaracolados e olhos castanhos da cor do bordo polido. Não tinha barba e usava um corte bem curto. Tinha um ar sério e erudito, mas ela notara um brilho de divertimento em seus olhos castanhos enquanto ele estava lidando com o kender.

— Como posso ajudá-la, senhora? — Kairn perguntou.

— Desejo entrar na biblioteca, venerável senhor — Destina declarou. — Estou fazendo uma pesquisa.

— Certamente, senhora — disse Kairn.

Ele fez sinal para que outro tomasse seu lugar, então abriu a porta e conduziu Destina por uma entrada. Ela pode ver além uma vasta sala preenchida do chão ao teto com estantes.

— Que espetacular — Destina disse baixinho. — Mas são tantos livros que não faço ideia por onde começar meus estudos.

Kairn ficou satisfeito com o elogio.

— Posso guiá-la, senhora. O que está pesquisando?

— Artefatos mágicos.

— Temos apenas um pequeno número de livros sobre artefatos mágicos — informou Kairn desculpando-se. — Encontrará uma coleção muito mais extensa na Torre da Alta Feitiçaria em Wayreth.

— Obrigada, venerável senhor, mas não desejo chegar perto de uma Torre da Alta Feitiçaria — declarou Destina com firmeza. — Busco informações sobre a Gema Cinzenta de Gargath. Têm algum livro sobre isso?

— Vários — informou Kairn. — Encontrará livros sobre o assunto no segundo andar em nossa seção de mitos e lendas. Um dos estetas terá prazer em ajudá-la. Algo mais?

— Também estou pesquisando anões — disse Destina.

— Algum clã em particular? Neidar, Hylar, Daewar, Daergar, Klar, Aghar ou Theiwar? — Kairn questionou.

— Os anões que vivem em Thorbardin — disse Destina, confusa.

— São todos os clãs, exceto os Neidar, os anões da colina — explicou Kairn. — Primeiro andar. Parede norte. Prateleira cento e vinte e sete. O esteta naquela seção pode ajudá-la a encontrar o que precisa. Algo mais?

Destina poderia ter saído para fazer suas pesquisas, mas não tinha pressa e estava gostando de conversar com aquele jovem.

— Parece saber muito sobre anões, venerável senhor. O senhor mesmo os estuda? — ela perguntou.

— Não — respondeu Kairn. — Atualmente, estou fazendo pesquisas sobre o cavaleiro Huma Destruidor de Dragões e a Terceira Guerra dos Dragões.

Destina sentiu-se tentada a dizer algo sobre o livro que seu pai estivera lendo sobre Huma e Magius, para perguntar se ele o havia lido. Imaginou-o perguntando se ela havia lido, e ela teria que confessar que não; lera apenas a parte sobre o Dispositivo de Viagem no Tempo. Em vez disso, mudou de assunto.

— Já pensou em se tornar um cavaleiro, venerável senhor? — Destina perguntou, pensando em como ele ficaria bem com bigodes.

— Minha família pensou nisso para mim — disse Kairn, sorrindo. — Eles queriam que eu me tornasse um cavaleiro como meu pai e o pai dele antes dele, mas eu lhes disse que preferia ler sobre batalhas do que lutar em uma. Então, desonrei minha família fugindo para me tornar um bibliotecário. Agora, se me dá licença, senhora, devo retornar aos meus deveres na porta. Boa sorte com sua pesquisa e lembre-se de que, embora possa para ler qualquer livro da biblioteca, não pode retirá-los dela.

Ele a deixou e voltou para guardar a porta. Destina o observou admirada. Conseguia muito bem imaginar como ele tinha sido uma desgraça para a família. Estava apenas surpresa por ele ter admitido isso tão abertamente. No entanto, enquanto se afastava, pegou-se pensando muito mais nele do que nos anões.

Ela subiu as escadas para o segundo andar. A biblioteca era silenciosa e tranquila. Os únicos sons eram os de pessoas virando páginas ou andando a passos suaves entre as prateleiras, e uma tosse ou espirro ocasional acompanhado por um suave "sinto muito".

As pessoas sentavam-se às mesas que haviam sido colocadas entre as estantes para comodidade de quem vinha ler. A luz do sol iluminava o aposento, o que ela achou estranho, já que seu pai tinha sido tão cuidadoso em impedir a entrada do sol. Mas notou que a luz do sol era difusa e parecia iluminar a sala com um brilho suave. Destina subiu as escadas até o segundo andar, agarrando as dobras das saias, temendo que até o farfalhar do veludo perturbasse os que estavam absortos nos estudos.

Aproximou-se do esteta que estava sentado a uma mesa alta perto de uma das janelas, lendo, e disse-lhe que estava pesquisando artefatos mágicos. O esteta conduziu Destina a uma estante e silenciosamente indicou várias fileiras de livros que haviam sido escritos sobre o assunto.

Destina ficou horrorizada diante da quantidade enorme. Não tinha ideia por onde começar. Vendo seu olhar de consternação, o esteta escolheu um único livro grande e pesado e o entregou a ela. O volume era encadernado em couro com três luas gravadas na capa — uma vermelha, uma prateada e uma preta — junto com o título em ouro: *Artefatos das três luas* com o subtítulo: *Poções, pergaminhos, bastões, cajados, varinhas, cristais, joias, armaduras, escudos, armas, artefatos diversos e especiais.*

— Você encontrará descrições gerais dos principais artefatos conhecidos em Krynn — assegurou o esteta, falando em um sussurro. — Para informações mais específicas sobre esses artefatos ou para descrições de artefatos menores, precisará prosseguir seus estudos na biblioteca da Torre da Alta Feitiçaria em Wayreth.

— Isso servirá ao meu propósito, obrigada — Destina disse e recebeu um olhar de uma senhora idosa que lhe sibilou "Shhh!".

Destina sentou-se a uma escrivaninha e abriu o volume. Localizou a seção sobre a Gema Cinzenta, que provou ser extensa. Os resultados de seus estudos foram decepcionantes. A história da Gema Cinzenta era confusa e, como era de se esperar, caótica.

Cada raça tinha seu próprio mito sobre a joia, mas todos concordavam em uma coisa. No princípio, havia o Deus Supremo e havia o Caos. Reorx, o Deus da forja, golpeou com seu martelo e o Caos desacelerou. Duas forças poderosas: o Deus Supremo e o Caos.

Contudo, a partir daí as histórias começavam a diferir. Cada raça colocou-se como os heróis da história com o resultado de que os relatos variavam amplamente, dependendo de quem estava narrando a história.

De acordo com os humanos, Reorx forjou a Gema Cinzenta durante a Era do Crepúsculo para ancorar a neutralidade no mundo. Ele pretendia capturar uma pequena parte do Caos, mas acidentalmente capturou todo o Caos dentro da gema. Ele a colocou na lua vermelha, Lunitari. Um gnomo viu a Gema Cinzenta e a pegou em uma rede mágica para fornecer energia para uma de suas invenções. A Gema Cinzenta escapou e então vagou pelo mundo, espalhando o caos.

Um príncipe humano chamado Gargath eventualmente prendeu a joia e a protegeu. Os gnomos construíram uma gigantesca máquina de cerco para recuperar a Gema Cinzenta. Infelizmente, a máquina acabou destruindo o castelo. Apesar dos esforços heroicos de Gargath, a Gema Cinzenta conseguiu escapar e, no processo, transformou os gnomos que buscavam obtê-la em anões ou em kender.

Os gnomos, no entanto, negavam furiosamente que a Gema Cinzenta havia escapado do Castelo de Gargath devido à falha de sua gloriosa máquina. Segundo eles, o humano, Gargath, estragou tudo ao permitir que a Gema Cinzenta escapasse por entre seus dedos. Os gnomos eram os heróis de sua história, relatando como buscaram abnegadamente a Gema Cinzenta para salvar a humanidade, e, em troca disso, alguns deles pagaram o sacrifício derradeiro e foram tragicamente transformados em kender ou em anões.

Como se pode imaginar, os anões negavam, indignados, que alguma vez tivessem sido gnomos, que a Gema Cinzenta tivesse desempenhado qualquer papel em sua criação ou que estivessem de alguma forma relacionados aos kender. De acordo com eles, o deus Reorx criou todas as outras raças durante a Era do Nascimento Estelar, apenas para descobrir que essas raças eram falhas. Elfos consideravam-se melhores do que todos os outros. Os humanos eram egoístas e ávidos por dinheiro. Os ogros eram brutos e cheiravam mal. Tendo aprendido com seus erros anteriores, Reorx criou a raça perfeita: os anões.

Os kender também negavam que a Gema Cinzenta tivesse algo a ver com sua criação. Segundo eles, o lendário herói kender Tio Trapspringer estava visitando seu grande amigo Reorx um dia quando viu o deus derrubar uma pedra preciosa cinza no chão. Tio Trapspringer a pegou, com a intenção de devolvê-la, mas a gema acabou caindo em uma de suas bolsas, onde ele prontamente a esqueceu. Como ninguém jamais a encontrou, os kender acreditam até hoje que Tio Trapspringer ainda carrega a Gema Cinzenta em sua bolsa.

Destina considerava tudo isso inútil. Suspirou e voltou-se para a descrição do Dispositivo de Viagem no Tempo. Era muito breve.

Criado durante a Era dos Sonhos, o artefato se apresenta como um cetro incrustado de joias que pode ser dobrado em um pingente com joias. *Atenção:* viajar no tempo pode ser *altamente* perigoso e *não* é recomendado. Qualquer um que encontrar o Dispositivo de Viagem no Tempo deve levá-lo imediatamente para a Torre da Alta Feitiçaria mais próxima.

Destina fechou o livro com desgosto, atraindo olhares irritados da mulher que a havia calado. Aparentemente, a única maneira de aprender mais sobre a Gema Cinzenta ou o Dispositivo de Viagem no Tempo era visitar uma Torre da Alta Feitiçaria, e Destina preferiria ser transformada em um kender.

No fim das contas, precisaria dos serviços de Ungar.

Destina passou o resto da tarde fazendo sua pesquisa sobre os anões. A nação de Thorbardin consistia em oito cidades construídas abaixo de uma montanha conhecida como Caça-Nuvens. A nação anã era governada por um Conselho de Thanes formado por um representante de cada um dos clãs, sem esquecer o Reino dos Mortos, ao qual sempre era conferida uma cadeira de honra vazia. O conselho escolhia o Rei Supremo, que governava todos os anões. O atual Rei Supremo era Glade Hornfel, o primeiro rei a governar desde o Cataclismo.

Destina encontrou um mapa de Thorbardin e ficou assustada com o tamanho do reino abaixo da montanha. Thorbardin era apenas um pouco menor que Solâmnia, estendendo-se por centenas de quilômetros com oito grandes cidades, estoques de alimentos e portões fortificados. As cidades anãs eram construídas em uma infinidade de níveis conectados por um complexo sistema de estradas, com vagões que corriam sobre trilhos e vagões de transporte que subiam e desciam por poços escavados na rocha.

Ela concentrou seus estudos em especial nos Theiwar e descobriu que era uma característica de seu clã não suportarem a luz do sol. Também eram os únicos anões habilidosos em magia. De acordo com o autor, os Theiwar e seus aliados, os Daergar, passavam a vida tramando e conspirando contra os outros clãs. Seu objetivo final era derrubar o Rei Supremo e assumir o governo de Thorbardin. O livro não dizia nada sobre a Gema Cinzenta.

Destina fechou o livro e ficou pensativa, imaginando o que fazer. O sol estava se pondo. Uma luz cinza prateada descia do teto abobadado para iluminar a biblioteca. Os estetas passavam acendendo lâmpadas mágicas com cúpulas verdes que queimavam sem fogo para que as pessoas pudessem continuar seus estudos noite adentro.

Ela agora acreditava que conhecia seu destino. Partiria em uma missão para encontrar a Gema Cinzenta e o Dispositivo de Viagem no Tempo. Traria o pai de volta para casa. Destina retornou os livros aos estetas e deixou a biblioteca. Tivera esperança que Kairn ainda estivesse de serviço. Ele parecera saber muito sobre anões, e ela queria mais informações sobre os Theiwar. Ela achou estranho que Ungar os tivesse descrito como "gente simples" quando o autor os fez parecer repreensíveis. Contudo, infelizmente, outro esteta havia ocupado o lugar de Kairn.

Ela poderia ter perguntado a esse esteta onde encontrar Kairn, mas temia que ele ficasse sabendo e que isso passasse a impressão de que estava interessada nele. Não estava. Nem um pouco. Como poderia se interessar por um jovem que recusou a chance de alcançar a glória em batalha para ler livros?

Destina saiu da biblioteca, planejando ir à loja de artigos mágicos para pelo menos ouvir o que Ungar tinha a dizer. Dada a localização desagradável da loja, passou em casa para pegar a espada que tinha sido da mãe e a afivelou sob o manto. Então, abriu caminho pela lama congelada nas ruas barulhentas até a loja de Ungar.

A loja estava fechada à noite e ela teve que bater na porta para chamar a atenção. Ungar finalmente atendeu. Parecia irritado por ter sido perturbado até que a viu.

— Senhora Destina! Pensei que tivesse mudado de ideia sobre empreender esta aventura. Por favor, entre. Tenho tudo pronto. As poções e o broche são mágicos, mas não são difíceis de usar. Quer tirar a capa e tomar um pouco de vinho?

Destina tirou a capa, pois a loja estava quente e abafada, mas recusou a oferta de vinho. Ela examinou as poções, que estavam em pequenos frascos fechados com rolhas. Vários estavam rotulados como *Dar no pé*, e os outros rotulados como Enamorado. O broche de prata era feio e grotesco, apresentando metade da cabeça de um humano mesclada com metade da cabeça de um elfo.

— O que "Dar no pé faz" e por que preciso disso? — ela questionou, enojada apenas pelo nome.

Ungar explicou.

— Meu raciocínio foi o seguinte: seu pai é um nobre cavaleiro, valente e corajoso. Talvez seja difícil convencê-lo a partir. Basta colocar uma gota de "Dar o pé" na bebida do seu pai...

— Quer dizer transformá-lo em um covarde! — exclamou Destina, horrorizada. — Melhor ele estar morto!

— É mesmo? — Ungar perguntou gentilmente. — É melhor que ele esteja morto?

Destina segurou sua capa enrolada nos braços, apertando-a com força.

— Diga-me como funciona.

— Seu pai não seria um covarde por muito tempo — Ungar apressou-se em assegurá-la. — A duração do efeito depende da quantidade administrada. Uma gota ou duas e ele ficaria amedrontado por apenas cerca de uma semana, tempo suficiente para que retorne para casa. Ele seria ele mesmo depois que o efeito da poção passasse e não se lembraria do que aconteceu.

— Entendo — disse Destina, mordendo o lábio. — O que o broche faz?

— É um Broche de Metamorfose — disse Ungar. — A magia permitirá que você se transforme em um membro de qualquer raça. Poderia usá-lo para se transformar em um anão para poder entrar em Thorbardin. Ou pode se transformar em uma kender.

— Por que eu ia querer me transformar em uma kender?

— Vai ser muito mais fácil persuadir Pés-Ligeiros a lhe dar o dispositivo, se ele ainda o tiver, ou pelo menos a lhe dizer onde está, caso não o tenha, se ele pensar que está falando com outro kender — explicou Ungar. — E por isso pensei que a segunda poção seria útil. Misture a poção Enamorado em sua bebida, e ele estará sob seu poder.

— A última coisa que quero neste mundo é que um kender se apaixone por mim! — disse Destina horrorizada. — Eu sabia que vir aqui era um erro!

Ungar considerou.

— Eu tenho outra coisa que talvez vá gostar. Que tal um Anel da Amizade? Simplesmente coloque o anel em seu dedo, aperte a mão desse kender e ele se sentirá amigável com você e se sentirá inclinado a ajudá-la.

— Só amizade? — Destina perguntou. — Ele não vai se apaixonar por mim?

— Eu garanto — prometeu Ungar. — O efeito dura apenas uma hora e depois desaparece.

— Não tenho certeza...

Destina sacudiu a capa e atirou-a sobre os ombros. Estava totalmente determinada a sair pela porta, mas seus passos se demoraram. Uma visão de seu pai a fez parar. Sentia tanta falta dele. Havia perdido seu legado, perdido o Castelo Rosethorn. Mas estava enojada com a ideia de usar magia. A ideia de se metamorfosear — transformar-se magicamente em outra forma — a aterrorizava. E, no entanto, o pai morrera lutando contra dragões. Ela estava sendo covarde. Não podia abandoná-lo ao seu destino só porque estava sentindo repulsa.

Ela parou de novo, torcendo as mãos.

— Vou levar o broche — declarou —, a poção da covardia e o anel. Quanto por todos eles?

Ungar deu o preço. Destina enfiou a mão na bolsa e contou o pagamento.

— Anexei as instruções para usar o broche — explicou Ungar. — Por favor, lembre que o feitiço de metamorfose dura apenas doze horas. Depois disso, você se transformará de volta para seu próprio corpo, no qual deverá permanecer por doze horas até que seja capaz de mudar de forma novamente. Suas roupas mudarão com você para se adequar à forma assumida.

— Se eu usar a magia para me transformar em um kender, não vou desenvolver características de kender, vou? Eu não quero acabar correndo sem medo na direção de uma matilha de lobos — Destina disse, preocupada.

— Você será você mesma, apenas na forma de kender — Ungar a tranquilizou. — Você manterá suas joias, embora não a espada que está usando agora, pois ela não está presa ao seu corpo. Noto o interessante anel com a pedra esmeralda. Por acaso é mágico?

Destina cobriu o anel com a mão. Ele estava se referindo ao anel que sua mãe lhe dera, supostamente abençoado por Chislev. Não tinha intenção de discutir isso com ele.

— Já é tarde, senhor. Preciso ir embora.

Ungar acondicionou vários frascos de poção de covardia, cuidadosamente rotulados, em uma pequena caixa de madeira.

— Dados os rigores da viagem, é sempre melhor ter a mais — comentou ele. — E sugiro que você use o broche em particular, onde ninguém possa vê-la. A magia envolve você com uma luz brilhante, que pode atrair atenção indesejada. E a transformação pode provocar um leve desconforto. Aqui está o Anel da Amizade.

Ele abriu a caixa. O anel era todo de prata, com um único lápis-lazúli azul. Parecia muito comum, de forma alguma poderoso ou perigoso.

— Vou levar — disse Destina. — Agora, senhor, você me prometeu que me diria onde encontrar este Pés-Ligeiros e o Dispositivo de Viagem no Tempo.

— O kender mora na cidade de Solace, em Abanassínia — respondeu Ungar. — Mas lembre-se de que eu lhe disse, Senhora Destina, que ele pode não estar com o dispositivo.

Destina agradeceu e guardou a caixa em seu regalo de pele. Ungar desejou-lhe boa viagem, escoltou-a para fora da loja e fechou a porta. E quase imediatamente a abriu e colocou a cabeça para fora.

— O feitiço de metamorfose dura apenas doze horas, minha senhora. Certifique-se de se lembrar disso.

—Vou me lembrar — Destina prometeu.

Ungar fechou a porta novamente e Destina começou a se afastar, apenas para ouvi-lo abrir a porta mais uma vez.

— Senhora Destina, assegure-se de retornar com o Dispositivo e a Gema Cinzenta — salientou. — Preciso de ambos os artefatos para enviar você de volta no tempo e para você alterá-lo.

164

— Farei isso, senhor — disse Destina, impaciente.

Ela se afastou depressa antes que ele pudesse pensar em qualquer outro motivo para detê-la. Sua pele arrepiou-se quando pensou em usar a magia, e ela ficou tentada a jogar na sarjeta a caixa contendo as poções e o broche. Contudo, lembrou-se das palavras da Medida.

Falhar é não tentar.

Lembrou a si mesma do pai.

CAPÍTULO QUINZE

Destina passou os dias seguintes realizando preparativos para deixar Palanthas e viajar para casa. Ela alugou uma carroça coberta puxada por cavalos e um condutor e fez arranjos para se juntar a um grupo de mercadores e suas famílias que viajavam para o sul. Eles planejavam partir em breve, o que lhe convinha.

Ela passou na Grande Biblioteca antes de partir, na esperança de conversar com Kairn sobre os anões. Um esteta informou-lhe que ele estava fazendo uma pesquisa para Astinus e não retornaria por um mês. Destina ficou desapontada por não tê-lo encontrado e não pôde deixar de se perguntar o porquê, pois Kairn não era o tipo de homem que ela pudesse gostar ou admirar. No entanto, ansiava por falar com ele, ouvir sua voz, ver seu sorriso cativante e o riso em seus olhos.

Então, ela baniu Kairn de sua mente com um encolher de ombros, dizendo a si mesma que não se importava com um monge. Mas estava desanimada quando voltou para casa e decidiu que mal podia esperar para deixar Palanthas.

A viagem foi longa e tediosa, pois embora a neve tivesse derretido, as estradas estavam em mau estado, ainda congeladas em alguns pontos e lamacentas em outros. Carroças derrapavam e rodas quebraram. Os cavalos afundavam e ocorreram longos atrasos.

Ciente de sua posição, Destina manteve-se distante dos outros, recusando-se a se juntar ao grupo de convívio que se reunia todas as noites ao redor da fogueira para beber, cantar e compartilhar histórias. Ela se sentava sozinha na carroça à noite, pensando e refletindo.

Refletia sobre mudar o passado, sobre trazer o pai de volta. Se o fizesse, continuariam a viver no passado? Ou se encontrariam no presente? O presente seria o mesmo, só que com o pai ao seu lado? Ela se lembraria do velho passado no novo passado? Eram tantas perguntas, e apesar de toda a sua pesquisa, não havia encontrado respostas.

Ela sabia que alguns eventos no passado deveriam mudar. O Senhor Anthony não seria capaz de reivindicar o Castelo Rosethorn, e a mãe não a deixaria para retornar para seu povo.

— Vou ter uma família de novo — Destina disse para si mesma. — Não estarei mais sozinha.

Quanto à mudança do tempo, lembrou-se das palavras de Magius. *Se seiscentos morrem em batalha e eu restauro a vida de um, isso não mudará o resultado dessa batalha. O rio segue seu curso.*

Seu pai era um herói para ela, mas não fora o herói da Batalha da Torre do Alto Clérigo. Sua morte foi apenas uma de muitas. O herói da batalha foi a donzela élfica que usara algum artefato mágico para atrair os dragões da Rainha das Trevas para armadilhas onde os cavaleiros os mataram. Seu pai poderia voltar para casa para ela como ele havia planejado, e nunca notariam sua falta. O tempo não mudaria. A batalha seria vencida.

Ela chegou em casa mais de um mês após sua partida de Palanthas. Não visitou o Castelo Rosethorn nem sequer se aproximou o suficiente para vislumbrá-lo. Podia muito bem imaginar as terríveis mudanças que o Senhor Anthony e a esposa haviam feito em seu amado lar, e não tinha vontade de vê-las. Alugou um quarto em uma estalagem em Ironwood, dizendo que havia retornado para discutir alguns assuntos com seu advogado.

As pessoas ficaram felizes em vê-la e a acolheram de volta. Trataram-na com respeito e deferência, mas ela podia ver a pena em seus olhares. Esperava que sua estada entre eles fosse breve.

Enviou a carroça de volta para Palanthas junto com o criado, então alugou um cavalo e trotou até o covil de Saber. Mas quando parou para amarrar seu cavalo, encontrou outro já amarrado lá.

Reconheceu o animal que pertencia ao Capitão Peters e ficou intrigada; o capitão dissera-lhe que estava partindo para tentar a sorte em outro lugar. Perguntou-se por que ele estava de volta, mas estava feliz por ele estar. Sempre considerara o Capitão Peters um amigo.

Ela amarrou seu cavalo ao lado do dele e andou pelo resto do caminho até o covil do dragão. O dia estava ameno, com a promessa da primavera no ar. Flores silvestres estavam começando a fazer uma aparição ousada, desafiando uma geada tardia a murchá-las.

Saber estava em seu lugar favorito, tomando sol na frente de seu covil, recebendo a visita do capitão. Homem e dragão ficaram satisfeitos em ver Destina. Saber a recebeu com uma miríade de perguntas e não lhe deu chance de responder a nenhuma delas.

Destina lembrou-se de trazer um presente para Saber e entregou-lhe a bugiganga mais vistosa que conseguiu encontrar em Palanthas. O dragão ficou imensamente satisfeito e pediu licença para ir levá-la para seu covil.

O Capitão Peters estendeu sua capa sobre uma pedra e a convidou a se sentar.

— Achei que planejava deixar Solâmnia, capitão — disse Destina, acomodando-se na pedra.

— Eu ia fazer isso, minha senhora — explicou o Capitão Peters. — Até que recebi uma carta do Senhor Anthony, perguntando se eu trabalharia para ele.

Destina ficou aborrecida.

— Estou decepcionada com você, capitão. Disse que nunca trabalharia para aquele homem.

— Eu não o teria feito, exceto nas circunstâncias em que estavam. Mas como a situação em relação ao Castelo Rosethorn mudou, pensei que você gostaria que eu aceitasse o trabalho — respondeu o Capitão Peters.

— O que aconteceu? — Destina perguntou.

O Capitão Peters parecia desconfortável.

— Sinto muito, minha senhora. Pensei que soubesse. O Senhor Anthony e a esposa se mudaram do Castelo Rosethorn. Ele me contratou para servir como zelador em vez de deixá-lo vazio.

— Eu não sabia — disse Destina. — Por que eles se mudaram?

O Capitão Peters estava com uma expressão séria.

— Gostaria de não ter que ser eu a lhe contar, minha senhora.

Destina sentiu um arrepio de medo.

— Contar-me o que, capitão?

— O Senhor Anthony colocou o Castelo Rosethorn à venda.

Destina sentiu como se o sangue tivesse fugido de seu corpo. Sentiu-se fraca e tonta por um momento, ficou grata por estar sentada. Vendo sua angústia, o Capitão Peters ofereceu-lhe um gole de água de seu odre.

— Eu preferia que minha língua tivesse sido cortada antes que eu tivesse que lhe dar tal notícia, minha senhora.

Destina tentou beber, mas sua garganta estava embargada. Ela umedeceu os lábios.

— E meu primo… ainda está aqui?

— Não, minha senhora. O Senhor Anthony e a esposa voltaram para Kalaman. A Senhora Emily nunca gostou de viver no castelo — explicou o Capitão Peters. — Ela reclamou que era grande demais, com correntes de ar demais e frio demais. A manutenção era muito cara e havia os reparos constantes a fazer após o ataque do dragão. Ela calculou o valor e percebeu que fariam uma fortuna com a venda dele e das terras que, como a senhora sabe, são extensas. Há cerca de uma semana, o Senhor Anthony pôs o castelo à venda. Ele mandou avisar várias pessoas ricas que poderiam estar interessadas em comprá-lo e dispensou os criados e soldados antes de partir.

— Quanto ele quer por tudo? — Destina perguntou, com uma ideia insana de comprar o castelo de volta.

— Ele está pedindo milhares de aços pela propriedade, minha senhora — respondeu o Capitão Peters. Vendo a decepção de Destina, acrescentou gentilmente: — Um preço que condiz com o valor deste nobre castelo.

Destina suspirou. Então, percebeu que não seria a única pessoa que sofreria quando o castelo estivesse em mãos diferentes.

— Mas o que será de nossos arrendatários? — perguntou consternada, lembrando-se daqueles que ela e a mãe alimentaram e abrigaram. — Eles dependem de nós!

— O Senhor Anthony ainda cobra o aluguel por meio de seu senescal, mas isso é tudo o que ele faz — revelou o Capitão Peters com ar severo. — Ele se recusa a gastar o dinheiro para fazer reparos nas casas, consertar telhados com vazamentos ou janelas quebradas. Ele diz que o novo dono pode fazer tudo isso. Faço o que posso para ajudá-los, mas sou apenas o zelador do castelo. Sinto muito, minha senhora. Sinto muito mesmo.

Destina não conseguia falar. Achava que não poderia suportar este último golpe. Ao longo dos séculos, os Rosethorn viveram no castelo. Esses Rosethorn confiaram seu legado a ela, e ela o perdeu. Estranhos iam comprá-lo e mudariam o nome.

O Capitão Peters permaneceu em silêncio, observando-a com empatia, dando-lhe tempo para refletir e lamentar. Destina estava agradecida por isso.

— Deve viver uma vida muito solitária no castelo vazio, capitão.

— De jeito nenhum, minha senhora — garantiu o Capitão Peters tentando assumir um ar de alegria. — Agora sou casado e minha esposa mora comigo. Ela ama o castelo tanto quanto eu. Ficaríamos honrados se ficasse conosco o tempo que quiser. Fechamos a maioria dos cômodos, mas podemos abrir seu quarto.

Destina imaginou seu quarto trancado, escuro e vazio, os móveis cobertos com lona. Balançou a cabeça.

— Agradeço sua gentil oferta, capitão, mas seria muito doloroso. Mas poderia fazer uma coisa por mim. Eu adoraria ficar com a coleção de livros do meu pai. Você conseguiria embalá-los…

Ela viu a expressão no rosto do capitão.

— Qual é o problema? — Destina exigiu saber.

— O Senhor Anthony vendeu todos os livros de seu pai, minha senhora — revelou o Capitão Peters. — A esposa se livrou deles, dizendo que só juntavam poeira.

Ele suspirou profundamente e balançou a cabeça.

— Você tem notícias piores. Conte-me, capitão — pediu Destina.

— O Senhor Anthony não gostava da Torre da Rosa. Achava que era antiquada demais. Planejou construir uma torre de aparência mais moderna para substituí-la. Ordenou que os operários a demolissem. Pelo menos ele partiu antes que pudesse construir a monstruosidade que projetou para substituí-la.

A Torre da Rosa, o símbolo orgulhoso dos Rosethorn por séculos, e agora se fora. Ela estava enojada e indignada, como se algum animal imundo tivesse profanado a tumba de seu pai. Era melhor que ele tivesse morrido do que ter vivido para ver isso.

Ou melhor, era melhor que ele vivesse e isso nunca acontecesse. Sua determinação para continuar com seus planos se fortaleceu.

— Obrigada, capitão — disse Destina com firmeza. — Baniu minhas dúvidas. Agora sei o que devo fazer.

— Há alguma forma de eu lhe ser útil, Senhora Destina? — perguntou o Capitão Peters.

— Sim — declarou Destina com firme determinação. — Vou viajar para Thorbardin, e preciso de suprimentos para a viagem.

O Capitão Peters não conseguiu esconder sua surpresa.

— Thorbardin, minha senhora?

Destina previu que as pessoas iam perguntar por que ela estava viajando para o reino dos anões, e ela inventou uma explicação.

— De agora em diante, devo ganhar meu próprio sustento, capitão. Os anões fazem joias requintadas. Eu estava pensando em abrir uma loja em Palanthas.

Ela não estava exatamente contando uma mentira. *Tinha* considerado abrir uma loja. Não pensara nisso por muito tempo, mas o capitão não precisava saber disso.

— Vim pedir que Saber me leve — prosseguiu ela. — Como nunca viajei para mais longe de casa do que Palanthas, não tenho ideia do que posso precisar para a viagem. Se pudesse comprar suprimentos para mim, eu agradeceria.

— Ficarei feliz em fazê-lo, minha senhora. E me ofereço como acompanhante.

— Eu agradeço, capitão — respondeu Destina, profundamente comovida —, mas não posso pedir que deixe sua esposa ou o Castelo Rosethorn. Preciso que fique aqui para guardar o legado de meu pai, pelo menos pelo tempo que nos resta antes que deixe minha família.

Temendo que ele tentasse dissuadi-la, ela se levantou para indicar que a conversa havia terminado. O capitão pôs-se de pé e ela lhe estendeu a mão.

— Desejo felicidades para você e sua esposa, capitão. Meu coração se ilumina ao pensar que as pessoas que vivem no Castelo Rosethorn cuidam dele.

— Gostaria de poder fazer mais, minha senhora — declarou o Capitão Peters.

— Você é um amigo de verdade — respondeu Destina. — Obrigada, capitão.

O Capitão Peters fez uma reverência, pegou sua capa e voltou para onde havia deixado o cavalo.

Saber emergiu de seu covil depois que ele se foi. O dragão parecia extraordinariamente sério.

— Não pude deixar de ouvir — revelou ele, acrescentando com um estalar de dentes perverso. — Basta pedir e eu cuspo ácido naquele seu primo e o reduzo a uma poça de banha!

Destina não conseguiu conter um sorriso.

— Agradeço a oferta, Saber, mas derreter meu primo não vai ajudar.

— Então, eu ficaria feliz em comprar o Castelo Rosethorn para você — ofereceu Saber. Ele olhou com orgulho para seu covil, onde guardava seu tesouro. — Acho que posso ter o suficiente guardado. Nunca avaliaram o valor.

Destina sabia que o tesouro dele, na verdade, valia muito pouco. Ele amava qualquer coisa brilhante e reluzente, espalhafatosa e chamativa. Para ele, um pedaço de vidro azul era uma safira e um pedaço de quartzo um fabuloso diamante. Mas ela também sabia que o tesouro significava mais para ele do que qualquer resgate de rei, e quase foi às lágrimas. Precisava encontrar uma forma de recusar sem ofendê-lo.

— Sua oferta é mais do que generosa, Saber, mas não posso aceitar. Sou responsável pelo legado de meu pai. Além disso — acrescentou gravemente —, não acredito que conseguiria encontrar um joalheiro disposto a passar meses em seu covil avaliando esmeraldas.

— Suponho que esteja certa. — Saber suspirou. Ele a encarou ansiosamente. — Gostaria de entrar? O céu está ficando nublado. Acho que vai chover.

Destina aceitou a oferta. Saber continuou atipicamente contido enquanto a escoltava até seu covil e se mostrava muito preocupado com ela, convidando-a a sentar-se em um afloramento de rocha e oferecendo-lhe algo para comer. Destina lançou um olhar para um lombo sangrento de veado e educadamente recusou.

— Fico feliz em ver que o equipamento de montaria do dragão ainda está aqui — comentou ela, notando a sela, o arreio e outros itens ainda cuidadosamente arrumados na caverna. — Ouviu quando eu contei ao Capitão Peters que pretendo fazer uma viagem. Vim perguntar se gostaria de ir comigo.

— Eu adoraria! — Saber respondeu, animado. — Estou entediado aqui. Eu estava até pensando em atacar uma ou outra fazenda só para ter um pouco de emoção. Não ataquei — apressou-se em acrescentar, vendo o olhar de alarme de Destina. — Os agricultores estão finalmente começando a confiar em mim. Eles me pediram para ajudar a mover uma enorme árvore que havia caído durante uma tempestade e bloqueado uma estrada. Ouvi você dizer ao Capitão Peters que está indo para Thorbardin. Sabe que os anões vivem em Thorbardin, não é? — ele acrescentou, suas escamas se encrespando.

— Claro que sei que os anões moram lá — disse Destina. — Vou falar com eles. Já esteve em Thorbardin?

— Estive nas Montanhas Kharolis, onde Thorbardin está localizada — respondeu Saber. — Ouvi durante a guerra que as cidades subterrâneas dos anões são maravilhas da engenharia e da construção, e queria visitá-las. Infelizmente, os anões não permitiram que eu entrasse na montanha. O chefe do clã Hylar, Hornfel, disse que temia que eu fosse grande demais para caber dentro dos túneis. Acho que ele estava certo. Mas posso levá-la até o Portão Sul. É a entrada de visitantes.

— Fico feliz em saber que os anões permitem visitas — comentou Destina.

— Começaram a fazê-lo apenas recentemente — informou Saber. — Antes do Cataclismo, Thorbardin era uma nação rica e próspera. As pessoas costumavam ir até lá de todas as partes de Ansalon para negociar minério de ferro, ouro, prata, joias finas e pedras preciosas. Então, veio o Cataclismo e deixou grande parte de Thorbardin em ruínas. Muitos anões pereceram naquele dia, e doenças e fome mataram muitos mais. Os anões selaram os portões de Thorbardin para sua própria sobrevivência. Recusaram-se a admitir até mesmo seus primos, os anões da colina, que buscavam refúgio sob a montanha. Isso deu início a uma amarga rivalidade que terminou na Guerra do Portão dos Anões.

— Os anões finalmente abriram os portões durante a Guerra da Lança, quando se juntaram à luta contra a Rainha das Trevas. Na verdade, permitiram que refugiados humanos se estabelecessem em terras fora do reino, e ouvi dizer que Hornfel está trabalhando para restaurar os dias de prosperidade. Ele concede aos altos permissão para entrar na fortaleza da montanha até a Cidade do Portão. No entanto, nenhum alto tem permissão para ir mais fundo em Thorbardin sem a sanção de Hornfel.

— Quem são os "altos"? — Destina perguntou.

— Você é uma deles — explicou Saber, sorrindo. — Os anões referem-se a humanos e elfos como "altos". Ficarei feliz em levá-la até lá.

— Excelente. Quando podemos partir? — Destina perguntou.

— Assim que você aprender a montar um dragão — declarou Saber. Destina começou seu treinamento naquela tarde.

Saber estava extremamente orgulhoso da sela e do arreio do dragão. Esfregava óleo no assento de couro e nas correias para mantê-los macios e flexíveis. Limpou a ferrugem das fivelas e outras peças de metal.

— Diz-se que as primeiras selas de dragão foram projetadas pelo lendário cavaleiro solâmnico Huma Destruidor de Dragões durante a Terceira Guerra dos Dragões — contou Saber a Destina, como parte de seu treinamento.

"Como pode ver, a sela tem uma estrutura de metal e madeira, e o assento é de couro acolchoado com encosto alto para segurar o cavaleiro com segurança. As fivelas das tiras são de latão. A sela tem uma frente alta para proteger o cavaleiro. Esses dois apoios na frente dão ao cavaleiro a capacidade de se segurar na sela com as duas mãos. Vou mostrar como prendê-la nas minhas costas."

Saber achatou-se sobre a barriga. Destina pegou a sela, descobrindo que era mais leve do que esperava, e sob a orientação dele, posicionou-a atrás de suas escápulas. A sela tinha tiras que envolviam as patas dianteiras do dragão e eram presas no peitoral.

Destina aprendera a selar o próprio cavalo desde criança e descobriu que selar um dragão era semelhante, embora mais difícil. As fivelas nas tiras eram grandes e ela teve que puxar e repuxar com toda a força para apertar as tiras com tanta firmeza quanto Saber exigia.

— Para que serve isso? — Destina perguntou, indicando um suporte de aço giratório preso à sela.

— Isso é um suporte para as lanças de dragão — explicou Saber. — Pena que não tenho uma para lhe mostrar.

— Acho que não vou matar nenhum dragão — declarou Destina. — Pelo menos, espero que não. Obrigada por fazer isso por mim, Saber.

— Voar com você será como nos velhos tempos — disse Saber.

Destina estava exausta quando conseguiu colocar a sela de forma que agradasse Saber, mas então ele insistiu que a retirasse, o que provou ser igualmente desafiador. No dia seguinte, ela teve que arrastar a sela e o equipamento para fora do covil e depois prendê-la novamente. Teve que aprender a afivelar e desafivelar as tiras que cruzavam as próprias coxas e a prendiam no lugar. Depois que tinha demonstrado sua habilidade para Saber, ele a recompensou com seu primeiro voo.

Destina teve que tirar as anáguas e prender a saia antes de montar. Colocou o pé no estribo e subiu na sela. Era grande demais para ela, pois fora projetada para acomodar um cavaleiro usando armadura completa, mas, depois de afivelar as tiras, sentiu-se segura. Sua boca estava seca, as palmas das mãos molhadas. Agarrou a frente da sela com as duas mãos e disse com voz firme:

— Estou pronta.

Saber cambaleou colocando-se de pé. Destina ofegou e agarrou a sela.

— Aqui vamos nós! — ele disse.

Abrindo as asas, ele saltou para o ar e alçou voo. Destina viu o chão se afastar dela e as nuvens correrem para ela, e fechou os olhos de terror e agarrou-se à sela com tanta força que suas mãos doeram.

Saber diminuiu a velocidade de sua ascensão e se estabilizou.

— Pode abrir os olhos agora — ele gritou, virando a cabeça para sorrir para ela. — O pior já passou, pelo menos por enquanto. O que sobe deve descer, mas vamos nos preocupar com o pouso depois.

Destina afrouxou um pouco as mãos na sela e abriu os olhos. Árvores, prados e campos fluíam sob as asas de Saber. Um rio era um fio de fita brilhante. As nuvens eram tufos de seda. O vento soprava contra seu rosto, fazendo seus olhos lacrimejarem. Ela piscou para afastar as lágrimas e olhou ao redor com um sentimento de admiração. O mundo e suas preocupações estavam muito abaixo dela, e ela poderia ter voado entre as nuvens para sempre. Ficou desapontada quando Saber disse que precisavam praticar o pouso, o que era ainda mais assustador que levantar voo.

Saber espiralou para baixo em direção ao chão. Estava ciente de que ela era nova nisso e voou lenta e cuidadosamente, porém, ainda assim, o chão parecia estar subindo muito depressa para encontrá-los. Ela tentou fechar os olhos, mas isso fez seu medo aumentar, e ela os abriu. Instintivamente encolheu-se na sela, como se isso fosse salvá-la. Saber pousou da forma mais delicada possível, tocando primeiro as patas traseiras e depois balançando para frente.

Ele a encarou, preocupado.

— Você está bem?

Destina não conseguiu responder imediatamente, pois estava ofegante.

— Eu… Eu acho que… Estou.

— Você se saiu bem para a primeira vez, melhor do que a maioria dos cavaleiros que treinei — comentou Saber com aprovação. — Pelo menos você não vomitou.

— Só porque eu estava nervosa demais para tomar café da manhã — revelou Destina, rindo.

Saber deitou-se para que ela pudesse desmontar. Ela desceu trêmula da sela e olhou para o céu azul. Naquela noite, sonhou que voava entre as nuvens.

O Capitão Peters retornou na manhã seguinte, trazendo os suprimentos que ela havia pedido embalados em uma bolsa.

— Como vai montada em Saber, pensei que acharia mais fácil usar roupas masculinas, minha senhora — comentou o Capitão Peters. — São bem mais quentes, também.

Ele mostrou calças de couro, uma túnica sobre uma camisa, ambas de lã, e meias, também de lã. Ela tinha seu manto de pele, mas ele sugeriu, além disso, um capuz de lã macia que cobrisse sua cabeça e ombros, e um cachecol de lã para envolver o nariz e a boca.

— Você leu minha mente, capitão! — declarou Destina, satisfeita.

— Não precisa ter medo, senhora — disse o Capitão Peters. — Saber cuidará bem de você.

— Ele já está cuidando — disse Destina, sorrindo para o dragão.

No dia seguinte, o sol brilhava e o dia estava ameno e agradável. Destina vestiu as roupas quentes e prendeu a espada na cintura. Ela acomodou a sela no dragão, amarrou a bolsa na parte de trás da sela, e se afivelou.

Ela e Saber partiram, voando em direção à montanha conhecida como Caça-Nuvens e o reino dos anões que jazia abaixo. A viagem até Thorbardin levou quatro dias. Destina estava rígida, dolorida e gelada até os ossos após o primeiro dia. Saber não gostava de voar depois de escurecer, especialmente levando um cavaleiro, então encontrou um lugar para pousar antes do pôr do sol. Destina teve a chance de acender uma fogueira, fazer uma refeição, aquecer-se e andar para despertar os pés dormentes. Saber foi caçar e retornou antes do anoitecer, lambendo os beiços.

Ele e Destina conversavam sobre seus planos em volta da fogueira durante a noite.

— Existem muitas cavernas nas Montanhas Kharolis — explicou Saber. — Vou encontrar uma próxima e esperar por você.

— Mas como entro em contato com você quando estiver pronta para partir? — Destina perguntou.

— Conheço um bom ponto de encontro. Vou sobrevoá-lo todas as manhãs ao meio-dia. Quando estiver pronta, vá até lá, que eu a vejo e pego.

Esta viagem foi divertida — acrescentou Saber. — Para onde vamos depois? Eu poderia levá-la para o Mar de Sangue. É vermelho, sabe, por causa do sangue de todos aqueles que morreram em Istar durante o Cataclismo.

— Meu pai me disse que o mar é vermelho por causa do solo agitado pelo redemoinho — disse Destina. — Mas tenho outra jornada em mente. Achei que poderíamos viajar para a cidade de Solace, em Abanassínia. Você a conhece?

— Todo mundo a conhece — respondeu Saber. — Solace é famosa pela Estalagem do Último Lar onde os Heróis da Lança se encontraram naquela noite fatídica quando Lua Dourada chegou com o cajado de cristal azul e trouxe a verdadeira cura de volta ao mundo. Os heróis ajudaram a derrotar a Rainha das Trevas. Seu pai lutou na Torre do Alto Clérigo ao lado de alguns deles. Ele pode tê-los conhecido: Laurana, a General Dourada; Tasslehoff Pés-Ligeiros, Flint Forjardente e um cavaleiro chamado Sturm Montante Luzente.

— Montante Luzente — Destina repetiu, franzindo a testa, pensando no que o Capitão Peters havia lhe contado sobre a morte de seu pai, como ele havia permanecido por causa de Montante Luzente.

— Ele morreu como herói em batalha, mas não foi o único — Saber prosseguiu, sombrio. — Seu pai e todos aqueles que sacrificaram suas vidas naquela batalha foram heróis, assim como Laurana, a General Dourada. — Saber bocejou e piscou os olhos com sono. — A ironia da história de Montante Luzente é que ele foi acusado de covardia antes da batalha e se tornou um dos mais corajosos.

— Covardia? — Destina repetiu, surpresa, lembrando-se da poção na bolsa. — Por quê? O que ele fez?

— Algum cavaleiro cujo nome não consigo lembrar imaginou uma grande investida, cavalgando rumo à batalha para desafiar as hordas da Rainha das Trevas. Sturm Montante Luzente sabia que eles estavam em desvantagem numérica e que uma ação tão vaidosa estava fadada a terminar em derrota e em centenas de mortes desnecessárias. Ele se recusou a permitir que aqueles sob seu comando participassem, por isso foi acusado de covardia. Infelizmente, Montante Luzente provou estar certo. Aqueles que cavalgaram para a batalha foram dizimados.

Saber deu outro prodigioso bocejo. Ácido escorreu de suas mandíbulas e chiava nas rochas. O cheiro era nojento, como ovos podres. Destina fechou o capuz de sua capa em volta do rosto e se afastou mais do dragão para evitar as gotas.

— Como eu disse, não sei a verdadeira história, porque eu não estava lá. Mas você pode descobrir tudo sobre a batalha e Sturm com aqueles que o conheceram — Saber continuou. — Raistlin Majere está morto, mas o irmão dele, Caramon, ainda vive em Solace, e é o dono da Estalagem do Último Lar. Acho que o kender Tasslehoff também mora em Solace, mas nunca se sabe com os kender. Ele pode ter saído por aí viajando. Eu adoraria conhecer Caramon Majere e ver Solace! A cidade é construída no topo de árvores gigantescas. Talvez você possa ficar na famosa estalagem. E agora vou dormir.

Destina fez sua cama em um trecho de chão seco perto do fogo. Saber dormiu ali perto, assegurando-lhe que poderia dormir profundamente sem receio. Destina não estava com muito medo, pois estavam acampando no meio do nada.

Ao adormecer, ela refletiu sobre as palavras de Magius.

Tiraria apenas uma gota das seiscentas, e o rio continuaria seu curso.

CAPÍTULO DEZESSEIS

Destina e Saber prosseguiram em sua viagem e enfim avistaram a Montanha Caça-Nuvens, lar da nação de Thorbardin. Destina passou o tempo formulando seu plano, e ele se cristalizou com uma clareza tão surpreendente que parecia predestinado.

Saber carregou-a até perto o suficiente da montanha de forma que ela conseguiu ver o portão que conduzia a Thorbardin e a deixou em uma área pequena e isolada, próxima o bastante da estrada para o Portão Sul para ela ir andando, mas não tão perto para que ela e o dragão atraíssem atenção indesejada.

— Onde nos encontraremos? — Destina perguntou.

— Está vendo aquela árvore atingida por um raio? — Saber perguntou, indicando um enorme carvalho que havia sido partido ao meio e estava caído em dois pedaços no chão. — Vou sobrevoá-la todos os dias ao meio-dia e procurarei por você.

— Espero não demorar muito — disse Destina. Ela deixou um pacote que continha a poção e as joias com o dragão, ficando apenas com a mochila. — Cuide bem disso. Trarei outra peça de joalheria para sua coleção.

— Deveria deixar a espada também — sugeriu Saber. — Humanos não podem entrar em Thorbardin portando armas.

Destina desafivelou a espada e a deixou com a bolsa. Saber apontou a estrada que ela precisava tomar para chegar ao Portão Sul, desejou-lhe boa sorte e saiu voando.

Destina ficou parada, maravilhada com a visão da montanha dentro da qual os anões construíram uma nação. Caça-Nuvens elevava-se acima dela, seu pico coberto de neve alcançando os céus, envolto pelas nuvens que davam o nome à montanha.

Ela ficou impressionada com a enormidade da montanha e com a ideia de deixar o ar fresco e a luz do sol para trás e entrar em salões de pedra e escuridão. Poderia muito bem ter perdido a coragem e virado as costas e fugido, mas viu que não estava sozinha.

Os anões haviam construído a estrada séculos antes, e era larga, bem pavimentada e lisa, correndo ao longo de um rochedo amplo e murado que levava a Thorbardin. Ela se juntou ao fluxo constante de pessoas entrando ou saindo. Os que tentavam entrar esperavam em uma fila em frente ao portão. Em geral, eram humanos a pé ou conduzindo carroças carregadas de mercadorias. Anões guiando carroças pesadamente carregadas passavam por eles saindo do portão, para uma área escavada dentro do Portão Sul conhecido como Cidade do Portão.

Originalmente lar dos anões que construíram o portão que selava a montanha, a Cidade do Portão foi abandonada depois que os trabalhadores partiram. Com a abertura da montanha para o mundo exterior, a Cidade do Portão voltou a ser próspera e agitada.

Vendedores anões e humanos haviam montado barracas ao longo da estrada, oferecendo cerveja, tortas de carne, trabalhos elegantes de couro, panelas e frigideiras, armaduras, espadas e as mais belas joias que Destina já tinha visto. Comerciantes barganhavam, negociavam e vendiam.

Algumas pessoas observavam Destina com curiosidade, sem dúvida questionando-se sobre uma mulher humana usando um elegante manto de pele com capuz mais apropriado para uma senhora rica, porém, andando a pé e carregando uma bolsa como a esposa qualquer de um mendigo. Destina manteve o capuz sobre o rosto e ignorou os olhares e os apelos dos vendedores para que comprasse seus produtos. Não tinha certeza do que fazer, mas não gostava de perguntar.

Uma jovem carregando seis cestas de ovos, três em cada braço, aproximou-se dela de maneira amigável.

— Você parece perdida, senhora — ela comentou, sorrindo. — Posso ajudar?

— Esta é a minha primeira vez em Thorbardin — admitiu Destina. — Não tenho certeza de como proceder.

— Fique comigo — disse a mulher. — Temos que obter permissão para entrar na Cidade do Portão.

— Isso é difícil?

— Entrar na cidade é fácil. Apenas uma formalidade, na verdade. Os guardas do portão pedirão que você diga seu nome e a que vem.

— Talvez eu precise permanecer aqui por um tempo — comentou Destina. — Existe algum lugar onde eu possa ficar na Cidade do Portão? Que... bem... acomoda humanos?

— Há uma estalagem — informou sua acompanhante. — É chamada de O Longo e o Curto, e foi construída tanto para anões quanto para humanos depois da guerra. Fica do lado de dentro do portão, perto do mercado e das lojas.

— Você já entrou no reino? Foi além da Cidade do Portão? — Destina quis saber.

A jovem balançou a cabeça. Pareceu surpresa com a pergunta.

— Não imagino por que qualquer humano ia querer. Passar apenas um dia sob a montanha me dá calafrios. Além disso, os altos não podem se aventurar em Thorbardin sem a permissão das autoridades.

A entrada para o portão sul era um buraco enorme que havia sido esculpido na encosta da montanha. A jovem apontou para o que chamou de "o tampão" — um imenso bloco de pedra ranhurada revestida de metal que andava sobre trilhos de aço fixados no piso, no teto e nas paredes do portão. O tampão era operado por uma enorme roda d'água no sopé de uma cachoeira que derramava-se pela encosta da montanha. Quando fechado, o portão efetivamente selava a montanha.

— Eu mesma nunca vi o portão fechado — comentou a jovem. — Mas ouvi de quem o viu depois da guerra que não dá nem para ver uma rachadura no muro.

Quando chegou a vez de Destina entrar, ela teve que passar pelo enorme tampão de pedra por uma estrada estreita que passava por ele e conduzia ao interior da montanha. Ela ficou maravilhada com a estrutura maciça que se erguia acima de sua cabeça e tentou imaginar como seria vê-la se mover pesadamente ao longo dos trilhos de aço, rangendo e guinchando, e finalmente fechando com um baque, nivelada com a lateral da montanha, bloqueando o sol.

Os anões haviam postado três porteiros no fim do caminho. Um deles estava sentado a uma grande escrivaninha na entrada estreita, anotando em um livro os nomes de todos os que solicitavam admissão. Dois outros anões estavam por perto, com os braços cruzados sobre o peito, montando guarda.

Todos os três anões se pareciam. Eram atarracados, com ombros largos, vestindo pesadas camisas de cota de malha, braçadeiras grossas e calças e botas de couro. Tinham longas barbas pretas enfiadas em seus cintos e longos cabelos negros que fluíam por baixo de seus elmos. Os três estavam armados com espadas curtas.

Os anões reconheceram a jovem com os ovos e alegremente permitiram que ela entrasse. Ela sorriu para Destina e desejou-lhe boa sorte, depois seguiu em direção ao mercado na Cidade do Portão.

Um dos anões de guarda fez sinal para que Destina se aproximasse. O anão na escrivaninha não ergueu os olhos, mas segurou sua pena sobre o livro.

— Nome e motivo da entrada — disse ele, falando em Comum.

— Senhora Destina Rosethorn de Solâmnia. Procuro uma audiência com o Rei Supremo Hornfel.

Um dos anões que montavam guarda ergueu as sobrancelhas desgrenhadas tão alto que roçaram a parte inferior do elmo. O anão da escrivaninha começou a escrever antes de perceber o que ela havia dito. Ele parou a pena com um tranco e manchou o livro de registro. O anão franziu o cenho para o borrão e depois para ela.

— O Rei Supremo está muito ocupado para conceder audiências aos altos — informou bruscamente.

— Ele vai querer me conceder uma audiência — declarou Destina. — Sou filha de um cavaleiro solâmnico e trago informações vitais sobre o bem-estar de Thorbardin.

— Que informação é essa? — questionou o anão.

— Vou revelá-la apenas ao Rei Supremo.

Destina enfiou a mão na bolsa e tirou uma carta fechada com um selo de cera vermelha, no qual ela havia estampado o brasão de sua família.

— Leve esta carta ao Rei Supremo. Estou confiante de que assim que Hornfel lê-la, ele me concederá uma audiência.

Os dois guardas trocaram olhares carrancudos, sem saber o que fazer.

O anão com o livro de registro encarou-a e não tocou na carta.

— O reino é imenso. Levará dias para um mensageiro chegar ao Rei Supremo e mais dias depois disso para Hornfel responder, se ele responder. Provavelmente não vai.

— Vou aguardar — respondeu Destina. — Soube que há uma estalagem na Cidade do Portão conhecida como O Longo e o Curto. O mensageiro poderá me encontrar lá.

Ela continuou a segurar a carta. Os que estavam na fila atrás dela estavam ficando impacientes e exigindo em voz alta saber o que estava causando o atraso.

— Pegue a maldita carta e acabe com isso — gritou um homem atrás dela, que conduzia uma manada de porcos guinchando.

O anão resmungou, mas pegou a carta dela e prometeu providenciar para que fosse entregue a Hornfel, depois deu a ela instruções para chegar à estalagem. Destina não podia fazer nada, exceto confiar que ele manteria sua palavra.

Destina estivera ansiosa para ver a escavação, sobre a qual lera na Grande Biblioteca. O humano que escreveu a descrição não ficara impressionado, afirmando que a Cidade do Portão era uma típica escavação anã, "consistindo de inúmeras pequenas habitações sem janelas esculpidas ou na rocha da montanha ou escavadas dentro da montanha. Lojas e casas são confortáveis, simples e práticas, sendo cada uma quase indistinguível da outra. São conectadas por ruas que também são indistinguíveis, dispostas em retas. Poucas têm nomes. Aparentemente, se você não sabe onde está, não deveria estar ali. E ai do humano que entre neste labirinto, pois com certeza nunca encontrará a saída".

Felizmente, Destina não teve que se aventurar muito para o interior da cidade, pois os anões haviam construído habitações adequadas para altos perto da entrada ao longo da estrada principal. A estalagem chamada O Longo e o Curto lembrava uma típica residência anã. Era uma construção sólida, feita de blocos de pedra, sem adornos e com um desenho funcional. A estalagem diferia das casas de anões por ter uma placa em Comum, janelas (que os anões consideravam insalubres, pois deixavam entrar correntes de ar) e tetos altos.

Destina passou duas noites na Cidade do Portão e gostou da estadia. A estalagem era administrada por uma anã corpulenta com longas e sedosas suíças que ela continuamente enrolava com os dedos. Vestia-se, como a maioria das anãs, com uma saia longa, uma blusa, um avental e botas grossas e pesadas. Deu a Destina um quarto confortável nos fundos da estalagem, e sua comida não era tão ruim quanto Destina temera.

A notícia de sua chegada se espalhou e logo todos na Cidade do Portão sabiam que Destina era filha de um cavaleiro solâmnico que estava ali para buscar uma audiência com o Rei Supremo. A estalajadeira ficou satisfeita com a atenção e disse a Destina quais lojas eram as melhores e quais evitar. Destina comprou um colar espalhafatoso do qual sabia que Saber ia gostar e reabasteceu seus suprimentos.

Ela estava almoçando no terceiro dia quando um anão chegou à estalagem e pediu para falar com ela. A estalajadeira avisou Destina, sussurrando entusiasmada:

— Ele diz que vem da parte do próprio Hornfel! Eu o coloquei na sala comunal.

O mensageiro estava vestido como os outros anões, usando uma couraça, espada e elmo. A única diferença era uma túnica curta sobre o peitoral que trazia o símbolo de um martelo cruzado com uma espada, com uma coroa acima.

— O Rei Supremo concedeu seu pedido, Senhora Destina — declarou o anão. — Ele me enviou para acompanhá-la até sua presença.

— Vou precisar de tempo para empacotar meus pertences — disse Destina, supondo que viajaria mais fundo na montanha.

— Não há necessidade, senhora. O Rei Hornfel vai encontrá-la no Portão Sul, no Salão de Justiça Sul. Podemos ir andando, se não se importar.

Destina ficou surpresa e desapontada. O Rei Supremo vivia na Árvore da Vida de Hylar, uma vasta cidade de diversos níveis construída dentro de uma gigantesca estalactite. A Árvore da Vida era considerada uma das maravilhas do mundo, vista por poucos humanos, e Destina tinha esperança de visitá-la. Perguntou-se se Hornfel estava por acaso no Portão Sul ou se ele havia considerado sua mensagem urgente o suficiente para viajar até aqui para conversar com ela.

Destina pegou a capa no quarto e indicou que estava pronta para ir. O guarda entregou-lhe um lampião que queimava com um brilho esverdeado. Ele mesmo carregava o mesmo tipo de dispositivo, e Destina viu lampiões semelhantes pendurados nas paredes e teto, iluminando o caminho. Eles não emitiam calor. Destina olhou no interior e ficou surpresa ao ver que a luz vinha de pequenas criaturas brilhantes alojadas dentro do lampião. As criaturas pareciam confortáveis, descansando ou rastejando pelas laterais do vidro.

— Larvas de vermes Urkhan — explicou o guarda, notando o interesse dela. — Nós os mantemos seguros dentro dos lampiões e os usamos para iluminar até que sejam grandes o suficiente para serem liberados. Os grandes vermes escavaram esses túneis e a maioria dos túneis em Thorbardin. Os vermes mastigam a pedra como se fosse pudim de sebo, o que acho que para eles pode ser.

Deixando a Cidade do Portão, chegaram a uma guarita que barrava a entrada na montanha. Os anões tinham permissão para entrar e sair livremente, porém, os guardas paravam e questionavam membros de outras raças. Os guardas saudaram o enviado de Hornfel com respeito e olharam de soslaio para Destina. O enviado atestou por ela, no entanto, e os guardas permitiram que entrasse, embora com óbvia reserva.

O túnel que levava à montanha era escuro e estreito, com um teto tão baixo que Destina teve que se abaixar desconfortavelmente para seguir caminho. Quando chegou ao fim, Destina conseguiu ficar de pé e observar os arredores. Finalmente estava dentro do reino dos anões sob a montanha.

Ela havia aprendido em seus estudos que o Salão Sul era uma das principais fortalezas originalmente construídas perto do portão para realizar a defesa contra um exército invasor. No entanto, nenhum inimigo atacara Thorbardin desde a devastadora Guerra do Portão dos Anões em 39 DC. Os anões, sendo pessoas práticas, agora usavam o Salão Sul como tribunal e espaço de reunião.

O Salão Sul era uma estrutura cinza e ameaçadora, com três andares de altura e cercada por um fosso. Uma ponte levadiça oferecia a única passagem através do fosso e dali para o salão. Uma multidão de anões estava reunida perto da ponte levadiça esperando para ser admitida. A multidão era diversificada. Alguns dos anões usavam finas túnicas de lã sobre os calções de couro e podiam ser mercadores ou donos de lojas. Estavam conversando amigavelmente com ferreiros usando longos aventais de couro e fazendeiros com a terra de seu trabalho nas mãos e roupas.

Luz de grandes lamparinas contendo larvas de Urkhan pendiam do teto de pedra do espaço cavernoso, mas Destina achou a iluminação muito fraca para ver com clareza. Sentia falta do sol e como se estivesse caminhando sob um crepúsculo perpétuo.

— O que todas essas pessoas estão fazendo aqui? — Destina perguntou, referindo-se à multidão na ponte levadiça.

— Vieram para ver seu rei, senhora — respondeu o mensageiro. Destina supôs que ele quis dizer que esperavam ter um vislumbre do Rei Supremo enquanto ele passava, até que os guardas abriram o portão para Destina e o mensageiro cruzarem a ponte levadiça. Vendo o portão aberto, os anões que aguardavam avançaram.

Os guardas fecharam o portão com força, para grande ira daqueles que queriam ter acesso.

— O Rei Supremo realizará uma audiência geral em breve — anunciou um guarda para a multidão. — Para recompensá-los por sua paciência, Sua Majestade pede que vocês se dirijam ao Barril e Martelo e ergam uma caneca por sua saúde. O rei paga para todos.

Os anões continuaram a resmungar, mas a multidão se dispersou, indo para a taverna, e a ponte levadiça desceu novamente. O mensageiro escoltou Destina até o outro lado.

— O Rei Supremo realmente se encontra com todos aqueles que vêm vê-lo? — Destina perguntou, impressionada.

— Sim, senhora — confirmou o mensageiro. — Sua Majestade visita todas as cidades e aldeias de seu reino. Ele fala com qualquer um que procure uma audiência, desde o nobre mais rico até o camponês mais pobre. Ele ouve queixas, resolve disputas e emite julgamentos.

— Li que o Rei Supremo não mora em um palácio, mas em uma casa que é muito parecida com as casas de seus súditos — comentou Destina. — Isso é verdade?

— De fato é, senhora — respondeu o mensageiro. — Nós, anões, concordamos que um rei deve governar Thorbardin, mas não gostamos de ver um rei se vangloriando. Afinal, ele limpa a bunda igual a todos nós.

Eles entraram no Salão Sul por uma porta de ferro, guardada por anões em cota de malha, couraças pesadas e elmos reluzentes que carregavam machados e lanças. O Salão Sul era tão ameaçador por dentro quanto por fora. Os corredores eram iluminados pelos lampiões Urkhan, e as únicas janelas eram seteiras.

O mensageiro conduziu-a a uma grande sala interior que, aparentemente, servia de tribunal, pois havia uma bancada elevada para os juízes, com cadeiras e mesas abaixo.

A sala estava vazia, exceto por um único anão que estava sentado em uma das mesas segurando a carta de Destina.

— Hornfel, Rei Supremo, trago diante do senhor uma requisitante, Senhora Destina Rosethorn — declarou o mensageiro.

Hornfel ergueu os olhos para ela com curiosidade. Destina fez uma reverência e Hornfel indicou com um gesto para que ela se sentasse. O mensageiro partiu, fechando a porta atrás de si.

Hornfel era mais baixo que o anão médio, mas muito robusto. Tinha cabelos castanhos com mechas grisalhas, e o grisalho também marcava sua barba longa e ondulante, que ele havia enfiado no cinto como era o costume dos anões. Ele usava cota de malha sob um peitoral de aço que havia sido gravado com um martelo com detalhes em ouro e um elmo gravado. Não usava uma coroa. O peitoral ornamentado com o símbolo de Reorx, o Deus Forjador, era a marca de sua posição como rei entre os anões.

Hornfel dispensou as cortesias e entrou imediatamente no assunto.

— Escreveu em sua carta, Senhora Destina, que vem nos avisar de uma ameaça ao nosso reino. — Ele consultou a carta. — Você afirma que "estamos abrigando, sem saber, um artefato perigoso que já causou danos e pode levar à nossa destruição". Nem é preciso dizer, senhora, que tem toda a minha atenção.

Hornfel encarou-a com olhar firme e fixo. Seus olhos castanhos brilhavam sob as sobrancelhas desgrenhadas. Ele não se sentava em um trono. Não estava cercado por cortesãos bajuladores. Batia com os dedos calejados na carta. Sua mão tinha cicatrizes de batalha e do fogo da forja, mas Destina sentiu que estava na presença de um rei.

— Temo que Vossa Majestade achará minha história bizarra e fantástica — ela declarou, intimidada.

Hornfel sorriu levemente. Seus olhos ganharam um ar caloroso e ele acariciou seus longos bigodes de uma forma que lembrou Destina do pai.

— Conte-me sua história, Senhora Destina. Não importa o que aconteça, sou grato por você se importar o suficiente com o destino dos anões para empreender uma jornada tão longa.

Destina se tranquilizou.

— Acredito que a Gema Cinzenta de Gargath está no reino dos Theiwar, Vossa Majestade. De acordo com minha fonte, ela se escondeu no meio deles por milhares de anos e já pode ter causado danos incalculáveis.

Ela esperava que Hornfel ficasse chocado, alarmado ou incrédulo. Ele pareceu surpreso a princípio, mas então seus olhos se estreitaram, quase desaparecendo sob suas sobrancelhas pesadas. Acariciou a barba e encarou-a por tanto tempo que Destina começou a se sentir extremamente desconfortável.

— Sei que deve achar minha história difícil de acreditar, Vossa Majestade.

Hornfel se agitou.

— Gostaria de convocar um de meus conselheiros que trouxe de Hybardin, se não tiver objeções, Senhora Destina.

Levantando-se, Hornfel foi até a porta que dava para a câmara externa, abriu-a e gritou:

— Tragam a líder dos clérigos.

Ele voltou ao seu lugar.

— Pensei que talvez precisasse do conselho do clérigo, e parece que eu estava certo.

Eles não esperaram muito até que a porta se abrisse e uma anã entrasse. Ela não estava vestida com as vestes tradicionais de uma clériga, mas em vez disso usava saia longa, corpete de couro, blusa, botas e um sobretudo feito de lã vermelha com um martelo bordado em ouro.

— Jajandar Lodestone — disse Hornfel. — Líder dos clérigos de Reorx.

Jajandar era mais alta que Hornfel, com suíças ruivas encaracoladas e uma cabeleira de cachos ruivos emaranhados e olhos verdes. Suas mãos também eram calejadas e seus braços bem musculosos. Seu rosto era coberto de sardas e ela tinha um sorriso contagiante.

Destina levantou-se para fazer uma reverência, mas Jajandar a deteve. Segurando a mão de Destina, a clériga a sacudiu vigorosamente.

— Senhora Destina Rosethorn — apresentou Hornfel.

— Prazer em conhecê-la — disse Jajandar, e sentou-se em uma cadeira com as pernas separadas e as mãos sobre os joelhos.

Hornfel pediu a Destina para repetir sua história sobre a Gema Cinzenta e sua teoria de que estava escondida entre os Theiwar.

— É mesmo? — disse Jajandar. Ela lançou um olhar questionador para Hornfel. — O que acha, senhor?

— Acho que se fosse qualquer outra pessoa que tivesse vindo até mim contando essa história digna de um kender, eu pensaria que estiveram bebericando licor de anão — Hornfel respondeu secamente. — Dito isso, Senhora Destina, você não é a primeira humana a vir a Thorbardin nas últimas semanas expressando interesse na Gema Cinzenta.

Destina supôs que ele devia estar se referindo a Ungar, pois o mago lhe disse que havia viajado para cá. Ela quase disse algo, mas vendo Hornfel franzir a testa quando falou sobre o humano, decidiu não mencioná-lo.

— Cerca de um mês atrás, ouvimos que os Theiwar tinham capturado um mago humano bisbilhotando seu reino. Os Theiwar são os únicos anões que usam magia.

— Os únicos anões que *querem* usar magia — Jajandar acrescentou com uma sacudida de seus cachos.

— Os sábios Theiwar são iletrados — prosseguiu Hornfel. — Eles aprendem feitiços com os conjuradores que vieram antes deles e são extremamente ciumentos de seu poder. Vivem com medo de que outros magos tentem roubar seus segredos. Assim, quando encontraram esse mago, o capturaram e o torturaram. Não posso ter espiões humanos em meu reino, mas também não quero sangue humano em minhas mãos. Entrei em contato com os Daergar, que são aliados dos Theiwar, e eles o resgataram. Eles o levaram para a Torre da Alta Feitiçaria em Palanthas e o deixaram na rua para servir de advertência aos outros magos para que se mantivessem afastados.

— Nós teríamos avisado este mago do perigo se ele tivesse pedido permissão para entrar no reino dos Theiwar — disse Jajandar. — Mas ele usou magia para se disfarçar de anão. Infelizmente, essa magia falhou com ele precisamente no momento errado.

Destina pensou no broche de metamorfose e na ênfase de Ungar no fato de que o feitiço durava apenas doze horas.

— Achei esse incidente estranho o suficiente para investigar mais a fundo — afirmou Hornfel. — De acordo com os Daergar que o levaram até a torre, este mago continuou tagarelando sobre a Gema Cinzenta. Ele estava alucinado, e pensaram que estava delirando. Eu pensei o mesmo até que você chegou, senhora, perguntando sobre a Gema Cinzenta.

Hornfel fixou nela o brilho de aço de seus olhos. Destina mexeu-se desconfortavelmente sob seu olhar.

— Dois humanos de Solâmnia entram em Thorbardin no intervalo de um mês expressando interesse na Gema Cinzenta em conexão com os Theiwar. Parece uma coincidência muito estranha, senhora.

— Como supôs, Vossa Majestade, não é uma coincidência — disse Destina, decidindo que seria melhor para ela dizer a verdade. — O nome do mago é Ungar. Procurei-o em busca de ajuda para um assunto pessoal. Não preciso entrar em detalhes, pois seria de pouco interesse para o senhor.

Ele me disse que eu tinha que adquirir a Gema Cinzenta de Gargath para perseguir meu objetivo e que deveria encontrá-la no reino dos Theiwar. Ele sugeriu que eu roubasse a Gema Cinzenta, mas não sou uma ladra. Achei melhor contar a Vossa Majestade a verdadeira razão pela qual estou aqui e buscar seu conselho e orientação.

Hornfel a estudou, pareceu avaliar sua declaração e, por fim, deu um grave aceno de cabeça.

— Acredito que esteja dizendo a verdade, Senhora Destina, tanto quanto está disposta.

Destina sentiu o rosto esquentar.

— Minha busca pouco importa — ela repetiu.

— O que levou Ungar a acreditar que encontraria a Gema Cinzenta no reino dos Theiwar? — perguntou Jajandar.

— Ele encontrou um livro muito antigo, o qual dizia que a Gema Cinzenta havia se embutido em uma parede em um templo em ruínas e que poderia ser localizada pela luz cinza que brilhava no altar. Não só isso, ele disse que a tinha visto.

— Um livro — repetiu Hornfel. — Escrito por um humano, sem dúvida.

Hornfel e Jajandar trocaram olhares, e Destina percebeu que esses dois sabiam mais do que estavam lhe contando. Ficou tentada a confrontá-los, mas a Medida dizia: *O tolo fala de tudo e de nada. O sábio ouve tudo e não diz nada.* Ela não falou nada.

— O assunto merece uma investigação mais aprofundada — disse Hornfel. — Obrigado, Senhora Destina, por trazer isso à nossa atenção.

Ele se levantou, dispensando-a. Contudo, Destina não iria embora sem mais informações.

— Por favor, diga-me, Vossa Majestade, caso encontre a Gema Cinzenta, o que acontecerá com ela?

— Se a Gema Cinzenta está em Thorbardin, Senhora Destina, o artefato é nossa propriedade — declarou Hornfel, acariciando a barba e franzindo a testa. — O Conselho de Thanes determinará seu destino.

— Eu não temo a Gema Cinzenta, Vossa Majestade — disse Destina. — Se entregá-la a mim, eu a levarei para longe do seu reino. Não causará mais mal ao seu povo.

Destina percebeu no momento em que proferiu as palavras que havia cometido um erro. Hornfel ficou vermelho de raiva e bateu com o punho na mesa.

— Eu não acredito que esta Gema Cinzenta represente um perigo para o meu povo! — ele gritou, encarando-a. — A maldita coisa não passa de uma pedra. Quanto aos Theiwar, nada lhes "fez mal". Eles planejam escravizar nosso povo desde o momento de sua criação, e é por isso que carregam a maldição de Reorx.

Hornfel estava tão zangado que começou a gaguejar. Não conseguia ficar parado, mas se levantou de um salto e andou batendo os pés pelo cômodo. Jajandar suspirou e esfregou o nariz sardento.

Destina ficou mortificada e envergonhada. Começou a se desculpar, mas Jajandar a cutucou com o pé por baixo da mesa. Destina entendeu a dica e ficou quieta.

Hornfel finalmente deixou de lado sua raiva e voltou para a mesa. Apoiou-se nas duas mãos e inclinou-se sobre ela para encarar Destina.

— Conte-me sobre esse "assunto pessoal", Senhora Destina — exigiu Hornfel, quando se controlou o suficiente para falar. — Por que quer a Gema Cinzenta?

— Meu pai está em perigo de vida — disse Destina em voz baixa. — Disseram-me que preciso da Gema Cinzenta para salvá-lo.

Hornfel endireitou-se e cruzou os braços sobre o peito largo e soltou um bufo triunfante.

— Então, admite que mentiu. Você *não* veio aqui para alertar meu povo sobre o perigo da Gema Cinzenta. Veio reivindicá-la para si mesma!

— Eu cometi um erro — Destina admitiu, suas bochechas ardendo. — Sinto muito por não ter sido honesta com o senhor, Vossa Majestade. — Ela hesitou, então disse: — Não tenho o direito de pedir um favor, mas gostaria muito de ficar aqui para saber o resultado de sua investigação. Preciso saber se a Gema Cinzenta está aqui em Thorbardin ou se devo continuar minha busca. — Ela levantou a cabeça para encontrar o olhar dele. — Vou continuar procurando. Eu não desistirei.

Hornfel parecia pronto para recusar, mas então Jajandar lhe disse algo em língua anã que Destina não conseguiu entender. Os dois conversaram. Hornfel franziu a testa, mas pareceu levar a sério o que ela disse. Ele se voltou para Destina.

— Pode permanecer em Thorbardin até que a investigação seja concluída, Senhora Destina — concordou ele a contragosto. — Pretendo voltar para Hybardin amanhã. A líder dos clérigos concordou em acompanhá-la. Você residirá na Árvore da Vida como minha convidada.

Destina ficou atônita. Tinha certeza de que o rei a baniria de Thorbardin, mas em vez disso a convidara a visitar a Árvore da Vida, considerada uma das maravilhas do mundo. Daria qualquer coisa para saber o que Jajandar havia dito para fazê-lo mudar de ideia.

— Estou profundamente grata, Vossa Majestade — disse ela com toda a sinceridade.

— Não me agradeça — disse Hornfel severamente. — Agradeça à líder dos clérigos.

Destina fez uma profunda reverência para ele e, em seguida, virou-se para Jajandar, que novamente apertou sua mão com entusiasmo.

— Eu lhe agradeço, Venerável — disse Destina. Ela lançou um olhar para Hornfel, que abrira a porta e conferenciava com o mensageiro. Destina baixou a voz. — O que você disse a Sua Majestade?

— Wolfstone — Jajandar respondeu com um aceno de cabeça e uma piscadela. — Vejo você amanhã. Bem cedo.

A audiência acabou. O mensageiro entrou no salão, preparado para acompanhá-la de volta à estalagem.

Destina deixou o Salão de Justiça Sul, passando pela fileira de anões que esperavam para falar com o Rei Supremo. Os anões mal olharam para ela, estando muito mais concentrados em suas próprias preocupações. Ao sair, ela ouviu um toque de trombeta e o anúncio de que Hornfel estava presidindo a corte.

Os anões que aguardavam começaram a marchar pela ponte. Destina perguntou-se quem ou o que era Wolfstone.

CAPÍTULO DEZESSETE

Os anões de Thorbardin viviam sob a montanha, dentro de uma vasta caverna que se expandiu ao longo dos séculos para conter uma nação inteira, mais de dois mil anos antes do Cataclismo. Os anões estavam continuamente ampliando a caverna, perfurando e abrindo túneis, cavando e escavando o interior da montanha com a ajuda dos vermes comedores de rocha Urkhan.

Oito clãs anões residiam abaixo da montanha, cada clã com seu próprio reino estabelecido. Os clãs nem sempre viveram juntos em paz, e houve momentos na longa história dos anões em que a montanha reverberou com o chocar das armas. Uma paz mais ou menos instável reinava desde o fim da Guerra da Lança.

Thorbardin era atualmente governado por um conselho formado por líderes de todos os clãs. Não houve rei sob a montanha por séculos. Glade Hornfel, do clã Hylar, salvou a nação anã das forças da Rainha das Trevas durante a guerra, e o conselho o recompensou tornando-o Rei Supremo.

O clã de Hornfel, os Hylar, viviam e trabalhavam dentro de Hybardin, a Árvore da Vida — uma enorme estalactite criada por um grande sumidouro no topo da montanha e cercada abaixo pelo Mar de Urkhan. A Árvore da Vida estava "viva" porque a estalactite continuava a crescer, continuamente alimentada pelas águas do sumidouro. E à medida que crescia, crescia também a cidade e o poder dos Hylar.

Centenas de anões viviam e trabalhavam nos vinte níveis da Árvore da Vida, incluindo o Rei Hornfel e membros de sua corte. Anões dos outros sete clãs viviam fora da Árvore da Vida em aldeias construídas às margens do Mar de Urkhan, ou em suas próprias cidades escavadas na rocha. A Árvore da Vida era o coração da nação anã.

Anões de todos os clãs atravessavam o Mar de Urkhan até a Árvore da Vida para trabalhar nas minas, ferrarias e forjas, lojas e negócios, estalagens e tavernas, jardins e escritórios do governo.

A entrada da Árvore da Vida estava localizada na parte inferior da estalactite. A única maneira de chegar à Árvore da Vida era por meio de barcos a cabo que cruzavam o mar. Uma vez dentro da Árvore da Vida, os anões subiam as inúmeras escadarias que ligavam os níveis ou viajavam nas gaiolas-elevadores dos poços de transporte.

Sustentados por pesados cabos, os elevadores eram movidos a água e funcionavam em circuito contínuo, de modo que um conjunto de gaiolas subia enquanto outro descia. Os elevadores se moviam devagar o suficiente para que, em vários níveis ao longo da rota, os anões tivessem tempo de entrar ou sair deles.

Wolfstone subiu no elevador até o nível mais alto, o topo da Árvore da Vida, onde ficava o Grande Salão de Audiências. Ele estava sozinho na gaiola, o que era notável, pois todas as outras estavam abarrotadas de anões. Quando a gaiola do elevador atingia um nível, os anões se preparavam para entrar, então olhavam com nojo para o único ocupante com roupas surradas e se recusavam a entrar, resmungando sobre o "Daergar imundo".

Eles não murmuravam muito alto, pois os Daergar tinham uma reputação de violência e selvageria. Wolfstone rosnava para eles e mostrava os dentes e tinha o prazer de vê-los recuar de horror.

O clã Daergar era conhecido como "escavadores da escuridão", pois sua cidade principal, Daerbardin, estava localizada perto do Mar de Urkhan. Eram mineiros e passavam grande parte de suas vidas vivendo e trabalhando na escuridão. Eram aliados dos Theiwar e, portanto, inimigos dos Hylar e de seus aliados, mas, neste momento, sob a liderança de Hornfel, Thorbardin estava em paz, embora uma paz instável.

Wolfstone tinha a aparência típica do clã Daergar: nariz adunco dos Daergar e cabelos pretos curtos. Usava sua barba negra em duas tranças retorcidas — uma marca do clã Daergar — e um chapéu de couro surrado em vez de um elmo. Vestia calças, um cinto largo e botas de couro macio. Era esguio, forte e musculoso, o que significava que parecia subnutrido para os padrões dos Hylar.

Ele tinha olhos escuros e penetrantes que viam tudo e não revelavam nada. Depois de conhecer uma pessoa, lembrava-se do rosto, do nome e de quaisquer outros detalhes pertinentes. Como dizia o ditado entre os anões, ele "nunca esquecia uma barba".

A gaiola do elevador parou no Grande Salão de Audiências e Wolfstone emergiu. Hornfel não estava em audiência hoje, então o salão estava vazio, exceto pela líder dos clérigos e uma mulher humana. As duas estavam passeando, conversando amigavelmente.

Jajandar avistou Wolfstone e fez um aceno oblíquo para sua acompanhante e esfregou a lateral do nariz.

— Então essa é a alta — disse Wolfstone para si mesmo.

Ele encostou-se confortavelmente em um pilar, mantendo-se nas sombras, e ouviu a conversa. Estavam falando sobre ele.

— Este Wolfstone que você mencionou é um membro do clã Daergar, e está investigando a Gema Cinzenta porque ele é um Daergar — disse a humana. Ela parecia inquieta. — Perdoe-me, mas eu li sobre os Daergar. Tem certeza de que pode confiar nele?

Jajandar fez um aceno afastando a ideia.

— Os Daergar podem ser brutais e selvagens, mas Hornfel acredita que é porque eles são forçados a levar uma vida brutal. Todos os dias para eles é uma luta pela sobrevivência. Mas não precisa se preocupar com Wolfstone, Senhora Destina. Ele foi abandonado quando bebê. Os Daergar rotineiramente livram o clã dos fracos e doentes, e o deixaram nu nas rochas para morrer. Um clérigo de Reorx o encontrou e o levou para um orfanato.

— Wolfstone é inquieto, está sempre em busca de aventura. Ele deixou Thorbardin muito jovem e viajou extensivamente por Ansalon. Ele lutou nas Guerras do Portão dos Anões, e foi aí que conheceu Hornfel. Wolfstone salvou a vida do rei e os dois se tornaram amigos. Wolfstone costuma trabalhar para Hornfel. Sendo um Daergar, ele pode ir a lugares que um Hylar não pode. Os Daergar são aliados dos Theiwar, e os Theiwar confiam nele, pelo menos tanto quanto confiam em qualquer um.

— Se Wolfstone encontrar a Gema Cinzenta, o que ele fará com ela? — perguntou Destina.

— Ele informará Hornfel, é claro — respondeu Jajandar. — Depois disso, o que acontece depende do rei.

Wolfstone observou a alta. Conhecia o suficiente os humanos para perceber que a achariam atraente, com seus cabelos pretos e grandes olhos escuros e pele morena. Ela usava roupas finas e um manto de pele de fabricação solâmnica. Mas quando ela entrou sob um raio de luz, ele viu que seu manto luxuoso estava gasto e a bainha de sua túnica, puída, assim como os punhos das mangas. Suas botas estavam gastas e ligeiramente surradas no calcanhar. Não usava joias, exceto um único anel em seu dedo mindinho, e não era uma aliança de casamento, pois os solâmnicos as usavam em seus dedos do "coração".

— Quando vou conhecer Wolfstone? — Destina estava perguntando.

— Quando ele decidir — respondeu Jajandar secamente.

Destina não pareceu satisfeita com a resposta, mas Jajandar a acalmou e as duas continuaram o passeio. Jajandar lançou um olhar por cima do ombro para Wolfstone e deu uma piscadela.

Tendo observado a alta, Wolfstone deixou a parte principal do Grande Salão por uma escada que descia vários níveis até as masmorras. Podia ouvir o som de bêbados cantando vindo das celas. Aparentemente, um prisioneiro havia bebido muito licor de anão.

Dirigiu-se para a Muralha do Rei, a fortificação que cercava este nível. Wolfstone tirou um lampião de um candelabro de ferro e caminhou ao longo da parede até chegar à porta de um depósito.

Tirando uma chave que trazia em uma corrente em seu cinto, Wolfstone destrancou a porta e entrou na sala. Então, trancou a porta atrás de si e pendurou o lampião em um gancho na parede. A sala continha apenas duas cadeiras. Wolfstone sentou em uma delas, cruzou as pernas na altura dos tornozelos, uniu as mãos sobre a barriga e preparou-se para esperar.

Não aguardou muito até ouvir o barulho de uma chave na fechadura. A porta se abriu e Hornfel entrou. O rei trancou a porta atrás de si novamente para que o encontro fosse privado. Ele e Wolfstone eram as duas únicas pessoas no mundo que tinham as chaves deste aposento.

Wolfstone levantou-se, tirou o chapéu e fez uma reverência. Hornfel sorriu para ele e avançou para abraçá-lo com entusiasmo.

— Fico feliz que você tenha conseguido vir tão depressa — disse Hornfel.

— Eu estava em Hybardin trabalhando quando recebi sua mensagem — respondeu Wolfstone.

Hornfel assentiu e sentou. Parecia cansado e abatido, como se não tivesse dormido, e sua expressão era estranhamente sombria e severa. Acenou para Wolfstone se sentar.

— Recebi informações preocupantes que preciso que você investigue. Viu a mulher humana com a líder dos clérigos?

— Sim — disse Wolfstone. — Família solâmnica, nobre, solteira. Já teve dinheiro, mas o perdeu e agora vive em condições precárias. Está longe de casa, e o motivo de viajar toda essa distância deve ser importante e preocupante o suficiente para que você a convidasse para a Árvore da Vida.

Hornfel o encarou com admiração.

— Você é um prodígio, Wolfstone. Está certo em todos os aspectos. Lembra-se daquele mago solâmnico que os Theiwar capturaram espionando-os, aquele que eles torturaram? Aquele que você levou de volta para Palanthas?

— Lembro. Ele ficava tagarelando sobre uma "Gema Cinzenta" — respondeu Wolfstone.

— Esta mulher solâmnica veio aqui procurando a mesma Gema Cinzenta, alegando que está no reino dos Theiwar.

— Obviamente, o mago a enviou — deduziu Wolfstone.

— Claro que sim — concordou Hornfel. — Ela admitiu isso. A mulher disse que o mago leu sobre a gema em um livro da biblioteca de Palanthas.

— Interessante... — Wolfstone coçou a bochecha. — O que essa mulher quer com a Gema Cinzenta?

— Ela contou uma história de kender sobre precisar dela para salvar o pai. Um monte de mentiras.

Wolfstone assentiu.

— Mas você teme que ela não esteja mentindo sobre a localização da Gema Cinzenta. Fica em Thorbardin.

Hornfel suspirou e fez uma careta.

— De acordo com a mulher, o mago disse a ela que a Gema Cinzenta está incrustada em uma parede em um templo em ruínas. A Gema Cinzenta irradia uma leve luz cinza que brilha sobre o altar — Hornfel olhou para o amigo. — Você e eu vimos aquela luz quando estávamos escondidos naquele templo em ruínas, meu amigo!

— Que Reorx nos salve — Wolfstone murmurou. — Então foi isso.

— Você até comentou sobre ela — disse Hornfel. — Você pensou que poderia ser um raio de sol brilhando por um veio de quartzo fumê. Mas entende o que isso significa? Se a Gema Cinzenta estiver no Templo da Rainha das Trevas e os Theiwar perceberem que estão com ela, podem usá-la para travar uma guerra contra nós.

— Os Theiwar já devem saber estão com ela — disse Wolfstone com firmeza. — Eles torturaram esse mago, senhor. Sendo humano, ele teria confessado tudo.

— Você está certo — disse Hornfel austeramente. — Os Theiwar são astutos e inteligentes. Eles são hábeis em magia e se lembram das velhas histórias sobre a Gema Cinzenta. Provavelmente já estão planejando nossa queda enquanto conversamos. Toda Thorbardin pode estar em perigo. Precisamos recuperar a Gema Cinzenta o mais rápido possível. Eu poderia ir até lá com um exército.

— Só se você quiser destruir Thorbardin — disse Wolfstone com um enfático balançar de cabeça. — Use a força apenas como último recurso, senhor. Nosso perigo mais grave não são os Theiwar, é a Gema Cinzenta. O caos está preso lá dentro e tem o poder de derrubar a montanha.

— Então, em nome de Reorx, o que devo fazer? — exigiu saber Hornfel, preocupado e frustrado.

— Considere o seguinte, senhor: se a Gema Cinzenta está escondida entre os Theiwar, provavelmente está escondida lá há séculos sem ser vista, sem ser detectada. E agora, no espaço de algumas semanas, este mago lê sobre ela em um livro, você e eu a encontramos por acaso, e uma mulher humana vem procurá-la. O caos despertou e a joia quer ser encontrada, embora não pelo mago, aparentemente. Ela o traiu.

— Então, você vai encontrá-la — disse Hornfel sombriamente. — E se livrar dela.

Wolfstone ficou em silêncio por um momento, não querendo ter que recusar a ordem de seu rei. Mas, neste caso, não tinha escolha.

— Duas forças existiam no início dos tempos: o Deus Supremo e o Caos. Reorx prendeu o Caos na joia, e agora essa joia está em nossa montanha. Perdoe-me, senhor, mas não vou tocar na coisa amaldiçoada tal como não cuspiria no Deus Supremo. — Wolfstone fixou Hornfel com um olhar sombrio. — Você tocaria, senhor?

Hornfel franziu a testa e Wolfstone temeu que o tivesse irritado. O rei era razoável e considerou o argumento.

— Não, eu não faria isso — ele finalmente admitiu. — Nem por todo o tesouro de um dragão. Então, o que faremos? Não podemos deixá-la lá.

— Devemos encontrar uma forma de levá-la para Ele Próprio — sugeriu Wolfstone. — Reorx criou a maldita coisa. Ele pode lidar com ela. Quais são seus planos para a alta, senhor? Por que a trouxe para a Árvore da Vida?

— Para ficar de olho nela — Hornfel retrucou. — Não posso deixá-la sair por aí contando a todos que encontrar que a Gema Cinzenta está escondida em Thorbardin.

— Duvido que ela faça isso, senhor — disse Wolfstone. — É do interesse dela manter isso em segredo.

— Ela é uma alta, não é? — perguntou Hornfel. — Não se pode confiar neles. O que está pensando?

— Que eu poderia *usá-la* para obter a Gema Cinzenta — comentou Wolfstone. — Pelo que você diz, isso a trouxe aqui. Vamos deixar que ela a encontre e a leve para Reorx. Há um risco, no entanto. Eu poderia estar colocando-a em perigo.

— Ela afirma ser a filha de um cavaleiro solâmnico — resmungou Hornfel. — Aqueles tolos vivem pela oportunidade de morrer como heróis! Faça o que for preciso, Wolfstone. Apenas livre-se dessa maldita coisa.

Wolfstone assentiu e se levantou. Hornfel o encarou e pousou as mãos nos ombros dele.

— Sei dos perigos envolvidos, meu amigo. Não importa a Gema Cinzenta e o que ela está tramando, os Theiwar são um bando sanguinário. Mais uma vez, você arrisca sua vida a serviço de nosso povo, e eles nunca lhe agradecerão por isso. Saiba que sou grato.

— Eu sou um Daergar. Fazemos as coisas apenas pelo dinheiro — disse Wolfstone, sorrindo.

Hornfel riu e deu-lhe um tapa decidido nos ombros.

— Cuide-se, meu amigo. Eu o mandaria embora com a velha bênção, "Reorx esteja com você", mas, pelas barbas dele, a ajuda do deus é a última coisa de que você precisa.

Wolfstone fez uma reverência, pôs o chapéu — que era útil para manter seu rosto nas sombras — e saiu da sala. Fechando cuidadosamente a porta atrás de si, deixou o nível da masmorra e entrou na gaiola do elevador para viajar até o nível do jardim.

Vários anões já estavam no elevador. Vendo Wolfstone entrar, eles imediatamente saíram.

— Não vou respirar o mesmo ar que um Daergar imundo! — um disse de passagem.

Wolfstone deu de ombros.

— Sobra mais espaço para mim, então.

Ele recostou-se na lateral da gaiola e aproveitou o passeio em conforto solitário.

CAPÍTULO DEZOITO

Destina passou o dia explorando a Árvore da Vida com Jajandar, e estava cansada, mas também viu-se admirada e recebendo uma bela lição de humildade. Tinha visto maravilhas na nação anã que jamais esqueceria.

Assistiu a vermes gigantes escavadores de túneis mastigando rocha sólida. Encantou-se com a beleza dos grandes túneis solares de quartzo claro que traziam a luz do sol para a grande caverna do mar. Andou com Jajandar nas oscilantes gaiolas dos elevadores que a encheram de terror.

As gaiolas dos elevadores eram suspensas por correntes enormes, operadas por sistemas de roldanas que subiam e desciam dentro de um poço perfurado na rocha. A polia era operada por energia a vapor. A corrente retinia pesadamente ascendendo e descendendo pelo poço, carregando gaiolas cheias de anões ou mercadorias que precisavam ser transportados entre os níveis. As gaiolas eram feitas de ferro fundido e altas o bastante para que Destina conseguisse ficar de pé. Fechadas com grades de ferro, não paravam em cada nível, mas se moviam lentamente, dando a Jajandar tempo para pular para dentro e arrastar Destina atrás de si.

Elas tremiam e chocalhavam de forma alarmante. Destina temia que a gaiola se soltasse e ela despencasse para a morte — uma queda vertical de quase mil metros até o mar abaixo.

Após suas andanças matinais, Jajandar a levou para sua habitação, que era uma casa de hóspedes localizada em uma área chamada Jardim. A casa de pedra não tinha janelas e apenas um cômodo mobiliado com cama, mesa e cadeira. Destina estava preocupada que teria que rastejar para dentro, mas Jajandar explicou-lhe que era para acomodar os altos que às vezes visitavam a cidade.

Hornfel concedeu-lhe uma criada para limpar e cozinhar suas refeições. A criada grelhava cogumelos fatiados para o almoço. Destina falou com ela, tentando puxar conversa, mas ela balançou a cabeça e continuou seu trabalho.

Naquela tarde, Destina apreciou uma caminhada pelas trilhas sinuosas dos jardins. Iluminados por túneis solares e aquecidos por brisas temperadas que subiam pelos dutos de ventilação, os jardins eram lindos e o lar de muitas plantas que lhe eram estranhas: pequenas árvores com troncos trançados, arbustos com folhas verdes-escuras e flores perfumadas que desabrochavam à noite, cogumelos com manchas e listras de cores brilhantes.

Esperara que Thorbardin fosse um mundo cavernoso de fumaça e escuridão iluminado apenas pelo brilho vermelho das forjas. Não imaginava que fosse possível encontrar luz, beleza e maravilhas da tecnologia como os elevadores, ou os carrinhos que corriam sobre trilhos de metal ao longo das estradas, ou as balsas que navegavam no mar de Urkhan.

Descobriu que realmente gostava dos anões. Admirava e respeitava Hornfel e sabia que era um bom governante, preocupado com o bem-estar de seu povo, e sentia vergonha quando lembrava de como havia mentido para ele. Gostava especialmente de Jajandar, achando-a aberta, honesta e amigável.

— Estará comigo quando eu me encontrar com Wolfstone? — Destina perguntou.

— Devo cumprir meus deveres no Templo de Reorx, Senhora Destina — respondeu-lhe Jajandar. — Não se preocupe com Wolfstone. Hornfel confia nele acima de qualquer outra pessoa no reino.

Destina estava ansiosa e impaciente para conhecer este Wolfstone, pois esperava convencê-lo a levá-la até o reino dos Theiwar. Havia cogitado partir por conta própria, mas suas viagens pela montanha e seu passeio por Hybardin dissuadiram-na quanto a tal ideia. Para ela, cada túnel parecia exatamente com qualquer outro túnel, e se ramificava em mais vinte túneis que levavam em vinte direções diferentes para ainda mais túneis. Quase tinha medo de andar pelas trilhas tortuosas e sinuosas do jardim, com receio de não conseguir encontrar o caminho de volta para sua pequena casa.

Destina também não tinha ideia de quando esperar Hornfel, ou mesmo se ele viria. Ele havia prometido contar a Destina os resultados de sua investigação sobre a Gema Cinzenta, mas foi vago em relação ao momento em que o faria.

Ela conseguia saber a passagem do tempo pela mudança das sombras sob os túneis solares, e observou as sombras recuarem e depois se alongarem. Depois do almoço, saiu para se sentar debaixo de uma árvore perto de um lago. Jogou migalhas de pão para os peixes prateados que disparavam pela água e se perguntou se Hornfel ia ignorá-la na esperança de que ela desistisse e fosse embora.

Aos poucos notou um anão andando ao longo do caminho, vindo direto até ela. Ele era diferente dos outros anões que conhecera. Era mais alto que a maioria e mais esguio, com tez morena, cabelos pretos curtos e a barba trançada em duas tranças. Seus olhos escuros eram fundos sob sobrancelhas negras salientes. Usava couraça e elmo de boa qualidade, embora estivessem amassados pela batalha, e carregava uma espada curta em uma bainha de couro. E usava um chapéu surrado por cima do elmo, camisa de tecido caseiro, calças de couro e grossas botas de couro.

Este devia ser Wolfstone.

Ele a fixou com um olhar intenso e inabalável que a deixou inquieta e um pouco assustada. Destina olhou rápido à sua volta, mas os jardineiros tinham ido embora e não havia mais ninguém à vista. Ela ficou de pé, altiva, as mãos cruzadas diante do corpo.

Wolfstone dava a impressão de ser rude e grosseiro, e ela ficou surpresa quando ele falou, pois sua voz era profunda, culta, e ele se dirigiu a ela em um solâmnico fluido.

— Senhora Destina Rosethorn, eu sou Wolfstone. — Ele não se ofereceu para um aperto de mãos, mas as manteve no cinto. — O Rei Supremo Hornfel encarregou-me de investigar essa sua alegação de que a Gema Cinzenta está em Theibardin. Eu gostaria de ouvir de seus próprios lábios o que disse a Sua Majestade sobre a Gema Cinzenta e por que você a procura.

Destina ficou imensamente satisfeita e tranquila ao ouvir a própria língua. Ela relaxou e sentou-se, convidando-o a se sentar no banco ao seu lado.

— Fala excelente solâmnico, senhor. Onde aprendeu?

— Estou aqui a serviço do rei, senhora — retrucou Wolfstone. Ele permaneceu de pé. — Se pudesse responder as minhas perguntas, eu agradeceria.

Destina ficou ofendida com a brusquidão dele, mas feliz por Hornfel estar demonstrando interesse no que ela havia contado. Ela engoliu seu ressentimento e relatou como Ungar lhe dissera que ela precisava da Gema Cinzenta para salvar a vida do pai.

— Perdoe-me, mas você está mentindo, Senhora Destina — declarou Wolfstone.

Destina ficou indignada.

— Como ousa me acusar de mentir, senhor?

— Porque você está — declarou Wolfstone, imperturbável. — Por que você realmente quer a Gema Cinzenta, senhora? Ela não salvará seu pai, pois sei que o Senhor Gregory Rosethorn está morto. Ele morreu na Batalha da Torre do Alto Clérigo.

Destina estava mortificada e confusa.

— Como sabe sobre meu pai?

Wolfstone permaneceu imóvel diante dela, com as mãos no cinto, encarando-a com seus intensos olhos negros.

— Eu lutei na Batalha da Torre do Alto Clérigo, senhora. Não conhecia seu pai, mas sabia dele. Eu soube como ele morreu.

— Tem razão, senhor — admitiu Destina, recuperando-se da humilhação. — Meu pai morreu na Torre do Alto Clérigo, mas eu *não* menti. Quando disse que precisava da Gema Cinzenta para salvá-lo, nunca afirmei que ele estava vivo.

Wolfstone não ficou impressionado.

— A Medida diz: "Meia verdade não passa de meia mentira".

Destina o encarou, maravilhada ao ouvir um anão citando a Medida.

— Tenho mais de quatrocentos anos, senhora, e viajei por toda Ansalon — prosseguiu Wolfstone. — Pare de desperdiçar meu tempo. Diga-me a verdade e talvez eu lhe seja útil.

— É que... Eu não tinha certeza se alguém compreenderia — confessou Destina. — Eu pretendo viajar no tempo para salvar meu pai, evitando sua morte. O mago me disse que, para fazer isso, preciso de dois artefatos: o Dispositivo de Viagem no Tempo e a Gema Cinzenta de Gargath.

Wolfstone encarou-a como se tentasse determinar se ela estava mentindo ou não. Devia ter decidido a favor dela, pois sentou-se na ponta do banco, pôs as mãos nos joelhos e virou-se para encará-la.

— Por que a Gema Cinzenta?

— Porque o Caos está aprisionado dentro dela — respondeu Destina. — De acordo com o que o mago me disse, os kender e os anões estão proibidos de viajar no tempo, pois são membros das chamadas raças do Caos e podem alterá-lo. Mas, como humana, não posso alterar o tempo. E como preciso de uma pequena alteração no tempo, preciso de uma forma de carregar o Caos comigo. Ele me disse que a Gema Cinzenta seria suficiente.

— É perigoso; alterar o tempo — disse Wolfstone, franzindo a testa.

— Só quero mudar um pouco — disse Destina. — Uma gota num grande rio.

Wolfstone coçou a barba.

— Você acredita neste mago?

— Tanto quanto eu acreditaria em qualquer mago — respondeu Destina. — Estudei a Gema Cinzenta e acho que sei onde encontrar o Dispositivo de Viagem no Tempo. Acredito que meu plano funcionará. Sabe onde a Gema Cinzenta está? A líder dos clérigos disse que você sabe.

— Sei — disse Wolfstone. — Eu a vi. Ou acho que vi. Foi em um templo em ruínas, como seu mago disse. Embora eu duvide que esteja lá agora.

— Acha que os Theiwar a encontraram?

— É claro que eles a encontraram — retrucou Wolfstone. — Roubá-la deles não será fácil…

— Sou filha de um cavaleiro. Não pretendo roubá-la! — Destina protestou.

— Então, como planeja adquiri-la, senhora? — questionou Wolfstone. — Acha que os Theiwar vão dá-la porque você pediu educadamente?

— Pretendo pagar por ela — explicou Destina.

Wolfstone puxou pensativamente uma das mechas de sua barba.

— Dinheiro pode funcionar.

— Quantos…

— Cem aços — determinou Wolfstone.

Destina empalideceu. Cem aços era sua mesada por um ano.

Wolfstone viu sua aflição.

— Com sorte, podemos conseguir por menos, mas deve trazer essa quantia. Consegue levantar isso tudo?

— Tenho essa quantia comigo — respondeu Destina com altivez, embora não tivesse ideia de como pagaria os suprimentos para sua viagem a Solace.

— Então, pegue sua bolsa. Vou guiá-la até Theibardin e você poderá fazer sua oferta.

— Acha que eles vão vender a Gema Cinzenta para mim? — Destina perguntou com entusiasmo.

— Os Theiwar são muito pobres. Venderiam as próprias barbas por um quarto disso — declarou Wolfstone. — Cem aços é o resgate de um rei. Mas a decisão não caberá a eles.

— Então, quem vai decidir? — Destina quis saber.

— A Gema Cinzenta — respondeu Wolfstone.

CAPÍTULO DEZENOVE

Wolfstone escoltou Destina de volta aos aposentos de hóspedes no jardim. Notou com aprovação ao deixar a residência dela que Hornfel havia colocado espiões para vigiá-la. Reconheceu dois dos agentes do rei: uma anã atuando no papel de serva e um dos jardineiros.

Em seguida, encontrou-se com Jajandar, que prometeu levar uma mensagem a Hornfel.

— Diga a ele que levarei a alta para Theibardin. Tenho um plano para a Gema Cinzenta. Você terá que explicar o que está acontecendo para Ele Próprio e convencê-lo de que ele não deve fazer nada para interferir até que possamos lhe trazer a joia.

— Farei o que puder — respondeu Jajandar, suspirando. Ela esfregou o nariz violentamente. — Reorx não ficará satisfeito em saber que a Gema Cinzenta esteve escondida em seu próprio reino por todos esses séculos e sem que ele soubesse. Vai ficar louco para colocar as mãos nela e vai se irritar com a ideia de ter que esperar.

— Bem, ele terá que fazer isso — disse Wolfstone. — Se Reorx quer a Gema Cinzenta, deve seguir meu plano ou correr o risco de perdê-la.

— E a alta? — questionou Jajandar. — Ela não vai querer entregá-la.

— Vou deixar Reorx lidar com ela — disse Wolfstone, ocorrendo-lhe em seguida: — A menos que os Theiwar façam isso por mim.

— Por favor, não deixe que eles a machuquem — Jajandar pediu com sinceridade. — Gosto dela, mesmo que seja tão louca quanto um morcego raivoso. Viajar no tempo! Pode ter certeza de que não contarei nada disso a Hornfel. Ele já desconfia dela. Se soubesse dessa ideia absurda, ele se recusaria a concordar com qualquer parte desse plano.

— Não acredito que ela seja louca — afirmou Wolfstone em tom pensativo. — Já ouvi histórias sobre este Dispositivo de Viagem no Tempo na última vez que estive em Palanthas. O chefe da Torre da Alta Feitiçaria, Raistlin Majere, teve algo a ver com isso.

— Isso só piora as coisas! — declarou Jajandar, alarmada. — Hornfel quer essa alta fora do reino. Como eu disse, ele não confia nela. E quer que você fique de olho nela até que ela vá embora.

Wolfstone havia combinado encontrar Destina na casa de hóspedes na manhã seguinte. Encontrou-a vestida para a viagem com a mesma túnica e calças que usava quando se conheceram. Estava carregando um saco de moedas, que mostrou a Wolfstone.

— São aço duplo — disse ela, parecendo em dúvida. — Os Theiwar reconhecerão esse tipo de moeda? Não quero que pensem que estou tentando enganá-los.

— Os Theiwar vão pensar isso de qualquer maneira — declarou Wolfstone. — Não se preocupe. Os Theiwar não se importam com leitura ou códigos, mas sabem tudo o que há para saber sobre dinheiro.

Ele franziu a testa quando viu Destina pegar a capa de pele.

— Deixe isso aqui, senhora. Não vai precisar, e se tivermos que fugir depressa, só vai atrasá-la.

— O que preciso levar comigo? — Destina perguntou. — Quanto tempo vamos ficar fora?

— Espero que não mais do que um ou dois dias. Carregarei os suprimentos e o aço, se confiar em mim. — Wolfstone indicou uma mochila que trazia nas costas.

— Jajandar me disse que eu podia confiar em você — disse Destina e entregou o saco com as moedas. — Não falamos sobre o que devo a você por seu serviço.

— O Rei Supremo me paga, senhora. Você não me deve nada.

— Exceto meus mais sinceros agradecimentos — declarou Destina, sorrindo.

— Guarde-os até que esteja em casa em segurança — resmungou Wolfstone.

Partiram em sua jornada. Destina parou quando chegaram à plataforma do elevador.

— Temos que andar nessas gaiolas? — ela perguntou, nervosa.

— É isso ou pular — disse Wolfstone.

Destina respirou fundo quando a jaula se aproximou da plataforma.

— Não olhe para baixo — ele aconselhou.

Entrando na gaiola, ele ofereceu a mão a Destina para ajudá-la. Fechou o portão. A gaiola sacudiu e balançou para frente e para trás. Destina ofegou, cerrou os olhos e agarrou as barras da grade.

— Relaxe. Está bastante segura, senhora — disse Wolfstone. — As gaiolas quase nunca se soltam.

Destina não pareceu considerar as palavras dele muito reconfortantes. A gaiola deixou a plataforma bem-iluminada e mergulhou na escuridão. O ar estava úmido de vapor e cheirava à fumaça dos níveis de ferraria perto da base da estalactite.

Wolfstone teve que erguer a voz para ser ouvido acima do barulho que ecoava nas paredes.

— Hornfel disse que você pesquisou sobre os Theiwar. O livro lhe disse que os Theiwar construíram e projetaram este sistema de elevadores? Ou que os fazendeiros Daergar cultivaram a comida que você comeu esta manhã? — Ele encarou a escuridão. — Eu mesmo li esses livros. Eles afirmam que os Theiwar são um bando maligno, corrompido por sua adoração à Rainha das Trevas, e assim Reorx os amaldiçoou e eles não podem andar sob o sol.

— Isso é verdade? — Destina perguntou.

— Que o Theiwar não podem andar sob o sol? Sim, isso é verdade — disse Wolfstone. — Mas não acho que seja uma maldição. Acho que é apenas má sorte.

O poço estava iluminado por um brilho vermelho lúgubre. A estalactite ficou mais estreita neste ponto, pois estavam perto do fundo. A gaiola entrou no nível onde as ferrarias operavam.

Centenas de anões, nus até a cintura, estavam trabalhando duro. Os sons de tinidos, marteladas e batidas abafavam o barulho da corrente e tornavam a conversa impossível. O calor era imenso e o ar estava nublado com uma névoa de fumaça. Destina começou a tossir e cobriu o nariz e a boca com a mão.

— Não falta muito agora, senhora — Wolfstone assegurou a Destina. — As docas estão localizadas no nível do mar.

Destina afrouxou um pouco o aperto na grade enquanto mergulhavam na escuridão mais uma vez.

O ar ficou mais fresco à medida que se aproximavam do mar. A gaiola deixou a estalactite e emergiu na luz do sol que brilhava dos túneis solares muito acima. Quando chegaram à plataforma, Wolfstone abriu a porta e ajudou Destina a sair para as docas.

— Olhe ao redor — ele a aconselhou. — Poucos altos chegam a ver isso.

Destina o fez, os olhos arregalados de admiração. A enorme estalactite se elevava acima deles, sua superfície úmida e brilhando com a água que escorria constantemente do sumidouro. O Mar de Urkhan os cercava, sua superfície lisa ondulando com a passagem das balsas. Cachoeiras derramavam-se das rochas, a névoa de suas quedas envolta em arco-íris.

Wolfstone não lhe deu muito tempo para admirar a vista. Os cais estavam lotados. As balsas cruzavam o mar, levando anões para todas as principais cidades de Thorbardin. As lojas vendiam todo tipo de mercadoria, desde farinha feita de fungos até carvão. Anões em pequenos barcos lançavam redes de pesca ao mar. Todos pararam o que estavam fazendo para contemplar a notável visão de uma alta caminhando entre eles.

Wolfstone teve que segurar Destina pelo braço e guiá-la através da multidão atônita até as balsas.

Cada grande cidade em Thorbardin tinha seu próprio cais no Mar de Urkhan. As balsas eram movidas a vapor e funcionavam com sistemas de cabos que se estendiam abaixo da água.

— Os Theiwar projetaram o sistema de balsas — explicou Wolfstone a Destina. — A maioria dos operadores são Theiwar. Pode reconhecê-los pelos óculos esfumaçados que usam para proteger os olhos da luz do sol.

— Parece que avaliei mal os Theiwar — reconheceu Destina. — Fui levada a acreditar que eram todos maus.

— Precisamos ter uma conversa, senhora — Wolfstone disse-lhe severamente. — Ou seja, eu vou falar e você vai ouvir. Vocês, solâmnicos, consideram-se um povo bom e virtuoso, mas sem dúvida você conhece solâmnicos com almas sombrias. Gananciosos e egoístas ou coisa pior.

— Os Theiwar são um povo obrigado a viver nas sombras porque não suportam a luz forte. Uma vez que são forçados a viver na escuridão, muitos passaram a desconfiar até mesmo da própria espécie. É como se temessem que alguém estivesse se aproximando deles, pronto para esfaqueá-los pelas costas.

— Nem sempre foram assim. Os Theiwar são inteligentes e astutos, com um talento especial para construir e projetar máquinas complexas. São os únicos anões que têm a habilidade e o conhecimento para lançar magia.

— Séculos atrás, o reino dos Theiwar era o mais rico e poderoso de Thorbardin. Graças a uma série de líderes corruptos, acabaram perdendo tudo o que haviam conquistado. Os Theiwar agora estão arruinados e empobrecidos, e seus líderes não fazem nada além de brigar entre si.

— Mas há pessoas boas entre os Theiwar, assim como há pessoas más entre os solâmnicos. Para recuperar a Gema Cinzenta, você e eu teremos que lidar com os maus. Você deve fazer exatamente o que eu disser e deixar que eu negocie. A maioria dos Theiwar fala Comum, embora alguns finjam que não. Então, cuidado com o que diz.

— Seguirei você — disse Destina. — Eu prometo.

Wolfstone deu um aceno de aprovação, embora, dado o que sabia sobre os altos e seus modos impulsivos e imprudentes, tivesse que estar constantemente em guarda.

Ele a levou até o cais da balsa marcada como "Theibardin", que era a maior cidade de Theiwar, e pediu transporte.

O operador da balsa a princípio se recusou a carregar uma alta. Wolfstone discutia e ameaçava, enquanto Destina permanecia em silêncio, constrangida por ser a causa da briga. Por fim, o barqueiro concordou com relutância, mas cobrou Wolfstone em dobro, alegando que a alta ocupava dois lugares em seu barco.

Wolfstone pagou a passagem e ajudou Destina a subir no barco aberto, que tinham só para si. Destina ficou quieta, o que foi um alívio, embora por algum motivo começou a se inclinar para mergulhar a mão na água morna e plácida do mar. A embarcação começou a oscilar e o operador deu um grito furioso.

Alarmada, Destina recuou a mão.

— Precisa ficar parada — disse Wolfstone. — Anões não gostam de água. A maioria de nós não sabe nadar. Se caímos, afundamos como pedras.

Destina manteve as mãos no colo depois disso.

Eles chegaram ao cais dos Theiwar, que era fortemente guardado por soldados usando elmos com visores de vidro fumê para proteger os olhos da luz do sol.

Wolfstone podia ouvi-los discutindo em voz alta sobre Destina no próprio idioma antes mesmo de o barco atracar.

— Dois altos em um mês — disse um ao seu companheiro. — O último sangrou como um porco. Teria sido engraçado, mas tive que limpar a bagunça no cais.

— Fique no barco até eu falar com eles — Wolfstone a instruiu. Destina fez o que ele ordenou, para a surpresa dele. Ele subiu no cais e apertou a mão do guarda.

— O que você está fazendo com a alta, irmão Daergar? — questionou o guarda. — Ela é uma prisioneira? Uma tola que está enganando?

— A alta e eu viemos fazer negócios com o Subprelado Slasher — informou Wolfstone.

À menção do nome, o guarda assumiu um ar mais respeitoso.

— Você e a alta podem passar — disse um.

Wolfstone ajudou Destina a sair da balsa e a empurrou para longe antes que ela tivesse a chance de dizer qualquer coisa. Seguiram por uma passarela que ia do cais até os portões da cidade de Theibardin, que ficava dentro de uma enorme caverna.

— Vou lhe dizer o que esperar, senhora — falou Wolfstone. — Imagine o pior bairro de Palanthas, o de pior reputação, e você terá uma ideia de Theibardin, só que quase sempre será noite. Você e eu estaremos em desvantagem aqui porque os Theiwar conseguem ver bem na luz fraca e você e eu não. Eu disse a eles que estamos aqui a negócios, mas seja cautelosa e fique atenta ao seu redor o tempo todo.

— Farei isso — declarou ela com a voz hesitante.

— Ótimo — disse Wolfstone. — Fique perto de mim.

Ele mencionou o nome de Slasher e os guardas nos portões os admitiram sem questionamento. Entraram em uma caverna e tiveram que parar para aguardar que seus olhos se ajustassem à penumbra.

Os Theiwar haviam construído sua própria versão dos reluzentes túneis solares de quartzo que inundavam o restante de Thorbardin com luz. Devido à sua condição debilitante, no entanto, os Theiwar conceberam seus túneis solares usando o mesmo quartzo fumê que usavam em seus óculos e viseiras. O quartzo tingia a luz do sol de cinza.

— Como eles conseguem viver em um lugar tão sombrio e triste? — Destina perguntou em voz baixa.

— Você entenderia se visse um Theiwar pego sob a luz forte — respondeu Wolfstone. — Não apenas os cega, eles caem de joelhos e começam a vomitar.

As lojas e residências em Theibardin não tinham janelas e pareciam cavernas, pois eram escavadas na pedra. As ruas estavam cheias de refugo e lixo. Destina cobriu o nariz e a boca com a mão.

Um grupo de mulheres Theiwar estava reunido em torno de uma bomba, enchendo baldes com água.

— A água vem de riachos subterrâneos — Wolfstone informou a Destina. — É seguro beber se você estiver com sede.

Ela apenas recusou balançando a cabeça.

Enquanto caminhavam, Wolfstone percebeu que alguém estava atrás dele, tentando se aproximar furtivamente, sem fazer um bom trabalho. Sentiu um puxão em sua mochila e então ouviu um grito de dor. Wolfstone virou-se para dar de cara com um jovem Theiwar segurando a mão queimada.

— Minha mochila está protegida por magia — Wolfstone lhe disse. — Avise sua gangue. Não quero que mais ninguém se machuque. E faça Slasher saber que Wolfstone e uma alta estão aqui para falar de negócios. Estaremos esperando por ele no templo em ruínas, se ele estiver interessado.

O Theiwar rosnou, xingou-o e se afastou, chupando os dedos.

— Quem é esse Slasher? — Destina quis saber.

— Um subprelado — respondeu Wolfstone. — Um dos líderes em Theibardin.

— Acha que ele está com a Gema Cinzenta? — Destina perguntou.

— Se não estiver, ele vai saber com quem está — disse Wolfstone. — Slasher sabe tudo o que acontece na cidade.

— Ele vai se encontrar conosco? — ela questionou.

— Vai — garantiu Wolfstone. — Ele me conhece há muito tempo.

Destina aproximou-se dele, agarrando seu braço e olhando de soslaio para os anões que zombavam dela e faziam comentários grosseiros.

— A que distância fica o templo? — ela perguntou, nervosa.

— Não muito longe — disse Wolfstone. — Os Theiwar o construíram para homenagear Reorx durante o Século do Sol, cerca de 2000 AC, quando eles eram fortes e poderosos. Então, eles passaram por tempos difíceis e acreditaram que Reorx os havia amaldiçoado. Atacaram o templo, saquearam e mataram os sacerdotes. Coisas estranhas aconteceram no templo depois disso, e os Theiwar acreditaram que eram os fantasmas dos sacerdotes. Ninguém chega perto de lá. É um bom lugar para a Gema Cinzenta se esconder.

— Estive pensando na Gema Cinzenta — comentou Destina. — De acordo com a lenda, a Gema Cinzenta voou ao redor do mundo. Por que ela quer que alguém a encontre? Por que não sair por conta própria?

— Não tenho ideia do que se passa na mente do Caos — respondeu Wolfstone. — Talvez a Gema Cinzenta esteja entediada.

Destina começou a sorrir, então viu a expressão sombria dele.

— Está falando sério!

Wolfstone parou e a encarou. Hornfel ficaria furioso com ele, pois queria se livrar da Gema Cinzenta, mas Wolfstone percebeu que gostava dessa alta.

— Vou lhe dar um conselho, senhora — disse ele. — Vá embora. Esqueça isso.

Destina deu um leve sorriso.

— O que pareceria se eu chegasse até aqui e saísse de mãos vazias?

— Que você tinha algum bom senso — resmungou Wolfstone.

Ele não achava que ela lhe daria ouvidos, e estava certo. Contudo, Destina fez-lhe a gentileza de parecer considerar suas palavras com seriedade antes de recusar.

— Agradeço, Wolfstone, mas estou muito perto do meu objetivo. Não posso voltar atrás agora.

Wolfstone deu de ombros. Havia tentado.

CAPÍTULO VINTE

Wolfstone continuou a guiar Destina pelas ruas barulhentas de Theibardin, pois, na penumbra, ela mal conseguia ver para onde estava indo. Entraram em uma parte da cidade que cheirava melhor, mas apenas porque tinha a vantagem de ser deserta. O calçamento estava rachado e, às vezes, bloqueado por deslizamentos de rochas que não haviam sido removidos. As lojas e casas vazias estavam escuras e caindo aos pedaços.

— Esta rua leva ao templo em ruínas — Wolfstone lhe falou. — Como eu disse, ninguém vem aqui.

Os túneis solares de quartzo no teto de pedra ficaram mais sombrios e sujos e deixavam infiltrar ainda menos luz. Wolfstone mandou ela parar e tirou da mochila um pequeno lampião Urkhan de vidro do tamanho da própria mão. Os vermes lá dentro pareciam estar dormindo. Ele balançou o lampião e os acordou e eles começaram a brilhar com uma luz quente.

— Por que o subprelado é chamado de Slasher?[1] — Destina perguntou. — Esse é o nome dele?

— Ele é chamado de Slasher há tanto tempo que pode muito bem ser — respondeu Wolfstone. — Você viu aquele batedor de carteira que tentou retalhar minha mochila? Slasher era adepto dessa técnica. Ele é tão habilidoso com uma faca que dizem que ele pode cortar uma garganta e a vítima andará um quarteirão antes que perceba.

— Que horror — disse Destina, estremecendo.

---

1 "Retalhador".

— Não acredite em tudo que ouve — Wolfstone lhe disse, sorrindo. — Os Theiwar se orgulham de sua má reputação. Alguns são verdadeiramente maus, os magos estudados de Theiwar, por exemplo. Diz-se que o deus da lua negra, Nuitari, os favorece.

— Este Slasher não é um desses, é?

— Não, mas ele tem um contratado como guarda-costas — revelou Wolfstone.

Destina comprimiu os lábios. Apertou braço dele com mais força. Wolfstone diminuiu o passo e ergueu o lampião.

— Este é o templo. Ou o que sobrou dele.

O túnel abria-se em uma vasta caverna. O ar ali era úmido, porém, mais fresco que o ar fétido do mercado. Wolfstone passou a luz pelo local. Um canto do templo permanecia de pé, mas a maior parte da estrutura havia sido destruída. Colunas quebradas de mármore vermelho estavam espalhadas no chão em meio a pilhas de escombros e destroços. Tudo estava coberto por uma espessa camada de poeira.

A escuridão era opressiva e sufocante. Wolfstone podia ouvir ratos correndo nas sombras e o bater de asas de morcegos, perturbados pela luz.

— Este é o altar — apontou Wolfstone, levando a luz até um grande bloco feito de mármore vermelho no centro das ruínas.

O chão estava rachado e coberto de poeira e sujeira. O altar, por sua vez, estava limpo. Wolfstone apontou para três pequenos martelos, esculpidos em pedra, depositados em cima do altar.

— Ofertas para Reorx — explicou. — Nem todos os Theiwar são ruins. Alguns estão começando a retomar sua adoração.

Ele cobriu a luz e ficaram parados na escuridão. Podiam ouvir a água pingando à distância.

— Era isso o que eu temia — comentou Wolfstone.

— Temia o quê? — Destina perguntou.

— Olhe ao seu redor, senhora.

— Está escuro demais. Não consigo ver minhas mãos na frente do rosto — protestou Destina.

— Exatamente — disse Wolfstone. — Está escuro. Escuro demais. A última vez que estive aqui, uma luz cinza brilhava sobre o altar.

— A Gema Cinzenta sumiu! — deu-se conta Destina, consternada.

Wolfstone abriu as laterais do lampião e direcionou a luz para o altar, depois iluminou a parede.

— A luz cinza estava perto do teto. Hornfel e eu pensamos que era a luz do sol brilhando por uma fresta.

Ele direcionou o lampião para o chão.

— Ah, aí está a resposta.

Wolfstone apontou e Destina pôde ver claramente as pegadas deixadas na poeira. Elas se afastavam da parede e desapareciam de volta no túnel.

— Seu amigo mago deve ter dito aos Theiwar exatamente onde procurar.

— O que fazemos agora? — Destina perguntou.

— Podemos ir embora — sugeriu Wolfstone.

Destina balançou a cabeça.

— Então, devemos ouvir o que Slasher tem a dizer.

— E se ele não vier?

— Ele virá — afirmou Wolfstone. — Na verdade, ele está vindo para cá agora.

Ele apontou sua luz para dois anões descendo o túnel, indo na direção deles. Também carregavam um lampião, embora iluminasse pouco. Ambos os anões eram mais baixos que Wolfstone e mais magros. Um deles era um ancião, a julgar pela quantidade considerável de fios grisalhos em seus cabelos e sua barba imunda e desgrenhada. Ele usava um casaco de couro por cima de calças de couro, ambos duros de sujeira, e caminhava com ar de superioridade.

— É o Slasher — disse Wolfstone.

Slasher vinha acompanhado por outro anão que era muito mais jovem e ainda mais baixo. Usava camisa e calça, botas de cano alto e várias bolsinhas presas a um cinto. Havia raspado a barba e a cabeça. Seu rosto era pálido como a barriga de um peixe morto, o que fazia seus olhos escuros parecerem enormes. Tinha um ar sinistro e furtivo, e ficava brincando com alguma coisa que tinha nas suas mãos.

— Aquele é Ayler, o usuário de magia — explicou Wolfstone. — Os magos aqui raspam a cabeça e a barba imitando Nuitari, o deus com cara de lua.

Destina se preparou.

— O que eu digo a eles?

— Nada. Eu falo, lembra? Olá, Slasher — cumprimentou Wolfstone em Comum. — Quem é seu amigo?

Enquanto falava, mirou seu lampião nos olhos de ambos os anões. Slasher semicerrou os olhos e ergueu a mão para protegê-los. O mago deu um grito e fechou os olhos e começou a mexer os dedos e murmurar alguma coisa.

— Não, Ayler, não os machuque ainda — disse Slasher. Ele ordenou, impaciente, também falando em Comum: — Apague a maldita luz, Wolfstone.

Wolfstone cobriu o lampião, mergulhando-os em relativa escuridão, embora deixasse alguma luz vazar pelas laterais.

— Quem é a alta? — Slasher questionou.

— Minha sócia — disse Wolfstone.

Destina aproximou-se para sussurrar entusiasmadamente:

— Wolfstone, está vendo a luz? Por baixo do casaco dele?

— Estou vendo — disse Wolfstone. Ele ergueu a voz: — Bela joia essa que você está usando, Slasher. A Gema Cinzenta, não é? Imaginei que poderia estar com ela.

Slasher pareceu surpreso. Olhando para baixo, viu uma luz cinza brilhando sob seu casaco. Fez uma careta e tentou esconder a luz depressa, puxando o casaco sobre ela.

— A Gema Cinzenta pertence aos Theiwar agora — afirmou.

— O Thane Salto-Rápido sabe disso, Slasher? — questionou Wolfstone. — Talvez eu devesse contar a ele.

— Talvez eu devesse contar a Thane Salto-Rápido que você e sua alta vieram roubá-la, Wolfstone — retrucou Slasher, rosnando.

— A senhora não está aqui para roubar. Ela quer comprá-la de você.

Os olhos de Slasher cintilaram na penumbra.

— É mesmo? Quanto?

— Vinte e cinco aços — falou Wolfstone.

— Aço? — Slasher lambeu os lábios. Aproximou-se de Destina, olhando-a avidamente. — Deixe-me ver seu aço, alta.

Destina afastou-se do anão. Wolfstone interpôs-se entre eles.

— *Eu* carrego o dinheiro, Slasher — informou Wolfstone. — Está na minha mochila. Afaste-se e eu lhe mostrarei.

Abriu a mochila e tirou o saco com as moedas de aço. Ele permitiu que Slasher tivesse um rápido vislumbre do dinheiro e fechou a mochila.

Slasher estendeu a mão. Ayler a agarrou.

Ele apontou o dedo para a mochila.

— Cuidado! Magia de proteção!

— Ele está certo — confirmou Wolfstone. — Se gosta de ambas as mãos, Slasher, não toque nela.

Slasher murmurou alguma coisa. Manteve os olhos fixos na mochila e até lambeu os lábios.

— Vinte e cinco aços não são suficientes — disse ele, por fim. — Não pela Gema Cinzenta. Na verdade, acho que não quero vendê-la.

— E o que pretende fazer com ela, Slasher? — perguntou Wolfstone.

— Ao menos sabe o que isso faz? Vou lhe contar. Exatamente nada. Mas, bem, acho que você já percebeu isso. O que tentou fazer com ela? Mandou que ela amaldiçoasse alguém? Ou pediu para que ela o tirasse da montanha? Ela obedece aos seus comandos?

Slasher fez uma careta e se recusou a responder.

— Vinte e cinco aços é mais do que a maioria dos Theiwar vê na vida, Slasher — declarou Wolfstone. — Você será rico como o Rei Supremo — acrescentou com um encolher de ombros. — Dito isso, a senhora está se sentindo generosa. Trinta aços.

Slasher fez uma contraproposta, e os dois começaram a pechinchar e finalmente chegaram a um acordo sobre o pagamento.

— Cinquenta aços — disse Wolfstone a Destina.

Ele enfiou a mão na mochila, abriu a bolsa e contou cinquenta moedas pelo tato. Deslizou a mochila para o ombro e desembainhou sua espada curta. Segurou-a em uma das mãos e o saco de moedas na outra.

— Me dê o dinheiro — disse Slasher.

— Primeiro, a Gema Cinzenta — disse Wolfstone. — Não que eu não confie em você, Slasher, mas não confio em você. Dê a joia para a senhora. Receberá seu dinheiro quando estiver com ela. E diga ao seu bruxo de estimação que, se ele se mexer, vou espetá-lo. Aposto que posso acertá-lo mais rápido do que ele consegue lançar um feitiço.

Slasher falou com Ayler, que, desafiador, mostrou-lhes os dentes como um cachorro, mas se afastou a uma curta distância pelo túnel.

Slasher removeu lentamente a Gema Cinzenta de seu pescoço. Prendeu-a a uma tira de couro e a deixou balançar enquanto se aproximava de Destina.

A Gema Cinzenta brilhava com uma luz estranha. Wolfstone nunca tinha visto nenhuma joia como aquela.

— É essa? — ele perguntou a Destina.

— É — ela confirmou, impressionada. — Lembro-me da descrição no livro. "A Gema Cinzenta nunca parece a mesma para duas pessoas. A Gema Cinzenta é tão bonita que é feia, tão grande que é pequena, tão brilhante que é opaca, tão leve que é pesada."

— O que está esperando? Pegue — mandou Wolfstone. — Seja rápida.

Destina hesitou, então pegou a Gema Cinzenta. Segurou a tira de couro. Slasher apanhou o saco de moedas de Wolfstone e no mesmo movimento arrancou a Gema Cinzenta das mãos de Destina. Enfiou a Gema Cinzenta no bolso do casaco e correu, disparando pelo túnel.

Wolfstone suspirou. Esperava que Slasher fizesse alguma coisa estúpida. Conseguiria pegá-lo com facilidade, pois Slasher não tinha força para fugir por muito tempo. Wolfstone começou a persegui-lo, mas havia se esquecido da alta.

Destina deu um grito indignado e passou correndo por ele. Ela alcançou Slasher, que fez uma careta para ela e sacou a faca. Destina empurrou a lâmina para o lado e enfiou a mão no bolso do anão. Agarrou a Gema Cinzenta e arrancou-a dele, enquanto Slasher a golpeava violentamente com a faca.

Wolfstone agarrou Destina e a arrastou para trás, então ergueu a espada, preparando-se para cortar a cabeça de Slasher.

Uma luz brilhante e ofuscante explodiu diante de seus olhos e penetrou em seu cérebro. A luz cegou a ele e a todos os outros no templo, a julgar pelos uivos e gritos angustiados dos Theiwar.

Seus uivos terminaram abruptamente. A luz aos poucos começou a diminuir. Wolfstone abriu os olhos com cautela. A princípio, não conseguiu ver nada e se perguntou se a luz o teria cegado. Por fim, sua visão começou a retornar. Deixara cair seu lampião na briga, mas ele ainda estava brilhando. Pegou-o e olhou rapidamente ao redor. Viu Destina, agachada no chão, mas nenhum sinal de Slasher e Ayler.

— Senhora, está bem? — Wolfstone ajoelhou-se ao lado dela.

— Eles se foram? — Destina perguntou. Ela ainda estava segurando a Gema Cinzenta. Uma leve luz cinza passava por entre seus dedos cerrados.

Wolfstone não respondeu. Em vez disso, apontou para um corte ensanguentado no antebraço direito dela.

— Você está ferida.

Destina lançou-lhe um olhar desdenhoso.

— Não é profundo.

— Sim, mas Slasher não é de limpar sua lâmina — resmungou Wolfstone. — Não temos ideia de quem ele esfaqueou por último.

Ele remexeu na mochila e tirou um pequeno odre. Arrancou a rolha com os dentes e o entregou a Destina.

— Beba um pouco, moça.

Ele usou sua faca para cortar a manga e examinou a ferida no braço dela. Como ela havia dito, não era sério.

Ele jogou água sobre o corte e o limpou o melhor que pôde, depois guardou o odre de volta na mochila.

— A Gema Cinzenta nos salvou — comentou Destina, enquanto Wolfstone a ajudava a se levantar. — Sua luz os afastou. Devemos partir depressa. Não quero voltar pela cidade. Existe outra saída?

Wolfstone ficou olhando ao redor do túnel, apontando a luz do chão ao teto. Balançou a cabeça de forma sombria.

— Pergunte à Gema Cinzenta. Ela nos trouxe até aqui.

— O que quer dizer? — Destina exigiu saber, franzindo a testa.

— Olhe em volta. Estamos muito longe de Theibardin.

Wolfstone iluminou o túnel com a luz do lampião. O túnel atravessava a rocha sólida, conduzindo à escuridão. As paredes, pisos e teto refletiam com um leve brilho. Ele apontou para marcas ondulantes na poeira do chão e para pilhas de excrementos.

— Excrementos de vermes. Este é um túnel de vermes. Dá para ver o muco nas paredes onde eles mastigaram a rocha. Podemos estar no sopé da montanha, pelo que sei. Talvez a Gema Cinzenta tenha decidido se esconder aqui por mais alguns séculos.

— Mas temos que sair daqui! — Destina recostou-se contra a parede e levou a mão ao peito. Estava começando a entrar em pânico. — Não consigo respirar. Não há ar aqui embaixo!

— Há ar em abundância, senhora — retrucou Wolfstone bruscamente. — A Medida diz: "Caminhe em direção ao medo, não para longe dele".

Destina assentiu, então apertou a mão em torno da Gema Cinzenta e respirou fundo.

— "Caminhe em direção ao medo!" — ela disse de repente. — Meu anel!

— O que tem ele? — perguntou Wolfstone.

— Minha mãe me deu de aniversário há vários anos. Ela disse que era mágico e que, se eu estivesse perdida e vagando na escuridão, o anel me ajudaria a encontrar o caminho de casa.

Wolfstone estava cético.

— Como funciona esse anel mágico?

— Eu... não sei — confessou Destina. — Receio não ter acreditado nela.

— Pelas barbas de Reorx! — Wolfstone murmurou.

— O anel tem algo a ver com Chislev — disse Destina.

— A deusa Chislev? — Wolfstone repetiu. — E o que tem ela?

— Minha mãe a venerava. Lembro-me agora. Ela disse que eu tinha que invocar a deusa e ela me guiaria para um lugar seguro.

— Então, invoque-a, senhora! — bradou Wolfstone. — Peça ajuda a Chislev!

— Não sei como — Destina protestou. — Nunca rezei para um deus.

— Se tem um momento melhor em sua vida para começar, senhora, é este — retrucou Wolfstone com os dentes cerrados.

Destina engoliu em seco e ajoelhou-se desajeitadamente.

— Chislev, minha mãe é Atieno, uma de suas clérigas. Ela fala muito bem de você. Estou perdida e ela gostaria que você me ajudasse. Eu nunca a compreendi. Nunca a valorizei. Se não me ajudar, provavelmente morrerei aqui. Se isso acontecer, diga a minha mãe que sinto muito...

Destina deu um grito e agarrou a mão.

— O que há de errado? — perguntou Wolfstone.

— O anel encolheu! — Destina ofegou. — Está tão apertado que dói! Talvez Chislev não me perdoe!

— Ou talvez esteja tentando mostrar a você a saída — disse Wolfstone. — Levante-se e caminhe. Dê alguns passos.

— Em qual direção? — Destina perguntou.

— Em qualquer direção — respondeu Wolfstone, exasperado. — Veja o que acontece.

Destina deu vários passos para a esquerda.

— Dói mais! Vai cortar meu dedo!

— Ótimo — disse Wolfstone. — Agora caminhe na outra direção.

Destina fez o que ele disse, movendo-se vários passos para a direita.

— Não dói mais — disse ela.

— Vamos nessa direção — decidiu Wolfstone.

— Tem certeza?

— Não, mas que escolha nós temos?

Ele ergueu o lampião e, com sua luz, continuaram a seguir pelo túnel. Destina esfregava o dedo. Wolfstone podia ver o sangue escorrendo por baixo do anel. Eles prosseguiram até chegarem a um ponto onde o túnel se ramificava em duas direções diferentes.

Wolfstone olhou para ela.

— Pergunte ao anel.

Destina suspirou e deu dois passos para a esquerda. Engoliu em seco e rapidamente recuou e pegou a passagem à direita.

— Por aqui — ela disse.

— Suponho que o anel esteja nos levando para a saída, mas não temos ideia de onde é. Poderíamos ficar aqui por semanas...

— A Medida diz: "Continue andando" — resmungou Wolfstone.

— Não diz, não — Destina conseguiu esboçar um leve sorriso.

— Então deveria — declarou Wolfstone. Ele parou. — Espere! Sente esse cheiro?

— Que cheiro? — Destina perguntou.

— O cheiro da vida — respondeu Wolfstone, exultante. — O cheiro de grama e folhas e terra. Estamos perto da entrada! Louvada seja Chislev e seus olhos brilhantes!

Eles continuaram andando, avançando mais rápido agora que tinham esperança. O túnel ficou mais claro. O ar se tornou mais frio e parecia limpo e fresco.

— Pergunto-me para onde a deusa está nos levando — comentou Destina.

Wolfstone sabia a resposta. Chislev era amiga íntima de Reorx.

O fim do túnel apareceu. Eles podiam ver o céu azul e Destina começou a correr. Até Wolfstone apressou o passo e eles emergiram da escuridão para a luz do sol. Destina levantou o rosto para o sol, que estava quase diretamente acima. Estavam cercados por colinas e vales rasos. O pico de Caça-Nuvens elevava-se acima deles.

Destina ficou parada por um longo tempo, aquecendo-se sob o sol quente, respirando fundo.

— Wolfstone, olhe ali! — ela disse, apontando. — Aquilo é uma casa?

— É uma casa, sim — respondeu ele. — É de um amigo meu. O nome dele é Dougan Martelo Vermelho.

Nuvens de repente se aglomeraram no céu. O ar ficou frio e uma chuva gelada começou a cair. O trovão ribombou e o relâmpago faiscou e atingiu uma árvore próxima. Os trovões rugiam contra eles. A chuva caiu mais forte. O vento quase os derrubou. Wolfstone balançou a cabeça, desgostoso.

— Reorx poderia ser mais óbvio? — ele murmurou em sua barba.
— Estou surpreso que o próprio não tenha começado a nos bombardear com pedras de granizo flamejantes.

— O que disse? — Destina perguntou.

— Que precisamos sair desta tempestade — gritou.

— Será que seu amigo vai nos dar abrigo? — Destina gritou de volta. Ela estava encharcada até os ossos e tendo dificuldade em ficar de pé no vento forte.

— Acho que sim — disse Wolfstone.

CAPÍTULO VINTE UM

Eles correram pela chuva impelida pelo vento, seguindo um caminho bem trilhado que conduzia por uma colina e descia por um vale e os levava a uma casa. No instante em que chegaram perto da construção, a chuva parou. As nuvens desapareceram, como se tivessem sido varridas do céu. O sol apareceu.

— Que tempestade extraordinária! — comentou Destina, afastando os cabelos molhados do rosto.

Wolfstone grunhiu em concordância.

A casa era uma pequena construção de pedra de aspecto pitoresco, com telhado de colmo e janelas com vidraças de chumbo aninhadas entre os abetos. Uma placa azul pendurada acima da porta exibia o símbolo de uma joia facetada em ouro com o nome "Dougan Martelo Vermelho" em letras grandes e ornamentadas em ouro.

— Seu amigo é joalheiro! — Destina exclamou.

— Imagine só — Wolfstone murmurou.

Destina apertou a mão ao redor da Gema Cinzenta que pendia de seu pescoço, sustentada pela tira de couro. Wolfstone não queria olhar para ela e, ao mesmo tempo, não conseguia deixar de olhar. A Gema Cinzenta mudava constantemente de aparência. Em um momento, era um diamante brilhante; em outro, feia como fezes de um verme.

Ele podia perceber que a Gema Cinzenta havia cativado Destina. Ela tocava constantemente a joia, como se para se assegurar de que ainda estava em sua posse. Perguntou-se sombriamente que uso a gema planejava fazer da moça. Quanto mais cedo Reorx a pegasse de volta, melhor.

Um sino pendia acima da porta. Wolfstone deu um puxão na campainha. A porta se abriu antes que o sino parasse de soar.

Dougan Martelo Vermelho estava parado na porta. O avatar de Reorx era um anão corpulento com uma longa e exuberante barba negra e cabelos pretos encaracolados que desciam pelas costas e sobre os ombros. Ele usava um longo avental de joalheiro de couro e uma lupa de joalheiro pendurada no pescoço; uma camisa de linho fino com mangas bufantes, babados de renda e botões dourados; calções de veludo vermelho presos nos joelhos com fitas; e botas de couro envernizado.

— Entrem! — ele disse. — Eu estava à sua espera!

Só que ele não estava falando com eles. Estava olhando para a Gema Cinzenta com o amor de um pai por uma criança errante há muito perdida. Seus olhos ficaram úmidos.

— Dougan Martelo Vermelho — disse Wolfstone. — Esta é a Senhora Destina Rosethorn de Solâmnia.

Dougan desviou o olhar da Gema Cinzenta por tempo suficiente para olhar para Destina e murmurar: "Prazer em conhecê-la, moça". Então, seu olhar voltou para a Gema Cinzenta. Ele engoliu em seco, limpou o nariz e passou a mão nos olhos.

Destina estava ficando inquieta com esse comportamento estranho, e Wolfstone não podia culpá-la.

— Vai nos deixar entrar, Dougan? — pediu ele. — Ou você vai nos deixar parados na soleira?

Dougan bateu na própria testa.

— Onde estão suas maneiras, Martelo Vermelho, seu grande tolo? Entre na minha oficina, moça!

Ele ofereceu uma reverência extravagante e conduziu Destina pela porta com tanta cerimônia como se ela fosse da realeza. Wolfstone os seguiu e olhou em volta, impressionado. Reorx havia se superado. Folhas de prata, cobre e estanho reluziam à luz do sol e cintilavam em pilhas de rubis, esmeraldas e safiras soltas. Barras de ouro estavam espalhadas pelo chão. Uma bancada de trabalho estava coberta de ferramentas de joalheiro: martelos, marretas, tenazes e cinzéis.

Uma parede da casa era ocupada por um grande forno a carvão (sem carvão) e o gigantesco fole à sua frente. Uma mesa no centro continha pilhas de joias terminadas: colares, broches de diamantes, brincos, pulseiras.

Destina olhou ao redor com admiração.

— Você faz um trabalho primoroso, senhor — ela comentou, maravilhada.

— Sim, moça, faço mesmo — concordou Dougan. Ele acariciou a barba, muito satisfeito. — E me perturba profundamente, moça. Magoa-me até os ossos vê-la usando uma pedra preciosa tão linda em uma tira de couro imunda.

Destina corou e apertou a mão sobre a Gema Cinzenta.

— Eu não tenho uma corrente para ela — disse.

— Você terá agora! — Dougan exclamou. — Ficarei honrado se me permitir fazer uma para você. Se permitir, examinarei esta bela joia.

Ele estendeu a mão para a Gema Cinzenta. Alarmada por seus olhos cintilantes, Destina afastou-se dele.

— Agradeço, senhor, mas vou mantê-la no cordão.

— Está certo, moça, a escolha é sua — concedeu Dougan. — Mas esse pedaço de cordão de couro está puído. Eu até apostaria dinheiro que vai se romper.

A tira de couro de repente se partiu, e a Gema Cinzenta caiu no chão.

— Ah, o que eu disse? — comentou Dougan.

Destina ajoelhou-se para pegá-la, mas Dougan era capaz de se mover depressa para um anão corpulento que não via os pés abaixo da barriga há séculos. Agarrando a Gema Cinzenta debaixo dos dedos dela, ergueu-a triunfante.

— Finalmente peguei você! — rugiu.

A gema brilhou com uma luz cinza radiante como se estivesse com raiva, e então escureceu e ficou subjugada. Wolfstone podia ver de fato como era agora: um cabuchão liso e redondo do tamanho de um ovo de galinha, cinza na superfície e pulsando com uma estranha e desagradável luz cinzenta em seu interior.

— Essa joia é minha, senhor! — Destina gritou, confrontando-o. — Devolva-me!

— E o que vai fazer com isso, moça? — Dougan perguntou com suavidade, acariciando a barba. — Carregá-la no bolso? Algum ladrão certamente vai roubá-la. Deixe a joia aos meus cuidados. Farei uma linda corrente para você e colocarei um feitiço mágico nela para que ninguém possa tirá-la de você.

— Não posso pagar — disse Destina, em dúvida.

— O prazer que tenho em meu ofício é toda a recompensa que desejo, moça — Dougan lhe assegurou. — Volte amanhã...

— Vou aguardar — declarou Destina com firmeza. — Gostaria de vê-lo trabalhar.

Ela se sentou em uma cadeira de espaldar alto forrada com almofadas de veludo e se acomodou. Dougan a encarou, franzindo a testa.

— Deve estar exausta depois de sua longa jornada, moça — comentou, solícito. — Posso oferecer-lhe comida, algo para beber? Posso lhe oferecer excelentes licores, a infusão de cogumelos de Thorbardin.

Ele levantou uma jarra de louça da bancada e arrancou a rolha com os dentes. Um cheiro pungente preencheu o ar.

— É uma ótima bebida! — disse Dougan. — Desliza por sua garganta suave e doce como melaço, mistura-se ao seu sangue e enche você de alegria.

— E na manhã seguinte você acorda com uma avalanche na cabeça — murmurou Wolfstone.

Dougan enfiou a jarra sob o nariz de Destina. Ela engasgou, torceu o nariz e recuou.

— Obrigada, senhor, mas não.

— Então não vai se importar se eu tomar — comentou Dougan. — Estou com a garganta um pouco seca.

Ele virou a jarra e bebeu profundamente. Baixando-a, piscou algumas vezes e estalou os lábios. Ofereceu a jarra a Wolfstone, que recusou balançando a cabeça.

Destina sentou-se ereta na cadeira e cruzou as mãos no colo.

— Por favor, continue com seu trabalho, senhor.

Dougan arqueou uma sobrancelha. Um fogo surgiu na fornalha que não tinha carvão. A sala logo ficou agradavelmente quente. Ele colocou a Gema Cinzenta em sua bancada de trabalho e passou uma perna por cima dela. Pegando um pequeno martelo com uma ponta afiada usada para gravar desenhos em metal, o deus começou a bater com ele em uma tira de prata.

Ele martelou e martelou. O som era rítmico, suave e embalador. Destina bocejou.

— Continue trabalhando... — Ela fechou os olhos, a cabeça caída. — Só vou descansar.

Ela se aninhou entre as almofadas da cadeira, apoiou a cabeça nos braços, deu um suspiro de satisfação e adormeceu.

Dougan pousou o martelo na bancada e pegou a Gema Cinzenta. A luz cinza pulsava mal-humorada. Ele deu uma sacudida de reprovação nela.

— Chega de vagar pelo mundo causando todo tipo de problema. Vai ficar comigo de agora em diante, onde posso ficar de olho em você.

— E a moça? — quis saber Wolfstone.

— O que tem ela? — Dougan perguntou, seu olhar de admiração fixo na Gema Cinzenta.

Wolfstone coçou a bochecha.

— Ela é solâmnica, Pai, e sabe como eles são. Ela não vai desistir, continuará procurando a Gema Cinzenta.

— Ela pode procurar o quanto quiser. Não vai encontrar — declarou Dougan, irritado. — Não fique com esse olhar tão sombrio, Wolfstone! Estou fazendo um favor à moça. Ela não tem ideia do terrível poder da Gema Cinzenta ou qualquer compreensão do perigo que representa, não apenas para si mesma, mas para todos os seres vivos em Krynn. É melhor para ela e para todos nós que esteja a salvo em minhas mãos. Leve-a de volta para onde quer que a tenha encontrado e mostre-lhe o caminho de casa.

Dougan gentilmente colocou a Gema Cinzenta na bancada.

— Vou fazer um engaste para ela. Uma gaiola de filigrana de metal de dragão vermelho-ouro para homenagear Lunitari.

Ele ergueu o martelo e, para seu espanto, o viu voar de sua mão. O martelo brilhava com uma estranha luz cinza.

— Opa! O quê? — Dougan exclamou, assustado.

Ele tentou agarrar o martelo e não conseguiu. Só pôde assistir, impotente, enquanto o martelo, brilhando com uma luz cinza, elevava-se no ar, deixando rastros de chamas cinzentas, dando cambalhotas, depois mergulhando igual a uma flecha e atingindo a Gema Cinzenta.

Uma pequena fenda, do tamanho do filamento de uma teia de aranha, dividiu a superfície lisa da gema.

Wolfstone inspirou fundo, sibilando.

— Por todos os deuses, Pai Sagrado! O senhor a rachou!

Dougan soltou um suspiro estrangulado. Agarrando a Gema Cinzenta, pressionou a mão sobre ela, como se estivesse tentando estancar o fluxo de sangue.

— *Eu* não a rachei! O martelo a rachou! E é só uma pequena rachadura — afirmou o deus febrilmente, umedecendo os lábios. — Ínfima. Quase imperceptível.

— Não importa — retrucou Wolfstone. — O Caos escapou, Pai?

— Não! Claro que não! Nunca! — declarou Dougan. Ele lançou um olhar nervoso ao redor da sala, como se pudesse ver o Caos voando como um morcego. — Bem… Talvez um pouquinho…

Wolfstone gemeu.

— Um "pouquinho" de Caos é suficiente para destruir o mundo! Precisa consertar a joia.

— Não é tão fácil assim — disse Dougan, começando a suar.

— Você é um deus, Pai Sagrado — retrucou Wolfstone.

— E o Caos também, e ele é meu superior, por assim dizer — disse Dougan. — Quem diabos você acha que empunhou aquele maldito martelo? Você viu o brilho cinza! Felizmente, *eu* criei a gema forte o suficiente para resistir ao golpe.

— Exceto pela rachadura — comentou Wolfstone.

— Sem dúvida, devido a uma falha na pedra — disse Dougan, olhando-o com raiva.

Wolfstone suspirou.

— Bem, então o senhor precisa selar a falha, Pai, a menos que planeje ficar segurando a gema por toda a eternidade.

Dougan olhou freneticamente pela mesa de trabalho. Um brilho de ouro vermelho chamou sua atenção.

— Vou colocá-la em um colar e selar a fenda com um fluxo de metal de dragão, o mesmo que usaram para forjar as lanças de dragão. Nem mesmo o Caos pode fugir disso. Você fará o engaste para isso. Vou segurá-la.

Destina mexeu-se e murmurou. Wolfstone e Dougan olharam para ela alarmados, mas ela sorriu e voltou a dormir.

— Seja rápido, Wolfstone! — mandou Dougan.

Wolfstone lançou-lhe um olhar irritado, mas começou a trabalhar. Depois de alguns momentos, havia moldado um engaste feito de metal de dragão, em forma de coroa com um suporte sólido. Levou a base para Dougan, que a examinou com o cenho franzido.

— Não é muito bonita — protestou.

— Nem o Caos vagando pelo mundo é, Pai — declarou Wolfstone.

Dougan resmungou, mas baixou a Gema Cinzenta com cuidado — o lado da rachadura para baixo — na coroa e a cercou com um fluxo feito do mesmo metal de dragão.

Dougan colocou uma lupa de joalheiro no olho e estudou a Gema Cinzenta selada em seu engaste, virando o pingente para um lado e para o outro.

Wolfstone podia ver a luz cinza pulsando dentro da gema. A luz parecia fraca, taciturna, e ele imaginou que tivessem agido a tempo, mas esperou tenso para ouvir o veredicto do deus.

— O Caos ainda está preso lá dentro — relatou Dougan, enxugando o suor da testa com a manga de babados. — Apenas um pouquinho escapou.

— Isso ainda é suficiente para causar estragos, Pai — declarou Wolfstone. — Precisa avisar os outros deuses que acidentalmente fez uma rachadura na Gema Cinzenta!

Dougan negou gravemente com a cabeça.

— Então, haveria caos, rapaz. Uma guerra nos céus.

O deus segurou a Gema Cinzenta na palma da mão, observando a luz cinza pulsante. Sua expressão era sombria, perturbada.

— Digamos que eu conte aos deuses que tenho a Gema Cinzenta em minha posse. Paladine ia querer banir o Caos e trazer ordem ao mundo. Takhisis desejaria usar o Caos para dar a ela poder sobre o mundo. Todos os deuses vão desejá-la, e cada um estaria disposto a lutar para obtê-la.

— Uma guerra no céu — completou Wolfstone, suspirando.

— A guerra se espalharia para o mundo abaixo e, no fim, apenas o Caos venceria — concluiu Dougan.

A Gema Cinzenta pulsou fortemente.

— Ela já pensa ter vencido — comentou Wolfstone.

— A questão é: o que eu faço com ela até descobrir o que fazer?

— O senhor ia originalmente instalá-la em Lunitari, Pai — sugeriu Wolfstone.

Dougan bufou.

— E qual foi o resultado? Um maldito gnomo fez uma rede e a roubou.

Ele olhou para Destina e coçou pensativamente a barba.

— Sei o que está pensando, Pai, e *não é* uma boa ideia — protestou Wolfstone. — Você mesmo falou sobre o perigo de possuir a Gema Cinzenta. Esse perigo aumentará dez vezes agora que um pouco do Caos vazou. Deve mantê-la consigo.

— Mas se os deuses perceberem que um pouco do Caos escapou, saberão que a Gema Cinzenta foi encontrada e começarão a procurá-la

— argumentou Dougan. — Vão suspeitar de mim, é claro. Sou sempre o primeiro a quem se voltam quando algo dá errado. Culpem Reorx! Deve ser culpa dele! Não, rapaz, tenho que mandá-la embora. Além disso, pelo que você contou sobre como a Gema Cinzenta salvou vocês dois dos Theiwar, acho que a Gema Cinzenta a escolheu para carregá-la.

— Mais uma razão para guardá-la, Pai — insistiu Wolfstone. — Se a gema *de fato* a escolheu, não temos ideia do porquê. Mas pode ter certeza de que não é bom. Isso pode colocar a vida dela em perigo.

— Que nada! A moça não estará em perigo mais do que qualquer outro mortal está em perigo em suas vidas diárias. Na verdade, talvez possa estar até mais segura. A Gema Cinzenta cuidará para que ela não sofra nenhum mal.

Dougan começou a vasculhar sua bancada e encontrou um colar de dragão de ouro vermelho cujos elos estavam entrelaçados em um padrão intrincado tão fino quanto uma cota de malha. Ele deslizou a Gema Cinzenta pela corrente.

— Coloquei minha bênção sobre ele. A moça nunca se separará dela e ninguém conseguirá tirá-la dela. E enquanto ela usa a Gema Cinzenta, terei tempo para descobrir o que fazer com ela antes que os outros deuses descubram.

— A moça planeja viajar no tempo com a Gema Cinzenta, Pai — Wolfstone advertiu. — Ela espera salvar o pai, que morreu na Batalha da Torre do Alto Clérigo.

— Deixe que ela o faça!

— Mesmo que ela altere o tempo? — Wolfstone contra-argumentou. — Ela não é membro de uma das raças do Caos, mas não precisa ser. Está usando a Gema Cinzenta, então isso pode lhe dar o poder.

— Tempo! — Dougan deu de ombros. — O que é o tempo para um deus? Todos os tempos são iguais para mim. A única razão pela qual dou atenção ao tempo é porque vocês, mortais, regulam suas vidas por ele. Se a moça salvar o pai, ela mudará o tempo talvez em uma fração mínima de meio infinitésimo de segundo. O rio corre para o mar da eternidade.

Dougan gentilmente colocou o colar ao redor do pescoço de Destina, então recuou para admirar sua obra.

— Ela é uma moça bonita. Espero que cumpra sua missão. Para onde devo mandá-la?

— Ela estava planejando retornar para a Cidade do Portão, Pai — informou Wolfstone. — Mande-me de volta com ela. Prometi a Hornfel que ficaria de olho nela.

— Hornfel — repetiu Dougan, alarmado. — O Rei Supremo sabe sobre a Gema Cinzenta?

— Ele sabe que a moça foi procurá-la.

Dougan fez uma careta.

— Não deve dizer nada disso a ele!

— Hornfel é meu suserano e meu amigo, Pai — argumentou Wolfstone. — Eu arrancaria minha barba antes de mentir para ele.

— Você não precisa mentir. Apenas mantenha sua boca fechada — disse Dougan em tom persuasivo. — Guerra no céu. Lembra?

— Vou pensar nisso — concedeu Wolfstone.

Dougan pousou a mão no ombro de Wolfstone.

— Juro para você, rapaz, vou encontrar uma forma de consertar isso. Eu prometo.

— Só não demore muito com isso — pediu Wolfstone.

CAPÍTULO VINTE E DOIS

Destina acordou de um sono profundo e doce e ficou deitada com os olhos fechados em uma sensação agradável, não querendo que seu sono acabasse. Rolou para o lado e estava caindo no sono de novo quando sentiu um cutucão forte no pescoço. Acordou assustada, sem saber o que era, e percebeu que era a Gema Cinzenta na curva de seu pescoço, insistindo em lembrá-la de sua presença.

Destina sentou-se e olhou ao redor do aposento. Percebeu, para seu espanto, que estava de volta à estalagem na Cidade do Portão, embora não tivesse ideia de como fora parar lá. Estava completamente vestida, ainda usando suas botas, e, ao que parecia, dormira em suas roupas. Sua bolsa estava no chão ao lado da cama. Alguém prendera a Gema Cinzenta em uma nova corrente ao redor do seu pescoço. Fragmentos de lembrança começaram a vir à tona.

Ela e Wolfstone pegos em uma tempestade. Eles foram se abrigar com um dos amigos de Wolfstone, que era um joalheiro chamado Dougan Alguma Coisa. Ela não gostara dele. Lembrou como ele olhou com cobiça para a Gema Cinzenta e como tinha estendido a mão para tirá-la dela.

A lembrança a assustou, e ela segurou a Gema Cinzenta diante do espelho, com medo de que ele pudesse ter trocado as pedras.

A Gema Cinzenta não pulsava mais com luz cinza, mas ainda cintilava levemente, quase como se também dormisse sossegada. Ela não conseguia ver a gema com clareza, pois era difícil focá-la, mas parecia desconfortavelmente fria em sua palma e, ao mesmo tempo, desconfortavelmente quente. Era pesada e leve, bonita e feia, e Destina suspirou de alívio. Estava segurando a Gema Cinzenta.

Tranquilizada, podia estudar o novo colar. Teve que admitir que era lindo; o trabalho era requintado. O pingente era simples e liso, feito do que parecia ser ouro vermelho, e estava preso com firmeza a uma corrente de ouro vermelho.

Alguém bateu à porta, e antes que Destina pudesse convidar a pessoa para entrar, a anã proprietária da estalagem abriu a porta com o pé e invadiu o interior. Teve que usar o pé porque estava segurando uma grande bandeja nas mãos com a capa de pele de Destina pendurada no braço.

Destina lembrou-se da bondade dela e cumprimentou-a com prazer.

A senhoria havia mudado de opinião sobre Destina, no entanto, pois fez uma cara feia para ela e disse com desdém:

— Seu amigo Daergar achou que você poderia estar com fome.

A senhoria bateu a bandeja sobre a mesa e atirou a capa sobre a cama.

— O Daergar nojento está lá embaixo na sala comunal, afastando meus clientes e arruinando meus negócios, então não demore. Não quero a espécie dele ou a sua em meu estabelecimento.

— Espere! Não vá! Como vim parar aqui? — Destina perguntou. — Parece que não consigo me lembrar.

— Isso é porque você estava completamente bêbada — informou a proprietária, encarando-a com desgosto. — Não é da minha conta se você quer farrear com um Daergar, sua vadia sem-vergonha, mas não faça isso aqui. Eu administro um estabelecimento respeitável. E, se for vomitar, use o balde. Não suje meu chão limpo.

— Eu não farreio... — Destina começou a protestar, indignada, mas a senhoria saiu e bateu a porta atrás dela.

Destina não gostou da aparência da comida. Pegou a capa e a bolsa e desceu depressa para exigir uma explicação de Wolfstone.

Ele estava sozinho na sala comunal, e Destina lembrou o que a senhoria havia dito sobre ele arruinar seu negócio, afastando os outros clientes.

Se era esse o caso, Wolfstone não parecia se importar. Sentava-se à vontade, as pernas esticadas, o olhar abstraído. Levantou-se ao ver Destina.

— Como está se sentindo esta manhã, senhora?

— Confusa — disse Destina. — Como vim parar na Cidade do Portão?

Wolfstone respondeu com um encolher de ombros.

— Isso importa? Você está aqui. Esperei para lhe dar isso.

Ele entregou-lhe uma pequena bolsa. Destina a abriu e viu que estava cheia de moedas de aço duplo.

— Mas... de onde veio esse dinheiro?

— Sua Majestade — disse Wolfstone. — Hornfel não fica em dívida com ninguém. Ele ordena que você leve a si mesma e a Gema Cinzenta para longe do reino dele e nunca mais retorne, nenhuma de vocês.

— Mas não há necessidade... — Destina protestou. — Deve devolver esse dinheiro a ele.

— Ele não vai aceitar. E, se você devolver, vai insultá-lo... de novo.

Destina corou, mas não prosseguiu com a discussão. O dinheiro era bem-vindo, pois havia gasto metade de seus fundos na Gema Cinzenta e pensava que teria que voltar a Palanthas para reabastecer sua bolsa. Ela viu o olhar de Wolfstone ir para a Gema Cinzenta e nervosamente apertou a mão ao redor dela.

Wolfstone aproximou-se dela e disse baixinho:

— Se eu fosse você, Senhora Destina, não exibiria a Gema Cinzenta. A maioria das pessoas pensará que é apenas uma bugiganga curiosa, mas há alguns magos e outros como eles que talvez percebam sua magia.

Destina assustou-se e começou a abrir o fecho. Mas no instante em que o tocou, o metal a queimou, foi como tocar gelo com dedos molhados, mas dez vezes pior. Ela afastou os dedos e viu que as pontas estavam vermelhas e cheias de bolhas.

— Dougan colocou um feitiço nela — explicou Wolfstone. — Nenhum ladrão conseguirá roubá-la de você.

— Mas como tiro o colar? — Destina perguntou.

— Não tira. A Gema Cinzenta a escolheu. Agora é sua, para o bem ou para o mal — respondeu Wolfstone.

Destina estendeu a mão para ele.

— Obrigada pela ajuda, Wolfstone. Eu não teria conseguido sem você.

Ele ignorou sua mão estendida.

— Não me agradeça, senhora. Isso não foi obra minha.

Ele lançou um último olhar sombrio para a Gema Cinzenta, então girou nos calcanhares e saiu da estalagem.

Destina o observou perplexa. "Anões são realmente muito estranhos."

Ela guardou o dinheiro dentro da bolsa. Não gostou do fato de não poder tirar a Gema Cinzenta, mas pelo menos não precisava se preocupar com ladrões. Seus dedos ainda queimavam.

No entanto, lembrou-se do aviso de Wolfstone e colocou sua capa de pele e a prendeu ao redor do pescoço com o alfinete da capa, certificando-se de que a capa ocultasse a Gema Cinzenta.

Foi pagar a conta, mas descobriu que já havia sido paga.

— Apenas vá embora e não volte mais — disse a proprietária.

Destina pegou sua bolsa e saiu. Só tinha que encontrar Saber ao meio-dia e precisava reabastecer seus suprimentos. Agora que portava a Gema Cinzenta e dispunha de dinheiro para a viagem, poderia prosseguir para Solace para encontrar Tasslehoff Pés-Ligeiros e obter o Dispositivo de Viagem no Tempo.

Partiu da Cidade do Portão o mais rápido que pôde, profundamente cansada do reino dos anões e dos dias vagando por túneis escuros. Sentia como se tivesse sido libertada de uma masmorra e, enquanto caminhava para o local de encontro, jogou para trás o capuz de sua capa de pele para respirar o ar fresco, deleitar-se com o calor do sol em seu rosto e exultar com a vastidão do céu acima.

Fez uma única parada, na barraca de um elfo que vendia lenços de seda tecidos à mão. Ficou encantada ao encontrar um lenço com o padrão de uma rosa na trama do tecido.

Localizou facilmente a árvore atingida por um raio e sentou-se em uma pedra aquecida pelo sol. Tirando a capa, arrumou o lenço em volta do pescoço para cobrir a Gema Cinzenta, então prendeu a gola da capa com o alfinete e se acomodou para esperar por Saber.

Não precisou esperar muito até que visse as escamas acobreadas do dragão reluzindo à luz do sol. Ele circulou acima, e ela se levantou e acenou-lhe. O dragão mergulhou suas asas em reconhecimento e pousou na clareira. Ele assentiu, feliz em vê-la.

— Seu negócio correu bem? — Saber perguntou.

— Melhor do que eu esperava — respondeu Destina. — Trouxe minhas coisas com você?

Ela empacotou seus suprimentos e depois revisou as bolsas que havia deixado com o dragão, certificando-se de que tinha a poção, o anel e o broche de metamorfose para o caso de precisar deles, o que esperava fervorosamente que não acontecesse. Sacudiu um vestido que trouxera de sua casa em Palanthas. A peça era feita de seda carmesim que acentuava sua pele morena e bochechas coradas. De estilo simples, tinha mangas compridas e justas, decote baixo e corpete ajustado.

As bainhas das mangas e da saia estavam surradas e começando a desfiar, e os estilos haviam mudado desde a última vez que usara o vestido quando era a Senhora do Castelo Rosethorn. Estava muito fora de moda. Felizmente, duvidava que isso importasse em Solace.

Enquanto trabalhava, observou Saber discretamente para ver se ele havia notado a Gema Cinzenta. Dragões eram usuários de magia, e ela se lembrou do aviso de Wolfstone.

Ficou preocupada ao vê-lo encarando-a, mas tudo o que ele disse foi:

— Vejo que você comprou um cachecol novo. Trouxe um presente para mim?

Destina presenteou-o com o colar espalhafatoso que lhe havia comprado. O dragão ficou imensamente satisfeito e pediu-lhe para mantê-lo em sua bolsa para ele até que voltassem para seu covil.

— Ainda vamos para Solace? — ele perguntou enquanto ela subia na sela.

— Com certeza — respondeu Destina. — Espero que meu negócio com o kender corra tão bem quanto foi com os anões.

O voo de Thorbardin para Solace levou apenas cerca de meio dia. Eles chegaram perto do pôr do sol. Saber pousou em um campo nos arredores do vilarejo sobre as copas das árvores, perto o suficiente para que Destina pudesse ver e se maravilhar com as casas e lojas que haviam sido construídas entre os galhos das gigantescas copadeiras.

— As pessoas foram para as copas das árvores por segurança após o Cataclismo — Saber lhe explicou. — Toda a cidade de Solace já esteve nas copas das árvores, mas um ataque de dragão durante a Guerra da Lança incendiou a cidade, e muitos daqueles que moravam nas árvores foram forçados a se mudar. A Estalagem do Último Lar costumava ficar em uma árvore, mas foi danificada por fogo de dragão durante a guerra e agora está no solo.

Destina esperava conseguir um quarto na Estalagem do Último Lar na noite seguinte, depois de falar com o kender, e ficou feliz em saber que não estava em uma árvore. Não conseguia se imaginar morando em uma casa empoleirada em um galho.

Via as pessoas andando pelas pontes e passarelas que serpenteavam entre os galhos, ligando as habitações, descendo as escadas em caracol que contornavam os troncos e davam acesso ao solo. O povo jamais sonharia em cortar madeira viva, e incorporaram os galhos das árvores em suas casas ou construíram as casas ao redor dos galhos. Os vitrais acrescentavam toques de cor ao verde das folhas que estavam voltando a crescer.

As pessoas retornavam para casa depois do trabalho nas lojas ou nos campos. Luzes brilhavam nas janelas. A fumaça das lareiras erguia-se das chaminés. A cidade estava se preparando para a noite. As pessoas paravam nas pontes para conversar. Crianças corriam pelas passarelas, rindo e gritando. Flores brancas estavam apenas começando a brotar nos bosques de copadeiras, e Destina já podia sentir sua fragrância misturada com o cheiro de fumaça de madeira.

— O nome Solace[2] combina com esta cidade — comentou Destina.
— Onde fica a Estalagem do Último Lar?

— Aquele prédio ali com as luzes nas janelas e o telhado de duas águas — indicou Saber.

— Parece mais uma casa do que uma estalagem — observou Destina.

— Daí o nome — disse Saber. Ele acrescentou melancolicamente: — Eu realmente esperava conhecer Caramon Majere e ouvir suas histórias sobre os Heróis da Lança. Mas os residentes estão nervosos com os dragões desde a guerra, e duvido que eu seja bem-vindo.

— Acho que você não pode culpá-los — disse Destina. — Embora não pareça que os bosques dos vales tenham sido muito danificados.

— Eles crescem depressa — explicou Saber. — E ouvi dizer que os clérigos de Chislev vieram para curá-los.

Destina tocou o anel de ouro em seu dedo e pensou na mãe, imaginando o que ela estaria fazendo e se estava bem. Atieno teria ficado feliz em saber que Chislev havia guiado sua filha para fora da montanha.

— Por que você está visitando Solace? — Saber perguntou. — Está pensando em abrir uma joalheria aqui? Seria melhor do que Palanthas. As pessoas chamam Solace de "Encruzilhada do Mundo", porque a Estrada Haven passa entre a cidade de Haven e a nação élfica de Qualinesti, e o vilarejo é popular entre os viajantes.

— Talvez — disse Destina. Incomodada com a mentira, mudou de assunto. — Vou a Solace amanhã. Eu deveria acampar enquanto ainda está claro. Vi um lago não muito longe daqui. Poderia me levar até lá?

Ela acampou às margens do Lago de Cristal. O tempo estava ameno. O ar cheirava a coisas verdes e em crescimento. As folhas estavam

---

2 "Consolo" ou "conforto".

começando a brotar nos galhos nus, fazendo parecer que as árvores estavam cobertas com delicadas rendas verdes. A água era de um azul mais profundo que o céu.

Ela removeu seus suprimentos e a mochila que continha o vestido vermelho, o broche, o anel e a poção de Ungar e prendeu a espada à cintura. Combinaram de se encontrar aqui como haviam feito em Thorbardin. O dragão sobrevoaria o Lago de Cristal todos os dias ao meio-dia para ver se ela estava lá e voltaria diariamente até que estivesse pronta para partir.

Saber levantou voo, desejando-lhe sorte.

Não havia ninguém nas proximidades a essa hora do dia, e Destina encontrou uma baía isolada cercada por árvores, adequada para um banho rápido na água fria. Depois de fazer uma fogueira com troncos soltos, encolheu-se perto dela para se aquecer e refletiu sobre seus planos.

Estava tentando decidir o que fazer quanto a Ungar. Ele havia lhe dito para levar a Gema Cinzenta e o dispositivo para ele que a enviaria de volta no tempo, mas ela ainda não confiava totalmente no mago.

Sua única outra escolha, no entanto, era fazer uso do dispositivo mágico ela mesma, e hesitava ante essa ideia. Não sabia nada sobre magia. Não tinha ideia de como o dispositivo funcionava e lembrou-se da terrível advertência no livro que havia lido sobre o assunto. Contudo, um kender aprendera a operá-lo, mas os kender estavam interessados apenas na aventura, e esse kender provavelmente não se importaria se o dispositivo o tivesse levado para uma das luas.

Destina considerou tentar encontrar outro usuário de magia, mas não havia muitos em Palanthas, e ela sabia que havia grande probabilidade de não confiar de verdade em um deles mais do que confiava em Ungar. Melhor o demônio que se conhece do que um desconhecido, como a mãe sempre dizia.

Ela estava muito longe de tomar essa decisão, no entanto. Esperaria para ver o dispositivo e aprender que tipo de magia estava envolvida antes de se decidir.

A fogueira estava apagando. O ar da noite estava ficando frio, e a Gema Cinzenta parecia agradavelmente quente contra sua pele. Ela apertou a mão ao redor dela enquanto olhava para as chamas e se imaginava caminhando novamente com o pai nas muralhas do Castelo Rosethorn.

CAPÍTULO VINTE E TRÊS

Tika Waylan Majere empurrou a porta de vaivém que levava da cozinha da Estalagem do Último Lar para a sala comunal. Trazia consigo uma tigela enorme com as famosas batatas temperadas da estalagem — um prato celebrado com razão por toda a Ansalon — e colocou-a sobre o bar.

O aroma tentador sempre lembrava a Tika do criador da receita e seu pai adotivo, Otik Sandeth, antigo proprietário da estalagem. Otik havia morrido recentemente e Tika sentia sua falta todos os dias. Podia olhar pela janela de vitral e ver seu túmulo, pois ele havia sido enterrado perto da estalagem que tanto amava.

Otik adotara Tika Waylan quando ela era jovem, e ela o considerava mais seu pai do que o malandro que fora seu verdadeiro progenitor. Ela cresceu trabalhando na estalagem e acabou economizando dinheiro suficiente para comprá-la de Otik, permitindo que ele passasse seus últimos dias sentado no bar, saboreando a própria cerveja e presenteando os visitantes com histórias de seus atos heroicos durante a guerra.

— O cheiro dessas batatas me faz lembrar de Otik — comentou Tika ao se juntar ao marido.

— Me faz lembrar do café da manhã — disse Caramon.

— Você já tomou um café da manhã hoje — disse Tika em tom de reprovação.

— Eu poderia tomar outro — respondeu Caramon.

Ele era um homem grande, com mais de um metro e oitenta de altura, com braços e peito bastante musculosos. Tinha cabelos longos, castanhos e encaracolados e olhos azuis brilhantes e cheios de diversão, pois Caramon adorava rir.

Tika olhou para ele com carinho. Amava-o desde menina. Ao longo dos anos, enfrentaram provações e perigos que os aproximaram e intensificaram seu amor. Ele finalmente havia se livrado do domínio terrível de seu irmão gêmeo, Raistlin, e conseguido superar a insegurança, a autodepreciação e o desejo por licor de anão que quase o levaram à destruição.

Caramon tomou um gole de chá de tarbean e continuou polindo o bar de madeira de carvalho com cera de abelha, preparando-se para abrir a estalagem para o dia. As pessoas já faziam fila do lado de fora, atraídas pelo aroma tentador das batatas temperadas.

Tika enfiou o dedo na barriga grande de Caramon.

— Você já engordou o suficiente!

Em resposta, Caramon sorriu e enfiou o dedo na grande barriga dela.

— E você?

— Eu tenho uma desculpa, e *não* são batatas — disse Tika, rindo. Ela afagou a barriga com carinho, pois estava no último mês de gravidez do segundo filho.

Caramon deu-lhe um beijo, depois lançou-lhe um olhar ansioso.

— Você está perto de dar à luz. Tem certeza de que deveria ficar de pé o dia todo? Dezra e eu podemos nos virar...

— Ah, eu sei como você se viraria, Caramon Majere — respondeu Tika com uma fungada. — Logo estaríamos falidos. Ouvi você dizer a Fergus Ryan que ele não precisava pagar pela cerveja ontem.

— Ryan disse que estava tendo dificuldades ultimamente, com os negócios indo mal...

— Fergus Ryan é o dono do moinho e está fazendo dinheiro a rodo! — Tika exclamou. — O bebê Tanin aqui tem mais bom senso do que o pai. — Ela pegou no colo o menino que estava agarrado às suas saias e o equilibrou no quadril, depois o entregou ao marido. — Você entregaria a estalagem se eu não ficasse de olho em você. Cuide do seu filho. Tenho trabalho a fazer.

Caramon ergueu a criança sobre os ombros e foi destrancar a porta e abrir a estalagem.

Enquanto os clientes entravam em fila, Tika virou-se para voltar para a cozinha e quase colidiu com um kender que saía pela porta com um prato de batatas temperadas.

— Tasslehoff Pés-Ligeiros! — disse Tika, olhando-o severamente. — O que estava fazendo na minha cozinha?

— Trabalhando. Eu lavei a louça — explicou Tas. — Dezra ficou extremamente grata e me disse para eu me servir de algumas batatas.

Ele levou seu prato até uma mesa e começou a se livrar das muitas bolsinhas que carregava presas junto ao corpo. Tika o seguiu.

— Aposto que Dezra *não* disse para você se servir das facas e colheres.

Ignorando o protesto de Tas, Tika pegou uma das bolsinhas, virou-a de cabeça para baixo e sacudiu-a.

Cinco colheres de estanho caíram, junto com duas facas, duas batatas cruas, uma casca de ovo quebrada, quatro dentes de alho, o saleiro, um moedor de pimenta e um pano de prato molhado.

— Aí está o moedor de pimenta! — Tas exclamou. — Dezra estava procurando por isso. Ainda bem que encontrei. Vou levar para ela.

Ele tentou deslizar para fora de seu assento, mas antes que pudesse escapar, Tika o agarrou, tirou o moedor de pimenta dele e sacudiu uma colher diante de seu rosto.

— Está vendo as iniciais "OS" na parte de trás desta colher? Sabe o que significam?

— Ogros de Suderhold — Tas disse prontamente. — Porque estas colheres devem ter sido feitas por eles. As facas estão marcadas como AS, quer dizer, anões da sarjeta, pois provavelmente foram eles que…

— OS significa Otik Sandeth, seu tonto! — respondeu Tika, batendo na cabeça dele com a colher. — Theros Ironfeld forjou essas colheres para Otik. São relíquias de família valiosas!

— Não são relíquias de família, Tika, são colheres — observou Tas. — Acho que você deve tê-las extraviado.

Tika juntou as colheres e o restante dos itens, incluindo o saleiro e o moedor de pimenta, e saiu andando em direção à cozinha.

— Mas eu preciso de uma colher para comer minhas batatas — Tas protestou, esfregando a cabeça.

— Use os dedos — Tika disse por cima do ombro. — Pelo menos você não pode ir embora com eles.

— Posso sim — respondeu Tas. — Meus dedos estão grudados na minha mão e minhas mãos estão grudadas nos meus braços e meus braços estão grudados no meu corpo que está ligado às minhas pernas…

— Você entendeu o que eu quis dizer! — Tika gritou e bateu a porta da cozinha.

Ela saiu pouco tempo depois para pegar o prato vazio de outra das bolsas de Tas e o flagrou servindo-se de uma caneca de cerveja. Considerou ter tido sorte em apanhá-lo com as colheres e fingiu que não percebeu.

Os clientes soltavam saudações alegres enquanto se sentavam em suas mesas favoritas. Alguns eram moradores locais que vinham todos os dias para trocar fofocas, compartilhar boatos e discutir as últimas notícias. Muitos eram viajantes que paravam na estalagem sempre que passavam por Solace. Esta manhã, Tika deu as boas-vindas ao embaixador elfo de Qualinesti e sua comitiva.

Várias das mulheres locais ficaram com o jovem Tanin enquanto Tika foi buscar uma jarra do vinho de trevo preferido dos elfos. Vendo uma estranha entrar quando estava saindo, Tika gritou:

— Sente-se onde quiser, senhora!

A mulher acenou com a cabeça em agradecimento e se dirigiu até uma mesa. Tika parou para olhar para ela, assim como todos os outros na estalagem. A mulher era impressionante com seus cabelos e olhos negros, pele bronzeada e bochechas coradas. Até mesmo os elfos, que consideram todos os humanos feios em comparação com a própria beleza delicada, a encaravam com admiração.

A mulher sorriu como se estivesse há muito acostumada com tal atenção, mas fez pouco caso disso. Escolheu uma mesa perto da janela, sentou-se e baixou a bolsa que carregava no chão a seus pés.

Caramon estava servindo cerveja e arrumando as canecas no bar quando ela entrou, e ficou paralisado, deixando o líquido transbordar dos recipientes e derramar no chão. Tika cutucou-o com o cotovelo.

— Coloque seus olhos de volta em sua cabeça, Caramon Majere. E veja a bagunça que fez, isso sem falar no desperdício de cerveja boa!

— Está com ciúmes? — Caramon perguntou com um largo sorriso. Entregou a caneca para um cliente e começou a limpar a cerveja derramada.

— Ciúmes? — Tika bufou. — Como se você fosse um grande prêmio!

— As mulheres fariam fila daqui até Haven se eu fosse solteiro — declarou Caramon complacentemente. — Você tem sorte de eu gostar de ruivas.

— Você tem sorte de eu gostar de tolos — disse Tika, saindo com as glórias de ter a última palavra.

Ela carregou a jarra de vinho de trevo para os elfos, então foi atender a recém-chegada, apenas para descobrir que Tasslehoff havia chegado antes.

— Bem-vinda à Estalagem do Último Lar, senhora — disse Tas. — Meu nome é Tasslehoff Pés-Ligeiros. Qual é o seu?

— Sou a Senhora Destina Rosethorn — disse a mulher com um sorriso.

Tas sentou-se diante dela sem ser convidado.

— Essa capa é feita de pele de mamute lanoso? Conheci um mamute lanoso uma vez. Gostaria de ouvir a história?

Ao ver Tas tentando pegar a capa, Tika agarrou-o pela gola de sua camisa amarela com bolinhas roxas favorita e arrastou-o para fora da cadeira.

— Sinto muito, Senhora Destina. Vou garantir que o Tas não a incomode.

— Ele pode se sentar comigo — disse Destina. — Não me incomodo. De verdade. Eu gostaria de ouvir as histórias dele.

— Gostaria? — Tika olhou espantada para a mulher.

— Por favor, junte-se a mim, Mestre Pés-Ligeiros — convidou Destina, movendo sua capa para fora do alcance do kender. — Esta pele é de vison, mas eu gostaria de ouvir a história do mamute lanoso.

Tika estava prestes a perguntar a Destina se ela já tinha estado perto de um kender quando percebeu que ela havia colocado a mochila no chão, os pés em cima dela e espalhado as saias ao redor. Aparentemente, já tinha.

Tika largou Tas, que endireitou a camisa maltratada e sentou-se alegremente. Tika notou que Destina usava um lindo lenço de seda em volta do pescoço com a rosa solâmnica. E que teve o cuidado de arrumar o lenço por cima da capa.

— Lindo lenço, minha senhora — comentou Tika. — Trabalho élfico, não é?

— Acredito que sim — respondeu Destina. — Eu gostaria de uma taça de vinho de trevo. Gostaria de tomar um vinho comigo, Mestre Pés-Ligeiros?

— Tomo uma taça de vinho, mas só se for cerveja — respondeu Tasslehoff.

Destina puxou uma bolsa que estava pendurada em seu cinto e tirou uma moeda.

— Eu também gostaria de alugar um quarto na estalagem.

— Acho que temos um disponível, minha senhora — disse Tika.

Destina agradeceu e voltou-se para Tas.

— Você deve ter viajado para muitos lugares interessantes.

— Eu estive até no Abismo — afirmou Tas com orgulho, acrescentando com um suspiro. — Não é tão interessante quanto você pensaria.

— Como conseguiu viajar para lá? — Destina perguntou.

— Eu costumava ter um dispositivo que era mágico... — Tas começou a dizer.

Tika interveio rapidamente.

— Tas, aqueles lá fora não são alguns de seus amigos?

Tas olhou pela janela, soltou um grito de alegria e se levantou de um salto.

— Com licença, senhora. Tenho que ir.

Ele saiu correndo porta afora.

Destina ficou encarando-o.

— Onde ele está indo?

— Sinto muito, minha senhora — disse Tika. — Tas não teve a intenção de ser rude. Ele viu aqueles dois kender lá fora e saiu para cumprimentá-los.

— São amigos dele?

— Ah, duvido que ele já os tenha visto na vida — respondeu Tika. — Mas os kender são amigos de todo mundo, especialmente de outros kender. Trarei seu vinho.

Ela viu Destina olhando pela janela para os três kender, sua expressão pensativa.

Tika voltou para o bar, onde vários moradores a aguardavam.

— Quem é ela? — perguntaram, curiosos.

— Uma cliente que paga pelo que bebe — retrucou Tika, encarando-os. — O que é mais do que posso dizer sobre vocês!

Os homens abaixaram a cabeça, pegaram suas cervejas e saíram correndo.

— O nome dela é Rosethorn — informou Tika ao marido. — Senhora Destina Rosethorn. Pelo sotaque, é solâmnica e está usando um lenço com a rosa solâmnica. Mas há algo errado com ela.

— Ciúme, o monstro de olhos verdes — comentou Caramon, balançando a cabeça em falsa tristeza.

Tika fungou.

— Então me diga, Caramon Majere, por que uma nobre solâmnica bem-vestida está vagando pela estrada com uma bolsa no ombro como um mascate?

Caramon fez uma pausa para considerar a questão. As pessoas às vezes o achavam tolo, mas Tika sabia a verdade. Ele nunca tirava conclusões precipitadas, mas refletia cuidadosamente sobre cada assunto antes de falar.

— Talvez ela esteja fugindo de algum tipo de problema em casa — afirmou. — Como a mãe de Sturm quando eles se mudaram para cá.

— Solâmnia está em paz agora — retrucou Tika. — E pela aparência da espada que ela está usando, eu diria que é capaz de cuidar de si mesma.

Ela serviu vinho em uma taça de estanho.

— Continuando de capa quando está quente como o bafo de um dragão vermelho aqui. Comprando cerveja para Tas e convidando-o para se sentar com ela e encorajando-o a contar suas histórias loucas de kender.

Tika baixou a voz.

— Tas estava prestes a contar a ela, uma completa estranha, sobre o Dispositivo de Viagem no Tempo, então eu o interrompi. Dalamar o alertou para ficar quieto.

Caramon balançou a cabeça. Seu sorriso jovial desapareceu e a luz em seus olhos diminuiu. Tika suspirou. Caramon estava pensando no irmão gêmeo. Ninguém mais no mundo lamentava por Raistlin, exceto o gêmeo que o amou muito mais do que ele merecera.

— Sinto muito — disse Tika, passando o braço em volta do marido. — Eu não devia ter mencionado isso.

— Tas não tem a intenção de fazer mal — disse Caramon. — Vou ter uma conversa com ele.

— Melhor não — discordou Tika. — Talvez apenas piore as coisas. — Entregou-lhe a moeda que a mulher lhe dera.

Caramon examinou-a.

— Aço anão. Eu me pergunto como ela conseguiu isso?

Ele jogou a moeda em um cofre.

— Tika, olha! Eu trouxe mais clientes! — Tas anunciou com orgulho. Os frequentadores da estalagem agarraram seus pertences e Tika correu até a porta, bloqueando a entrada. — Dinheiro adiantado, kender. E vocês bebem suas cervejas lá fora.

Ela estendeu a mão para o pagamento.

— Prazer em conhecê-la. Sou Kringley Pés-Inquietos — disse um, pensando erroneamente que Tika queria apertar as mãos.

— Rudy Mão-Leve — disse o outro e estendeu a mão. Tika colocou as mãos nos quadris. — O seu dinheiro?

Kringley e Rudy tiveram que parar um momento para discutir qual deles estava com o dinheiro, e em seguida precisaram vasculhar suas bolsas para encontrá-lo. Tika esperou pacientemente até que cada um mostrasse várias moedas e as entregasse para ela. Ela nunca tinha visto a maioria das moedas e imaginou que pelo menos metade provavelmente não valeria nada, mas considerou que tinha o suficiente para cobrir o custo da cerveja.

— Vou buscá-las — Tas ofereceu. — Eu trabalho aqui.

— Use as canecas rachadas, não as boas — disse Tika a Tasslehoff, sabendo que nunca mais veria suas canecas.

Quando Tika foi guardar o dinheiro, olhou de relance para Destina e a viu extremamente contrariada. Uma linha escura marcava sua testa. Suas sobrancelhas estavam cerradas.

— Há algo de errado, minha senhora? — perguntou Tika. — Não gostou do vinho?

— Tasslehoff vai voltar? — Destina perguntou.

Tika olhou pela janela e viu Tas e os dois kender se acomodando no chão sob uma copadeira. Tika riu e balançou a cabeça.

— Duvido, minha senhora. Eles vão passar a maior parte do dia bebendo minha cerveja e contando histórias sobre seus "tesouros valiosos". Trarei mais vinho para você.

— Não, obrigada — disse Destina, pegando a bolsa debaixo da mesa. — Preciso ir.

— Você pediu um quarto...

— Mudei de ideia. Não vou ficar. — Destina colocou a mochila no ombro e saiu pela porta.

— Por que ela está indo embora? — perguntou Caramon. — Ela não gostou do vinho?

— Ela sequer tocou no vinho — respondeu Tika. — E ela mudou de ideia sobre o quarto.

Caramon deu de ombros.

— Um dos elfos estava pedindo um quarto. Vou dar para ele, então.

Tika observou Destina marchar pela estrada, carregando a bolsa, sua capa de pele se arrastando na lama deixada pela neve derretida.

— Tem alguma coisa errada... — Tika murmurou.

A multidão do café da manhã partiu. A multidão do almoço veio e se foi. Tika teve algumas horas de descanso antes que a multidão do jantar chegasse. Ela e sua melhor amiga e cozinheira, Dezra, estavam sentadas juntas na cozinha, discutindo os preparativos que Tika havia feito para o nascimento do bebê, quando Tika olhou pela porta dos fundos, que estava aberta para dispersar o calor da cozinha.

— Maldita seja! Ela está de volta — exclamou Tika.

— Quem voltou? — Dezra perguntou, virando a cabeça.

— A mulher solâmnica — disse Tika, baixando a voz. — Aquela que eu lhe contei que estava questionando Tas.

Ambas podiam ver Destina sentada em um banco atrás da estalagem. A julgar por sua linha de visão, estava observando Tasslehoff e seus dois amigos, que ainda estavam sentados sob a copadeira, devorando tortas de carne com a rapidez de quem sabe que um vendedor de torta de carne irado provavelmente não está muito longe.

— Por que ela está interessada em Tas? Vou descobrir tudo — disse Tika, levantando-se. — Passe aquele balde.

Dezra gentilmente foi buscar o balde. Tika o carregou porta afora e foi até a bomba d'água que ficava nos fundos da estalagem. Fez um gesto para alcançar a alavanca, então gemeu e colocou a mão nas costas.

— Deixe-me fazer isso por você — Destina ofereceu.

Tika largou o balde.

— Obrigada, minha senhora. O bebê está me chutando nos rins de novo.

— O proprietário não deveria obrigar você a trabalhar na sua condição — comentou Destina.

Tika riu.

— Então eu teria que me demitir, pois sou a proprietária, junto com meu marido, Caramon. Somos donos da estalagem.

Destina encheu o balde.

— Deixe-me levar para dentro para você.

— Temos tempo para isso mais tarde — disse Tika gentilmente. — Para dizer a verdade, minha senhora, só usei isso como uma desculpa para vir sentar aqui fora, onde está quieto. Importa-se se eu me juntar a você?

— Eu adoraria a companhia — Destina disse educadamente.

Ela voltou para o banco. Tika sentou-se ao seu lado e observou-a com interesse franco e aberto.

— Você saiu muito de repente, minha senhora. Tas disse algo que a aborreceu?

— Não, de jeito nenhum — tranquilizou-a Destina. — Não estou acostumada a ficar perto de kender, e ele foi... um pouco desconcertante.

— Desconcertante! Creio que se pode dizer isso de Tasslehoff e é mais gentil do que a maioria — disse Tika com uma risada. — Que história de kender ele estava contando para você?

— Ele disse que visitou o Abismo usando um dispositivo mágico — explicou Destina. — Tem alguma ideia do que ele estava falando?

A senhora sorriu, como se não estivesse tendo nada além de uma conversa casual com uma estranha, mas Tika percebeu que ela a observava atentamente.

— Quem pode saber com um kender? — Tika disse, encolhendo os ombros. — Tas é capaz de tecer mais histórias do que uma aranha consegue tecer teias. Ele não é um kender comum.

— Nunca conheci muitos kender — comentou Destina. — Por que ele é diferente?

— A maioria dos kender leva uma vida descuidada, indiferente e irresponsável. As crianças kender são criadas pela comunidade. Os pais kender são afetuosos, mas um filho é igual ao outro, e eles os passam despreocupadamente de um lado para o outro até que cresçam e saiam de casa com sua sede por aventuras. Muitas vezes pensei que é por isso que os kender não desenvolvem apegos. Nunca aprenderam a se importar. Eles não sabem o que significa ter medo, nem por si mesmos nem pelos outros.

Tika encarou Destina atentamente.

— Tas, porém, aprendeu a se importar, minha senhora. Não tenho certeza se isso é bom ou ruim. A vida seria mais fácil se não nos importássemos com as outras pessoas, suponho. Mas é bom que Tas *de fato* se importe ou meu Caramon não estaria comigo agora.

Destina lançou-lhe um olhar rápido e penetrante.

— O que quer dizer? O que aconteceu?

— Apenas que Tas é um amigo querido e que eu acertaria com minha frigideira qualquer um que desejasse fazer mal a ele.

— Tika? — Caramon chamou. Ele enfiou a cabeça pela porta dos fundos. — Ah, aí está você! Não consegui encontrá-la e fiquei preocupado. Boa tarde, Senhora Destina. Está tudo bem?

— A senhora e eu estávamos apenas conversando — explicou Tika, e estendeu a mão para o marido. — Ajude-me a levantar, meu querido. E traga aquele balde de água. Faça uma boa viagem, minha senhora.

Destina aparentemente entendeu a dica, pois se levantou.

— Agradeço por sua gentileza.

Ela pegou a bolsa e saiu andando em direção à estrada.

— O que ela estava fazendo aqui? — Caramon perguntou em voz baixa enquanto ele e Tika entravam.

— Ela estava observando Tas — revelou Tika. — Como Flint costumava dizer, aquela mulher me dá arrepios.

CAPÍTULO VINTE E QUATRO

Tasslehoff Pés-Ligeiros estava entediado.
Se os residentes de Solace soubessem que havia um kender entediado entre eles, teriam fugido para as colinas. Do jeito que estava, os residentes tinham coisa mais importante e alegre em que pensar. Na manhã anterior, Tika Majere havia dado à luz seu segundo filho, outro menino.

Caramon havia fechado a estalagem para que ele e Dezra pudessem ficar com ela e agora, no dia seguinte, as pessoas estavam aglomeradas ao redor da estalagem esperando para ouvir Caramon anunciar o nome do bebê. Pelo menos, essa era a desculpa deles. Quando o primeiro filho dos Majere, Tanin, nasceu, Caramon comemorou distribuindo cerveja grátis até que os barris estivessem vazios.

Tasslehoff tinha ido à casa dos Majere no dia anterior para se oferecer para ajudar no parto.

— Sou muito bom em ferver água — alegou a Caramon. — Não tenho muita certeza de por que devo ferver água, mas ouvi dizer que as pessoas precisam de muita água fervente quando estão tendo bebês... e cozinhando lagostas — acrescentou ele com uma reflexão tardia.

Caramon ficou tão alarmado com essa comparação que expulsou Tasslehoff de casa. Tas saiu pela porta dos fundos e voltou pela da frente, pensando que Caramon pretendia expulsar outra pessoa, mas Dezra o pegou. Agarrando-o pelo coque, ela o conduziu escada abaixo.

Isso havia sido ontem e oferecera uma quantidade razoável de animação. Mas hoje, Tas fora deixado sozinho. A estalagem ainda estava fechada. Ele não tinha nada para fazer, exceto sentar-se em uma cerca sob uma copadeira e balançar as pernas.

— Faz muito tempo que não vou à forja do ferreiro — comentou Tas para ninguém em particular. — Desde aquele dia no qual meu cabelo pegou fogo e Theros Ironfeld me mergulhou no cocho do cavalo. Quem imaginaria que trabalhar o fole o mais forte que eu conseguisse começaria uma confla... confla... conflagração?

Tas lembrou-se da palavra grande com orgulho.

— Theros me disse para não voltar, mas já faz muito tempo e aposto que ele sente minha falta. Vou vê-lo.

Tas pulou da cerca, pegou seu hoopak — que era uma combinação de cajado com funda — e estava saindo para visitar o amigo quando alguém puxou seu colete de pele.

— Eu não fiz nada! — Tas gritou imediatamente e levantou as mãos no ar.

Ele virou-se para ver que não era o xerife quem o segurava, mas outro kender. Ela era mulher e até bonita, ou seria se alguém tivesse lhe ensinado como se vestir adequadamente e arrumar os cabelos.

— Olá — disse Tas.

— Você é Tasslehoff Pés-Ligeiros? — ela perguntou, tímida.

— Sou eu — confirmou Tas. — A gente se conhece?

— Não, mas ouvi falar de você — disse a kender. — Você é um dos Heróis da Lança e viajou no tempo. Queria conhecê-lo. Meu nome é Mari Mariweather.

Ela e Tas apertaram as mãos.

— Você não está na estrada há muito tempo, está, Mari? — Tas perguntou, notando sua aparência lamentável. — Esta é sua primeira Ânsia de Viajar?

— Ora... é... sim — admitiu Mari, parecendo assustada com a pergunta. — Como sabe?

— Não quero magoar seus sentimentos, Mari, pois você parece muito legal, mas está vestida como uma humana.

Mari olhou para suas calças e sua camisa azul-acinzentadas enfadonhas, sobre as quais ela usava uma longa túnica da mesma cor com um cinto. Tas passou a apontar cuidadosamente suas falhas.

— Você só tem uma bolsa que está vazia, embora tenha um bolso, e isso conta para alguma coisa. E não quero falar mal da sua criação, mas ninguém lhe ensinou como prender seu cabelo do modo adequado?

Mari tocou, constrangida, o calombo no topo de sua cabeça que aparentemente deveria ser um coque, mas que estava mais para um grande nó, pois seus longos cabelos pretos estavam caindo sobre seu rosto.

— Eu... Acho que não — disse Mari.

Tas sentiu pena dela e pensou que talvez estivesse sendo muito duro. Ele acrescentou gentilmente:

— E é uma pedra preciosa muito interessante essa que você está usando aí. Nunca vi uma igual. Na verdade, é difícil de ver. Ela fica mudando de forma.

Tas estendeu a mão, pensando em tocar na gema para fazê-la parar de mudar diante de seus olhos. Mas no momento em que sua mão se aproximou dela, foi acometido por uma sensação extremamente desagradável de enjoo, como se seu estômago estivesse tentando rastejar e se esconder atrás de seu fígado.

Tas afastou a mão e a sensação horrível desapareceu. Ele tentou tocar a gema de novo, e a sensação horrível retornou. Estava fascinado, mas não teve chance de tentar mais uma vez, porque Mari agarrou a joia e a enfiou dentro da gola da camisa.

— Como você faz para sua pedra preciosa me deixar todo enjoado assim? — Tas perguntou.

— A gema não importa — Mari desconversou. — Eu queria visitar a Estalagem do Último Lar, mas a placa diz que está fechada. Existe algum outro lugar onde possamos ir para tomar uma bebida? Estou com muita sede.

— A estalagem não está fechada para *mim* — declarou Tas, acrescentando com orgulho: — Sou da família.

Ele a conduziu até a estalagem e girou a maçaneta da porta.

— Está trancada. Você tem uma chave? — Mari perguntou.

— Não preciso de uma — disse Tas. — Como o tio Trapspringer sempre diz: "Por que insultar o propósito de uma porta trancando-a?".

Ele enfiou a mão no bolso e tirou sua posse mais valiosa, suas ferramentas de arrombamento. Apoiou seu hoopak contra a porta, vasculhou sua coleção, escolheu uma chave de tensão e um gancho e os inseriu na fechadura.

— Vou nos fazer entrar num estalo — disse ele. Fez uma pausa em seu trabalho para perguntar: — Por acaso você não sabe o quanto é um estalo, não é, Mari? Sempre me perguntei.

— Não, sei não — disse Mari nervosamente, olhando por cima do ombro. — Você poderia se apressar, por favor?

— Por quê? O que há de errado? — Tas perguntou, tateando cuidadosamente o caminho com o gancho.

— Alguém pode nos ver invadindo a estalagem e chamar o xerife — Mari disse.

Tas parou novamente para olhá-la maravilhado.

— Tem *certeza* de que é kender? Você soa terrivelmente como um ser humano...

— Claro que sou kender! — Mari parecia verdadeiramente magoada.

— Sinto muito — disse Tas. — Eu não queria insultá-la. Alguns dos meus melhores amigos são humanos.

— Por favor, apenas se apresse! — Mari implorou.

Tas deu de ombros e voltou a trabalhar até ouvir o clique satisfatório de uma fechadura. Mari abriu a porta correndo e saltou para dentro, puxando Tas para dentro com ela. Fechando a porta, correu para olhar pela janela.

— Acho que ninguém nos viu — declarou ela, parecendo aliviada.

Tas nunca sentiu tanta pena de alguém em sua vida. Ele tirou duas canecas de cerveja do barril e as levou até uma mesa. Ia se sentar perto de uma janela para ficar de olho no que estava acontecendo na cidade, mas Mari quis sentar-se em uma mesa na parte de trás que ficava escondida atrás de uma viga.

— Tenho medo de que alguém olhe pela janela e nos veja — ela explicou.

Tas a encarou. Nunca tinha ouvido um kender dizer as palavras "tenho medo".

— Você foi criada por humanos? — perguntou.

Mari não parecia saber como responder.

Tas assentiu em triste compreensão e sentou-se. A Estalagem do Último Lar, em geral, era extremamente interessante, com pessoas indo e vindo e deixando seus pertences e ele encontrando-os e devolvendo-os, ou pelo menos tendo a intenção de devolvê-los. Agora estava vazia e quieta e, bem, entediante.

Tas levantou-se.

— Foi muito bom conhecê-la, Mari, mas tenho que estar em outro lugar agora.

Mari pareceu apreensiva.

— Mas eu quero saber como você viajou no tempo. Eu adoraria ouvir a história.

— Adoraria contar, porque é uma das minhas melhores histórias — respondeu Tas. — Mas não deveria falar sobre isso. Jurei para Dalamar, Tika e Caramon que não falaria.

Ele lançou um olhar desejoso para a porta.

— Mas eles não estão aqui para ouvir você — Mari argumentou.

Tas refletiu. Parecia um conceito interessante.

— Talvez seja como a árvore caindo na floresta. Se a árvore cair e ninguém ouvir, ela faz barulho?

— Não quero falar de árvores — retrucou Mari.

— Estou dizendo que promessas podem ser como árvores. Se você quebrar uma promessa e ninguém ouvir você quebrá-la, então você quebrou ou não?

— Prometo que não vou contar a ninguém, então você não estaria quebrando — declarou Mari. Ela estendeu a mão. — Vamos selar com um aperto de mãos.

— Que anel interessante você está usando — observou Tas. — Esse com as pedras azuis. Vi o pequeno anel com a pedra verde, mas não havia notado esse antes. Você acabou de colocá-lo?

— Eu… Eu só uso em ocasiões especiais — disse Mari, parecendo nervosa. — Vamos selar?

Tas apertou-lhe a mão e de repente sentiu um calor se espalhar por todo o corpo.

— Sabe, Mari, você é a pessoa mais amigável que já conheci. A maioria das pessoas não quer ouvir minhas histórias, nem mesmo a maioria dos meus amigos. Você é diferente. Você é uma boa amiga. Sua promessa é boa o suficiente. Afinal, para que servem os amigos?

— Fico feliz que seja meu amigo — Mari respondeu, sorrindo, embora seu sorriso parecesse um pouco forçado nos cantos.

Tas realmente gostava de contar a história, especialmente para sua nova amiga.

— Bem, tudo começa com este dispositivo mágico chamado Dispositivo de Viagem no Tempo. Par-Salian o deu a Caramon. Par-Salian era um mago que era um grande amigo meu...

Mari o interrompeu.

— Conte-me mais sobre o dispositivo. Adoraria vê-lo. Talvez até segurá-lo. Você está com ele?

Tas franziu o cenho para ela.

— Eu sei que você foi criada por humanos, Mari, mas não é educado interromper um amigo quando ele está contando sua melhor história.

— Sinto muito — disse Mari, contrita. — Por favor, continue.

— Bem, o dispositivo é muito interessante — comentou Tas. — Como eu estava dizendo, Par-Salian o deu para Caramon...

Tasslehoff falou sobre Caramon e o dispositivo e como ele não podia deixá-lo voltar no tempo sozinho, então transformou-se em um rato com um anel mágico.

— Um anel como este — disse Tas, exibindo orgulhosamente o anel no polegar da mão esquerda. Era muito bonito, de prata com pedras azuis.

Mari observou o anel na mão dele, então olhou para a própria mão.

— Esse é o meu anel! — exclamou.

— É mesmo? Obrigado por me dar — disse Tas. — É muito lindo. É mágico? Eu gostaria de ter algo para lhe dar.

— Eu não dei para você! — Mari exclamou. — Você... você o pegou! O anel é meu! Devolva!

Tas nunca tinha ouvido um kender se referir a um objeto como "meu" antes. Kender consideravam que todas as coisas pertenciam a todas as pessoas. A maior parte dos problemas do mundo, diria um kender, surgiu porque alguém queria algo reivindicado por outra pessoa.

"Criada por humanos", disse Tas para si mesmo com tristeza, e puxou o anel. Não funcionou. Estava preso em seu polegar.

— Acho que não tem jeito — disse ele com um suspiro pesado. Parecia muito abatido.

— O que não tem jeito? — Mari perguntou. — Tire o anel!

— Não quer sair — disse Tas. Ele deu outro puxão no anel, mas não saiu. Suspirou e olhou para Mari e disse em tom trágico: — Estamos casados.

— O quê? Não! — Mari deu uma espécie de suspiro estrangulado. — Não seja ridículo! Dê-me o meu anel!

— Eu não consigo — afirmou Tas. — O anel não me deixa. Segundo a lei kender, se você me der um anel e eu não conseguir tirá-lo, isso significa que estamos casados. A lei kender é muito específica neste ponto.

Mari parecia completamente surpresa.

— Nós... precisamos tentar manteiga! Vá para a cozinha e encontre um pouco de manteiga. Isso ajudará o anel a deslizar.

Tas, obediente, foi até a cozinha. Afinal, ela era sua esposa. Ele retornou com uma bola de manteiga e passou-a por todo o polegar e depois puxou o anel com tanta força que pensou que poderia arrancar o polegar junto.

Tas estendeu-lhe a mão.

— Talvez se nós dois puxássemos juntos...

Mari balançou a cabeça com tanta veemência que o que restava de seu coque se desfez.

— Não me toque com isso.

— Por que não? — Tas perguntou.

Mari não tinha uma resposta para isso e, no fim, tudo o que ele tinha era um anel coberto de manteiga e o fato irrefutável de que estavam casados.

— Mas não quero me casar — disse Mari, parecendo desesperada.

— Não temos escolha. Eu também não quero me casar, embora se eu fosse me casar com alguém seria com você — Tas apressou-se em acrescentar, para não magoar-lhe os sentimentos. — Mas é a lei kender.

— Ninguém saberia se a quebrássemos — sugeriu Mari.

— Todo mundo vai saber quando me virem usando seu anel — afirmou Tas. — E isso me lembra. Preciso lhe dar algo, já que você é minha esposa. É educado. Pode vasculhar minhas bolsas e pegar o que quiser. Agora que estamos casados, minhas bolsas são suas bolsas.

— Eu não quero nada — Mari. — E não somos casados. Acho melhor eu ir embora.

— Já sei! — Tas exclamou. — Vou lhe dar o Dispositivo de Viagem no Tempo!

Mari deteve-se.

— Você o *daria* para mim?

— Claro, Mari — confirmou Tas. — Você é minha esposa.

— Não sou, não. — Mari voltou a se sentar. — Mas pode ficar com o anel se me mostrar como usar o dispositivo para voltar no tempo.

— Você poderia ir a qualquer lugar que quisesse — afirmou Tas. — Embora eu não recomende o Abismo nessa época do ano. Bem, eu não o recomendo em nenhuma época do ano. Então, agora que isso está resolvido e você é minha esposa, posso dar uma olhada mais de perto na pedra preciosa que você está usando na corrente? A que você fica tentando esconder embaixo do colarinho? Ela me causa mesmo uma sensação muito estranha...

— Não — Mari disse com rispidez. Ocultou a pedra preciosa. — Onde está o dispositivo? Podemos ir buscá-lo agora?

— Claro — respondeu Tas. — Eu mostrarei o caminho.

Ele agarrou a mão de Mari e a arrastou para fora da estalagem.

— Ei, Solace! — Tas gritou, parado no topo da escada. — Estamos casados! Conheçam minha esposa, a senhora Tasslehoff Mari Mariweather Pés-Ligeiros!

CAPÍTULO VINTE E CINCO

Destina estava nos degraus da Estalagem do Último Lar em seu disfarce de kender Mari, e tentou desesperadamente pensar no que fazer. Sua única intenção tinha sido que o Anel da Amizade tocasse Tasslehoff, o fizesse querer ser seu amigo e lhe dar o Dispositivo de Viagem no Tempo. Jamais imaginou que ele conseguiria tirar o anel dela e, com certeza, nunca teve a intenção de se tornar a Sra. Tasslehoff Mari Mariweather Pés-Ligeiros!

O casamento era um absurdo, é claro, e Destina a qualquer momento poderia se livrar simplesmente aguardando uma hora para que o feitiço de amizade passasse e, depois, usando o broche de metamorfose para mudar de volta para sua forma humana. Contudo, se fizesse isso, Mari desapareceria e, com ela, qualquer esperança de adquirir o dispositivo. Ela precisava convencê-lo a dá-lo para ela agora, antes que o feitiço terminasse.

— Tas, podemos ir para algum lugar tranquilo onde possamos conversar? — Destina disse com urgência, e então foi engolida por um mar de kender.

Eles pareceram vir de todos os lugares, pulando das passarelas e caindo dos galhos das árvores, correndo pela estrada e saindo das casas. Gritavam e cantavam, bradavam e jogavam coisas, e então alguém berrou: "O rolar no barril!".

Vários kender passaram por Destina, apressaram-se para a estalagem e saíram carregando dois grandes barris vazios que cheiravam fortemente a cerveja. Antes que Destina pudesse falar, ou se mexer ou escapar, os kender a ergueram e, ignorando seus protestos, colocaram-na em cima do barril.

Ela tentou descer, mas antes que conseguisse, os kender ergueram o barril no ar e começaram a sacudi-la para cima e para baixo e a cantar.

Apenas mais um casamento kender,
Beber e cantar, e depois esquecer
Tudo o que aconteceu antes.
Os porteiros indicam a porta
E vinho e comida e música e vinho
E vinho e dança em alinho.

Destina teve que montar o barril com as pernas. Ela agarrou a borda, aterrorizada, enquanto ele balançava e rolava e ameaçava derrubá-la no chão. Levantaram Tasslehoff em seu barril e ele imediatamente rolou para fora, sob vaias, zombarias e risadas. Pegaram-no e o jogaram de volta para cima do barril.
Ele sorriu para Destina e gritou:
— Isso não é maravilhoso? — E quase se soltou do barril.
Os kender colocaram os barris nos ombros e carregaram Tas e Destina pelas ruas de Solace, cantando a próxima estrofe da canção.

Todas as promessas esquecidas
Os votos perpétuos que não são opção
Quando você não consegue lembrar
Os padrões embotados pelo álcool
E vinho e comida e música e vinho
E vinho e dança em alinho.

— Para a casa de Caramon! — gritou Tasslehoff.
As pessoas exclamaram "Para a casa de Caramon!" e a multidão avançou naquela direção. Crianças corriam junto. Cães latiam e pulavam ao redor. As pessoas nas passarelas debruçavam-se sobre as pontes para ver o que estava acontecendo ou desciam correndo as escadas para se juntar à celebração.

O juramento honrado dele para ela
Dela para ele, de então para lá
Palavras bem escolhidas (e bem ensaiadas)

> Por lembranças licorosas são dispersadas
> Janelas afora e por portas quebradas
> Através de tetos caídos, pisos em chamas.
> E vinho e comida e música e vinho
> E vinho e dança em alinho.

Destina tentou implorar aos kender que equilibravam precariamente o barril nos ombros para colocá-la no chão, mas estava sendo sacudida e arremessada tanto que não conseguia falar e acabou mordendo a língua. A multidão carregou a ela e a Tas para o pé de uma enorme copadeira. Lá, baixaram os barris até o chão, e Destina deslizou dele e começou a correr. Mas antes que pudesse escapar, Tasslehoff a agarrou e a puxou escada acima.

— Tika, Caramon! — Tas gritou. — Estou casado!

Caramon e Tika estavam do lado de fora da casa. Caramon estava com o filho primogênito no colo e Tika exibia o novo bebê, enrolado em um cobertor, para um grupo de vizinhos admirados.

Destina não conseguia pensar. Não conseguia respirar. Tasslehoff arrastou-a pela multidão e a empurrou na frente de Tika.

— Estou casado! — Tasslehoff exclamou mais uma vez. — Esta é minha esposa, Mari!

Tika parecia exasperada.

— Tasslehoff, não é hora para suas bobagens.

— Não é bobagem — retrucou Tas. — É o meu casamento!

Ele gesticulou para o mar de kender que agora dançavam de mãos dadas e cantavam ao redor da base da copadeira.

Tika e Caramon trocaram olhares.

— Vou descobrir o que está acontecendo — disse Tika. — Você vai abrir a estalagem e convidar as pessoas para beber em homenagem ao nosso novo filho. Leve o pequeno Tanin com você. Dezra vai cuidar dele.

— Mas quero saber como Tas se casou! — Caramon protestou.

Tika fixou seus olhos verdes nele.

— O que eu disse, Caramon Majere?

Caramon inclinou-se para beijar sua bochecha.

— Sim querida. Vou abrir a estalagem.

Ele saiu, prometendo à multidão cerveja grátis para molhar a cabeça do bebê. Marcharam alegremente atrás dele.

Tika levou Tas e Destina para dentro de casa e fechou a porta atrás deles. Tas pediu para ver o bebê e se esqueceu de sua nova noiva. Destina ficou contente por ter um momento de descanso, pois havia sido empurrada e puxada, balançada e sacudida na alegre e barulhenta celebração. Seus cabelos caíam sobre o rosto e suas roupas estavam desgrenhadas e tortas.

— Qual é o nome dele? — Tas perguntou.

— Chamamos ele de Sturm — informou Tika. Ela colocou o bebê em um berço e sentou-se em uma cadeira. O bebê agitou-se um pouco e Tika o embalou até ele dormir.

— Agora, Tas, apresente-me a sua esposa — pediu Tika.

— Esta é Mari — apresentou Tas, orgulhoso.

— Quando você e Mari decidiram se casar?

— Alguns minutos atrás — respondeu Tas.

— Quando conheceu Mari? — perguntou Tika.

— Alguns minutos atrás — informou Tas.

Tika franziu a testa.

— Não é... um tanto repentino?

— Acho que foi — disse Tas. — Eu não planejava me casar hoje, mas a Mari me deu esse lindo anel e agora não consigo tirar. Está vendo?

Ele puxou o anel, e ele estava preso.

— Experimente manteiga — sugeriu Tika.

— Não funcionou — explicou Tas. — Isso significa que estamos casados sob a lei kender, e eu tenho que ser honrado, assim como Sturm, mas sem ir tão longe a ponto de morrer na Torre do Alto Clérigo.

— Lei kender! — Tika bufou. — Como se existisse tal coisa!

— Não existe? — Destina ofegou.

Tika olhou para ela com estranheza e Destina lembrou-se de que ela deveria ser uma kender. Ela começou a erguer a mão para a Gema Cinzenta e então se deteve.

— Nós temos leis — Tas estava dizendo, ofendido. — Como os cavaleiros. Eles têm o Voto e a Fita Métrica e nós temos a lei kender. Tudo começou na época de uma das Guerras dos Dragões... esqueci qual... quando o tio Trapspringer...

— Tas, fique quieto — pediu Tika. — Quero conhecer a sua... bem... esposa. — Ela sorriu para Destina e deu um tapinha em uma cadeira ao lado dela.

— Conte-me algo sobre você, Mari... — Tika começou a dizer, depois parou para encarar. — Que colar estranho esse que você está usando.

Destina viu com espanto que o colarinho de sua camisa havia se desabotoado durante o tumulto. A Gema Cinzenta pulsava com uma leve luz cinza.

— É muito estranho, *de fato* — concordou Tas. — Toquei a gema e ela fez eu me sentir todo esquisito por dentro. Não de um jeito bom, mas de um modo ruim, como quando encontrei o cavaleiro da morte, Lorde Soth.

O bebê começou a se agitar mais uma vez e, quando Tika voltou sua atenção para ele, Destina enfiou a corrente com a Gema Cinzenta sob o colarinho da camisa e a abotoou depressa.

Tinha plena consciência do tempo. O sol estava começando a se pôr. Estava no corpo kender desde a manhã. O feitiço lançado pelo broche durava apenas doze horas, e então ela voltaria ao próprio corpo. Talvez lhe restasse uma hora apenas.

— Tas, Tika está ocupada. Devemos ir embora — disse Destina.

— Não precisam sair correndo, Mari — disse Tika. Ela pegou o bebê e o embalou. — Eu gostaria de saber sobre essa joia.

Tas sentou-se para conversar.

— Comecei a tocá-la apenas para fazê-la parar de mudar de forma como faz e...

— Tas, é a nossa noite de núpcias — disse Destina em desespero.

Tas imediatamente ficou de pé.

— Eu adoraria ficar e conversar, Tika, mas é a nossa noite de núpcias.

Ele agarrou a mão de Destina e a apressou em direção à porta da frente. Destina podia sentir o olhar carrancudo de Tika sobre ela enquanto continuavam à vista.

Ela acompanhou Tas descendo as escadas das passarelas até o chão. Luzes brilhavam nos vitrais das casas acima deles e reluzia dos galhos das árvores.

— Vou levá-la para minha casa, Mari, que agora é sua casa também, já que você é minha esposa — Tas estava explicando.

— Sua casa fica longe? — Destina perguntou, atenta ao sol que estava ficando cada vez mais baixo. — É onde você guarda o dispositivo?

— Não, não muito longe — respondeu Tas. — É uma casa maravilhosa, embora seja no chão, não em uma árvore como a de Caramon. A casa pertencia ao meu amigo Flint. Ele era um anão e disse que só pássaros viviam em árvores, então construiu sua casa no chão. Ele está esperando por mim debaixo de uma árvore, então não precisa mais de sua casa e Tanis disse que eu poderia ficar com ela, contanto que não a perdesse. Ressaltei que perder uma casa seria difícil até para mim, já que é muito grande. Tanis disse que não tinha dúvidas de que eu poderia perdê-la se tentasse, o que foi muito gentil da parte dele...

— Tas, precisamos conversar — disse Destina, finalmente conseguindo interromper a divagação dele. — Vamos sentar aqui na grama.

Tas ficou em dúvida.

— Acho que ficaríamos mais confortáveis em algum lugar mais privado, mas se é isso que você quer...

— É o que quero — confirmou Destina com firmeza.

Ela sentou-se no chão e Tasslehoff gentilmente se sentou de pernas cruzadas ao seu lado. Estava pensando que o feitiço do anel já devia ter passado. Sentiu a Gema Cinzenta esquentar contra sua pele e se perguntou preocupada se ela tinha afetado Tas ou o anel, ou ambos. Quanto mais cedo tivesse o dispositivo e fosse embora, melhor.

— Tas, você prometeu que me daria o Dispositivo de Viagem no Tempo. Por favor, mantenha sua promessa e traga-o para mim.

— É isso mesmo o que você quer, Mari? — Tas perguntou.

— Mais do que tudo no mundo — declarou Destina.

Tas pôs-se de pé.

— Está certo. Se é isso que você quer. Afinal, você é minha esposa. Espere aqui por mim. Estarei de volta em cerca de um mês.

— Um mês? — Destina ofegou. — Onde está o dispositivo?

— Em Palanthas — respondeu Tas. — Vou depressa.

Destina o segurou.

— O que quer dizer com o dispositivo está em Palanthas?

Tas ficou intrigado.

— Acho que quero dizer que o dispositivo está em Palanthas. Sinto muito, Mari. Se eu soubesse que íamos nos casar e que você queria o dispositivo, eu o teria guardado para você. Mas como eu não sabia que você o queria — na verdade, eu nem a conhecia — entreguei o dispositivo para Astinus. Ele é o bibliotecário-chefe da Grande Biblioteca, e ele e eu somos grandes amigos.

— Ele tomou o dispositivo de você?

— Ninguém pode tirá-lo de quem está de posse dele, porque ele sempre volta para quem está em sua posse. Então, quando Caramon e eu retornamos de nossas aventuras, Caramon disse que ia devolver o dispositivo ao grande mago Par-Salian, que foi quem nos deu. Mas encontrei-o na minha bolsa. Imagine só! Então, eu estava com ele e usei o aparelho para viajar por todo o tempo, e vi muitas coisas maravilhosas. Um dia, quando eu estava em Solace entre viagens, Astinus veio falar comigo.

— Ele registra o tempo, sabe. Algumas pessoas dizem que ele é o deus Gilean e que ele vê o tempo futuro, o tempo passado e o tempo intermediário de uma só vez. E ele disse que eu estava dando muito trabalho para ele, porque eu aparecia neste século e aparecia em outro século e apesar de eu não ter causado nenhuma... Qual é aquela palavra que tem catar nela e significa que você fez algo horrível?

— Catástrofe — disse Destina, inquieta e olhando para o sol.

— É isso, embora eu nunca soubesse o que catar tivesse a ver com isso. Enfim, eu ainda não havia causado nenhuma catástrofe, mas ele sabia que era apenas uma questão de tempo. Pensei que ele estava fazendo uma piada dizendo "questão de tempo" desse jeito e ri, mas acho que Astinus não estava brincando, porque ele estava com uma cara muito séria e me disse para entregar o dispositivo para ele.

— O que aconteceu depois? — Destina questionou.

— Tanis diz que não é propício para uma vida longa dizer "não" a um deus, então dei o dispositivo para Astinus. Tinha que admitir que estava mesmo ficando entediado de viajar no tempo. Quero dizer, depois que você já esteve no Abismo algumas vezes, por que ir de novo? Mesmo que seja perseguido por demônios. Gostaria de ouvir *essa* história?

— Mas como Astinus conseguiria ficar com o dispositivo? Você disse que o dispositivo sempre voltava para a pessoa que o tivesse em sua posse.

— Eu disse a mesma coisa para Astinus! Eu disse que poderia dar o dispositivo para ele, mas que ele continuaria voltando para mim. Ele disse que se eu lhe entregasse o dispositivo, ele garantiria que ficasse longe de mim. E estava certo, pois não o vi desde então.

Destina suspirou e se recostou contra a árvore.

— Sinto muito por não estar com o dispositivo, Mari — desculpou-se Tas. — Mas eu sei o poema de cor e posso contar para você como funciona.

— Não vejo como saber o poema ajuda se não tenho o dispositivo — disse ela.

— Talvez você pudesse perguntar a Astinus se ele poderia lhe emprestar o dispositivo. — Tas sugeriu. — Eu posso lhe ensinar o poema. É mágico, e qualquer pessoa que conheça o poema pode usar o dispositivo.

— Você quer dizer que, se eu aprendesse o poema, saberia como usar o dispositivo?

— Ah, sim — disse Tas. — O poema é assim...

Destina sentiu o broche que tinha prendido por dentro da camisa começar a formigar. As doze horas estavam quase se esgotando. Só havia usado o broche uma vez antes, para sair de seu corpo humano e entrar no de kender. Daquela vez, o dispositivo formigou, e o formigamento aumentou com intensidade dolorosa até que ela quase desmaiou. Em seguida, a dor parou de repente e ela era uma kender.

O formigamento estava ficando mais forte. Destina ficou de pé.

— Tenho que ir.

— Espere! Eu também vou — gritou Tas.

Mal sabendo o que estava fazendo, incapaz de ver por causa da dor, Destina empurrou Tas para fora de seu caminho e saiu em disparada. Correu o mais longe que pôde de Tas, e então a dor tornou-se tão intensa que ela não conseguia mais se mexer.

Ela se dobrou, agarrando-se a um galho de árvore para se apoiar, e rezou para que a magia não a matasse.

CAPÍTULO VINTE E SEIS

Tasslehoff levantou-se do chão, limpou a sujeira dos olhos e cuspiu algumas folhas mortas. Quando finalmente conseguiu enxergar, olhou em volta procurando pela esposa, naturalmente curioso para saber por que ela o havia jogado de cara na lama.

Mari não estava à vista, mas ele podia ouvir o que parecia ser alguém correndo, esmagando ruidosamente a vegetação rasteira.

Tas deduziu que provavelmente era Mari — embora pudesse ser um ogro furioso. De qualquer maneira, ele saiu em perseguição.

Ele podia ver o caminho através da floresta à luz cintilante das estrelas e à luz vermelha e prateada de duas das três luas de Krynn, Solinari e Lunitari, mescladas. Havia percorrido apenas uma curta distância quando os ruídos pararam. Tas também parou e escutou.

A floresta estava silenciosa, mas ele pensou ter ouvido o que parecia ser um gemido. Correu na direção do som e se deparou com Mari agachada no chão, balançando para frente e para trás e gemendo de dor.

— Mari! Você está machucada? Estou chegando! — Tas gritou.

Mari levantou a cabeça e o olhou com um misto de medo e súplica.

— Vá embora! — ela ofegou.

Tas não poderia ir embora, mesmo que quisesse, porque naquele momento ele estava cercado por uma nuvem estonteante e deslumbrante de luz rodopiante. Poeira cintilante como estrelas girou em torno dele em uma chuva reluzente e radiante, e ele ficou paralisado, observando em extasiado espanto.

E então, a chuva estrelada terminou tão abruptamente quanto havia começado. Tas piscou os olhos e esperou que a impressão do brilho desaparecesse.

— Você viu isso, Mari? — ele perguntou enquanto esperava que as faíscas desaparecessem.

Mari não respondeu, e quando pôde enxergar, viu o motivo. Mari não estava lá. Tudo o que restava dela era a bolsa que estava vazia.

— Mari? — chamou Tas.

Ele ouviu alguém andando por entre as folhas e vislumbrou uma mulher deslizando de sombra em sombra como se estivesse se escondendo do luar.

Tas pôde ver imediatamente que a pessoa não era Mari. Era humana e algo nela parecia familiar. Tas observou-a com atenção, e então teve um vislumbre de seu rosto sob o luar prateado e a reconheceu como a mulher que estivera lhe fazendo perguntas sobre o dispositivo na estalagem. Tas perguntou-se o que ela estava fazendo vagando pelo bosque a essa hora da noite, mas estava mais preocupado em encontrar Mari do que em querer saber a resposta.

— Ei, moça! — Tas chamou. — Você viu uma garota kender? Estou procurando minha esposa.

A mulher não respondeu, e antes que Tas pudesse perguntar novamente, ela havia desaparecido, fundindo-se com as sombras mais profundas. Tas deu de ombros e continuou a procurar por Mari, chamando seu nome enquanto percorria o bosque. Ele procurou enquanto teve luz. Primeiro, uma lua o abandonou, e então a outra, ocultando-se atrás de algumas nuvens, e ele ficou parado na escuridão total. Ele aguçou os ouvidos, mas não conseguiu escutar nada.

Tas decidiu que precisava de ajuda.

Ele abriu caminho pela floresta com a ajuda de Lunitari, que aparentemente teve pena dele e saiu do esconderijo, e voltou para a Estalagem do Último Lar. Infelizmente, a estalagem estava escura. Caramon devia ter ficado sem cerveja ou fechado e ido para casa.

Tas subiu as escadas que contornavam o tronco da copadeira, subindo de dois em dois degraus, e correu ao longo da ponte de madeira até chegar à casa de Caramon. Espiou pela janela. As lâmpadas estavam acesas e ele conseguia ver Caramon e Tika na cozinha, limpando depois do jantar.

Tas estava prestes a abrir a porta e irromper com seu pedido de ajuda, quando ouviu a voz de seu amigo, Tanis Meio-Elfo, em sua mente.

"Você deve bater primeiro e *depois* entrar", Tanis sempre o lembrava. "Não o contrário."

Tas bateu na porta e então, tendo cumprido as condições de Tanis, escancarou-a e saltou para dentro.

— A Mari sumiu! — ele gritou. — Chamem os cães de raça!

Ele deve ter dado um grande susto em ambos, porque Tika ofegou e agarrou a frigideira enquanto Caramon pegava o atiçador.

Tika o viu, suspirou de alívio e abaixou a frigideira.

— Relaxe. É apenas o Tas.

Caramon lançou-lhe um olhar irritado.

— Pare de gritar! Você vai acordar o bebê. Qual é o problema agora?

Tas respirou fundo para conseguir dar a explicação, que era longa.

— Mari me derrubou na lama e saiu correndo, e eu a segui e ouvi ela gemer e eu ia ajudá-la só que a poeira estelar mágica entrou nos meus olhos e não conseguia ver nada e quando consegui, Mari tinha sumido. Tudo o que restava era a bolsa dela. — Tas exibiu a bolsa e respirou fundo. — Então, precisamos enviar os cães de raça.

— Cães de caça — disse Caramon.

— Eles também — disse Tas.

Caramon observou-o, franzindo a testa.

Tas olhou para baixo. Suas roupas estavam cobertas de sujeira e algumas folhas soltas. Suas botas estavam enlameadas. Ele tirou algumas folhas do cabelo.

— É melhor você entrar — disse Caramon.

— E quanto ao grupo de busca? — Tas perguntou.

— Estaríamos apenas vagando no escuro. Vamos ter que esperar até de manhã.

Tika se aproximou, limpando as mãos no avental.

— O que está acontecendo? — ela perguntou. — Por que está falando em cães de raça?

— Mari fugiu dele — disse Caramon, apontando o polegar para Tas.

— Ela não fugiu de mim — Tas protestou, indignado. — Ela foi sugada por um ciclone mágico de poeira estelar. — Ele farejou o ar. — Isso é cheiro de ensopado de veado?

— Nada de suas histórias de kender, Tasslehoff Pés-Ligeiros — exigiu Tika severamente. — Você e Mari brigaram? Diga-me a verdade.

— *Estou* falando a verdade — afirmou Tas. — Esse ensopado está cheirando muito bem. Tem aquelas cebolinhas nele? Acho que eu conseguiria falar melhor a verdade se não estivesse fraco de fome.

Ele seguiu Tika até a cozinha e sentou-se à mesa. Ela colocou um pouco de ensopado em uma tigela e lhe entregou.

— Agora, conte-nos o que aconteceu — pediu Tika, sentando-se com ele. — Comece do começo. Onde você conheceu Mari?

— Eu não a conheci — disse Tas entre mordidas de ensopado. — Ela me conheceu. Apareceu atrás de mim e perguntou se eu era o famoso Tasslehoff Pés-Ligeiros que viajou no tempo, e eu disse que era.

Tika e Caramon trocaram olhares desconfiados.

— Continue, Tas — pediu Tika.

— Este ensopado está muito bom — disse Tas. — Enfim, Mari queria entrar na estalagem, então nós entramos. Ela se sentou em uma mesa nos fundos e eu me sentei até começar a ficar entediado. Eu ia embora, mas ela queria saber tudo sobre minhas aventuras viajando no tempo, e nós selamos com um aperto de mãos, e ela era tão simpática que eu decidi contar a ela, e quando vi, ela tinha me dado este lindo anel e isso significava que estávamos casados.

Tas indicou o anel em seu polegar.

— Espere. Ela lhe *deu* o anel? — questionou Tika, olhando-o severamente.

— Não lembro como exatamente o consegui — esclareceu Tas, comendo o ensopado muito rápido. — Foi um dia emocionante. Ela pode ter deixado cair. Mas, seja como for, agora não sai e tem cheiro de manteiga.

— Como você se sentiu quando colocou o anel? — perguntou Tika. — Como você se sentiu a respeito de Mari?

— Meu corpo todo aqueceu e me senti amigável — explicou Tas. — Como se ela fosse minha melhor amiga depois de você, Caramon, Tanis, Dezra e Astinus...

— Você se sente amigável com relação a ela agora? — Tika interrompeu.

— Acho que sim — disse Tas, refletindo. — Ela é minha esposa, afinal. Você se sente amigável com relação a Caramon?

— Na maioria das vezes — respondeu Tika.

Ela e Caramon voltaram a trocar olhares.

— Você conta para ele — disse Tika.

— O anel é mágico, Tas — Caramon explicou. — Você estava sob algum tipo de feitiço, como quando Raist tentou encantar aquela anã da ravina, Bupu, e ela se apaixonou por ele.

Tas parou de comer o ensopado.

— Acham mesmo isso?

— Sinto muito, Tas — disse Tika gentilmente.

Tas deu um suspiro feliz.

— Imagine só! Mari gostou de mim o suficiente para me encantar! Ela realmente é a melhor esposa que alguém poderia ter. Só espero conseguir encontrá-la de novo.

Ele sentiu lágrimas de alegria brotarem, tirou um lenço do bolso e enxugou os olhos. Ia guardar o lenço, mas Caramon disse que era dele e o pegou de volta.

— Tas, me escute — pediu Tika. — Essa Mari não gosta de você. Ela fez você pensar que era sua amiga e então se casou com você porque queria algo de você.

— Ela não poderia ter — Tas apontou —, porque eu não tinha o que ela queria.

— E o que era? — quis saber Caramon.

— O Dispositivo de Viagem no Tempo — revelou Tas.

— Você contou a ela sobre o dispositivo? — Tika arfou. — Você sabe que não deveria estar falando sobre isso!

Tas terminou o ensopado e estava distraidamente colocando a tigela em sua bolsa, quando Tika a tirou dele.

Ele lançou-lhe um olhar de reprovação.

— É muito difícil para mim *não* falar sobre isso. Eu tranco esses pensamentos no fundo da minha cabeça, mas às vezes um se solta e corre para a frente da minha cabeça e sai pela minha boca antes que eu possa detê-lo. Além disso, não vejo por que não falar sobre o dispositivo, já que não o tenho mais.

— Contou para ela onde estava? — Tika exigiu saber.

— Acho que sim — respondeu Tas. — Sim, tenho certeza que sim, porque me ofereci para ir a Palanthas para perguntar a Astinus se ele a deixaria pegar emprestado. Então, eu ia contar para ela como o dispositivo funcionava e lhe ensinar o poema.

— Tas, você não devia ter feito isso — disse Tika, suspirando.

— Bem, na verdade, eu não fiz — disse Tas. — Porque antes que eu pudesse ensinar o poema a Mari, ela ficou com uma expressão assustada no rosto — o tipo de expressão que você fica quando um bugbear está correndo direto na sua direção, só que não havia nenhum bugbear. Ela pulou e me derrubou e saiu correndo. Corri atrás dela e a encontrei no chão, gemendo de dor. Eu ia ajudá-la, mas então ela foi sugada pelo ciclone mágico de poeira estelar.

— Não podemos ajudá-lo se não nos contar a verdade, Tas — Caramon disse com seriedade.

— Estou contando! Provavelmente tenho pó de estrelas no meu cabelo — disse Tas, torcendo seu coque na frente do nariz para que pudessem ver.

— Acho que ele *está* falando a verdade — ponderou Tika. — Bem, grande parte da verdade. E não gosto disso. Primeiro, aquela senhora solâmnica vem aqui perguntar a Tas sobre o dispositivo. Não consigo lembrar o nome dela...

— Destina Rosethorn — ofereceu Caramon prontamente. — O que foi? — ele exigiu saber, vendo Tika lançar-lhe um olhar irritado. — Eu tenho o dom de lembrar nomes!

— De mulheres bonitas — retrucou Tika com uma fungada. — E então, essa moça kender aparece perguntando sobre o dispositivo e ela usa magia em Tas na esperança de que ele o dê para ela. Quando ela descobre que não está com ele, ela foge.

— Aquela senhora solâmnica estava na floresta esta noite também — comentou Tas. — Só que ela não foi sugada pelo ciclone.

— Isso confirma tudo — constatou Tika. — As duas estão em conluio. Sinto muito, Tas, mas você tem que encarar os fatos. Mari só queria o dispositivo.

— Eu não vi nenhum conluio — disse Tas. — Talvez tenham levado Mari?

— Eu me pergunto por que ela o queria — disse Caramon.

— Quem? Os conluios? — Tas perguntou.

— Talvez tenha algo a ver com o colar que Mari estava usando — sugeriu Tika. — No momento em que o mencionei, ela pareceu culpada, enfiou-o na camisa e fugiu.

— Isso tudo é muito estranho — declarou Caramon, com expressão sombria. — Lembro-me de quando Par-Salian me deu aquele dispositivo. E Raist...

Ele engoliu em seco e ficou em silêncio. Tika estendeu o braço e apertou-lhe a mão.

— Aqueles tempos tristes se foram — ela disse suavemente.

Caramon pegou a mão dela e a beijou.

O bebê acordou e começou a chorar. Tika levantou-se para ir cuidar dele.

— Você precisa ir para casa, Tas. Já é tarde e tenho que dar o jantar a este pequenino.

— Falando em jantar, tem mais ensopado? — Tas perguntou.

— Não — respondeu Tika.

Tas suspirou.

— Então, acho que vou para casa.

— E nunca mais fale sobre o dispositivo com ninguém! Mesmo sendo sua esposa — ralhou Tika. — E estou falando sério, Tas. Você me promete?

— Prometo — disse Tas.

— Jure pelo seu coque — exigiu Tika.

Tas levou a mão ao coque e fez o juramento mais terrível que um kender pode fazer.

— Que meu coque caia se eu quebrar minha promessa.

Tika assentiu, satisfeita. Caramon acompanhou Tas até a porta e retirou quaisquer outros objetos domésticos que tivessem caído na bolsa dele.

— Ainda acho que devemos chamar os cães de raça — disse Tas.

Caramon deu-lhe tapinhas desajeitados no ombro.

— Sei que você não quer acreditar nisso, Tas, mas Mari se foi. Ela só estava usando você.

— Você está errado sobre ela, Caramon — retrucou Tas. — Ela gostou de mim o suficiente para me dar este anel e me enfeitiçar. Aposto que nem o tio Trapspringer passou por isso! E ela ainda estaria comigo se não fosse pelo ciclone mágico de poeira estelar.

— Vá para casa, Tas — disse Caramon. — Sinto muito que isso tenha acontecido.

Tas foi para casa, mantendo-se atento a conluios ao longo do caminho. Não viu nenhum, o que provavelmente foi bom, já que estava exausto de toda a comoção de encontrar uma esposa e depois perdê-la no mesmo dia.

Ele se deitou, adormeceu e passou a noite sendo perseguido pelo cavaleiro da morte, Lorde Soth, e suas banshees uivantes. O sonho foi bastante emocionante e Tas ficou extremamente decepcionado ao acordar e descobrir que estava deitado em sua cama e que não havia uma banshee à vista.

— Não é justo que as melhores aventuras aconteçam comigo quando estou dormindo e não possa aproveitá-las adequadamente — Tas resmungou.

Ele saiu da cama, penteou os cabelos e enrolou o coque, depois se vestiu, colocando uma festiva camisa roxa com bolinhas laranja e calções verdes. Estava se preparando para o café da manhã quando ouviu uma batida na porta.

Tas achou estranho, pois nenhum de seus amigos kender jamais se preocupou em bater. Ele foi até a porta e a abriu.

Mari sorriu para ele.

— Bom dia.

Tas agarrou sua mão para que ela não fosse sugada por um ciclone mágico novamente.

— Aonde você foi na noite passada? — ele perguntou.

— Eu não fui a lugar algum — respondeu Mari. — Foi você quem fugiu.

— Fugi porque fui buscar os cães de raça para encontrar você — Tas explicou.

— Mas eu não estava perdida — explicou Mari.

— Estava sim — Tas estava começando a se sentir um pouco tonto. — Bem, pelo menos você está aqui agora. Estou feliz em vê-la. Entre. Já que somos casados, quero lhe mostrar nossa casa.

Mari olhou ao redor e deu um pequeno arquejo. Tas percebeu que ela estava maravilhada e não podia culpá-la. Sua casa era a mais maravilhosa de Solace, pois estava ocupada do chão ao teto com todos os objetos imagináveis já inventados pelo homem — e isso também incluía anões e elfos e qualquer pessoa de qualquer outra raça que Tas já conhecera.

Panelas e frigideiras ficavam nas cadeiras ou às vezes as cadeiras ficavam nas panelas e frigideiras. Os bens mais valiosos dele cobriam o chão, que não era mais visível sob as lâmpadas, velas e lampiões, martelos e pregos, pratos e colheres, gaiolas, sapatos e chapéus e pelo menos uma coruja de pelúcia, entre outras coisas.

— O povo de Solace é muito descuidado — Tas explicou. — Estão sempre perdendo suas coisas e esperando que eu as encontre. Sou tão famoso por encontrar coisas que as pessoas visitam minha casa o tempo todo para procurar seus pertences.

Ele moveu a coruja de pelúcia e ofereceu a cadeira a Mari.

— Estou tão feliz por você ter voltado — Tas prosseguiu. — Você é a única esposa que já tive, e me senti mal por ter perdido você.

— Nós não somos casados, Tas — disse Mari. — Eu não sou sua esposa. Mas não estou aqui para discutir sobre isso. Quero que me diga o poema e me ensine como operar o dispositivo. Trouxe papel, pena e tinta para anotar.

— Fiquei muito preocupado quando pensei que você tinha sido sugada por um ciclone mágico de poeira estelar. Eu contei para Tika e Caramon...

Mari franziu o cenho para ele.

— Você fez o quê? O que você contou para eles?

— Que você foi sugada por um ciclone mágico. Eles não acreditaram em mim, porque havia uma senhora humana que apareceu na estalagem perguntando sobre o que eu não deveria falar. Eles disseram que você me enfeitiçou para me fazer contar. Eu falei para eles que estavam errados, que você me enganou porque é minha melhor amiga.

Tas fez uma pausa.

— Você está bem, Mari? Parece um pouco mal. Está tendo uma sensação estranha por dentro? Fiquei assim uma vez quando comi enguias. Ou talvez seja o seu colar. Ele me deu uma sensação estranha, só que não do tipo das enguias.

— Estou bem — respondeu Mari com a voz tensa. — Estamos perdendo tempo. Diga-me o poema.

Ela enfiou a mão em uma bolsa e tirou um frasco de tinta, uma pena e um livro encadernado em couro, como os que os magos usam para escrever seus feitiços. Ela abriu o livro, mergulhou a pena na tinta e segurou-a sobre uma página.

— Vou preparar um chá de tarbean para nós — disse Tas.

Ele esperava escapar para a cozinha, porque sabia que tinha que dizer para ela que não podia lhe contar e achou que seria melhor se não estivesse na frente dela quando lhe contasse.

— Eu não quero chá nenhum — recusou Mari. — Sente-se e me diga o poema.

Tas suspirou e se sentou.

— Não posso, Mari. Sinto muito. Tika me fez prometer. Eu fiz um juramento.

Mari ficou quieta. Tas observou uma gota de tinta cair da pena e deixar uma mancha no livro.

— Por favor, Tas — disse Mari baixinho.

Tas queria lhe contar mais do que tudo, porque ela era sua melhor amiga, mas ele gostava muito de seu coque.

— Eu jurei que não contaria. Fiz o juramento mais terrível que um kender pode fazer.

Mari permaneceu sentada na cadeira, segurando a pena que ainda estava pingando tinta, e sua expressão endureceu.

— Você se recusa a me contar.

— Você já viu um kender careca? — Tas perguntou. — É uma visão bastante horrível.

Mari o encarou, mas não era um olhar amigável. Tas teve a sensação de que ela o estava imaginando careca. Com raiva, ela limpou a pena em um pano de prato úmido, colocou uma rolha no frasco de tinta, pegou a pena e o livro e jogou tudo na bolsa.

— Então, acho que vou embora — ela disse e começou a se dirigir para a porta.

— Para onde estamos indo? — Tas perguntou, entusiasmado.

— *Nós* não vamos a lugar algum — disse Mari.

— Que tal Palanthas? — Tas disse apressadamente. — Poderíamos visitar a Grande Biblioteca. Astinus é um amigo meu. Direi a ele que você é minha esposa e, como ele tem aquela coisa sobre a qual não devo falar, tenho certeza de que ele lhe emprestará.

Mari deteve-se e se virou.

— Você realmente iria comigo para Palanthas?

— Eu iria para o Abismo com você, Mari — declarou Tas. — Só tenho que adverti-la, não é o que dizem ser. O Abismo, quero dizer. Palanthas não. Palanthas é muito agradável. Posso levá-la até a Torre da Alta Feitiçaria para encontrar outro amigo, Dalamar...

— Nada de magos — disse Mari com firmeza. Ela levantou a mão para tocar o colar que mantinha escondido sob a camisa.

— Vai ser uma viagem longa — comentou Tas. — Temos que cruzar o mar e...

— Não, não temos — disse Mari. — Eu conheço um dragão que pode nos levar até lá em apenas alguns dias.

— Você conhece um dragão!? — Tas exclamou. Ele a abraçou com entusiasmo. — Você é a melhor esposa do mundo, Mari Mariweather Pés-Ligeiros!

— Não somos casados. Eu vou na frente. Tenho alguns arranjos a fazer — disse Mari, desvencilhando-se do abraço. — Deve conseguir um alguma comida e qualquer outra coisa que você acha que podemos precisar para a viagem. Meu amigo dragão está descansando em um prado perto do Lago de Cristal. Ele e eu aguardaremos você.

— Eu estarei lá — Tas prometeu. — Espere até eu dizer a Tika e Caramon que eles estavam errados sobre você!

Mari ficou alarmada.

— Não conte nada a ninguém, Tas! Este é nosso segredo. Mantenha isso entre nós dois. Promete?

— Eu prometo — respondeu Tas. — Afinal, somos amigos.

Mari tropeçou em algumas coisas a caminho da porta, mas finalmente a alcançou com segurança.

— Nosso segredo — repetiu ela. — Lembre-se!

— Nosso segredo — Tas repetiu.

Pelo menos ela não o fez jurar por seu coque, então se escapasse como os segredos tendiam a fazer, ele não teria que se preocupar.

Depois que Mari saiu, Tas juntou depressa o máximo de bolsinhas que pôde encontrar ao seu redor e as prendeu pela roupa. Em seguida, percorreu a casa em busca de seus mapas, que haviam se perdido nos locais mais improváveis. Ele os enfiou em suas bolsas e pensou no que mais precisaria.

A maioria dos cavaleiros de dragões usava elmos para evitar que o vento batesse em seu rosto. Tas foi até um velho baú de madeira que ficava no canto da sala e o abriu. Ele olhou com carinho para os objetos que havia em seu interior, pois o baú havia pertencido ao seu querido amigo Flint. Tas vasculhou as peças de armadura, cintos de couro e luvas até encontrar um elmo velho e surrado adornado com "a crina de um grifo", embora fosse na verdade crina de cavalo.

Flint tinha aversão a cavalos, alegando que o faziam espirrar. Recusava-se terminantemente a admitir que o rabo era de crina de cavalo e os deuses que ajudassem qualquer um que tentasse dizer que grifos não tinham crinas.

Tas pôs o elmo na cabeça. Era um pouco grande e balançava, mas estava bastante orgulhoso dele. Colocou sua faca, Assassina de Coelhos, no cinto.

Dera-lhe o nome de "Assassina de Coelhos" porque Caramon dissera que a pequena faca só servia para matar coelhos. Tas acreditava firmemente que era mágica, principalmente porque nunca conseguiu perdê-la. Agora armado, buscou por seu hoopak, só que ele havia sumido. Não estava perto da porta onde costumava deixá-lo.

Pensou a respeito, tentando se lembrar onde o tinha visto pela última vez e percebeu que o deixara na estalagem. Com a emoção de se casar, devia ter esquecido. Pegou o saco de dormir que sempre mantinha pronto para o caso de uma aventura aparecer e partiu.

A porta da estalagem estava trancada, mas Tas não tinha tempo de arrombar a fechadura hoje, então bateu na porta e gritou por Caramon.

— Vá embora, Tas! — Caramon gritou de volta. — Não estamos abertos.

— Não vou ficar — Tas gritou pelo buraco da fechadura. — Só estou aqui para pegar meu hoopak e um pouco de comida. Mari e eu vamos para Palanthas.

Caramon ficou tão surpreso que abriu a porta.

— Mari voltou?

— Esta manhã! — Tas respondeu, triunfal. — Eu falei que vocês estavam errados sobre ela! Eu falei que ela era minha amiga.

Ele passou por Caramon e foi buscar o hoopak, que estava encostado na parede perto da mesa onde ele e Mari tinham se sentado. Então, ele foi até a cozinha e apanhou algumas salsichas que estavam penduradas no teto e as enfiou em uma bolsa e pegou um pão e algumas maçãs.

Estava pronto para sair, porém, Caramon estava bloqueando a porta.

— Primeiro você vai me contar o que está acontecendo — disse Caramon. — Por que está usando o velho elmo de Flint?

— Mari e eu vamos voando para Palanthas — explicou Tas. — Ela tem um amigo que é um dragão. Ele vai nos levar até lá. Imagine! Eu vou voar em um dragão! Não faço isso desde a guerra. Lembra daquela vez que Flint e eu...

Caramon interrompeu rudemente uma de suas melhores histórias.

— Você está indo para Palanthas para pegar o dispositivo? Você fez seu juramento mais solene de não contar a Mari!

— Eu não contei a ela e posso provar — retrucou Tas. — Está vendo? Meu coque ainda está na minha cabeça.

— Então, por que está indo para Palanthas? — Caramon exigiu saber.

Tas fitou-o com um olhar severo.

— Porque quando estou em Palanthas, as pessoas em Palanthas não me fazem perguntas estúpidas sobre por que estou indo para Palanthas!

Ele desviou de Caramon, que não conseguia se mover tão depressa hoje em dia, e correu para a porta.

Tas seguiu pela Estrada Haven, brandindo seu hoopak, aproveitando o dia e refletindo que, se soubesse que casar seria tão animado, já o teria feito há muito tempo.

CAPÍTULO VINTE E SETE

Destina caminhou rapidamente pela Estrada Haven, ansiosa para deixar Solace. Evitou a Estalagem do Último Lar, com receio de que Tika ou Caramon a visse, e tentou escapulir da cidade sem ser notada. No entanto, vários kender a viram, e gritaram saudações alegres. Destina abaixou a cabeça e os ignorou.

Deu um suspiro de alívio quando chegou às margens do Lago de Cristal e diminuiu o passo. Não estava com pressa de encontrar Saber, pois teria que lhe explicar o que estava acontecendo, e não tinha certeza que entendia por completo.

O feitiço do anel já deveria ter passado. Tas não deveria mais se sentir amigável com ela. Então, ocorreu-lhe que talvez a magia do anel não tivesse nada a ver com isso. Tas teria sido seu amigo sem ele. Lembrou-se de Tika dizendo que Tas era um kender que aprendera a se importar com as pessoas.

— Mesmo com quem não merece — sussurrou Destina, suspirando.

Seus planos eram simples e, de alguma forma, todos tinham dado terrivelmente errado. Devia ter sabido que não podia confiar em magia, mas estava tão frustrada com Tas que não tivera escolha. Se ao menos ele tivesse lhe dito o que ela precisava saber! Mas agora ela precisava continuar se disfarçando de kender e tinha que convencer Saber a levar a ela e a Tas voando para Palanthas para que ela pudesse levar o dispositivo e a Gema Cinzenta para Ungar para cumprir sua missão. E enquanto estivessem viajando, ela teria que persuadir Tas a lhe ensinar o poema. Duvidava muito que Ungar o conhecesse, já que ele nunca tinha visto o dispositivo.

A princípio, ficou consternada ao descobrir que o Dispositivo de Viagem no Tempo estava nas mãos de Astinus, que poderia ou não ser um deus. A esta altura, quase perdera a esperança de obtê-lo, mas então se lembrou do jovem esteta, Kairn. Ele tinha sido amigável com ela. Talvez pudesse convencê-lo a ajudá-la.

Destina sentiu uma pontada na consciência. Fizera Tasslehoff acreditar que ele havia se casado com uma kender que não existia, e agora estava planejando tentar manipular o desavisado Kairn...

Estremeceu no ar fresco da manhã e pensou em desistir, deixando de lado o sonho de salvar o pai. A Gema Cinzenta estava quente contra sua pele, e Destina apertou-a e lembrou-se do primo derrubando a Torre da Rosa, destruindo o legado de seu pai.

— Estou tão perto do meu objetivo — Destina disse para si mesma. — Cheguei tão longe. Não vou desistir agora.

Ela foi até a campina onde deveria encontrar o dragão ao meio-dia e andou de um lado para o outro, pisoteando a grama marrom. Decidiu que sua melhor opção era contar a verdade a Saber.

A sombra das asas de um dragão passou por cima dela. A hora era meio-dia. Saber instalou-se confortavelmente no campo, talvez pretendendo tirar uma soneca. Destina caminhou devagar em sua direção.

Ao ver uma kender aproximando-se dele, o dragão ergueu a cabeça surpreso e fez uma careta. Suas escamas se encresparam, e ele abaixou a cabeça e a encarou.

— Não pense que pode me enganar, Destina Rosethorn! Por que você está nesse corpo?

Destina arquejou.

— Como sabe que sou eu?

Saber desdenhou.

— Não sei de onde você tirou essa magia fajuta, mas posso ver sua forma humana trotando atrás de você como um cão mestiço. O que está acontecendo? Por que se transformou em uma kender?

Destina respirou fundo e então começou a fazer sua confissão envergonhada.

— Primeiro, menti para você sobre meus motivos para ir a Thorbardin e vir aqui para Solace.

— Eu sei — revelou Saber.

— Você sabia? — Destina o olhou boquiaberta.

— Os humanos mentem o tempo todo — disse Saber. — Nós, dragões, esperamos isso.

— Mas se você sabia que eu menti, por que viajou comigo?

— Porque eu estava entediado e você estava indo para lugares interessantes — explicou Saber. — E, para ser honesto, você me intrigou. Eu queria ver o que aconteceria a seguir. Embora eu tenha que admitir, nunca pensei que você chegaria ao ponto de se transformar em uma kender.

— Você sabe que meu pai morreu na Batalha da Torre do Alto Clérigo — respondeu Destina. — Descobri que existe um dispositivo que me permite viajar no tempo para salvá-lo.

— O Dispositivo de Viagem no Tempo — disse Saber. — Então, isso explica por que veio para Solace. Tasslehoff Pés-Ligeiros e Caramon Majere usaram o dispositivo e você veio a saber disso. Mas isso não explica a mudança de forma.

— Tentei falar com Tas sobre o dispositivo, mas ele estava mais interessado em visitar alguns amigos kender dele. Então, eu me transformei em kender, pensando que seria mais provável que ele me contasse — Destina disse, seu rubor se intensificando. — Só para ter certeza, usei um anel mágico para fazê-lo se sentir amigável com relação a mim. Infelizmente, ele acabou com o anel que não sai, e agora pensa que somos casados.

— Bendito Lunitari! — Saber exclamou, seus olhos se arregalando.

— Eu sei que errei ao usar magia nele — reconheceu Destina tristemente —, mas ele não parecia levar nada do que eu dizia a sério. Não achei que ele fosse acabar acreditando que éramos casados!

— Ele deu o dispositivo para você? — Saber perguntou.

— Não está com ele — contou Destina. — O dispositivo está em Palanthas. Ele ia me ensinar como o dispositivo funcionava, o que significava que eu poderia levá-lo a esse mago que me enviaria de volta no tempo. Mas antes que ele me ensinasse, os efeitos da magia de mudança de forma acabaram. Eu fugi, esperando que ele não me visse, mas acho que ele me viu em minha verdadeira forma e agora pensa que fiz algo com Mari. Nunca quis que as coisas ficassem tão complicadas, e eu realmente não queria magoá-lo, por isso eu ia embora. Mas então ele se ofereceu para ir comigo a Palanthas e me ajudar a conseguir o dispositivo. Eu disse a ele que tenho um amigo que é um dragão e que você nos levaria até lá.

— Você precisa contar a verdade para ele — disse Saber em um tom severo.

— Se eu fizer isso, temo que ele não me ajude a conseguir o dispositivo — argumentou Destina. — Tenho isto tudo planejado, Saber. Assim que estiver com o dispositivo e viajar no tempo para salvar meu pai, nada disso terá acontecido. Não precisarei me transformar em kender e Tas nunca conhecerá Mari.

— Mas você não pode alterar o tempo — retrucou Saber. — Você é humana. Vai levar Tas com você? Percebe que pode ser perigoso levá-lo de volta no tempo.

Destina decidiu deixá-lo pensar que ela levaria Tas. Não podia contar a ele sobre a Gema Cinzenta. Lembrou-se da advertência de Wolfstone sobre os usuários de magia, e os dragões eram os usuários de magia mais poderosos de todos.

— Precisa compreender, Saber. Nada na minha vida correu como devia desde que meu pai morreu. Eu o perdi. Perdi seu legado. Ele ficaria tão decepcionado comigo! Tenho que mudar isso de qualquer maneira que eu puder! Preciso salvar a vida dele!

Destina não queria começar a chorar. Ela era a Senhora do Castelo Rosethorn, e as damas não choravam abertamente. Se choravam, choravam à noite, sozinhas no escuro. Mas arrependimento e vergonha, culpa e frustração brotaram dentro dela e ela não conseguiu conter as lágrimas.

— Lá vem o seu kender — avisou Saber rispidamente.

Destina engoliu em seco, piscou e enxugou os olhos depressa.

— Sinto muito, Tas... — ela começou a dizer.

— Não, sou eu que sinto muito, Mari — desculpou-se Tas com remorso. — Não queria fazer você chorar. Vou lhe dizer o poema. Tenho certeza que meu coque vai crescer de novo. Este é o seu amigo dragão?

— Este é Saber — apresentou Destina com voz fraca.

— Sou Tasslehoff Pés-Ligeiros — disse Tas.

Saber curvou sua cabeça.

— É uma honra conhecer um dos Heróis da Lança.

— Os heróis eram Tanis, Sturm, Flint e os outros. Eu só fui junto para mantê-los longe de problemas — respondeu Tas, com modéstia. — Mari me disse que você vai nos levar para Palanthas. Estou muito animado! Não voo em um dragão desde a guerra. Gosta do meu elmo? Costumava ser de Flint, mas ele está esperando por mim debaixo de uma árvore e não precisa dele. Quando partimos?

Destina olhou para Saber, incerta.

O dragão obviamente não gostou de tomar parte na mentira, mas cedeu.

— Ficarei honrado em carregar um dos Heróis da Lança. Mas, por favor, dê-nos um momento. Eu preciso falar com... hã... Mari.

— Tas, por que você não vai colher umas dessas flores? — sugeriu Destina, indicando um campo de margaridas a alguma distância.

— Vou fazer uma coroa de margaridas — Tas ofereceu e se afastou apressado. — Isso vai alegrar essas roupas humanas feias que você está vestindo. — Ele se virou para Saber. — A pobrezinha foi criada por humanos. Uma tragédia, mas estou fazendo o possível para ajudá-la a superar isso.

Tas correu em direção ao campo de margaridas e logo estava feliz colhendo flores e prendendo-as em uma corrente.

Destina deu a Saber um sorriso débil.

— Obrigada por fazer isso por mim — disse ela, quando teve certeza de que Tas não podia ouvi-los.

— Não estou fazendo isso por você — Saber rosnou. — Estou fazendo isso por Tasslehoff Pés-Ligeiros. Levarei vocês dois a Palanthas com uma condição: diga a verdade a Tas.

— Contarei esta noite — prometeu Destina.

— Por que não agora?

— Porque precisamos partir agora — disse Destina. — O feitiço de metamorfose dura apenas doze horas, e então eu me transformo novamente em humana. Nenhum de nós quer que a transformação aconteça enquanto estamos no ar.

Saber produziu um som retumbante em sua garganta e murmurou algo inaudível. Ele não teve chance de dizer mais nada, porque Tas voltou correndo com a coroa de margaridas. Destina não lamentou terminar sua conversa com Saber, pois podia sentir que ele estava irradiando desaprovação. Tas atirou a coroa na cabeça dela.

— É muito melhor do que a joia esquisita que você usa — disse ele.

Destina olhou preocupada para Saber, com medo de ele ter ouvido falar da Gema Cinzenta, mas o dragão estava se achatando no chão, preparando-se para permitir que eles subissem em suas costas.

Tas entregou seu hoopak para Destina.

— Aqui, segure isso e pegue algumas dessas bolsas, então vou ajudá-la a subir. Tenho certeza de que podemos caber na sela. Flint e eu cabíamos. Você tem um elmo?

Destina disse que sim. Tas escalou a perna do dragão e de lá içou-se, com a ajuda do dragão, à sela.

— Mari! Você vem? — Tas gritou e estendeu a mão para ajudar a levantar Destina. Ela ia ter cuidado para não tocar no anel quando viu que ele não o estava usando.

— Tas, onde está o anel? — ela questionou com um leve suspiro.

— Que anel? — Tas perguntou prontamente. — Eu não peguei. Você deve ter deixado cair.

— O anel de prata que... que eu dei para você — explicou Destina. — O anel que estava preso e que você não conseguia tirar e disse que isso significava que éramos casados.

— Ah, *esse* anel! — exclamou Tas. Ele deu de ombros. — Acho que fui *eu* quem deve tê-lo deixado cair. Mas não se preocupe. Ainda somos casados.

— Não somos casados. Nunca fomos — retrucou Destina em desespero. — Quando o anel saiu?

Tas refletiu.

— Algum tempo atrás, eu acho. Sinto muito, Mari. Gostava muito dele porque você o deu para mim e em especial porque estava grudado no meu polegar. Eu não queria perdê-lo.

— E você ainda sente o mesmo por mim? — Destina perguntou. — Ainda se sente... amigável? Mesmo sem o anel?

— É claro! — disse Tas, chocado por ela sequer perguntar. — Você é minha esposa.

— Mesmo sem o anel? Você disse que a lei kender...

— A lei kender leva em consideração o fato de que alguns kender — nem todos, veja bem, apenas alguns — têm a tendência de colocar as coisas no lugar errado. Ou talvez sejam as coisas que tendem a nos colocar no lugar errado. Nunca pensei nisso antes — Tas ponderou.

— Tas! — exclamou Destina com urgência. — O anel!

— Ah, sim, mesmo que um anel nos perca, ainda estamos casados. Além disso, gosto de estar casado com você, Mari. Eu não pensei que gostaria, mas gosto. Você é uma esposa maravilhosa. Me dando anéis mágicos e usando colares estranhos. Talvez eu tenha outro anel em minha bolsa. Eu poderia olhar...

Destina balançou a cabeça. Estava ciente de Saber observando-os todo esse tempo. Ele a encarou com um olhar severo, e ela teve uma sensação incômoda de que ele estava olhando para a Gema Cinzenta.

— Devemos partir — disse Destina apressadamente.

— Coloque seus braços ao meu redor, Mari — disse Tas. Ele falou com o dragão: — Pode voar agora, Saber! Segure firme, Mari. Aqui vamos nós!

Destina suspirou e o abraçou.

Saber voou rumo ao norte atravessando o Estreito de Schallsea e entrando em Solâmnia. Ele contornou as Montanhas Garnet a leste e parou para acampar durante a noite perto da estrada, não muito longe da cidade de Garnet.

Depois de pousar e deixá-los em segurança no chão, Saber decolou mais uma vez, dizendo que estava com fome e que voltaria em pouco tempo. Lançou um olhar incisivo a Destina antes de partir.

— Você prometeu.

Destina assentiu. Observou o sol e viu que tinha pelo menos mais duas horas até que se pusesse.

Tas acendeu o fogo e cortou um pouco de linguiça e a dividiu com Destina, junto com as maçãs e o pão.

— Vou contar o poema agora — disse Tas, depois que comeram.

Destina hesitou. Poderia contar a verdade agora ou aprender o poema primeiro. Então, lembrou-se de que ele estava quebrando uma promessa para contar a ela.

— Tas, tenho uma confissão a fazer — declarou Destina. — Eu não sou uma kender. Não sou Mari. E não somos casados.

Tas a olhou com seriedade.

— Aquela tal de Destina a obrigou a dizer isso. Ela ameaçou você, Mari? É por isso que estava chorando?

— Não, ela não fez nada — respondeu Destina. — *Eu* sou Destina, a senhora que você conheceu na estalagem. Eu mudei de forma...

— Eu fiz isso uma vez! — Tas a interrompeu com entusiasmo. — Eu falei para você sobre um anel que me transformou em um rato. Vou lhe contar a história...

— Tas, me escute — pediu Destina, desesperada. — Eu sou mesmo Destina Rosethorn. Eu me transformei em uma kender e disse a você que meu nome era Mari. Aquele anel é um Anel da Amizade que fez você pensar que somos amigos. Eu o usei apenas porque queria que você me desse o Dispositivo de Viagem no Tempo.

— Vou ajudá-la a pegar o dispositivo, Mari — afirmou Tas, estendendo a mão para apertar a dela. — Você é minha esposa e prometi a você. E não precisa ter medo da Senhora Destina. Não vou deixar que ela machuque você. Posso ser muito feroz quando quero.

— Tas, estou falando sério! Por favor, acredite em mim...

Tas a ignorou e se levantou de um salto.

— Agora, vou lhe contar o poema. Tenho que ficar de pé porque preciso mostrar a você como funciona. Esteja preparada para anotar tudo. É bem complicado.

Destina não abriu o livro de imediato.

— Eu realmente sou Destina e posso provar — repetiu ela. — Vou lançar o feitiço de metamorfose em mim agora.

— Você vai? — Tas perguntou, entusiasmado. — Vai criar uma nuvem mágica de poeira estelar só para mim? Você é a melhor esposa de todas, Mari!

Destina deu um sorriso triste.

— Espero que não me odeie, Tas. Porque eu realmente considero você um amigo.

Ela colocou a mão no broche, entoou as palavras mágicas e aguardou, tensa, pela dor.

Tas a observava com uma expectativa ansiosa que desapareceu depois de alguns momentos.

— Não está acontecendo nada — apontou.

— Posso ter pronunciado mal as palavras — sugeriu Destina, inquieta. Ela tocou o broche de novo e repetiu as palavras.

— Sua joia esquisita piscou para mim — comentou Tas.

— Agora não, Tas! — Destina estava ficando preocupada de verdade. Devia ter mudado de volta para sua verdadeira forma agora.

— Mas piscou — Tas insistiu. — Ela piscou para mim!

Destina sentiu a Gema Cinzenta ficar desconfortavelmente quente, quase queimando-a, e se perguntou consternada se a joia havia perturbado a magia do feitiço de metamorfose. Podia ficar presa no corpo de um kender para sempre!

Ainda não vou entrar em pânico, disse a si mesma. *Vou esperar para ver o que acontece quando as doze horas acabarem e eu tiver que mudar de volta. Se não mudar, entro em pânico.*

Tas deu tapinhas na mão dela.

— Não precisa mentir para mim, Mari. Vou protegê-la da Senhora Destina. E agora, vou ensinar o poema para você.

— Não estou com vontade de ouvir um poema agora, Tas — recusou Destina, desanimada.

— Mas é muito empolgante e quero contar para você — exclamou Tas. — Você é minha amiga e está triste e quero fazer você se sentir melhor.

Destina suspirou. Podia apenas esperar que o feitiço acabasse depois das doze horas como antes. Enquanto isso, não queria decepcionar Tas. Abriu o livro, pegou a pena e o tinteiro e se preparou para escrever.

— Você precisa imaginar que estou segurando um pingente incrustado de joias de aparência comum — Tas lhe explicou. — Em seguida, deve ter uma imagem muito clara em sua mente de aonde deseja ir no tempo. Por exemplo, na última vez que usei o dispositivo, quis fazer uma visita amigável a Takhisis, para perguntar como ela estava depois de perder a guerra. Acho que ela não estava bem, já que não foi nada amigável.

— O poema? — Destina o lembrou.

— Certo. Então, vamos fingir que você quer ver Takhisis. Comece imaginando o Abismo em sua mente e olhe para a face do pingente e diga: *Seu tempo é seu*. Em seguida, você move a placa frontal da direita para a esquerda — você vai senti-la balançar — e diz: *Embora viaje através dele*. Depois disso, você diz: *Suas extensões vê*, e a parte de trás do pingente se transforma magicamente em uma haste com duas esferas redondas, uma em cada extremidade. Em seguida, você diz: *Girando para sempre* e gira uma esfera no sentido horário. Uma corrente cairá e você fala: *Sem obstruir seu fluxo*. Parece engraçado, mas é um lembrete para garantir que a corrente esteja longe do mecanismo para que não fique emaranhada. O que seria muito ruim e não levaria a uma vida longa, como diria Tanis.

— As próximas palavras são: *Segure com firmeza o fim e o princípio*, e você faz isso e depois diz: *Inverta-os*. Você faz isso também e então diz: *Tudo o que está solto será seguro*. A corrente se enrola no corpo e você está quase terminando. Segure o dispositivo acima de sua cabeça e diga: *O destino está acima de sua cabeça*. E *puf*, você estará lá.

Tas sorriu alegremente e voltou a se sentar.

— Não precisa dizer "puf". Eu só acrescentei isso. Tem que dizer as palavras exatas e fazer tudo na ordem exata, ou você e o dispositivo ficam emaranhados. *Não* é algo que você quer que aconteça quando está sendo perseguida por demônios raivosos.

Destina anotava depressa. Ela leu o que havia escrito com algum desânimo.

— Parece muito complicado. Como você se lembra?

— O dispositivo ajuda você — declarou Tas. — Desde que diga as palavras certas, o dispositivo sabe o que deve fazer. Você não vai ter nenhum problema. Afinal de contas, eu consegui fazer funcionar, e Flint costumava dizer que sou um palerma.

Ele tirou o elmo.

— Agora você pode me responder uma pergunta? Meu cabelo ainda está na minha cabeça?

— Está — disse Destina.

Tas estendeu a mão para apalpar com cuidado seu coque.

— Que alívio!

O sol pairava no horizonte. Tas havia aberto uma de suas bolsas e estava contente examinando o conteúdo. Se o feitiço funcionasse, Destina começaria a sentir a dor a qualquer momento. Ela suspirou e se levantou.

— Este é o momento em que o feitiço de metamorfose começa a funcionar — disse a Tas. — Você vai ver que estou falando a verdade. Vou me transformar em humana.

— A questão é: por que você ia querer isso? — Tas argumentou.

— O quê? — Destina perguntou, assustada.

— Não entendo por que você continua tentando tanto se transformar em humana — explicou Tas. — Não me interprete mal. Gosto de humanos, mas eles passam a vida se preocupando com as coisas que vão acontecer no futuro, em vez de apenas deixar o futuro acontecer por conta própria, o que vai acontecer de qualquer jeito, a menos que você acorde e esteja morta. E então você perdeu todo esse tempo se preocupando. É muito mais divertido ser kender, porque para nós o futuro é ou não é, e não há sentido em se preocupar de qualquer forma. Mas acho que aqueles humanos que criaram você não a ensinaram direito.

— Tas, eu *sou* uma humana — retrucou Destina, desesperada. — Você verá. Logo mais eu vou mudar...

Só que ela não mudou. O sol se pôs e a escuridão caiu, e ela ainda era uma kender.

Tas ficou inquieto e então bocejou.

— Você vai se transformar em uma humana em breve? Porque estou muito cansado.

Destina ficou de pé.

— Vou dar uma volta.

— Cuidado com os bugbears — recomendou Tas, enrolando-se em seu cobertor. — Vou dormir, mas se você vir um bugbear, promete me acordar?

Destina prometeu e caminhou um pouco para o interior da floresta. Apoiou as costas em uma árvore e tentou o feitiço de mudança de forma mais uma vez, e novamente nada aconteceu. Ela adormeceu uma kender.

CAPÍTULO VINTE E OITO

Tas acordou pela manhã, procurou por Mari e a encontrou dormindo debaixo de uma árvore. Não queria acordá-la, então a cobriu com um cobertor e voltou para comer umas linguiças.

Ela ainda não estava acordada quando ele terminou a refeição, então ele abriu um de seus mapas de Solâmnia e estava examinando-o para ver a que distância estavam de Palanthas e se perguntando qual caminho o dragão tomaria para chegar lá quando Saber voltou. Depois de pousar, o dragão acomodou-se confortavelmente para digerir sua refeição.

— Olá, Saber. Descansou bem? — Tas o saudou. — Mari ainda está dormindo. Ela foi dar uma caminhada ontem à noite. Ela ia me acordar se visse um bugbear, mas acho que adormeceu antes. Ou foi isso ou não há bugbears.

— Mari? — Saber franziu a testa, enrugando as escamas. — A Senhora Destina devia ter lhe contado a verdade.

— A verdade sobre o quê? — Tas perguntou. — Você quer dizer quando ela apareceu na estalagem e eu perguntei a ela se a capa dela era de pele de mamute? Ela me disse que não era, que a capa era de vison. Tenho certeza que ela me disse a verdade naquele dia. Não sei por que ela mentiria sobre algo assim.

Saber ajeitou-se e enrolou o rabo ao redor das garras.

— Não estou falando de visons.

— Eu me senti mal por eles, por serem transformados em um manto — comentou Tas. — Mas teria me sentido pior pelo mamute lanoso.

Saber o encarou.

— Eu estou falando sobre a Senhora Destina e a metamorfose!

— Ah, isso! — Tas ficou aliviado. — Mari me contou sobre a metamorfose. Mas o que a Senhora Destina tem a ver com isso?

— A Senhora Destina *é* Mari — declarou Saber. — Ela não lhe contou isso?

Tas estava ficando confuso.

— Estamos falando de Mari ou da Senhora Destina? Se você está falando de Mari, ela me contou uma história maravilhosa sobre como ela tem esse broche e que se ela fala palavras mágicas ela invoca um redemoinho de poeira estelar e se transforma em uma humana. Fingi acreditar nela, porque ela é minha esposa e eu não quero magoá-la. Ela disse que iria me mostrar, mas, claro, nada aconteceu. Ainda assim, foi uma história muito boa. Agora, se você está falando sobre a Senhora Destina...

— Elas são a mesma pessoa! — Saber rugiu.

— A Senhora Destina ameaçou você igual ameaçou Mari? — Tas questionou, acrescentando severamente: — Não tenho a intenção de ferir seus sentimentos, Saber, mas acho que você é grande o bastante para cuidar de si mesmo.

Saber balançou a cabeça em desgosto e saiu voando. Mari saiu da floresta, carregando o cobertor. Caminhava devagar e parecia abatida.

— Onde está Saber? — perguntou. — Ele falou com você esta manhã?

— Tivemos uma boa conversa sobre visons — respondeu Tas.

— Eu não estava falando de visons. Estava perguntando sobre mim — disse Mari. — Sobre mudar de forma.

— Ele disse que a Senhora Destina o ameaçou também — revelou Tas.

— O quê? — Mari o encarou.

— É difícil acreditar que ele está com medo dela, não é? — Tas continuou, balançando a cabeça com tristeza. — Eu falei para ele que ele era grande o suficiente para cuidar de si mesmo.

Ele verificou se o coque ainda estava lá, então foi se lavar em um riacho. Estava voltando para o acampamento, torcendo a água do cabelo, quando viu que Saber havia retornado. Mari e o dragão estavam conversando em voz baixa.

— Ele também não acreditou em mim — Saber estava dizendo.

Mari suspirou.

— Eu ia provar para ele. Tentei lançar o feitiço de metamorfose para que ele visse por si mesmo que eu sou Destina, só que não funcionou. Ah, Saber! E se a mágica nunca funcionar! E se eu ficar presa neste corpo pelo resto da minha vida?

Tas ficou com pena dela.

— Não se preocupe, Mari — ele falou, aparecendo atrás deles e sobressaltando os dois. — Também estou preso em meu corpo. Sempre achei que seria divertido se as pessoas pudessem trocar de corpo. Eu realmente adoraria ser um dragão. Poderia passar o dia no corpo de Saber e ele poderia passar o dia no meu. Mas os deuses me fizeram kender, e nunca devemos discutir com os deuses. Além disso, gosto de você do jeito que você é.

Mari lançou a Saber um olhar impotente.

O dragão esfregou o nariz com a garra dianteira.

— Não sei o que lhe dizer — ele disse, por fim. — Ele não vai acreditar a menos que veja por si mesmo, e mesmo assim não tenho certeza se acreditaria. O problema é que ele não *quer* acreditar. Alguém mais sábio do que eu terá que convencê-lo.

— Convencer quem? — Tas perguntou, olhando ao redor. Estivera pensando em como seria maravilhoso ser um dragão. — Você já quis ser um kender, Saber?

— Não — retrucou Saber.

Tas pegou o elmo e seu hoopak.

— Então, acho que estamos prontos para partir.

Eles voaram rumo à cidade de Lyte no rio Vingaard e depois através da passagem nas Montanhas Vingaard que era guardada pela Torre do Alto Clérigo. Tas ia mostrar a torre para Mari, mas ela mandou que ele parasse de tentar ficar em pé na sela.

O voo pelas montanhas levou Saber mais do que ele calculara devido ao que explicou serem correntes de vento difíceis. Esperava chegar a Palanthas no fim da tarde, mas o fim da tarde veio e passou, e ainda estavam voando. O sol começou a se pôr atrás dos picos, e Tas notou Mari ficar cada vez mais agitada.

— Você precisa encontrar um lugar para pousar! — ela gritou para o dragão. — Acho que o feitiço está começando a funcionar! E se isso acontecer enquanto estivermos no ar?

Saber torceu sua cabeça ao redor.

— Não pode acontecer! Você corre o risco de cair!

Tas olhou para baixo e não viu nada abaixo deles além de penhascos rochosos e ravinas, penhascos íngremes e desfiladeiros. Até ele podia ver que pousar no pico de uma montanha não os levaria a uma longa vida.

Mari deu um gemido de dor. Mordeu o lábio e se curvou sobre a sela.

— Eu não vou deixar você cair, Mari — disse Tas. Ele começou a segurá-la, mas ela o empurrou.

— Não fique perto de mim! — ela ofegou. — Não é seguro! Eu não posso controlar essa magia! Talvez eu derrube você também!

Saber finalmente começou sua descida, e logo as paredes e torres de Palanthas apareceram à frente. O dragão encontrou uma clareira no instante em que o sol desapareceu atrás das montanhas. Sombras tomaram a clareira, trazendo a noite consigo.

No momento em que Saber colocou uma garra no chão, Mari puxou as fivelas nas correias que os prendiam na sela e deslizou das costas do dragão. Ela caiu de quatro no chão, então se levantou e correu para a floresta o mais rápido que pôde. Parecia doente e extremamente assustada, e Tas ficou com pena dela.

— Sei como ela se sente — Tas comentou para Saber. — Aconteceu a mesma coisa comigo uma vez, quando comi umas enguias estragadas.

Ele desceu da sela, carregando seu hoopak e suas bolsas e as de Mari. Ela tinha saído correndo com tanta pressa que as deixara para trás. Ele largou as bolsas no chão, junto com seu hoopak.

— Pode ficar de olho nelas, Saber? — Tas perguntou. — Vou procurar Mari.

Ele saiu em direção à floresta, chamando pelo nome dela. Estava ficando tão escuro que estava com dificuldade para enxergar, e de repente tinha toda a luz que queria. Uma luz brilhante e deslumbrante surgiu bem na frente de seus olhos.

— O ciclone de poeira estelar! — Tas exclamou. — Mari! Esse é o ciclone de poeira estelar de que falei! Você viu isso?

Ele correu na direção da luz brilhante, gritando por Mari enquanto avançava. Antes que pudesse encontrá-la, porém, a luz desapareceu. Tas ficou no escuro esperando ver alguma poeira estelar perdida flutuando no ar. Não viu nenhuma poeira, mas ouviu o mesmo barulho furtivo que escutara da última vez que houve um ciclone de poeira estelar, de alguém tentando se mover sem fazer barulho e não tendo muito sucesso nisso.

— Mari? — Tas chamou e o barulho parou.

Lembrou-se da primeira vez que viu o ciclone mágico e como tinha certeza de que havia sugado Mari. Ela alegou que não tinha visto, mas agora ele estava em dúvida. Começou a ficar preocupado.

Ele chamou o nome de Mari várias vezes, mas ela não respondeu. Não ouviu mais nenhum som e não viu mais poeira estelar. Tas voltou correndo para o acampamento.

— Você viu Mari? — perguntou a Saber.

O dragão o encarou de um jeito estranho.

— Não se preocupe, Tas — respondeu com uma voz áspera. — Vou levá-lo de volta para Solace.

— Mas eu não quero voltar para Solace — respondeu Tas. — Estou indo para Palanthas com Mari.

O dragão deu um suspiro tempestuoso, rosnou que ia caçar e alçou voo.

Tas acendeu uma fogueira e sentou-se para esperar por Mari. Vasculhou a bolsa dela, só para ver se alguma coisa interessante havia caído nela, o que acontecia bastante com ele. Tudo o que encontrou foi o livro dela, a pena e o frasco de tinta com rolha de cortiça. Tas suspirou e se perguntou se Mari algum dia seria uma kender normal.

Ele esperou e esperou, mas Mari não apareceu. Tas comeu algumas das linguiças e ainda nem sinal de Mari. Ele aguardou um pouco mais, mas então suas pálpebras ficaram muito pesadas e continuaram fechando, ele querendo ou não. Ele estendeu o colchonete e deitou para esperar, pensando que deitar poderia ajudar seus olhos a continuarem abertos.

Não ajudou.

Tas acordou quando ouviu vozes. A princípio, pensou que Mari havia retornado e estava falando com Saber, mas então percebeu que a outra voz era humana. A pessoa que falava com Saber era a Senhora Destina, e ela estava segurando algo. Tas tentou ver o que ela tinha na mão, mas ela estava na sombra e ele não conseguiu. Então, ela se virou um pouco, e Tas viu que ela estava segurando o livro de Mari.

Mari havia escrito o poema dele naquele livro. Era seu bem mais precioso, igual ao hoopak e o coque dele. Tas ficou imóvel, fingindo estar dormindo, e observou Destina com os olhos semicerrados.

O fogo havia diminuído, mas as brasas queimavam vermelhas, e ele conseguia ver Destina parada perto delas.

— Isso não pode continuar assim — ela estava dizendo. — Preciso acabar com isso. Vou a Palanthas esta noite. Só voltei para buscar o livro e me certificar de que você cuidaria de Tas.

— Deveria tê-lo deixado ver os efeitos do feitiço! — declarou Saber.

— Acho que ainda assim ele não teria acreditado em mim — disse Destina. — Será melhor para ele se eu for embora. Ele logo vai esquecer.

Saber pairava sobre ela. A luz vermelha cintilante refletiu nos olhos de Saber e nas escamas de seu pescoço. O dragão não parecia nem soava feliz.

— E o que digo a ele sobre Mari? — ele exigiu saber. Estava muito zangado, seus dois chifres achatados na cabeça de modo que quase desapareciam.

— Mari se foi. Ele nunca mais a verá — respondeu Destina.

Tas estava apavorado. Sentiu-se tão enregelado que seu coração pareceu parar de bater. Seu primeiro impulso foi saltar de pé e confrontar a Senhora Destina e exigir saber o que ela havia feito com sua esposa. Mas Destina e Saber ainda estavam conversando, e Tas percebeu que poderia obter mais informações se ouvisse e ficasse quieto.

— Quero que você reflita sobre essa sua missão! — Saber rosnou. — Olhe até que ponto ela a levou! Mentindo, enganando. Usando joias estranhas que deve manter escondidas. Você não se importa se magoa alguém!

Destina levou a mão, constrangida, ao estranho colar.

— Farei o que for preciso para salvar meu pai!

— E você vai contar a seu pai tudo o que fez para salvá-lo? — Saber questionou. — Será que ele ficará orgulhoso de chamá-la de filha, então?

Destina não respondeu.

Saber bufou. Gotas de ácido voaram de seu nariz e chiaram quando atingiram o chão. Erguendo as asas, ele saltou alto no ar, levantando uma grande nuvem de poeira e folhas.

Destina tossiu e levantou o braço para cobrir o rosto. Ela observou o dragão sair voando e deu um pequeno suspiro. Hesitou por um momento, como se tomando uma decisão, então olhou para Tas. Ele rapidamente fechou os olhos com força e fingiu estar dormindo.

— Sinto muito — disse ela. — Não era minha intenção magoá-lo. Mas assim que eu salvar meu pai, nada disso terá acontecido com você. Então, pelo menos há isso.

Destina abraçou o livro de Mari e foi embora, embrenhando-se na floresta. As palavras dela ficaram gravadas no coração de Tas como se tivessem sido queimadas pelo sopro de fogo de um dragão. Não as palavras sobre nada disso acontecer, porque não faziam sentido. As outras palavras — as palavras sobre Mari — atiçaram o fogo em sua alma.

Mari se foi. Nunca mais vou vê-la novamente.

Tas deu a Destina uma boa vantagem. Assim que teve certeza de que ela não seria capaz de ouvi-lo ou vê-lo, ele arrumou o saco de dormir, enfiou algumas linguiças na bolsa para mais tarde, pegou seu hoopak, colocou o elmo e a seguiu. Ela o levaria até Mari. Ele tinha certeza disso.

CAPÍTULO VINTE E NOVE

Ungar finalmente havia se recuperado da tortura que os anões lhe infligiram e estava bem o bastante para voltar a abrir a loja de artigos mágicos. Os dias se passaram e ele aguardava, ansioso, pelo retorno de Destina, trazendo a Gema Cinzenta e o Dispositivo de Viagem no Tempo. Estava confiante de que ela voltaria. Ela não sabia nada sobre magia e teria que confiar nele para mandá-la de volta no tempo. Ele não tinha a menor intenção de fazer isso, é claro; planejava ficar ele mesmo com o dispositivo e a Gema Cinzenta.

Segundo as leis do Conclave, Ungar deveria levar ambos os artefatos para Justarius e entregá-los imediatamente. Entretanto, Ungar não era membro do Conclave, embora desejasse muito ser pelo prestígio que traria. Poderia cobrar o dobro do que cobrava agora por seus feitiços. Contudo, como não fazia parte, planejava mantê-los.

O dispositivo por si só faria dele um homem rico. Ele havia considerado brevemente usá-lo para pular até o futuro para tentar impedir que aquela criatura de pele azul quebrasse a Gema Cinzenta, mas abandonou o plano depressa. Não tinha ideia se o dispositivo poderia levar uma pessoa para o futuro. Nunca tinha ouvido falar disso e não queria arriscar. Ele também não havia reconhecido as criaturas de pele azul. Não eram humanas e, pelo que sabia, poderiam ser selvagens que iam parti-lo tão facilmente quanto haviam feito com a Gema Cinzenta.

Ungar tinha vários clientes que estariam dispostos a pagar uma fortuna para remediar erros cometidos no passado. Quanto à Gema Cinzenta, ele a trancaria em segurança em um cofre mágico para salvar o mundo do destino que vira no Relógio de Ranniker.

Ele havia se arrependido de ter quebrado o relógio. Poderia ter mostrado o terrível futuro para Justarius e, em seguida, anunciado modestamente que o evitara. Ainda planejava contar a Justarius, especialmente porque Ungar tinha a suspeita de que Dalamar, o Escuro, havia bisbilhotado em seu laboratório, encontrado o relógio e, sem dúvida, visto o futuro. Dalamar seria capaz de confirmar a história de Ungar, e Justarius teria que recompensá-lo, introduzindo-o no Conclave. O velho poderia dar um jeito para que Ungar não tivesse que fazer o temido Teste. Ungar imaginou-se socializando com seus colegas magos na torre na Noite do Olho, tomando um copo de ponche e trocando feitiços.

Se Destina se opusesse e tentasse tomar os artefatos de volta, ele ameaçaria revelar informações comprometedoras sobre ela ou sua nobre família. Ele na verdade não sabia nada a seu respeito, mas em sua experiência todos tinham segredos que ficariam felizes em pagar para manter escondidos.

Enquanto isso, o negócio de artigos mágicos estava a todo vapor. Ungar sempre se dava bem na primavera, quando o sangue das pessoas esquentava. Suas vendas de poções de amor triplicavam. Todavia, ficou bastante surpreso ao ver dois magos em vestes pretas entrarem naquela manhã. Só podia supor que até os Mantos Negros ansiavam por companhia.

— Como posso atendê-los, senhores? — Ungar perguntou com um sorriso de boas-vindas.

Os Mantos Negros não responderam. Em vez disso, começaram a revistar a loja, vasculhando seus livros de feitiços, abrindo potes e franzindo a testa para o conteúdo, observando atentamente os artefatos mágicos em suas caixas de vidro.

— Ah, vejo que entendem de seus produtos — comentou Ungar. — Esse artefato que estão vendo no expositor é um que eu obtive recentemente: a Mão de Vecna, dizem que pertenceu ao infame lich, Arkhan, o Cruel. A mão possui poderes surpreendentes. Deve substituir sua própria mão, o que exige que você corte um membro, mas vale a pena. A mão é tão forte que é capaz de abrir um buraco em uma parede de pedra, enquanto seu toque pode matar, e é possível lançar uma variedade de feitiços com um movimento dos dedos.

Os Mantos Negros prestaram pouca atenção à mão mumificada, que não era, é claro, a verdadeira Mão de Vecna — ou pelo menos ele não achava que fosse. Não estava disposto a cortar a própria mão para descobrir. Os Mantos Negros continuaram a bisbilhotar, sem prestar atenção nele.

— A Mão tem algumas desvantagens, admito — prosseguiu Ungar. — Como podem ver, é muito pouco atraente, sendo envelhecida, murcha e seca. E existe a possibilidade, muito pequena, eu garanto, de que o lich, Vecna, tome conta de sua alma e o corrompa. Os cavalheiros, sem dúvida, têm o temperamento tão forte, porém, que não tenho dúvidas de que seriam capazes de resistir.

Os Mantos Negros aparentemente haviam completado sua busca, pois se viraram para encará-lo. Ambos mantiveram seus capuzes pretos bem abaixados. Ele não conseguia ver seus olhos.

Ele começou a ficar inquieto e decidiu se retirar para o laboratório e ficar lá até que os dois fossem embora.

— Se os senhores aguardarem aqui, mantenho meus melhores artefatos trancados a sete chaves em meu laboratório. Não vou demorar muito...

Quando Ungar deu um passo em direção à porta, um dos Mantos Negros fez um gesto e falou uma palavra, e Ungar não conseguiu se mover. Estava paralisado, congelado no lugar.

— O mestre da Torre, Dalamar, o Escuro, solicita sua presença — declarou o Manto Negro.

Ungar sentiu seu se estômago revirar. Tentou dizer alguma coisa, mas sua mandíbula estava travada no lugar. O Manto Negro removeu o feitiço, permitindo que Ungar falasse, e ele aparentou coragem.

— Terei o maior prazer em passar na torre — declarou. — Que horário é o melhor para o seu mestre? As tardes são melhores para mim...

— Agora — respondeu o Manto Negro.

— Esperamos que você venha de bom grado — comentou o outro. — Não nos importamos em usar de força, mas você acharia muito desagradável.

— Eu... irei agora — disse Ungar, engolindo em seco. — Faz muito muito tempo desde que meu bom amigo Dalamar e eu tivemos uma boa conversa. Vou me juntar a vocês em um instante. Apenas permitam-me fechar minha loja.

Os Mantos Negros saíram para a rua e ficaram esperando por Ungar. Ele fingiu fechar a porta e trancá-la, ganhando tempo. Brincou com a ideia de tentar fugir, mas esses Mantos Negros sem dúvida eram capazes de lançar um feitiço mais rápido do que ele conseguia correr e, com relutância, abandonou a ideia.

Não podia esperar que ninguém o ajudasse. As pessoas na rua viam os Mantos Negros e decidiam que precisavam estar em outro lugar.

— Tenho que trancar a porta dos fundos — disse Ungar.

Um dos Mantos Negros estalou os dedos.

— Está trancada.

Ungar suspirou profundamente e os acompanhou.

A Torre da Alta Feitiçaria de Palanthas logo apareceu. Das cinco torres construídas pelos magos nos tempos antigos, dizia-se que a Torre de Palanthas fora a mais poderosa. A torre de mármore preto com seus pináculos de mármore vermelho-sangue destacava-se em nítido contraste com os belos edifícios de mármore branco no restante da cidade.

O povo de Palanthas — em particular, os Cavaleiros de Solâmnia — há muito consideravam a torre uma monstruosidade e uma mácula em sua cidade. Desconfiavam da magia e daqueles que a usavam e ansiavam por ver a torre e seu hediondo bosque destruídos. Contudo, ninguém ousara mencionar isso quando Raistlin Majere era o mestre da Torre.

Dalamar, sendo um elfo, parecera mais civilizado, e os patriarcas da cidade o convidaram para uma reunião, esperando convencê-lo a se mudar. Ele os decepcionara.

— Encarem sua própria escuridão — Dalamar lhes dissera. — Não a minha.

Não ousaram abordá-lo novamente.

A torre era guardada pelo infame Bosque Shoikan: uma floresta de carvalhos gigantes habitada por criaturas e espectros que se provava ser extremamente eficaz em impedir a entrada de visitantes indesejados. Ninguém que ousara invadir o terrível Bosque Shoikan havia retornado. Os Mantos Negros, é claro, eram capazes de entrar e sair da floresta mágica sem sofrer mal algum. E Ungar sabia que Dalamar oferecia passagem segura a outros visitantes, pois seus alunos iam e vinham ilesos.

— Planejam me dar um feitiço de proteção, como a lendária Joia Noturna? — Ungar perguntou a seus acompanhantes. — Ou preferem usar o feitiço Guardião do Beijo da Noite?

Os Mantos Negros aparentemente não estavam interessados em conversar, pois não responderam.

Os carvalhos do Bosque Shoikan surgiram à vista e Ungar engoliu em seco. As árvores eram verdes, frondosas e adoráveis até que o mago Rannoch se lançou do topo da torre sobre as lanças dos portões de ferro abaixo, amaldiçoando-as. A maldição havia alterado os carvalhos de modo que passaram a ter uma aparência horrenda.

Ninguém ousou entrar na torre por anos depois disso, até que o mago Raistlin Majere veio reivindicá-la para si. Dizia a lenda que os carvalhos amaldiçoados se curvaram diante dele, e as criaturas e espectros se acovardaram em sua presença.

Ninguém andava pelas ruas perto da torre. As construções ao redor haviam sido abandonadas há muito tempo, deixadas para se tornarem ruínas. As três torres lançavam sombras escuras sobre a área ao redor. O dia era sempre noite, e a noite era aterrorizante. O próprio Ungar nunca havia tido coragem suficiente para entrar nessas ruas, e este foi seu primeiro vislumbre das árvores enormes, retorcidas e deformadas cujos galhos se contorciam e gemiam em incessante agonia.

O terror frio e de congelar o sangue nas veias fluía do bosque em ondas, lambendo os pés daqueles que ousavam se aproximar da torre e depois se elevando, fluindo pelos tornozelos e então até o peito e, por fim, abatendo-se sobre as vítimas infelizes, atordoando corações e enfraquecendo a determinação.

Mesmo os kender não eram imunes ao medo. Somente uma pessoa de caráter forte, imensa fortaleza e coragem indomável seria capaz de resistir. Infelizmente, Ungar não tinha nenhuma dessas qualidades. No momento em que a onda de terror tocou seus pés, suas pernas começaram a tremer e seus joelhos vacilaram.

— Preciso daquele feitiço agora! — ele ofegou.

Os Mantos Negros agarraram seus braços com mais força e o apressaram. Ungar percebeu para seu horror que eles não iam lhe dar um feitiço. Implorou para que o deixassem ir, prometendo-lhes toda a sua riqueza — ou pelo menos metade dela — se o libertassem. Falhando isso, ele lutou para se livrar de seu aperto, mas eles eram imensamente fortes e o seguraram com força esmagadora.

No fim das contas, ele começou a gritar por socorro, mas não havia ninguém para ouvir seus apelos. E ninguém teria interferido, mesmo se houvesse.

A escuridão e o medo dominaram Ungar, e ele parou de lutar. Suas pernas cederam e os Mantos Negros foram forçados a arrastá-lo pela rua enquanto ele choramingava, gemia e implorava por sua vida miserável.

Os Mantos Negros pararam em frente ao bosque. Falaram algumas palavras mágicas e lançaram Ungar para o alto. Ele ficou suspenso acima do bosque por um momento de parar o coração, então os Mantos Negros o libertaram e ele mergulhou no coração do Bosque Shoikan. Ungar gritou e se debateu e arranhou o ar nocivo, enquanto era lançado para o meio das árvores torturadas. Caiu pesadamente de quatro no chão úmido e escorregadio.

O fedor terrível da morte subiu ao seu redor, saindo da lama. O bosque estava escuro, mas não tanto quanto Ungar gostaria. Os carvalhos gemiam e seus galhos tremiam. Gotas de sangue caíam nas mãos dele e ele estremeceu. Queria pular de pé e sair correndo, mas estava com medo demais para se mover, até que o chão se mexeu abaixo dele, como se algo estivesse tentando rastejar para fora.

Uma mão esquelética e desprovida de carne saiu da lama e do lodo e tentou agarrar a garganta dele. As unhas compridas e afiadas arranharam sua bochecha e queimaram sua pele.

Ele gritou e se levantou, tentando fugir, mas algo agarrou seu pé. Olhando para baixo, viu outra mão rastejando para fora do chão e agarrando sua bota. Ungar chutou freneticamente a mão e ela o soltou, mas agora mais e mais mãos emergiam do lodo, tentando agarrá-lo.

Ele as pisoteou e avançou aos tropeços, mas não foi longe. Um espectro usando uma armadura desgastada e ensanguentada e portando uma espada manchada de sangue ergueu-se diante dele. A criatura rangeu os dentes, como se estivesse sedenta pelo sangue de Ungar, e caminhou ameaçadora em sua direção, brandindo sua lâmina.

Ungar desabou no chão e se encolheu em posição fetal, colocando as mãos sobre a cabeça, gritando e lamentando.

— Pare de choramingar — disse uma voz viva.

Ungar ergueu a cabeça e viu Dalamar, o Escuro, mestre da Torre.

Dalamar usava vestes macias de veludo preto e sua voz era aveludada, suave, fria e harmoniosa. Ele olhava impassível para Ungar. Os carvalhos feridos pararam de se contorcer e ergueram seus galhos em reverência. O espectro se afastou. As mãos ossudas mergulharam de volta ao solo.

— Levante-se — Dalamar ordenou.

Ungar ficou de pé, tremendo. Tentou fazer uma reverência e quase caiu de cara no chão. Suas vestes estavam imundas, cobertas de sujeira e sangue, e fediam. As feridas em seu rosto ardiam e doíam.

— O senhor... mandou me buscar, mestre? — Ungar estremeceu.

— Sim — respondeu Dalamar. — Desejo informações.

Ungar olhou em volta para as árvores. Conseguia sentir o chão abaixo de si tremer e oscilar, e se encolheu.

— Podemos ir a algum lugar mais... bem... confortável?

— Eu estou bastante confortável — declarou Dalamar. — Quanto a você, tenho muito pouca fé em sua capacidade de me dizer a verdade, Ungar. Caso minta, irei embora e o deixarei no bosque para encontrar a saída por conta própria.

Ungar se retraiu.

— Pergunte-me qualquer coisa, mestre! Não sou um mentiroso. Não faço ideia do que o fez ter essa impressão...

— Cale a boca — vociferou Dalamar.

— Sim, mestre — Ungar baixou a cabeça.

— Você estava de posse de um artefato mágico criado pelo famoso inventor, Ranniker. Um relógio que previa o futuro. Encontrei-o na sua loja e fiz uma experiência. Os ponteiros apontavam para o ano 383, cerca de vinte anos no futuro. Usei a mágica do relógio.

Dalamar ficou calado por um momento, observando a noite sem fim que cercava a torre. Quando recomeçou, falou com assombro.

— O que vi foi horrível. As três luas haviam desaparecido. A magia havia desaparecido. As estrelas estavam em posições diferentes, nas posições erradas. Vi um dragão estranho emergir das brumas para nos aterrorizar e escravizar. Vi um mundo sem esperança, mergulhando no caos.

Ungar mexeu-se e parecia prestes a falar, mas Dalamar o silenciou com um gesto e continuou falando.

— Acertei os ponteiros do relógio para 382 e vi nosso mundo como é agora, cheio de esperança e promessa. O que aconteceu entre 382 e 383 para causar uma mudança tão catastrófica, Ungar? Deve se lembrar que tentei falar com você sobre isso certa vez antes, mas você se recusou a responder às minhas perguntas.

— Estava assustado com o que vi, mestre — afirmou Ungar, encolhendo-se. — Vou contar a verdade agora. Vou contar tudo!

— Eu sei que você vai — retrucou Dalamar, secamente. — O que você viu no ano 383?

— Praticamente o mesmo que o senhor, mestre — revelou Ungar. — Vi um mundo arrancado de seu lugar nos céus. Vi um céu noturno com uma única lua pálida. Vi um dragão monstruoso, muito maior do que qualquer dragão já nascido em Krynn, voar das estranhas estrelas.

— Você viu o que aconteceu para provocar essa terrível mudança? — Dalamar questionou friamente.

Ungar estava prestes a negar que tivesse visto qualquer coisa. Ainda esperava manter o conhecimento sobre a Gema Cinzenta para si. Mas então se lembrou que Dalamar havia dito que também vira o futuro terrível. Ele poderia muito bem ter visto as criaturas azuis e o rompimento da Gema Cinzenta. Poderia estar testando-o para ver se, de fato, diria a verdade.

Ungar sentiu dedos esqueléticos agarrarem seu pé e estremeceu.

— Vi uma linda criatura de pele azul pegar um martelo e uma estaca e partir uma joia. E depois... as estrelas giravam e então...

Ungar hesitou, lambeu os lábios secos.

— O Caos foi libertado no mundo? — Dalamar sugeriu. — Foi isso que viu?

A voz do elfo era delicada, suave e reduziu Ungar a uma massa trêmula. Ele tivera a esperança desesperada de manter essa informação para si mesmo, mas percebeu agora que Dalamar sabia de tudo.

— A gema que você viu as criaturas partirem era a Gema Cinzenta — declarou Dalamar. — É por isso que você pesquisou a Gema Cinzenta na Grande Biblioteca. Você encontrou um livro que indicava que a Gema Cinzenta estava escondida com os Theiwar em Thorbardin, e você viajou até o reino dos anões para encontrá-la. Infelizmente, os Theiwar o encontraram primeiro. Eles o surraram e o torturaram e deixaram sua triste carcaça na soleira da minha porta.

— Arrisquei minha vida tentando salvar o mundo, mestre! — Ungar exclamou, choramingando. — O senhor viu o futuro. O senhor sabe o que vai acontecer se essas criaturas partirem a Gema Cinzenta!

— Se estava tão empenhado em salvar o mundo, seu miserável, por que não se apresentou ao Conclave com esta informação?

— Eu planejava fazê-lo, mestre, mas não queria desperdiçar o valioso tempo do Conclave —Ungar vacilou. — Então, pensei em confirmar que era de fato a Gema Cinzenta que eu tinha visto na visão. Quando não consegui encontrá-la, não vi motivo para falar nada.

Dalamar sorriu. Um sorriso muito desagradável.

— Mas você a encontrou, não foi? Você a encontrou em Thorbardin. Mais uma vez, você deveria ter vindo me informar imediatamente.

Ungar lançou um olhar selvagem ao redor, procurando freneticamente por ajuda, e viu o espectro encarando-o da escuridão. Estremeceu e fixou o olhar na bainha das vestes negras de Dalamar.

— Os anões em geral desprezam magia — prosseguiu Dalamar. — Apenas os Theiwar a praticam. Eles não acreditam nos deuses da magia, mas Nuitari gosta deles e de vez em quando envia um para estudar comigo. Assim, tenho informantes entre os Theiwar. Quando comecei a ter minhas suspeitas sobre você, entrei em contato com meu informante, que me disse que os Theiwar o torturaram e que você os levou até a Gema Cinzenta. Meu informante ia trazê-la para mim, mas antes que pudesse, uma jovem solâmnica fugiu com ela em sua posse.

Ungar ergueu a cabeça em espanto.

— Parece surpreso com esta notícia, Ungar — comentou Dalamar. — No entanto, soube por seus vizinhos que uma jovem mulher solâmnica extremamente bela visitou sua loja de artigos mágicos não muito tempo atrás. Acredito que você disse a ela onde encontrar a Gema Cinzenta e a enviou para recuperá-la.

— Eu cometi um erro, mestre — desculpou-se Ungar. — Entendo isso agora! Mas uma vez que eu tivesse a Gema Cinzenta, juro para o senhor que eu estava planejando me dirigir ao Conclave. Destina vai trazer o Gema Cinzenta para mim, junto com o...

Ungar deteve-se e lançou um olhar furtivo para Dalamar.

— Junto com o... o quê? — Dalamar perguntou, seus olhos se estreitando.

— Bem... um... artefato anão pouco importante.

Dalamar lançou-lhe um olhar de desgosto, virou-se e começou a se afastar.

— Mestre, não me deixe! — Ungar implorou. — Ela vai trazer a Gema Cinzenta e o Dispositivo de Viagem no Tempo para mim, para que eu possa lançar o feitiço para ela. Ela veio à minha loja procurando por ele.

Dalamar parou e olhou para trás, intrigado.

— Por que ela queria o dispositivo?

Ungar estava esgotado e apavorado, então revelou tudo.

— Ela planeja voltar no tempo para a Batalha da Torre do Alto Clérigo para salvar o pai, um cavaleiro que morreu lá. Eu disse que ela poderia encontrar o dispositivo em Solace na posse de um kender, Tasslehoff Pés-Ligeiros. Dei a ela um broche de metamorfose, uma poção e um Anel da Amizade.

Dalamar olhou para ele.

— Então esta mulher obteria o dispositivo e a Gema Cinzenta, e você disse a ela que a enviaria de volta no tempo. — Ele fez uma pausa, encarando Ungar. — Mas você não pretendia cumprir o acordo, não é? O que ia fazer com ela? Colocar um pouco de beladona em seu vinho e largar o corpo dela na baía?

Ungar caiu de joelhos e ergueu as mãos em súplica.

— Eu ia salvar o mundo, mestre! Eu ia salvar o mundo!

Dalamar acenou com a mão como se afastasse um inseto irritante e, no momento seguinte, Ungar viu-se trancafiado entre quatro paredes de pedra, balbuciando para nada além de uma cama e um penico. Ele soltou um gemido e se jogou contra a porta de ferro.

— Felizmente, para o mundo, Pés-Ligeiros não estava com o dispositivo — disse Dalamar, falando sem ser visto na escuridão. — A mulher solâmnica não conseguiu obtê-lo.

— Mas isso é uma boa notícia, mestre! — Ungar gritou, agarrando-se às grades da cela. — Acredito que esteja em algum lugar seguro...

A escuridão ficou silenciosa.

— Eu encontrei a Gema Cinzenta! — Ungar ganiu. — Sem mim, ainda estaria escondida!

Nenhuma resposta.

— Eu ia salvar o mundo! — Ungar gritou.

A escuridão se mexeu, porém, nada respondeu.

Ungar desabou como trapos encharcados no chão.

CAPÍTULO TRINTA

Dalamar deixou o miserável Ungar definhando na masmorra na base da torre e pensou no que fazer. Deveria relatar imediatamente as informações sobre a Gema Cinzenta para Justarius, que era o líder do Conclave, porém, Dalamar não estava inclinado a fazê-lo. Pelo menos, ainda não. Precisava de mais informações.

Como Ungar estava trancado em segurança, Dalamar enviou um de seus Mantos Negros para a loja de artigos mágicos com ordens para que detivesse Destina Rosethorn ou qualquer outra pessoa que entrasse na loja perguntando sobre o Dispositivo de Viagem no Tempo ou a Gema Cinzenta. Em seguida, pronunciou uma palavra e partiu nos caminhos da magia, e em poucos momentos estava em Solace, diante da Estalagem do Último Lar. Abriu a porta e entrou. Vários elfos Qualinesti estavam sentados às mesas. Vendo Dalamar em suas vestes negras, os elfos se levantaram e saíram, lançando-lhe olhares malignos e murmurando maldições enquanto passavam.

Dalamar prestou tanta atenção a eles quanto à luz do sol que brilhava através dos vitrais. Caramon estava servindo cerveja em uma caneca. Ao ouvir os palavrões e a porta bater, ele se virou para ver o que estava acontecendo.

— Olá, meu amigo — cumprimentou-o Dalamar.

Caramon sorriu.

— Que bom vê-lo! A que devemos o prazer desta visita?

— Vim falar com Tasslehoff — informou Dalamar.

O sorriso de Caramon desapareceu e seu rosto jovial ficou sombrio.

— É melhor você conversar com Tika.

Caramon tirou o avental e gritou para Dezra, nos fundos, que estava indo embora.

— Onde está Tika? — Dalamar perguntou.

— Está em casa com o bebê — explicou Caramon, corando de orgulho. — Um filho. Temos dois meninos agora. Nós o chamamos de Sturm.

— Um bom nome — comentou Dalamar. — E uma justa homenagem. Você superou muitas adversidades e se saiu bem, meu amigo.

— Eu tive ajuda — disse Caramon. Ele liderou o caminho subindo as escadas para sua casa na copadeira. — E sei que provavelmente não deveria admitir isso, mas ainda sinto falta de Raistlin.

— Ele era seu irmão gêmeo — disse Dalamar. — E era meu *Shalafi*. Aprendi muito com ele.

Caramon assentiu e eles não disseram mais nada até chegarem à casa. Ele abriu a porta, gritando:

— Tika! Sou eu! Trouxe um convidado. Você nunca vai adivinhar quem!

— Um convidado! Você está louco? — Tika gritou da cozinha. — O que tem na cabeça para trazer um convidado para casa e comigo com um novo bebê e a casa toda de pernas para o ar?

Ela saiu furiosa da cozinha, os cachos ruivos desgrenhados e uma mancha de farinha no rosto. O pequeno Tanin estava sentado no chão, batendo com uma colher de pau em uma chaleira virada. Tika pegou a colher e então avistou Dalamar.

— Meu caro amigo! — Tika o cumprimentou, apressando-se para apertar a mão dele. — Estou tão feliz em ver você! Perdoe a bagunça. Caramon, pegue um pouco de vinho…

— Obrigado, mas não, Tika — respondeu Dalamar. — Não posso ficar. Estou aqui a negócios urgentes.

— Ele quer saber de Tasslehoff — revelou Caramon.

Os lábios de Tika se franziram.

— O bebê está dormindo. Vou colocar Tanin para cochilar e depois podemos conversar.

Tika levou Tanin para o quarto, ouviu seus protestos de que não estava com sono até que ele adormeceu, depois lavou a farinha do rosto e juntou-se a Caramon e Dalamar na sala principal.

— O que você quer saber? — perguntou Tika.

— Acredito que uma jovem solâmnica chamada Destina Rosethorn possa ter vindo a Solace para perguntar a Tas sobre o Dispositivo de Viagem no Tempo — disse Dalamar.

Tika suspirou.

— Ela veio, e foi aí que todo o problema começou. Não gostei do jeito daquela mulher, embora alguns tivessem gostado. — Ela lançou um olhar para Caramon. — A mulher me perguntou sobre Tas, e eu disse a ela que ele era nosso amigo e que nada deveria acontecer com ele. Ela foi embora, mas então a tal Mari apareceu...

— Quem é Mari? — Dalamar perguntou, interrompendo.

— Uma kender; achamos que ela era cúmplice daquela mulher. Mari deu a Tas um anel mágico e, quando demos conta, Tas tinha se casado com ela e lhe prometido o Dispositivo de Viagem no Tempo como presente de casamento.

Dalamar estava sério.

— Mas Tas não está com o dispositivo. Não mais.

— É verdade — admitiu Tika. — Astinus veio procurá-lo e Tas entregou para ele, graças aos deuses. Mas Tas disse a Mari que o recuperaria de Astinus, e agora ele se foi, e Mari também. Estamos preocupados com ele, Dalamar.

Caramon concordou com a cabeça.

— Tas está sempre se metendo em apuros — prosseguiu Tika. — Afinal, ele é um kender. Mas eu não gostei daquela mulher solâmnica, Destina Rosethorn, e não gostei da kender, Mari. Ela não agia como uma kender. E tinha aquela joia estranha que ela estava usando...

— Que joia estranha? — Dalamar perguntou bruscamente.

— Não era como nenhuma joia que eu já vi antes, Dalamar — explicou Tika em voz baixa. — Ela me dava arrepios, como dizia Flint. Era grande e pequena. Era feia e bonita, redonda e quadrada, brilhante e opaca. Sei que não é uma descrição muito boa...

— É boa o bastante — disse Dalamar abruptamente.

— Você a reconhece, não? — percebeu Caramon. — O que foi, Dalamar? Qual é o problema dela?

— Você disse que essa Mari usava a joia em um colar? — questionou Dalamar. — Como era o colar?

— Tinha belo engaste — explicou Tika. — A corrente era de ouro vermelho, de fabricação anã, e trabalho requintado. Mari mantém a joia escondida. Eu não teria notado, mas sabe como são os casamentos kender. Eles a carregaram por aí, e as roupas dela estavam todas revolvidas. No momento em que notei a estranha joia e disse algo sobre ela, Mari corou e abotoou bem a camisa.

— O que aconteceu depois disso? — Dalamar questionou.

— Quando esta Mari descobriu que Tas não tinha o dispositivo, ela fugiu e o deixou. Dissemos boa viagem e esperamos tê-la visto pela última vez. Mas no dia seguinte ela estava de volta com uma história maluca sobre ter um amigo dragão que ia levá-los para Palanthas. E isso é tudo o que sabemos.

— Um dragão *foi* visto na área — acrescentou Caramon. — Um jovem de bronze. Estava se escondendo perto do Lago de Cristal.

— Destina Rosethorn voltou? — Dalamar perguntou.

— Não vimos nem um fio de cabelo dela desde o primeiro dia em que ela veio fazer perguntas. — Tika parecia preocupada. — Você acha que algo ruim aconteceu com Tas, não é?

— Eu não me preocuparia — tranquilizou-a Dalamar. — Mesmo que ele não demonstre, Tas tem um cérebro por baixo daquele coque ridículo. Devo ir agora. Mande um recado para mim na torre se tiver notícias de Tas ou se ele voltar.

— Astinus não entregaria o dispositivo para Tas, entregaria? — Caramon perguntou enquanto ele e Tika acompanhavam seu visitante até a porta.

— Não em circunstâncias normais — disse Dalamar.

Tika suspirou e Caramon sacudiu a cabeça. Desejaram uma boa viagem a Dalamar, em seguida, fecharam a porta.

Dalamar lançou um feitiço que o tornou invisível e ficou do lado de fora da janela para ouvir o que seus amigos diziam em sua ausência.

— Dalamar sabe mais do que está contando — afirmou Caramon.

— Ele é um mago — retrucou Tika, como se isso explicasse tudo. Ela acrescentou com um suspiro: — Acho que Tas se meteu em sérios problemas desta vez, Caramon. E lamento dizer isso, porque sei que você gosta de Dalamar, mas ele não viajou até aqui porque está preocupado com Tas.

— Dalamar não dá a mínima para Tas — Caramon concordou. — Sua única preocupação é com aquela joia estranha.

Tika balançou a cabeça.

— Os deuses sabem que Tasslehoff me deixa maluca às vezes, mas ele é nosso amigo. Não podemos abandoná-lo.

— Não vamos — afirmou Caramon. — Estive pensando. Devíamos avisar Tanis. Ele saberá o que fazer.

— Caramon, que ideia brilhante! — exclamou Tika, encarando o marido com admiração. — Eu sabia que me casei com você por mais do que sua boa aparência.

Caramon abraçou a esposa. Tika descansou a cabeça no peito largo dele e os dois se consolaram com o abraço.

Dalamar se afastou, refletindo sobre Tanis Meio-Elfo e o fato de que o tempo tinha um modo de se repetir com ou sem interferência da Gema Cinzenta.

Ao retornar à torre, Dalamar subiu até o topo da torre central e entrou em uma sala que ele mesmo construiu depois de se tornar mestre. Nomeou-a de Câmara das Três Luas e era a única pessoa que tinha acesso a ela.

A sala era pequena, redonda e sem janelas, com teto abobadado. Um altar feito de mármore estriado com preto, vermelho e branco situava-se no centro. Três velas cilíndricas altas, uma preta, uma vermelha e uma branca, adornavam o altar.

Dalamar acendeu cada vela com um toque dos dedos. As velas ardiam com luz inabalável no ar parado. Ajoelhou-se diante do altar e aguardou em silêncio.

Três luas apareceram no teto abobadado acima dele: uma branca, uma vermelha e uma preta. Três figuras vestidas com mantos surgiram diante do elfo. Uma delas estava toda de branco da cabeça aos pés, tendo apenas os olhos visíveis. Outra era uma mulher de túnica vermelha com cabelos ruivos flamejantes que se espalhavam pelos céus como a cauda de um cometa. A terceira era um rosto incorpóreo, redondo como uma lua.

Os três deuses da magia eram filhos dos deuses. Solinari era filho de Paladine e Mishakal. Lunitari era filha de Gilean, e Nuitari era filho da Rainha das Trevas. Ao contrário de seus pais, que estavam eternamente em guerra, os deuses da magia permaneciam unidos em sua dedicação à magia e aos mortais que exerciam o poder em seus nomes.

Dalamar curvou-se diante deles.

— Por que nos convoca, mestre da Torre? — Nuitari questionou.
— Tenho notícias perturbadoras. A Gema Cinzenta foi encontrada.
Os deuses irmãos trocaram olhares assustados.
— Não sabiam? — Dalamar perguntou.
— Não — admitiu Nuitari.
— Isso é novidade para nós — concordou Lunitari.
— E não é uma boa novidade — acrescentou Solinari severamente.
— As notícias pioram — acrescentou Dalamar. — A Gema Cinzenta está nas mãos de uma mortal que anda com ela no pescoço. Ela tem sido descuidada e várias pessoas notaram isso e começaram a fazer perguntas. Acham que algum dos outros deuses descobriu?
Os três pensaram seriamente no assunto.
— Minha mãe não me disse nada sobre isso — comentou Nuitari. — E se Takhisis suspeitasse por um momento de que a Gema Cinzenta estava no mundo, ela derrubaria montanhas para encontrá-la.
— Nem Paladine nem Mishakal falaram comigo sobre isso — afirmou Solinari. — Se soubessem, buscariam minha opinião e conselho.
— Gilean não falou nada — completou Lunitari. Ela acrescentou secamente: — Mas, também, meu pai não faria isso. Ele apenas registraria no Livro como fez na primeira vez que a Gema Cinzenta escapou e saiu pelo mundo espalhando o Caos. Dito isso, acho que ele não sabe. Ele me consultaria e não falou nada.
— É bom saber — comentou Dalamar. — Contudo, suspeito que um deus saiba. A Gema Cinzenta foi encontrada escondida em Thorbardin, e alguém a colocou em um colar de ouro vermelho de fabricação anã. Acabamento requintado.
— Reorx — disseram Solinari e Nuitari ao mesmo tempo. Ambos voltaram-se para Lunitari.
— Reorx originalmente criou a Gema Cinzenta para você, irmã — disse Nuitari.
— E então, ele a perdeu e está procurando por ela desde então — completou Lunitari. — Se ele a obtivesse, jamais abriria mão dela. Com certeza, nunca a engastaria em um colar e daria para um humano.
— A menos que algo tenha dado errado — comentou Solinari.
— Afinal, estamos falando de Reorx — admitiu Nuitari.
Lunitari suspirou.

— Vou questioná-lo.

Seus dois irmãos lhe desejaram sucesso e partiram. Lunitari permaneceu depois que eles foram embora, para falar com Dalamar.

— Um seguidor meu tem reclamado de você — comentou a deusa. — O nome dele é Ungar. O que fez com ele?

— Ele é meu convidado na torre — explicou Dalamar. — A senhora intercede por ele?

Lunitari sorriu.

— Pelo contrário. Sinta-se à vontade para manter o miserável enquanto suportá-lo. Encontre-me aqui amanhã à noite. Trarei novidades.

Dalamar passou o dia seguinte na biblioteca da torre, buscando informações sobre a Gema Cinzenta. Encontrou muita coisa — a maior parte especulação, muitos absurdos e nada útil. Considerou enviar um aviso a Astinus alertando para que ele se certificasse de que o Dispositivo de Viagem no Tempo estava seguro, mas o deus exigiria saber o motivo, e Dalamar não estava preparado para explicar. Naquela noite, os três deuses retornaram e convocaram Dalamar até a câmara.

— Fui em busca de Reorx — informou Lunitari. — Viajei primeiro para Thorbardin. Ele gosta de vagar pelos salões do reino da montanha, mas não estava lá. Em seguida, visitei os anões da colina que vivem no sopé das montanhas ao redor de Thorbardin e perguntei por ele, mas ninguém o tinha visto.

— Comecei a ficar preocupada. Sabia de apenas mais um lugar onde procurar. Viajei até a fortaleza montanhosa que Reorx construiu para si mesmo no topo do mundo no início dos tempos. Se ele tivesse ido para lá, a única razão seria porque estava se escondendo de nós.

— Encontrei-o andando pelas muralhas entre as estrelas, observando o mundo lá embaixo. Assim que me viu, ele fugiu. Entrei na fortaleza e procurei pelos corredores, até que finalmente encontrei o deus no porão, tentando se esconder atrás de um imenso barril de licor de anão.

— Quando mandei que saísse, ele fingiu estar surpreso ao me ver. 'Olá, Luni', ele me cumprimentou, 'Quer se juntar a mim e tomar uma caneca?'. 'Fale-me sobre a Gema Cinzenta', eu ordenei. 'Caso não fale, abrirei cada um desses barris e o mundo terá um novo oceano chamado Licor de Anão'. Reorx vociferou e tentou negar que sabia sobre a Gema Cinzenta, mas depois admitiu tudo. A coisa é pior do que poderíamos imaginar. Contei para meus irmãos, e agora viemos até você.

Dalamar se preparou.

— Reorx soube por meio da líder dos seus clérigos entre os anões que a Gema Cinzenta havia sido recuperada. O deus atraiu a jovem que a encontrou para a própria casa e tomou a joia dela. Ele pretendia mantê-la para si e contê-la, mas houve um "acidente".

— O martelo dele escorregou — revelou Solinari.

— Voou no ar e atingiu a Gema Cinzenta — explicou Nuitari.

— Reorx afirma que a rachadura foi pequena e que selou-a imediatamente — prosseguiu Lunitari. — Mas ele admitiu, quando o pressionei, que um "pedacinho" do Caos pode ter escapado.

— Pior do que isso, se ele não tiver vedado bem a rachadura, o Caos pode estar vazando ainda — observou Solinari.

Dalamar estava preocupado.

— E ele não contou a ninguém e deu a joia a uma mortal?

— Sendo justa com Reorx, ele temia que, se nossos pais e os outros deuses soubessem que a Gema Cinzenta havia sido encontrada, entrariam em guerra por ela — disse Lunitari. — Ele sabia que iam perceber imediatamente que ele estava com ela, e estava certo. Essa é a razão pela qual ele mandou a Gema Cinzenta embora...

— ...esperando que nunca descobríssemos — completou Nuitari.

— E agora uma mortal está vagando pelo mundo com o Caos tremulando atrás de si como um lenço de seda — declarou Solinari.

— Devemos encontrá-la imediatamente e recuperar a joia, depois trancá-la nas profundezas do universo para que nunca mais escape — disse Dalamar.

— Vou convocar um exército de demônios para capturar essa mulher — Nuitari ofereceu.

Solinari discordou com a cabeça.

— No instante em que a Gema Cinzenta notar seus demônios, ela fugirá, primo. Agora, a Gema Cinzenta acredita que nos ludibriou. Devemos abordar a mortal com extrema cautela para não chamar a atenção da gema.

Lunitari concordou.

— O que sabe sobre esta humana, mestre? Por que ela procurou a Gema Cinzenta para começo de conversa?

— Ela planeja voltar no tempo para a Batalha da Torre do Alto Clérigo para salvar o pai, que morreu lá. A princípio, não fiquei preocupado, pois sei que Astinus jamais permitiria que alguém se apossasse do Dispositivo de Viagem no Tempo. Mas ela tem a Gema Cinzenta, e se esta estiver vomitando Caos...

— ...então essa mortal poderia infligir danos ao mundo que fariam o Cataclismo parecer uma suave chuva de primavera — completou Lunitari.

CAPÍTULO TRINTA E UM

A noite estava boa para viajar. Tanto Solinari quanto Lunitari estavam cheios, contemplando o mundo como dois olhos brilhantes e díspares. Tas teve a estranha impressão de que eram olhos perscrutadores, pois sua luz iluminava a noite e a tornava clara como o dia. Perguntou-se o que estavam procurando e acenou para que soubessem onde ele estava, caso estivessem interessados.

Ele alcançou Destina assim que ela chegou aos arredores da cidade por volta da meia-noite. A maioria das pessoas estava na cama, e as ruas estavam desertas, exceto por aqueles que tinham negócios que eram melhor conduzidos no escuro.

Tas ficou preocupado ao ver várias pessoas desagradáveis à espreita nas sombras dos becos e ruas laterais. Não temia por si mesmo, pois nenhum salteador de bom senso roubaria um kender. Mas Tas estava apreensivo que pudessem tentar ferir Destina e ficou aliviado quando o guarda noturno a deteve.

— Não deveria estar sozinha a esta hora, minha senhora — disse o guarda. — Onde mora? Vou acompanhá-la.

Destina informou-lhe um endereço e os dois partiram juntos, o guarda iluminando o caminho com seu lampião.

Tas considerou confrontar Destina e contar ao guarda noturno que ela havia sequestrado sua esposa, mas decidiu não fazê-lo. Os guardas tendiam a ter um preconceito irracional contra os kender, e provavelmente ele levaria Tas para a prisão mais próxima em vez de prender Destina. E embora as prisões em Palanthas fossem certamente muito boas — algumas das melhores de Ansalon —, Tas não podia se dar ao luxo de passar o tempo em uma. Ainda tinha esperança que Destina o levasse até Mari.

Ele seguiu Destina e o guarda até o endereço que Destina havia fornecido. Assim que chegaram à casa, ela agradeceu ao guarda pela ajuda, destrancou a porta e entrou, fechando-a atrás de si. O guarda voltou a fazer suas rondas.

Depois de se certificar de que o guarda havia sumido, Tas se esgueirou até uma das janelas, pressionou o nariz contra ela e espiou lá dentro. Viu Destina colocar o livro de Mari sobre a mesa. Ela acendeu uma vela e a levou escada acima.

A luz da vela apareceu na janela de um andar superior, provavelmente um quarto de dormir. Tas esperou até que a luz se apagasse e presumiu que ela tinha ido para a cama. Sentou-se no vão da porta de uma casa do outro lado da rua, enrolou-se em um cobertor e acomodou-se para vigiar. Porém, isso provou ser tão entediante que, sem perceber, ele adormeceu. Foi acordado na manhã seguinte pelo proprietário irado que começara a sair pela porta da frente, mas acabou por tropeçar em um kender adormecido.

Tas levantou-se de um salto, agradeceu ao dono da casa pelo uso da porta e conseguiu evitar ser atingido pela bengala do homem.

O sol estava alto e as ruas estavam movimentadas. Tas não pretendera dormir até tão tarde e atravessou a rua correndo para a casa de Destina, preocupado que ela já tivesse saído. Espiou por uma das janelas e a viu sentada à mesa com o livro de Mari aberto à sua frente. Ela estava lendo o poema que Mari anotara.

Os lábios de Destina se moviam enquanto ela lia. Tas observara Raistlin estudar seus feitiços pela manhã, memorizando-os, e supôs que ela devia estar memorizando o poema da mesma forma.

Tas estava extremamente zangado. Destina havia roubado Mari e roubado seu livro e agora estava roubando o poema. Ela estava vestida como se fosse viajar, com um casaco de lã cheio de botões e um cinto de couro, uma saia de lã que ia só até os tornozelos e botas de couro de viagem. Fechando o livro, ela levantou a cabeça e olhou diretamente para a janela.

Tas estava prestes a sumir de vista, mas captou um brilho de luz do sol refletindo em uma corrente de ouro vermelho e deu um pequeno arquejo. Destina estava usando o colar de Mari! O colar estranho que lhe dera uma sensação esquisita — e não do tipo bom.

Tas agarrou seu hoopak e estava prestes a derrubar a porta dela quando alguém o agarrou pelo coque.

— O que temos aqui? — exclamou uma voz alta, dando um puxão doloroso no coque de Tas. — Um espiãozinho?

Tas se contorceu, o que era difícil de fazer com o homem segurando seu coque, e viu que seu captor estava usando o uniforme da guarda da cidade.

— Espião, não. Meu nome é Tas — Tas declarou. — Abreviação de Tasslehoff Pés-Ligeiros.

Ele ofereceu a mão ao guarda como exigia a educação. O guarda ignorou a mão, no entanto, e o conduziu pela rua, ainda segurando-o pelo coque.

— Eu não estava espiando! — Tas protestou. — Estava vigiando aquela mulher porque ela sugou minha esposa para um ciclone mágico de poeira estelar, e estou tentando descobrir o que fez com ela.

— Eu gostaria que alguém sugasse minha esposa para dentro de um ciclone mágico — o guarda murmurou. — Pare de se contorcer!

Tas havia se contorcido nas mãos do guarda para olhar para a casa de Destina e ficou alarmado ao vê-la saindo pela porta. Ela havia abotoado a jaqueta até o pescoço, de forma que ele não conseguia mais ver o colar, mas deduziu que ela ainda o usava. Ela levava o livro de Mari sob o braço.

Tas lutou para se desvencilhar, mas o guarda estava segurando bem seu cabelo. Tas teve que tomar uma decisão desesperada. Ele sacou Assassina de Coelhos e, com um golpe rápido, cortou o próprio coque, libertando-se das garras do guarda. Enquanto disparava pela rua, olhou por cima do ombro e viu o guarda segurando a maior parte de seu cabelo e olhando para ele estupefato.

Tas sentiu-se muito mal por perder seu coque.

Bem, afinal de contas, eu quebrei meu juramento solene, ele refletiu enquanto corria o mais rápido que era capaz atrás de Destina. *É justo*.

Ele seguiu Destina pelas ruas até um bairro de péssima aparência. Perguntou-se o que Destina estava fazendo, vindo para um lugar como este, e então a viu se dirigindo até uma loja que tinha uma placa com três luas acima da porta e as palavras "Artigos Mágicos do Ungar" na janela da frente.

Ela hesitou por um momento, como se estivesse tentando reunir coragem, então entrou na loja e fechou a porta atrás de si.

Tas correu até a janela e olhou para dentro. Podia ver Destina olhando ao redor da loja. Uma bruxa vestindo mantos pretos emergiu da parte de trás. Destina pareceu chocada e assustada ao ver a mulher. Tas tentou ouvir o que ela estava dizendo, mas não conseguiu. Ele tentou dar uma sacudidela na janela para ver se ela abria, mas ela não se moveu.

Ele foi até a porta e deu um leve empurrão, e ela abriu uma fresta.

— Vim ver Ungar, o dono desta loja — Destina estava dizendo. — Onde ele está?

— Ungar precisou viajar — disse a Manto Negro. — Ele me deixou cuidando das coisas. Como posso ajudá-la?

— Gostaria de comprar um amuleto para fazer alguém gostar de mim — disse Destina.

— Uma poção do amor? — perguntou a Manto Negro.

— Com certeza não. Ungar me vendeu um Anel da Amizade e funcionou bem. Bem até demais — acrescentou Destina em voz baixa. — Mas eu o perdi. Preciso de outro. O anel que ele me vendeu era de prata cravejado de lápis-lazúli azul.

Tas lembrou-se do anel. Ela poderia estar descrevendo isso.

— Prata com línguas de cães — disse para si mesmo. Ficou feliz em pensar que ela devia tê-lo deixado cair e Mari o encontrou e deu para ele.

— Acho que não temos outro em estoque — disse a Manto Negro. Ela foi até um armário, procurou um pouco e então entregou a Destina uma pequena joia de prata. — Temos um Talismã de Camaradagem, se isso servir.

O talismã era pequeno, tão pequeno que Tas mal podia vê-lo.

— O que isso faz? — Destina perguntou.

— O feitiço funciona da mesma forma que o Anel da Amizade — explicou a Manto Negro. — A pessoa a quem você der vai querer fazer de tudo para agradá-la.

— Devo dar de presente para ele? — Destina perguntou. — Mas não posso! O que ele vai pensar de mim? Mal o conheço.

— Ele vai pensar apenas que você gostaria de conhecê-lo melhor — disse a Manto Negro. — Mas se não quiser dar abertamente ao cavalheiro, pode escondê-lo em uma peça de roupa ou colocá-lo no sapato dele.

— Não vai fazer ele se apaixonar por mim? — questionou Destina.

— Não, a menos que ele já esteja inclinado a isso — admitiu a Manto Negro com um sorriso. Ela colocou o amuleto no balcão. — Acredito que você deve ser a Senhora Destina Rosethorn. Se for, Ungar me deu instruções claras para fazer tudo o que puder para ajudá-la. Ele diz que você está planejando viajar no tempo. Você trouxe a Gema Cinzenta e o Dispositivo de Viagem no Tempo?

Destina afastou-se dela.

— Não sei do que está falando, senhora — desconversou ela. — Eu... vim apenas fazer esta compra e devolver este livro.

Destina colocou o livro no balcão e começou a sair.

A Manto Negro murmurou algumas palavras e apontou para a garganta de Destina.

Uma luz cinza começou a brilhar por baixo da gola de Destina. Ela engasgou e apertou a mão sobre a gema quando outro Manto Negro emergiu dos fundos e se apressou para se juntar a sua companheira.

— Veja o que ela está usando — indicou a mulher.

— A Gema Cinzenta — disse o segundo, parecendo impressionado.

Destina virou-se e tentou fugir. A Manto Negro levantou uma varinha que trazia nas dobras das vestes e apontou para ela. Um fino raio de luz azul saiu da varinha e atingiu Destina.

A luz pareceu prender suas mãos e pés, pois ela lutava, mas não conseguia se mover.

— Ótimo! — Tas murmurou. Ele começou a bater na janela. — Perguntem a ela o que ela fez com Mari!

Os Mantos Negros não lhe deram atenção.

— Chame o mestre — disse o segundo. — Vou pegar a Gema Cinzenta.

Ele se aproximou de Destina e ergueu a mão para pegar o colar. Destina soltou um grito inarticulado, mas parecia que nada podia fazer para detê-lo.

Ele tocou a Gema Cinzenta.

— Uh-oh, isso foi um erro — Tas comentou lamentando.

A Gema Cinzenta reluziu. O Manto Negro soltou um berro e caiu de joelhos, agarrando a própria mão e gemendo em agonia. A outra Manto Negro gritou e deixou cair a varinha que de repente havia se tornado quente como um atiçador em brasas. Destina olhou para os dois horrorizada, então pegou o talismã, abriu a porta e saiu correndo da loja. Tas teve tempo apenas de pular para o lado ou ela o teria derrubado.

Ele temeu que ela o tivesse visto, mas ela estava cega pelo pânico. Ela correu rua abaixo como se estivesse sendo perseguida por demônios.

— Sei como se sente — disse Tas, empático, relembrando de seu tempo no Abismo.

— Pegue-a! — gritou o Manto Negro, segurando a mão queimada.

A mulher começou a correr atrás de Destina. Tas estava esperando por ela, no entanto, e no momento em que ela saiu pela porta, ele a golpeou com o hoopak, acertando-a bem entre os olhos.

— Sinto muito por isso — desculpou-se Tas, parado acima da Manto Negro que agora jazia de costas, piscando atordoada para o céu. — Mas a Senhora Destina está me levando até Mari!

Ele saiu correndo pela rua atrás de Destina. Ela corria muito rápido e Tas teve dificuldade em acompanhá-la. Por fim, ela deve ter percebido que não estava sendo perseguida por demônios ou magos vestidos de preto, pois finalmente diminuiu a velocidade e então parou, encostando-se em um prédio, ofegante.

Ela enfim se recompôs e, olhando para o próprio reflexo em uma janela, ajeitou as roupas e prendeu as mechas de cabelos que haviam se soltado durante sua fuga desesperada. Acalmando a respiração, desceu a rua.

Tas a seguiu até a Cidade Nova e até a guarita da muralha que cercava a Cidade Velha. Os portões ficavam abertos durante o dia para permitir o livre fluxo de tráfego entrando e saindo da Cidade Velha, e Tas não teve problemas para entrar. Os guardas haviam há muito parado de tentar impedir a passagem dos kender, porque, no momento em que prendiam um, mais seis entravam correndo enquanto não estavam prestando atenção.

Destina continuou pela estrada da guarita e dobrou a esquina de uma das ruas centrais. Então, Tas entendeu para onde ela estava indo: a Grande Biblioteca. Ela havia memorizado o poema que ele havia dado a Mari, e agora estava indo para a biblioteca para tentar obter o Dispositivo de Viagem no Tempo.

— Esse dispositivo pertence a Mari! — Tas disse indignado. — Foi um presente de casamento para ela, não para esta tal de Destina. Tenho que avisar Astinus!

As ruas estavam apinhadas e Tas teve de se esquivar de cavalos, carruagens, carroças e pessoas a caminho do palácio, do Templo de Paladine ou do cais. Quando chegou à Grande Biblioteca, Destina já estava falando com o esteta de plantão na porta.

Tas subiu as escadas correndo a tempo de ouvi-la dizer: "Gostaria de ver o Esteta Kairn".

O monge encarregado da porta curvou-se e abriu a porta para ela. Ela entrou na biblioteca e o monge fechou a porta.

Tas correu até o esteta, que balançou a cabeça.

— Receio que não permitimos kender na biblioteca.

— Você tem que me deixar entrar — Tas declarou com urgência. — É muito importante.

— Sinto muito — disse o esteta. — Preciso explicar para você? Nossos livros são raros e extremamente valiosos. Somos muito seletivos quanto a quem permitimos entrar. Sugiro que saia antes que eu o escolte para longe.

— Mas eu não quero um livro, embora tenha certeza de que vocês têm alguns muito bons, e é muito gentil da sua parte me oferecer uma escolta, mas também não preciso de uma — afirmou Tas. — Preciso falar com Astinus. Ele vai querer falar comigo. Diga a ele que sou Tasslehoff Pés-Ligeiros.

— A entrada de kender não é permitida — repetiu o esteta, ficando irritado agora. — Vá embora.

Tas suspirou.

— Eu tentei ser gentil. Lembre-se disso.

Ele passou sob o braço do esteta, correu para a porta e a teria alcançado se não fossem os dois estetas que surgiram do nada e o agarraram pelos braços. Os monges o ergueram do chão, arrastaram-no escada abaixo e o depositaram na rua.

— Nenhum kender é permitido — disse um deles, severo. O esteta deu as costas e foi embora.

Tas levantou-se. Observou a porta por alguns instantes, na esperança de ver os estetas de plantão lembrarem de algumas tarefas que precisavam fazer e deixarem seus postos.

Não lembraram.

Tas não seria dissuadido.

Ele contornou o prédio ao leste e entrou em um jardim muito bonito. As árvores estavam começando a florescer, mas ele prestou atenção especial aos arbustos que haviam sido plantados ao longo da parede sob uma série de grandes janelas de batente que seguiam pela extensão do edifício. Com sorte, os arbustos forneceriam cobertura, permitindo que ele se aproximasse das janelas.

Satisfeito com os arbustos, Tas estudou as janelas. As janelas de batente deixavam entrar a luz do sol e também podiam ser abertas para deixar entrar ar fresco. Ele ficou desapontado ao ver que todas estavam fechadas e provavelmente trancadas, mas não se podia ter tudo.

As trancas poderiam ser destravadas com as ferramentas certas.

Tas olhou ao redor. Ninguém estava no jardim. Ninguém estava olhando. Esgueirou-se até os arbustos sob a janela, ainda esperando que pudessem escondê-lo de vista, mas eles foram podados baixos demais. Teria que trabalhar rápido para evitar que alguém o notasse.

Ele rastejou até a primeira janela e olhou para dentro. Podia ver prateleiras cheias de livros, mesas e cadeiras, e dois estetas sentados a uma das mesas, lendo. Tas localizou o trinco que trancava a janela e viu, para seu aborrecimento, que ficava do lado de dentro do prédio.

Tas experimentou dar um empurrãozinho na janela e sentiu que ela cedeu um pouco. Tirou do bolso as gazuas, escolheu o gancho e enfiou-o na fresta entre as duas janelas. Então, moveu o gancho até senti-lo prender a trava. Remexeu a trava com a ferramenta e, depois de algumas tentativas, sentiu a trava ceder. A janela se abriu ligeiramente.

Tas tirou o elmo de Flint porque ele tinha uma tendência infeliz de escorregar por cima de seus olhos e, com pesar, guardou-o junto com seu hoopak debaixo de um arbusto. Guardou suas ferramentas depressa na bolsa; então, de modo furtivo e silencioso, abriu a janela e se esgueirou por ela. Os estetas estavam absortos demais em seus estudos para notar.

Tas pousou lá dentro e estava indo para a porta quando outro esteta entrou na sala e foi em direção aos dois estetas. Ambos ergueram os olhos da leitura e Tas foi forçado a se jogar no chão e engatinhar para baixo de uma das mesas. Ficou deitado de bruços, irritado com a demora e torcendo para que o monge não planejasse se envolver em uma longa discussão acadêmica sobre o sentido da vida, que Tas poderia ter lhe dito que não significava nada. A vida simplesmente era... até que não era mais.

O homem idoso aproximou-se dos dois estetas e disse suavemente:

— Algum de vocês viu o Irmão Kairn esta manhã? Ele tem uma visita.

Tas prestou atenção. Ouvira Destina pedir para falar com um esteta chamado Kairn.

— Acredito que ele esteja na cela dele, irmão — disse um dos estetas. — Ele me disse que ia trabalhar em sua pesquisa sobre Huma hoje.

O velho monge assentiu e se afastou, e os dois estetas voltaram a ler.

Tas saiu de debaixo da mesa. Deslizando furtivamente entre as fileiras de estantes, arrastou-se de uma para outra e seguiu o velho monge porta afora.

CAPÍTULO TRINTA E DOIS

Kairn estava em sua pequena cela, sentado à mesa, transcrevendo as anotações que havia feito sobre a batalha final entre Huma Destruidor de Dragões e Takhisis que ocorreu na Torre do Alto Clérigo no ano de 1018 AC, banindo Takhisis e seus dragões malignos do mundo. Astinus recentemente permitira que Kairn viajasse no tempo usando o Dispositivo de Viagem no Tempo para testemunhar pessoalmente a batalha, e estava concentrado descrevendo os eventos que levaram à batalha final entre Huma e a Rainha das Trevas na Torre do Alto Clérigo.

Ele observara de uma distância segura, certificando-se de permanecer escondido. Não temia que pudesse mudar o resultado, pois não era membro de nenhuma das raças do Caos. No entanto, não queria chamar a atenção para si. Sabia, também, que Astinus nutria dúvidas acerca da teoria sobre as raças do Caos e as viagens no tempo, e sempre alertou seus estetas para que não fizessem nada que pudesse mudar o curso da história.

Kairn estava absorto em seus pensamentos — revivendo o trágico confronto, procurando as palavras adequadas para descrever o que tinha visto —, e estava tão perdido no passado que precisou de um momento para perceber que alguém estava batendo suavemente à sua porta.

Muito irritado com a interrupção, Kairn foi atender.

— Lamento interromper seu trabalho, irmão, mas você tem uma visita. A Senhora Destina Rosethorn — explicou o monge.

— Senhora Destina! — Kairn exclamou, ao mesmo tempo surpreso e satisfeito. Lembrava-se claramente da jovem. Na verdade, tivera dificuldade em parar de pensar nela. — Ela pediu para me ver?

— Pediu sim — confirmou o monge, acrescentando em severa repreensão: — Confio que você se lembrará de seus votos, irmão.

— O único voto que Gilean exige de nós é proteger os livros — disse Kairn, franzindo a testa.

— Na minha época, os monges eram mais dedicados — comentou o ancião, fungando. — Levávamos nossa vocação a sério o suficiente para fazer sacrifícios.

— A Senhora Destina está aqui para conduzir pesquisas, e estou auxiliando-a, irmão — assegurou-lhe Kairn. — Mas manterei minha promessa a Gilean e me certificarei de que ela não esconda um livro nas anáguas.

O esteta franziu os lábios.

— Eu a coloquei na área comum onde é permitido falar. Pode conversar com ela lá.

Kairn acalmou seu coração acelerado, colocou vestes limpas que não tinham manchas de tinta nas mangas e se apressou até a área comum. A sala era pequena e confortável, com mesas e cadeiras nas quais monges e visitantes podiam relaxar e conversar sem se preocupar em incomodar os outros.

Kairn abriu a porta silenciosamente e olhou para dentro. Destina era a única visitante na sala comum tão cedo e estava sentada em uma das mesas. Usava uma saia de lã e uma jaqueta com cinto adornada com um broche de aparência estranha. Mantinha o paletó abotoado até o pescoço, embora o aposento estivesse quente devido à luz do sol que entrava pelas janelas.

Observando-a, Kairn ficou preocupado. Ela parecia pálida e ligeiramente ofegante, e estava mais magra do que quando a vira pela última vez. Estava visivelmente nervosa, brincando com alguma coisa na mão, girando-a sem parar. O objeto brilhou prateado à luz do sol, e ele viu que se tratava de uma pequena bugiganga. Parecia tão tensa e inquieta que Kairn tossiu baixinho antes de entrar, para não a sobressaltar.

Ao ouvir o barulho, Destina imediatamente fechou a mão ao redor da bugiganga e se levantou para cumprimentá-lo.

— Irmão Kairn, obrigada por me receber.

Conforme Kairn se aproximava, percebeu no mesmo instante que havia algum problema. Quando se conheceram, Destina tinha sido amigável, sorridente, alegre. Ele podia estar se enganando, mas pensara que ela tinha flertado com ele. Esta manhã, ela evitava olhar para ele diretamente. Lançava olhares para ele e depois desviava os olhos, como se achasse difícil encará-lo. Ele se perguntou se ela estava com algum tipo de problema e, em caso afirmativo, por que o procurara.

Destina se sentou. Kairn começou a sentar na cadeira à sua frente, mas ela deu tapinhas no assento ao seu lado.

— Por favor, sente-se ao meu lado, irmão — ela disse com um sorriso tenso e forçado.

— Pediu para falar comigo, Senhora Destina — comentou Kairn, sentando-se. — Como posso lhe ser útil?

Mostrou-se irrequieta, então de repente deu um gritinho e apontou.

— Um rato! Ali no canto! Tenho certeza de que vi um rato! — Destina prendeu a saia nos tornozelos.

Kairn virou-se para olhar, embora soubesse muito bem que Destina não tinha visto um rato. Os ratos eram conhecidos por comer pergaminho e fazer ninhos nas estantes e, portanto, os estetas empregavam um pequeno exército de gatos para manter os roedores longe.

Ao fazê-lo, sentiu-a aproximando-se dele e enfiando algo no bolso de suas vestes. Ela não era uma batedora de carteiras habilidosa, isso era certo. Ela retirou a mão e se afastou dele.

Kairn virou-se para ela.

— Não acredito que possa ter sido um rato. Talvez tenha visto um dos gatos da biblioteca.

— Deve ter sido isso. Estou contente por vê-lo novamente, irmão — ela disse com um sorriso que pretendia ser amigável, ou pelo menos assim ele supôs. A palidez o tornava assustador.

Kairn estava perplexo e agora alarmado. Perguntou-se o que ela havia escondido em suas vestes. Ele discretamente deslizou a mão para dentro do bolso. Tocou o objeto e percebeu que era a bugiganga de prata que vira em sua mão.

Ele observou Destina, e seu coração se afeiçoou a ela. Ela precisava de um amigo, e ele ficou satisfeito ao pensar que ela o procurou. O que quer que ela lhe pedisse, estaria mais do que disposto a atendê-la.

E então, ele se perguntou: por quê?

Os monges de Gilean são treinados para questionar. São ensinados a duvidar até de si mesmos. Ele não tinha motivos para sentir afeto por

Destina, em especial, não a ponto de imediatamente largar tudo para fazer o que ela queria, conceder-lhe todos os desejos.

Ele obviamente a considerava encantadora, mas...

Kairn fez uma pausa, com a mão na bugiganga de prata. Encantadora. Encantado! Ela havia dado a ele algum tipo de talismã mágico. Primeiro, ele ficou tentado a tirá-lo do bolso e confrontá-la. No entanto, conteve-se.

Ela o estava encarando fixamente, observando-o com expectativa.

Evidentemente ela era muito ruim em enganar as pessoas, pensou Kairn. Estava angustiado ao pensar que ela não confiava nele o suficiente para se abrir com ele. Precisava descobrir o que queria.

— Pediu que me chamassem, Senhora Destina — ele disse com gentileza. — Como posso ajudar?

— Desejo saber sobre sua pesquisa, irmão — Destina disse com um arremedo tenso de sorriso. — O senhor disse que estava estudando Huma Destruidor de Dragões. Conheci um monge outro dia que me disse que os estetas têm um artefato maravilhoso chamado Dispositivo de Viagem no Tempo, e que isso dá à pessoa a habilidade de viajar no tempo. Utilizou-o para voltar e observar Huma?

Kairn soube imediatamente que ela estava mentindo. Astinus havia proibido qualquer um dos estetas de falar sobre o dispositivo ou de contar a alguém que eles viajavam no tempo. Nenhum dos estetas ousaria desafiar a ordem, nem teria qualquer razão para discutir o dispositivo com alguém de fora da irmandade.

— As pessoas contam todo tipo de histórias fantasiosas, Senhora Destina — Kairn respondeu.

— Em outras palavras, não pode falar disso — deduziu Destina. — Ouvi falar muito sobre o dispositivo, Irmão Kairn. Se o senhor não pode falar, eu gostaria de apenas vê-lo. Poderia mostrá-lo para mim?

Ela sorriu para ele e parecia confiante de que ele atenderia seu desejo. Mas por que ela estava tendo todo esse trabalho?

A resposta óbvia era que ela planejava roubar o dispositivo. A ideia era desconcertante. Destina Rosethorn pertencia a uma das famílias mais honradas e nobres de Solâmnia. Ele não conseguia imaginar que ela fosse uma ladra qualquer, mas não conseguia pensar em outra explicação.

— Sinto muito, Senhora Destina — respondeu Kairn. — Astinus colocou o dispositivo sob a proteção de Gilean na Câmara de Artefatos. Ninguém pode entrar sem autorização do mestre.

— Nem mesmo o senhor, irmão? Nós somos amigos, não somos?

— Espero que sejamos amigos, Senhora Destina — afirmou Kairn com seriedade. — Contudo, não posso entrar na câmara.

Destina estava nitidamente zangada, embora tentasse esconder. Ela juntou as mãos com força, os nós dos dedos pálidos de tensão.

— Já que vim até aqui à toa, aparentemente, talvez pudesse fazer a gentileza de me mostrar as partes da biblioteca onde *tenho* permissão de entrar?

Kairn nunca tinha visto ninguém que parecesse menos interessado em fazer uma visita guiada à Grande Biblioteca, mas fez o que ela pediu. Conduziu-a da área comum para a parte principal da biblioteca, a sala de leitura, onde estetas e outros estudiosos trabalhavam e estudavam. Kairn gostava de pensar neste espaço como o coração e a alma da biblioteca. Abriu a porta e levou Destina a um imenso aposento forrado de prateleiras de livros e estantes de pergaminhos, escrivaninhas e cadeiras. O número de livros e pergaminhos era incalculável, milhares e milhares, remontando a séculos à Era do Nascimento Estelar.

Um silêncio baixo e tranquilo permeava a grande sala iluminada pelo sol. Os únicos sons eram o virar de uma página, o arranhar de uma pena, o farfalhar de vestes ou a ocasional tosse suave. O tempo podia correr furioso fora desta câmara. Aqui, o tempo havia parado.

Destina afastou o capuz para ver melhor. Até este ponto, mal parecia ter ciência ou se importar com o que a cercava. Agora, porém, ficou de olhos arregalados e lábios entreabertos. Parou de andar para observar maravilhada.

— Toda a riqueza do mundo deve estar aqui — comentou, admirada.

— Nós, estetas, de fato consideramos o conhecimento uma riqueza, mas temo que a maioria das pessoas não concordaria com a senhora — respondeu Kairn.

Destina encarou-o, e ele teve a impressão de que era a primeira vez que ela olhava para ele de verdade.

— Então são tolas, irmão. Não consegui entendê-lo quando você disse que escolheu uma vida de estudos em vez de se tornar um cavaleiro, mas agora compreendo. Meu cômodo favorito em nosso castelo era a biblioteca de meu pai. Ele não tinha nem perto desse número de livros, mas amava todos eles e me ensinou a amá-los também.

— Temos muitos objetos de interesse além do dispositivo — comentou Kairn. — Entre nossos tesouros está a carta de criação da cavalaria escrita por Vinas Solamnus. Também temos uma cópia da Medida que pertenceu a Huma, com suas anotações de próprio punho nas margens. Eu mesmo a tenho usado em minhas pesquisas. Posso mostrá-las a você, pois estão em exibição pública.

— Meu pai reverenciava Huma — Destina disse suavemente.

— Deveria trazê-lo até a biblioteca algum dia — sugeriu Kairn. — Ficaria honrado em conhecê-lo.

— Talvez — disse Destina. — Quando ele voltar.

Vários dos estetas sentados nas proximidades ergueram os olhos de suas leituras para encará-los.

"Falem baixo", resmungou um deles em um sussurro áspero. "Silêncio!", repreendeu-os outro.

Kairn baixou a voz.

— Vou lhe mostrar a exposição.

— Talvez em outro momento, irmão — disse Destina. Ela caminhou até a porta que dava para a ala sul, que era diferente das outras portas da biblioteca. Esta tinha o símbolo de Gilean: um livro aberto. — Quero ver o restante da biblioteca. O que tem por aqui?

— Os aposentos dos monges e outras áreas que não são abertas ao público, Senhora Destina — respondeu Kairn, indo atrás dela depressa. — Acho que é hora de irmos.

Destina o ignorou e se aproximou da porta com a intenção de abri-la, apenas para se ver frustrada.

— Esta porta não tem maçaneta — observou ela.

— A área é protegida por Gilean — informou Kairn.

— Você poderia abri-la — observou Destina. — Acho que Gilean não se importaria se eu apenas desse uma espiada lá dentro.

— Acredito que Gilean se importaria muito — retrucou Kairn. — Diga-me o que está acontecendo, Senhora Destina.

Ele enfiou a mão no bolso e tirou o medalhão de prata. Agora que olhou para ele, viu que tinha o formato de uma rosa.

— Senti a senhora colocando isso no meu bolso. Eu estava curioso para saber por que tentou me encantar. A magia funcionou em mim por um momento, mas então eu a questionei, e isso quebrou o feitiço. Tentou me convencer a mostrar o dispositivo e agora quer que eu lhe dê acesso a partes da biblioteca que são proibidas. Por que, Senhora Destina? Você está em apuros?

Ela pegou o amuleto dele e jogou fora. Ela levantou o olhar para encará-lo.

— Tudo ficará bem, Kairn, eu prometo! — ela disse com firmeza. — Lamento tê-lo enganado, mas devo obter o Dispositivo de Viagem no Tempo. Por favor, me leve até ele ou pelo menos me diga onde encontrá-lo. Ninguém jamais saberá. Prometo devolvê-lo!

— Não posso, Senhora Destina — respondeu Kairn severamente. — Meu dever para com Astinus proíbe isso. Deixe-me ajudá-la.

— Ninguém pode me ajudar. Já fui longe demais. Já aguentei demais — disse Destina, desolada.

Ela segurou a estranha joia que usava sob a jaqueta em uma das mãos e colocou a outra sobre o símbolo do livro de Gilean, com a mão espalmada contra a porta. Kairn sabia que a porta não se moveria e perguntou-se o que ela achava que ia acontecer.

Luz cinza brotou sob os dedos dela e parecia fluir por seu braço. A luz se espalhou a partir de sua mão, banhando a porta com um cinza radiante, e a porta pareceu estremecer e se abriu.

Kairn ficou tão surpreso que ficou só olhando, estupefato, quando Destina começou a entrar calmamente pela porta. Ele logo se recuperou e avançou contra ela. Agarrando-a, ele a arrastou de volta.

— Não sei como fez isso, Senhora Destina, mas...

— Solte-me! Ele *será* meu! — Destina exclamou e o golpeou no peito com uma força nascida do desespero.

Kairn tropeçou para trás, perdeu o equilíbrio e caiu, batendo a cabeça em uma mesa ao ir ao chão. Uma dor aguda atravessou seu crânio. Ele desabou, atordoado pela dor, e estava vagamente ciente de Destina perto dele.

— Oh, Kairn! Sinto muito. Não queria machucá-lo!

Kairn gemeu e piscou confuso para ela e se esforçou para se levantar.

— Perdoe-me — sussurrou Destina. Ele sentiu o toque suave da mão dela em sua testa. — Mas eu tenho que fazer isso! Trarei meu pai aqui para vê-lo, no entanto, e você mostrará a ele a cópia da Medida que pertenceu a Huma.

Ela atravessou a porta aberta que ainda emitia uma fraca luz cinza. Ele lutou para tentar permanecer consciente, mas a dor o dominou e ele afundou em uma escuridão ardente

Kairn acordou ao som de vozes e uma dor de cabeça latejante. Sentiu alguém passando algo frio e refrescante em sua cabeça dolorida, e a dor começou a diminuir. Kairn abriu os olhos e viu o monge idoso cuidando dele. O monge novamente mergulhou os dedos em um pote de unguento azul e continuou a espalhar mais na cabeça de Kairn. Kairn se mexeu e tentou se sentar.

— Fique quieto, irmão — instruiu o monge. — Estou tratando a ferida com um unguento curativo da abençoada deusa Mishakal.

Kairn deitou-se e tentou se lembrar do que havia acontecido, como viera parar aqui. Olhando em volta, viu a porta aberta, e sua memória e medo retornaram.

— Tentei adverti-lo, irmão — o monge estava dizendo com uma fungada. — Isso é o que dá ir atrás de mulheres...

Kairn empurrou o monge para o lado e ficou de pé.

— A Câmara de Artefatos! Avise Astinus!

Ele passou pela porta aberta e correu para a ala sul, onde mais livros e pergaminhos estavam guardados, bem como a Câmara de Artefatos. Esperava encontrar a Senhora Destina, mas ela não estava à vista. Ela levaria tempo procurando pelo aposento, e ele se perguntou por quanto tempo ficara inconsciente. Tinha a impressão de que não fora muito tempo, mas não podia ter certeza.

Então, chegou à Câmara de Artefatos e viu que seus piores medos haviam se concretizado. A porta estava escancarada. Ele correu para dentro e parou.

Destina estava parada diante de uma vitrine de vidro feita de jacarandá forrada com veludo vermelho. Um pingente dourado preso a uma corrente dourada estava aninhado no veludo vermelho sob o vidro. O pingente era do tamanho de um ovo e pontilhado de rubis vermelhos, diamantes brancos e safiras negras. Ela observava o dispositivo com aparente admiração.

Kairn lembrou-se de suas palavras. *Fui longe demais. Aguentei demais. Ele será meu!* Mas ela não fez nenhum movimento para pegá-lo.

Agora, no momento derradeiro, talvez ela tivesse percebido a enormidade do crime que contemplava.

— Senhora Destina, por favor, reflita sobre o que está fazendo — suplicou Kairn, falando com ela com gentileza. — Pode ir embora agora. Venha comigo antes que seja tarde demais.

Destina virou-se lentamente para olhá-lo, e ele se assustou ao ver lágrimas não derramadas brilharem em seus olhos. Ele se aproximou dela e achou que ela parecia aliviada e grata por vê-lo.

Ela começou a estender a mão para ele, e então o silêncio sagrado que reinou na Grande Biblioteca por séculos foi quebrado pelo som de vozes altas e raivosas e pés batendo. Destina rapidamente afastou-se dele e se virou para olhar de novo para o dispositivo.

A comoção do lado de fora da sala avançou em direção a Kairn como uma onda gigantesca. Ele olhou para trás através da porta aberta para ver algo surpreendente.

O servo de confiança de Astinus, Irmão Bertrem, corria o mais rápido que podia, suas sandálias batendo, perseguindo o mestre da Torre da Alta Feitiçaria, Dalamar, o Escuro.

— Você não tem o direito de invadir a Câmara de Artefatos, Mestre Dalamar! — Bertrem gritava, indignado. — O dispositivo está sob a proteção de Gilean. Ele cuida dele como cuida de todos nós! Ninguém conseguiria roubá-lo!

— E estou lhe dizendo, Irmão Bertrem, que Destina Rosethorn está com a Gema Cinzenta e ela quer o Dispositivo de Viagem no Tempo. Ela vai pegá-lo, e nem mesmo os deuses podem impedi-la! Ali, olhe! — Dalamar parou para apontar. — A porta para a Câmara de Artefatos está escancarada. Alguém a invadiu!

Bertrem pareceu surpreso com a visão, mas permaneceu consciente de seu dever e plantou seu próprio corpo robusto diante da porta aberta.

— No entanto, não posso permitir que entre lá, Mestre Dalamar. O senhor deve...

Um kender disparou de um corredor lateral com a velocidade de uma seta atirada de uma besta. O kender empurrou Bertrem para o lado; desviou de Dalamar, que tentava agarrá-lo; e correu para a câmara. Bateu a porta atrás de si, arrastou um baú pesado para colocar em frente a ela e em seguida se virou para confrontar Destina, triunfante.

— Peguei você agora, senhora! Não pode escapar. Sei que você levou Mari — declarou o kender severamente. — Então, me diga onde ela está!

Do lado de fora da porta, Bertrem gritava em pânico.

— Que Gilean tenha piedade! Um kender na Câmara de Artefatos! Socorro! Socorro!

Kairn percebeu que se tivera alguma chance de impedir Destina, a oportunidade já havia desaparecido. Os olhos dela ficaram duros, com as lágrimas congeladas, e ela investiu contra a vitrine. Atingiu-a com o punho nu, quebrando o vidro e, sem se importar com os cacos, enfiou a mão na caixa quebrada para agarrar o dispositivo.

— Senhora Destina, não tem ideia do que está fazendo! — Kairn implorou. — Devolva o dispositivo antes que seja tarde demais!

Destina não parecia ouvi-lo. Ela tocou o broche que usava na jaqueta, proferiu algumas palavras e desapareceu em uma nuvem brilhante de poeira cintilante. Kairn a perdeu de vista, mas podia ouvi-la gritar de dor. Quando a nuvem desapareceu, uma kender estava parada onde Destina estivera.

Kairn perguntou-se se o golpe em sua cabeça estava lhe causando alucinações, pois a kender estava vestida com o mesmo tipo de roupas que Destina estava usando, e ela segurava o dispositivo em uma mão que estava cortada e sangrando.

O outro kender correu em sua direção, gritando:

— Mari! Encontrei você! — Ele a abraçou e perguntou um tanto confuso: — Mas o que aconteceu com a Senhora Destina?

— Esqueça-a! — disse a kender, parecendo desesperada. — Preciso da sua ajuda, Tas! Aquelas pessoas más lá fora querem me impedir de pegar o dispositivo!

— Não se preocupe Mari. Não vou deixá-los — o kender assegurou-lhe. Ele olhou para Kairn e franziu a testa. — Ele é uma das pessoas más? É por isso que ele tem gosma azul no cabelo e sangue na cabeça?

Kairn ergueu as mãos.

— Eu só quero ajudar vocês dois.

A kender balançou a cabeça.

— Ele não é mau. Ele foi muito gentil comigo, e eu não tinha intenção de machucá-lo. Por favor, Tas, temos que nos apressar.

Ela empurrou o dispositivo nas mãos do kender.

— Aprendi o poema, mas não consigo me lembrar. Você sabe de cor, Tas. Use o dispositivo para me levar à Torre do Alto Clérigo durante a batalha em que meu pai morreu. Você estava lá. Você pode nos levar para a torre em um instante.

Kairn aproximou-se deles. Ele havia sido treinado para se mover tão silenciosamente quanto uma brisa, e nenhum dos dois o ouviu nem o notou.

— Sinto muito, Mari — o kender estava dizendo. — Eu faria qualquer coisa por você, exceto voltar para a Torre do Alto Clérigo. Foi lá que meu amigo Sturm morreu, e esse foi um dos dias mais tristes da minha vida, até o dia em que Flint morreu, o que foi ainda mais triste.

Kairn preparou-se para empreender um último esforço desesperado para salvar o dispositivo. Os dois kender ainda estavam discutindo.

O kender se animou.

— Tive uma ideia maravilhosa, Mari! Vou levá-la para conhecer Sturm e Flint quando eles estavam vivos! Iremos para a Estalagem do Último Lar na noite em que derrubei o Alto Teocrata com o cajado de cristal azul de Mishakal, que foi uma das noites mais emocionantes da minha vida. Todos os meus amigos estarão lá. Espere até que saibam que eu estou casado!

— Podemos encontrar seus amigos outra hora, Tas — a kender gritou com raiva. — Tenho que ir até a torre para salvar meu pai!

Mas o kender chamado Tas não estava ouvindo. Ele estava recitando rapidamente o poema, enquanto suas mãos hábeis começaram a manipular o dispositivo. Kairn teria apenas alguns segundos para agir e se preparou.

Ainda recitando, Tas abriu a placa traseira do dispositivo e segurou as duas esferas, que agora estavam conectadas por uma haste. O kender torceu a placa superior e a corrente caiu, então ele agarrou o dispositivo pelas duas esferas e começou a girá-las. A corrente começou a se enrolar no corpo do objeto.

— Quase lá! — Tas anunciou. Ele ergueu o dispositivo acima da cabeça.

A moça pulou na direção dele, e Kairn atirou-se sobre os dois. Ele e os dois kender caíram embolados. Kairn conseguiu agarrar a haste e tentou puxar o dispositivo, mas Tas segurava uma das esferas com um aperto tão forte quanto a corrente de um rio.

— "O destino está acima de sua cabeça!" — ele gritou triunfante.

— Aqui vamos nós!

Névoa começou a girar e Kairn percebeu em desespero que não poderia deter a magia.

Do lado de fora da porta, ele ouviu a voz de Astinus trovejando, e então a porta se escancarou e pessoas entraram correndo na câmara.

— Chegou tarde demais, Astinus — declarou Dalamar, sua voz soando fraca e distante. — Destina levou a Gema Cinzenta de volta no tempo.

O rio subiu e arrastou Kairn.

CAPÍTULO TRINTA E TRÊS

Kairn mergulhou no vórtice do tempo. Florestas e cidades, lagos e oceanos, nuvens e sol, estrelas e luas giravam ao redor dele. Horas, dias, meses e anos o levaram a uma estalagem aninhada nos galhos de uma imensa copadeira. Era noite. Ele podia ver as estrelas, as constelações. Solinari derramando sua luz prateada. Kairn teve a impressão de que estava indo em direção à estalagem em uma velocidade assombrosa. O vórtice aos poucos foi diminuindo o rodopiar, girando cada vez mais devagar como um pião perdendo a força até que parou.

Kairn estava dentro de uma estalagem com Tas e Mari ao seu lado. O lugar estava movimentado, cheio de gente, e mais pessoas chegavam em busca de cerveja, do jantar e das últimas notícias.

— Chegamos, Mari! — Tas disse entusiasmado.

— Onde? — Mari perguntou atordoada.

— Na Estalagem do Último Lar — declarou Tas. — Muito tempo atrás. — Ele apontou para um grupo de pessoas sentadas à mesa e acrescentou com a voz embargada: — Aqueles são meus amigos. Mal posso esperar para que eles conheçam você. Ali está Tanis Meio-Elfo: o elfo que se parece com um humano com sua nova barba. E Flint! O bom e velho Flint. Ele não vai acreditar que você é minha esposa! "Quem se casaria com um tonto como você?", ele dirá. E Raistlin. Ele é o mago de manto vermelho, tossindo. E aquele é o irmão gêmeo dele, Caramon, só que eles não parecem gêmeos. Raistlin tem olhos como ampulhetas. Caramon está dando tapinhas nas costas dele. Raistlin não vai ficar contente…

Kairn deu um leve suspiro. Olhou ao redor da estalagem. Sabia quem eram essas pessoas, embora as tivesse conhecido apenas nas páginas dos livros de história. Sturm Montante Luzente. Tanis Meio-Elfo. Raistlin Majere.

E um kender conhecido como Tas.

— Tasslehoff Pés-Ligeiros, um dos Heróis da Lança! — Kairn disse baixinho, maravilhado.

— Na realidade, não — disse Tas modestamente. — Os outros foram os heróis. Eu só fui junto para evitar que eles se metessem em confusão. Vamos, Mari.

— Não quero conhecer seus amigos! — Mari disse, irritada, afastando-se dele. — Eu já lhe disse, tenho que ir para a Torre do Alto Clérigo! Dê-me o dispositivo, Tas. Se não vai me levar, eu irei sozinha.

— Eu daria o dispositivo para você, Mari, porque você é minha esposa, mas não estou com ele — respondeu Tas. — Pergunte ao monge. Ele me derrubou. Aposto que o roubou de mim. — Ele fixou Kairn com um olhar severo. — Roubar é muito errado. Especialmente para um monge. Pensei que você saberia disso.

Mari olhou para Kairn e mordeu o lábio. Aproximando-se dele, disse em tom de súplica:

— Eu preciso ir para a Torre do Alto Clérigo. Dê-me o dispositivo, irmão. Por favor!

Ela era do tamanho de um kender e falava com voz de kender, e Tasslehoff a chamava de Mari, mas suas palavras e seus olhos eram os de Destina. Kairn não tinha ideia de como Mari havia se transformado em Destina ou Destina em Mari. O que sabia com certeza era que eles haviam viajado no tempo para chegar à Estalagem do Último Lar em uma das noites mais cruciais da história do mundo — e percebeu o perigo da situação.

Tas os trouxera para a Estalagem do Último Lar na noite em que os amigos haviam se reunido após uma busca de cinco anos pelos verdadeiros deuses. Nesta noite — precisamente nesta noite —, encontrariam o que estiveram procurando pelos últimos cinco anos: um sinal de que os verdadeiros deuses haviam retornado a Krynn.

A menos que algo acontecesse para mudar isso.

Kairn, Tas e Mari estavam parados perto da entrada da estalagem. Até agora, ninguém havia notado sua chegada repentina. Talvez conseguissem sair agora. Ele só tinha que conduzi-los para fora, para onde ninguém pudesse vê-los, e ativar o dispositivo.

Ele olhou por uma das janelas de vitral e percebeu que encontrar um lugar onde não pudessem ser vistos não seria fácil. No início da Guerra da Lança, a Estalagem do Último Lar ainda estava empoleirada no alto entre os galhos de uma copadeira, um dos muitos edifícios em Solace construídos nas árvores. Luzes brilhavam entre as folhas, e a fumaça das lareiras nas casas se elevava noite adentro. As pessoas haviam se reunido no patamar do lado de fora da estalagem para conversar ou subiam correndo as escadas para se juntar às pessoas dentro da estalagem.

O dispositivo, com seu trabalho concluído, havia retomado sua forma de pingente. Kairn teria que recitar o poema e manipular o aparelho, e não queria fazer isso no meio de uma multidão nem dentro da estalagem nem na escadaria. E como se isso não fosse dificuldade bastante, teria que persuadir Tas a ir com eles.

— Tasslehoff...

— Me chame de Tas — pediu Tas. — Todo mundo chama.

— Tas, precisa entender — disse Kairn enquanto começava a manipular o dispositivo. — Não deveríamos estar aqui com seus amigos. Você está no tempo errado. Precisamos ir depressa.

— Mas ainda não podemos ir! — Tas argumentou. — Quero que Mari ouça Lua Dourada cantar sua canção e quero que ela me veja derrubar Hederick com o cajado de cristal azul...

Kairn começou a recitar o poema baixinho.

— Espere um minuto! — Tas disse de repente, sua voz mudando. — Eu queria que Mari conhecesse meu amigo especial, Fizban, mas ele não está aqui! — Ele fez uma pausa e acrescentou com um suspiro: — É típico de Fizban se atrasar para a própria festa.

Kairn parou repentinamente na recitação, ainda segurando o dispositivo na mão. Ele conhecia a história dos companheiros da estalagem e de como se reuniram naquela noite fatídica para ouvir uma mulher da planície entoar sua canção sobre o retorno dos verdadeiros deuses. Ela carregava consigo o Cajado de Mishakal, abençoado pela deusa com poderes de cura que seriam revelados naquela mesma noite. Outro dos deuses, Paladine, estivera presente na estalagem naquela noite disfarçado de um velho mago confuso conhecido como Fizban, o Fabuloso.

Vendo Mari olhando fixamente para o dispositivo, Kairn o colocou no bolso de suas vestes.

— Tas, você tem certeza de que Fizban estava na estalagem nessa hora?

— Claro que estava! — Tas disse enfaticamente. — Fizban foi quem pediu a Lua Dourada para cantar. "Você é uma cantora, não é, filha do chefe? Cante para a criança a sua canção, Lua Dourada. Você sabe qual." A música era sobre como Vento do Rio encontrou o cajado de cristal azul. Mas Fizban não está por perto para convidá-la, e Lua Dourada não está cantando. Ela está sentada ali no canto.

Tas apontou.

— E ali está a cadeira onde Fizban estava sentado, só que está vazia. E depois que Lua Dourada canta a música, Fizban nos conta a história de Huma Destruidor de Dragões, e o Alto Teocrata tenta pegar o cajado de Lua Dourada e Vento do Rio o empurra e ele cai no fogo e eu o acerto com o cajado de cristal azul que cura suas queimaduras. Então, os goblins atacam e todos nós saímos pela cozinha. Só que talvez eu não consiga acertá-lo agora, porque nada está acontecendo como deveria estar acontecendo!

Kairn estava apavorado.

— O cajado sagrado de Mishakal. O milagre que revela o retorno dos deuses.

Tas suspirou.

— Eu realmente esperava que Mari me visse bater no Alto Teocrata.

Kairn não tinha ideia do que havia dado errado. Ele e os dois kender estiveram neste momento do tempo apenas alguns momentos. Não via o que poderiam ter feito para alterar o tempo, mas o tempo obviamente havia sido alterado. O único jeito que via para acertar o tempo era devolver Tas e Mari à biblioteca da maneira mais rápida e discreta possível.

Kairn começou a tirar o aparelho do bolso e então percebeu que tinha uma audiência. O mago de vestes vermelhas, Raistlin Majere, tinha voltado a cabeça encapuzada e estava olhando diretamente para eles. Ou melhor, estava olhando para Mari.

A luz do fogo brilhava na pele dourada do mago e cintilava nos estranhos olhos cujas pupilas tinham a forma de ampulhetas. Aqueles olhos estavam encarando fixamente Mari. Ela o viu e recuou, aproximando-se de Kairn.

— Eu não gosto do jeito daquele mago — disse ela, tocando a garganta, nervosa. — Por favor, tire-nos daqui!

— Não podemos partir agora — disse Kairn. — Raistlin Majere pode reconhecer o dispositivo se eu usá-lo.

— Deixe que reconheça! Não me importo! — Mari disse, parecendo em pânico.

— Lá está meu amigo Tanis Meio-Elfo, conversando com o amigo dele, Sturm — Tas estava dizendo. — Ele é o cavaleiro usando a armadura surrada...

— Sturm! — Mari repetiu. Ela voltou-se para Tas e perguntou com interesse repentino — Quer dizer Sturm Montante Luzente? O cavaleiro que morreu na Torre do Alto Clérigo?

— Sim, embora ele não esteja morto no momento — Tas apontou. — Por isso eu queria que você o conhecesse agora, enquanto ele ainda está vivo. Ele está sentado ao lado de Tanis naquela mesa junto ao tronco da árvore.

Kairn estava observando Raistlin e o viu dizer algo ao irmão e gesticular em sua direção. Caramon olhou para eles e acenou.

— Tas, onde você esteve? — ele chamou, sua voz ressoando acima do barulho na estalagem. — Pensamos que talvez o Mestre-de-Brigada e aqueles goblins tivessem capturado você.

— Esperávamos que eles capturassem você — Flint resmungou alto.

As pessoas na estalagem estavam se virando para encará-los. Kairn não tinha escolha. Precisava tirá-los dali. Terminou de recitar o poema baixinho, enquanto manipulava o dispositivo rapidamente, mantendo-o escondido nas mangas das vestes o melhor que podia. Tudo o que tinha que fazer agora era dizer o último verso do poema, erguer o dispositivo, falar as palavras finais e levar Mari, Tas e a si mesmo de volta para o próprio tempo. Raistlin veria o dispositivo e os testemunharia desaparecer, mas isso não poderia ser evitado.

Kairn colocou a mão no ombro de Mari.

— Segure Tas e não solte!

Mari afastou-se dele e lançou-lhe um olhar estranho, seus olhos cintilando.

— Não quero ir agora. Ainda não. — Ela parou perto de Tas e pegou sua mão. — Mudei de ideia. Gostaria de conhecer seus amigos, em especial Sturm Montante Luzente.

— Eles vão adorar você — disse Tas e começou a abrir caminho pela aglomeração, puxando Mari junto com ele. Ele falou por cima do ombro. — Não se preocupe, irmão! Não vamos demorar...

Kairn estava prestes a ir atrás deles, mas foi parado por um homem vestindo uma túnica marrom e dourada que se levantou de sua mesa e bloqueou o caminho.

— Saia! — disse o homem grosseiramente. — Seu tipo não é bem-vindo aqui! — O homem estava visivelmente bêbado, arrastando as palavras e cambaleando. Seu hálito cheirava a vinho. As pessoas estavam olhando para os dois. Kairn tentou contornar o homem.

— Com licença, senhor, não quero problemas...

— Haverá problemas se você não for embora! Sabe quem eu sou? — o homem exigiu com raiva. — Eu sou o Alto Teocrata de Solace. E eu digo que não queremos vocês, clérigos charlatães e seus falsos deuses em nossa cidade!

Kairn o encarou boquiaberto, então olhou para as próprias vestes cinzas que usava e lembrou-se da história: neste período, antes da Guerra da Lança, não havia clérigos em Ansalon.

— Está enganado, senhor. Não sou um clérigo — Kairn apressou-se em dizer. — Sou um estudioso. Trabalho na Grande Biblioteca em Palanthas...

— Então volte para Palanthas! — O homem se aproximou de Kairn, tentando intimidá-lo, até que uma estalajadeira com cachos ruivos interveio.

— Ora, Hederick, não vá assustar meus clientes. Sente-se e trarei mais um pouco de vinho com especiarias. Por minha conta.

Hederick olhou para Kairn e resmungou, mas permitiu que a estalajadeira o persuadisse e voltou a se sentar à mesa. A estalajadeira agarrou o braço de Kairn.

— Vi você entrar com Tas e a amiga dele — ela disse em voz baixa. — Estão sentados nesta mesa aqui. Um conselho: fique longe do Alto Teocrata. Hederick tem um grupo de goblins trabalhando para ele, e já temos problemas suficientes em Solace sem que você cause mais. Sturm, trouxe um companheiro solâmnico — anunciou ela quando chegaram à mesa. — Ele é um estudioso de Palanthas. Vocês dois devem ter muito o que conversar.

— Obrigado, Tika — disse Sturm.

— Você é Tika Waylan — disse Kairn. — É uma honra conhecê-la.

Tika riu e lançou um olhar para Caramon.

— Bem, ele é um verdadeiro cavalheiro. Você poderia pedir umas aulas.

— O que eu quero são mais batatas — respondeu Caramon, sorrindo. Tika balançou a cabeça para ele, mas retornou para a cozinha.

Sturm levantou-se e ofereceu a mão.

— Veio mesmo de Palanthas, senhor? Sou Sturm Montante Luzente, também de Solâmnia.

Kairn passou o dispositivo para a mão esquerda, ainda mantendo-o escondido, para apertar a mão de Sturm. Quase se apresentou como "Irmão Kairn", como estava acostumado a fazer, mas teve presença de espírito suficiente para dar seu nome de batismo.

— Kairn Uth Tsartolhelm. Sou um historiador.

Os homens apertaram as mãos. Kairn estava impressionado, incapaz de acreditar que estava apertando a mão de um dos heróis mais famosos de toda a história de Ansalon. O aperto de Sturm era firme, seu sorriso caloroso, embora sua expressão grave indicasse que ele não sorria com frequência. Ele usava os longos bigodes típicos dos cavaleiros solâmnicos e uma armadura antiquada que Kairn sabia fazer parte do legado da família Montante Luzente. Assim como a espada que ele trazia presa ao quadril.

Sturm convidou Kairn para se sentar e indicou uma cadeira ao seu lado. Kairn podia ver Hederick ainda observando-o, e não queria chamar mais atenção para si mesmo, então sentou-se depressa.

Tas estava conversando com Caramon, que olhava perplexo para a cabeça do kender.

— O que aconteceu com seu cabelo, Tas? Seu coque foi cortado!

Tas soltou um suspiro.

— Meu coque é uma longa história e é muito triste, e não quero falar sobre isso. Além disso, não tenho muito tempo. Só vim para apresentá-lo a alguém.

Ele orgulhosamente virou-se para Mari, que estava olhando fixamente para Sturm.

— Esta é Mari. Ela é minha esposa! — Tas disse com orgulho.

— Sua *esposa*? — Caramon repetiu, atônito. — Onde você arranjou uma esposa? Raist, você ouviu isso? Tas tem uma esposa!

— Eu não sou surdo, irmão — Raistlin disse friamente. — Eu o ouvi.

O mago estava observando Mari, que parecia estar tentando evitar seu olhar, pois se mantinha fora da luz do fogo.

— Este é meu amigo Flint — Tas estava lhe dizendo. — E meu amigo Tanis. Ele não costumava ter barba. Os elfos não conseguem crescer a barba, mas Tanis é apenas meio-elfo, então ele consegue. Lamento que Kitiara não tenha vindo, Tanis, embora não devêssemos lamentar porque ela se revelou uma pessoa muito má. Ai!

Ele olhou para Flint, que o chutara por baixo da mesa.

— Parabéns, Tas... eu acho — disse Tanis, parecendo perplexo. — Eu gostaria de saber como você conseguiu uma esposa no curto espaço de tempo em que esteve fora.

— Esposa! — Flint bufou. — O kender está inventando, Tanis. Você sabe que não pode acreditar em uma palavra que este palerma diz. Como se alguém fosse aceitar se casar com ele. Preciso de mais cerveja. Onde está aquela estalajadeira?

— Tika está ocupada. Vou buscar a cerveja — ofereceu Tanis e saiu para ir ao bar.

Kairn olhou em volta para as pessoas que se tornariam os Heróis da Lança, totalmente maravilhado. Ele estava segurando o dispositivo com toda a força, lembrando-se de que precisava voltar ao próprio tempo e levar os kender com ele. Mas era um historiador e estava na presença de pessoas que teriam um efeito profundo na história, e não podia deixar de se deleitar com esse momento e fazer anotações mentais.

Caramon era alto e tinha ombros largos, forte e musculoso. Ele tinha olhos azuis vivos, longos cabelos castanhos, uma risada estrondosa e um sorriso jovial. Seu irmão gêmeo, Raistlin, ao contrário, era franzino e frágil. Sua pele reluzia com um leve brilho dourado e seus olhos tinham pupilas em forma de ampulheta. Sua saúde fora abalada pelo terrível Teste na Torre da Alta Feitiçaria, mas ele era um dos magos mais poderosos de Ansalon. Poderoso e perigoso.

Ele havia recebido o mágico Cajado de Magius que pertencera ao famoso mago Magius na época de Huma e da Terceira Guerra dos Dragões; Par-Salian, líder do Conclave dos Magos, dera o cajado a Raistlin depois do Teste, e ele o mantinha zelosamente ao seu lado, tocando-o como se quisesse se assegurar de que ainda o possuía.

Tanis Meio-Elfo era, como seu nome indicava, metade elfo e metade humano. Andava com a graça de um elfo, mas sua constituição física era a de um humano. Estava vestido com roupas de couro, usava uma espada e carregava um longo arco que havia colocado de lado.

O anão, Flint Forjardente, tinha cabelos grisalhos e uma barba grisalha volumosa. Era um anão da colina com uma antipatia inerente por seus primos, os anões da montanha de Thorbardin. Ele vestia uma pesada túnica de couro e um elmo e carregava um machado de guerra, uma das armas favoritas dos anões.

Tika Waylan, a jovem estalajadeira ruiva e sardenta que lutaria contra dragonianos com sua frigideira, voltou com as batatas e as colocou na frente de Caramon.

Tas correu para trazer uma cadeira para Mari, e Kairn se forçou a retornar à terrível realidade de sua perigosa situação. Não tinha ideia do que fazer. Considerou brevemente retornar à biblioteca sozinho para pedir a ajuda de Astinus, mas temia que o dispositivo não o levasse. O objeto poderia voltar para Tasslehoff — que também fora a última pessoa a segurá-lo — e isso só pioraria as coisas. Kairn segurou firme o dispositivo e esperou por uma oportunidade de usá-lo.

— Você diz que é um historiador, Kairn — Sturm disse, olhando para ele com interesse.

— Sou, senhor. Estou estudando Huma Destruidor de Dragões e a Terceira Guerra dos Dragões — respondeu Kairn.

Os olhos de Sturm brilharam.

— Há muito tempo me interesso por Huma, embora me faltem os meios para estudá-lo. Gostaria muito de conversar sobre ele com você.

Eles foram interrompidos por Mari, que arrastara uma cadeira e a colocara entre eles. Kairn ficou aliviado por ela estar perto dele. Agora só precisava agarrar Tas.

Sturm cumprimentou Mari educadamente e continuou sua conversa com Kairn.

— Tenho uma pergunta sobre as histórias que ouvi sobre Huma — disse Sturm. — A história diz que ele era amigo de um mago chamado Magius. Raistlin afirma que tem o Cajado de Magius...

— Eu não *afirmo* tê-lo — interrompeu Raistlin, mordaz, ouvindo-os. Ele mantinha o olhar em Mari, mesmo enquanto se juntava à conversa. — Este *é* o Cajado de Magius, dado a mim pelo próprio Par-Salian.

Sturm franziu a testa.

— Sempre achei essa amizade entre um cavaleiro e um mago difícil de acreditar.

— Não se preocupe, Sturm — retrucou Raistlin. — Se for verdade, a história não se repetirá.

— Minha pesquisa me levou a acreditar que *é* verdade — respondeu Kairn. — Huma e Magius eram amigos devotados. Muitas pessoas desaprovavam sua amizade, pois os solâmnicos não confiam na magia nem naqueles que a usam. Mas os dois cresceram juntos quando crianças, tão próximos quanto irmãos, e muitas vezes lutavam juntos com espada e cajado.

— Falando neste cajado, pode me dizer algo sobre ele, senhor? — Raistlin perguntou, inclinando-se para frente, seus olhos brilhando. — Tive dificuldade em descobrir que poderes mágicos ele pode ter...

Raistlin deteve-se, de repente tateando uma das bolsas que trazia em seu cinto. Virou-se para confrontar Tasslehoff.

— Toque-me de novo, kender, e vou murchar sua mão como uma ameixa seca.

Tas retirou a mão rapidamente. Parecia magoado.

— Eu só ia lhe dizer que Mari está usando uma joia muito interessante. Acho que é mágica como o seu cajado. Mostre a joia para ele, Mari.

Mari encolheu-se e levou a mão defensivamente à garganta.

— Você não sabe do que está falando, Tas. Na verdade, é muito comum. Poderia me trazer um pouco de cerveja? Estou com sede.

— A gema não é comum, Mari — Tas protestou. — Espere até ver, Raistlin! É uma cor cinza feia, exceto quando é uma cor cinza bonita e está sempre mudando de forma. Primeiro é redonda e depois é quadrada e então retangular e às vezes brilha com uma luz cinza e, às vezes, não.

Ele fez uma pausa para respirar.

— Só não toque nela. Quando tentei tocá-la, senti uma sensação esquisita, como quando conheci Lorde Soth, o cavaleiro da morte... só que acho que você não saberia disso porque ainda não aconteceu.

Caramon sorriu e piscou para Flint.

— Cavaleiros da morte. Essa é boa, Tas. Conte-nos mais sobre esse Lorde Sono.

Raistlin lançou um olhar sinistro para o irmão.

— Volte a se empanturrar de batatas, Caramon, e fique fora disso.

— Claro, Raist, desculpe — disse Caramon, abaixando a cabeça.

— Cavaleiros da morte. Gemas esquisitas. Mais histórias de kender — resmungou Flint, irritado. Ele se levantou e pegou o elmo. — Vou sair para tomar um pouco de ar fresco.

Dirigiu-se para a porta, e Kairn observou-o ir, consternado. Flint deveria permanecer dentro da estalagem com os amigos. A história estava desmoronando diante de seus olhos.

— Desta vez, eu acredito no kender — Raistlin estava dizendo suavemente. — Senti o poder da gema no momento em que Mari entrou.

Kairn lembrou-se da joia. Ele tinha visto Destina brincando com ela na biblioteca, e o kender estava certo. Era de cor cinza e mudava de forma. Lembrou-se também que quando conheceu Destina, ela veio à biblioteca em busca de informações sobre a Gema Cinzenta. Kairn ouviu as palavras de Dalamar através da névoa.

Destina levou a Gema Cinzenta de volta no tempo.

— Bendito Gilean! — Kairn gemeu.

A situação piorava a cada segundo que passava. Kairn não conseguia imaginar o que aconteceria se Raistlin Majere tomasse posse da Gema Cinzenta. Ele precisava levar Mari e a joia de volta à biblioteca e entregá--los a Astinus. Infelizmente, agora Raistlin e todos os outros sentados ao redor da mesa estavam olhando para ela.

— Tas, você não disse algo sobre me mostrar um cajado de cristal azul? — Mari disse com determinação. — Eu gostaria de ver.

— Um cajado de cristal azul? — Tanis disse, franzindo a testa. — Aquele hobgoblin que nos parou fez perguntas sobre um cajado de cristal azul.

— Vocês ainda não sabem disso — disse Tas. — Vou perguntar a Lua Dourada se posso trazê-lo para mostrar a vocês. Tenho certeza de que ela não vai se importar.

— Tas, não! — Kairn protestou, mas o kender pôs-se de pé e correu até onde Lua Dourada e Vento do Rio estavam conversando.

— Com licença, Lua Dourada, só preciso pegar emprestado seu cajado por um momento — disse Tas. — Olá, Vento do Rio! Eu tinha esquecido como você é alto. Vou trazer o cajado de volta. Prometo!

Vento do Rio havia se levantado e olhava furioso para o kender. Tas habilmente pegou o cajado de Lua Dourada, que gritou, alarmada. Vento do Rio tentou agarrar o cajado, mas errou e Tasslehoff se afastou com ele. Ele correu de volta para a mesa com o furioso Vento do Rio logo atrás.

Raistlin começou a dizer algo, mas foi acometido por uma tosse, ofegando e engasgando, até parecer que seu corpo frágil ia se partir em pedaços. Tirando o lenço, ele cobriu a boca. Caramon o encarou, ansioso, e começou a colocar a mão em seu ombro. Raistlin recuou de seu toque. Sua tosse diminuiu. Seus lábios estavam salpicados de sangue. Ele estava enfiando o lenço manchado de sangue de volta no bolso, quando de repente agarrou seu cajado e atingiu Sturm na mão com o globo de cristal no topo.

Sturm corou de raiva. Seus dedos estavam sangrando.

— Você enlouqueceu...

— A kender sentada ao seu lado derramou algo em sua cerveja — disse Raistlin, sua voz áspera. — Ela está com o frasco na mão. Caramon, tire isso dela.

Mari não disse nada, mas sua culpa era evidente em seus lábios apertados. Quando Caramon pegou o frasco, ela o atirou nele e se encolheu na cadeira, os braços cruzados sobre o peito.

— Tenha cuidado com isso — Raistlin o advertiu. — Não temos ideia do que há nele. Me dê isto.

Caramon empalideceu. Segurando o frasco cuidadosamente entre o dedo indicador e o polegar, ele o entregou ao irmão.

Raistlin segurou o frasco contra a luz e viu que estava vazio. Cheirou e tocou a ponta do frasco com a língua. Murmurou algumas palavras estranhas, e o frasco começou a brilhar com um amarelo pálido e doentio.

— Um elixir de covardia — Raistlin declarou. — Se tivesse bebido isso, Sturm, de hoje em diante sofreria de um terror irracional, teria medo até de desembainhar sua espada, temeria lutar contra qualquer coisa maior que uma barata.

Sturm olhou para Mari, perplexo.

— Isso não faz sentido. Por que essa kender ia querer me transformar em um covarde?

— Talvez porque ela não seja uma kender — Raistlin disse com frieza.

— Não seja ridículo — disse Sturm. — Qualquer tolo pode ver que ela é uma kender!

— É por isso que *vocês* tolos veem uma kender — Raistlin zombou, sua boca se curvando. — *Eu* vejo uma humana disfarçada de kender. Se tivesse que adivinhar, diria que ela é uma metamorfa ou possui um artefato mágico que lhe dá esse poder, como a estranha joia que está tentando esconder sob o colarinho.

Kairn preparou-se para ativar o dispositivo. Ele teria que deixar Tas para trás, e metade da população de Solace os veria desaparecer no ar, mas isso não importava mais. Ele começou a recitar o último verso do poema.

Tas, entretanto, chegou à mesa com Vento do Rio logo atrás dele.

— Olha o que eu tenho aqui, Mari! — Tas anunciou. — O cajado de cristal azul de Mishakal! Só que não é azul e não é cristal. Pelo menos ainda não. Será quando eu bater em Hederick. Talvez eu pudesse acertá-lo mesmo sem Fizban.

— "O destino acima..." — Kairn começou a entoar.

Mari arrancou o dispositivo dele com uma das mãos e agarrou Sturm com a outra.

— "O destino está acima de sua cabeça" — ela disse claramente.

Raistlin pôs-se de pé.

— Impeça-a! — Ele a atacou com o Cajado de Magius.

— Não se atreva a machucar Mari! — Tasslehoff gritou, indignado e atingiu Raistlin com o Cajado de Mishakal.

O cristal no topo do Cajado de Magius reluziu em vermelho ardente. O cajado de cristal azul brilhava com a luz sagrada da deusa Mishakal, resplandecendo um fogo azul incandescente. O Dispositivo de Viagem no Tempo explodiu em chamas, e a Gema Cinzenta fulgurou com uma luz ofuscante.

Magia sagrada e magia arcana rodopiavam e colidiam.

E o Caos devorou a todos e os cuspiu no Rio do Tempo.

CAPÍTULO TRINTA E QUATRO

Tanis Meio-Elfo acomodou-se confortavelmente em uma cadeira e olhou ao redor da cozinha. Tika estava cozinhando batatas com especiarias em uma frigideira sobre o fogo. Caramon trouxe uma caneca de cerveja espumante para o amigo e sentou-se ao seu lado. Tanis sentiu como se tivesse retornado para casa.

— A história tem um jeito de se repetir, Caramon — disse Tanis. — Passei pela Estalagem do Último Lar a caminho daqui. Você e Tika conseguiram restaurá-la ao que era há sete anos.

— Gostaria de ter encontrado uma forma de erguê-la de volta para o alto da copadeira — disse Caramon. — Nunca esquecerei a primeira vez que a vi depois de viajar por todos aqueles anos. Os vitrais iluminados. Eu sabia que finalmente estava em casa.

— Conheço a sensação — comentou Tanis, sorrindo. — Onde está Fizban quando se precisa dele? Ele poderia ter erguido a estalagem na árvore para você.

Caramon riu.

— Aquele velho mago nos meteu em tantos problemas! Ele provavelmente a teria erguido e deixado cair em cima da minha cabeça!

— Lembro-me tão claramente daquela noite na estalagem quando ele pediu a Lua Dourada para cantar sua canção. A visão da estalagem trouxe todas as lembranças de volta. Tive a sensação de que, se entrasse, encontraria todos os nossos amigos reunidos em volta da mesa. Aqueles que já se foram: Sturm... Flint...

— Raistlin — Caramon acrescentou.

Tanis viu a expressão de Caramon se entristecer e tentou animá-lo.

— Você e Tika não mudaram.

— Mentiroso — disse Caramon, sorrindo. Ele deu tapinhas na barriga. — Muitas batatas temperadas. *Você* não mudou, mas você tem sangue élfico.

— Minha barba está mais grisalha — Tanis confessou, esfregando a barba que nenhum elfo seria capaz de ter. — Meus anos humanos estão me alcançando.

Tika serviu uma porção generosa de batatas temperadas em um prato e o colocou na frente de Tanis.

— Detesto comer sozinho. Vocês dois não querem se juntar a mim? — Tanis perguntou.

Caramon olhou esperançoso para Tika.

— Já jantamos — respondeu ela, lançando um olhar severo ao marido.

— Mas isso foi horas atrás — Caramon protestou. — É quase meia-noite!

Tika balançou a cabeça, mas voltou para a frigideira, serviu mais batatas e depositou o prato na frente do marido.

— Vou dar uma olhada no bebê — disse ela. — Poderá conhecê-lo e o seu xará pela manhã. Tanis não vai acreditar o quanto ele cresceu! Será nosso hóspede esta noite, é claro.

Caramon observou-a com carinho enquanto ela se afastava.

— Sou um homem de sorte, Tanis.

— Você mereceu sua sorte, meu amigo — disse Tanis. — Você lutou por cada pedaço dela.

— Eu tive ajuda — disse Caramon calmamente. Ele sorriu ao ver a esposa voltar, pegou-a pela mão e puxou-a para perto.

— Ambos dormindo a sono solto — ela informou.

— Desculpe ter chegado tão tarde — disse Tanis. — Não deveria ter se dado ao trabalho de me alimentar, Tika, embora eu deva dizer que aprecio. E esta ainda é a melhor cerveja de Ansalon. Falo com propriedade. Já experimentei a maioria.

— Você tem viajado pelo continente, pelo que ouvimos — disse Tika.

Tanis começou a comer as batatas com prazer.

— Você teve sorte que seu mensageiro me encontrou em Qualinesti. Um grupo de elfos e eu estávamos a caminho de Palanthas para nos juntarmos a Laurana. Pretendíamos parar em Solace de qualquer maneira, então deu tudo certo. O resto do grupo está acampado perto do Lago de Cristal.

— Como vão as negociações entre os cavaleiros e os elfos? — perguntou Tika.

— Estamos progredindo, embora lentamente — explicou Tanis. — Os cavaleiros respeitam e reverenciam Laurana por sua bravura durante a Batalha da Torre do Alto Clérigo, mas temos que encarar os fatos. Ela é uma elfa, eu sou meio-elfo e eles são humanos. Eles têm dificuldade em superar séculos de desconfiança e preconceito.

— No entanto, está melhor do que nos velhos tempos. Quer mais algumas batatas? — perguntou Tika.

— Não, obrigado — respondeu Tanis, acrescentando com um sorriso: — Se eu ficar muito pesado, meu grifo se recusará a me carregar.

Tika tirou os pratos. Ela trouxe outra caneca de cerveja para Tanis e xícaras de chá de tarbean para ela e Caramon, depois juntou-se a eles à mesa.

— Está cansado? — Caramon perguntou a Tanis. — Se estiver, podemos conversar pela manhã.

— Estou bem acordado — respondeu Tanis. — E estou interessado em saber por que mandou me chamar.

— É Tas — informou Caramon.

Tanis sorriu.

— Claro que é. O que ele fez agora?

— Ele encontrou uma esposa — revelou Caramon.

— Ou melhor, uma esposa o encontrou — disse Tika.

— Tas! Casado? — Tanis começou a rir, então percebeu que estava sozinho em sua diversão. Caramon e Tika pareciam sérios. — O que há de errado?

— O problema começou quando uma mulher solâmnica, Destina Rosethorn, apareceu na estalagem — explicou Tika. — E depois apareceu essa kender com quem Tas casou; ela usava uma joia estranha, e Tas fugiu com ela para pegar o Dispositivo de Viagem no Tempo, sobre o qual ele prometeu que nunca falaria, e então Dalamar apareceu e fez perguntas sobre Tas...

— Opa! Espere um minuto — disse Tanis. — Estou confuso. Volte para a parte sobre o casamento de Tas...

Eles foram interrompidos por uma batida na porta.

Caramon franziu a testa.

— Quem poderia ser a esta hora ímpia?

— Alguém em apuros — respondeu Tika. — As pessoas sempre vêm até você quando estão com problemas, não importa a hora do dia ou da noite. Não sei por que não podem esperar até de manhã!

— Porque problemas não esperam pela manhã — retrucou Caramon.

A batida veio novamente, desta vez com mais força.

— É melhor você atender — disse Tika, suspirando. — Essa barulheira vai acordar o bebê!

Caramon acendeu um lampião, foi até a porta e a abriu. Tanis se levantou, com a mão na espada.

Uma pessoa envolta em um longo manto branco estava parada na porta. Tanis olhou perplexo para o visitante. O rosto era o rosto de um homem humano, depois era o rosto de uma mulher elfa e em seguida o rosto era o de um anão com barba. Aparentemente, essa pessoa tinha um número infinito de rostos, mas todos eram bondosos. Todos os lábios sorriram sorrisos gentis. Todos os olhos eram sábios com compreensão infinita.

Caramon piscou, como se estivesse tentando focar os rostos. Ele olhou para a pessoa, embasbacado com as faces que mudavam rapidamente.

— Esta é a residência de Caramon Majere? — questionou a pessoa.

— Talvez — Caramon resmungou. — Quem está perguntando?

— *O que* está perguntando é mais adequado — comentou Tika em voz baixa para Tanis. Ela tinha agarrado sua frigideira. — Já viu uma criatura assim?

— Nunca — disse Tanis baixinho.

— Eu sou o Guardião das Almas — disse o ser.

— É o quê? — Caramon exigiu saber, perplexo.

— O Guardião das Almas. Você é Caramon Majere? Receio ter que insistir para que responda. Se for, preciso falar com você sobre um assunto urgente.

Caramon olhou para Tika. Ela colocou a frigideira na mesa e caminhou para ficar ao lado dele.

— Ele é Caramon e eu sou a esposa dele — declarou ela. — O que você é? Por que seu rosto fica mudando?

— Eu sou o Guardião das Almas — respondeu o ser e parecia pensar que essa era toda a explicação necessária. — Não posso ficar muito tempo. Nunca estive ausente do meu posto, mas nada igual a isso jamais aconteceu. Eu não sabia o que fazer. Não queria sair de meu posto, mas senti que vocês tinham o direito de saber.

O Guardião parecia perturbado, todos os seus aspectos confusos. Ele fez uma pausa como se reunisse seus pensamentos, então disse:

— Você tinha um irmão gêmeo, Raistlin.

— Eu tinha — disse Caramon calmamente. — Ele morreu.

— Eu sei disso melhor do que ninguém — declarou o Guardião. — A alma dele estava sob meus cuidados. Você tinha um amigo, Sturm Montante Luzente. A alma dele também estava sob meus cuidados.

— Acho que você deveria se explicar — sugeriu Tanis, juntando-se aos amigos.

— Sinto muito — desculpou-se o Guardião, nervoso. — Não estou acostumado a conversar com os vivos. Vejam, os mortos sabem tudo. Eles entendem. Não param de viver porque estão mortos. Seus espíritos permanecem vivos, passando para o próximo estágio de sua jornada. Minha tarefa é manter um registro das almas que entram no reino da morte, exceto aquelas que deram suas almas a Takhisis, Rainha das Trevas. Ela toma essas.

— Então é por isso que seu rosto muda o tempo todo — comentou Tanis, compreendendo de repente. — A morte chega para todos os vivos, e você é todos os rostos daqueles que morreram.

O Guardião curvou-se, confirmando.

— Mas o que isso tem a ver com Raistlin e Sturm? — Caramon quis saber. — Como você diz, eles estão mortos. Suas almas vivem apenas em nossa memória.

— Ah, esse é o problema — retrucou o Guardião. — Não acho que eles *estejam* mortos. Não mais. Suas almas desapareceram. — Ele olhou ao redor. — Como Sturm era seu amigo e Raistlin seu irmão, pensei que talvez pudesse encontrá-los aqui.

Caramon ficou tão pálido quanto a própria morte.

— Você está dizendo que meu irmão e Sturm estão *vivos*?

— Tenho que presumir que sim — disse o Guardião. — Pois se suas almas não estão sob minha guarda, significa que não estão mortos. Minha próxima suposição é que estão vivos.

— Como ousa? — Tika gritou, furiosa. — Como ousa dizer a Caramon que o irmão dele está vivo? Você é cruel por atormentá-lo! Saia e nos deixe em paz!

— Não, Tika — interrompeu-a Caramon com firmeza. — Deixe-o falar.

— Oh, Caramon, tem certeza? — perguntou Tika.

— Tenho certeza — declarou Caramon com determinação. — Preciso saber.

O Guardião suspirou.

— Infelizmente, você sabe tudo o que tenho a dizer. As almas de Raistlin Majere e Sturm Montante Luzente desapareceram. Ambas sumiram ao mesmo tempo. Não tenho ideia do que aconteceu com elas.

— E Flint? — perguntou Tika. — Ele também morreu.

— Flint Forjardente. — O Guardião sorriu. — Ele ainda descansa debaixo de sua árvore, esperando pelo amigo.

— Nada disso faz sentido — declarou Tanis, austero. — Temos certeza que Sturm e Raistlin estão mortos.

— O que *não* temos certeza é sobre esse Guardião, ou se ele está falando a verdade! — Tika acrescentou, encarando-o com raiva.

O Guardião ficou chocado.

— Garanto-lhe que sim, senhora! Os mortos não mentem. Nem suas almas desaparecem.

Tanis estava sombrio.

— É melhor voltar para os seus mortos, então, Guardião, e deixar os vivos resolverem isso.

— Devo avisar se alguma das duas almas retornar? — perguntou o Guardião. — Isso significaria que ambos estão mortos de novo.

Tika estava com uma expressão severa.

— Nós agradeceríamos. E obrigada. Manteremos contato.

Ela fechou a porta na cara do Guardião e a trancou. Caramon estava balançando a cabeça, perplexo.

— Não sei o que nada disso significa. Sinto como se estivesse de volta aos meus dias de bebedeira. Eu costumava ver rostos assim o tempo todo.

— Tempo e Tasslehoff — disse Tanis de repente. — Que Paladine nos salve! Você disse algo sobre Tas e aquele dispositivo que os levou para o passado.

— O Dispositivo de Viagem no Tempo — disse Caramon, parecendo preocupado.

— E se Tas tiver feito algo para alterar o tempo e agora Raistlin e Sturm estão vivos? — Tanis perguntou.

Tika resmungou.

— Fazer algo assim é a cara de Tas.

— É melhor você me contar toda a história — pediu Tanis.

Tika contou-lhe a história, começando com a vinda da mulher solâmnica à estalagem e fazendo perguntas sobre o dispositivo.

— A última vez que vi Tas, ele estava indo para Palanthas com sua nova esposa para pedir o dispositivo a Astinus — ela concluiu.

— Precisa falar com Astinus, Tanis — disse Caramon. — Certificar-se de que ele ainda está com o dispositivo.

— Era isso que eu estava pensando — concordou Tanis. — E, Caramon, você deveria vir comigo. Como eu disse, estou viajando com um grupo de elfos a caminho de Palanthas. Trouxemos montarias extras. Você e eu podemos chegar lá em três dias.

— Não posso deixar Tika cuidando da estalagem e o bebê — disse Caramon. — E se Raistlin estiver vivo, ele virá me procurar. Quero estar aqui se ele precisar de mim.

Tika lançou um olhar assustado para Tanis.

— Você precisa descobrir o que está acontecendo!

— E ajudar Tas, se conseguir encontrá-lo — acrescentou Caramon. — Ele é nosso amigo e provavelmente está em algum tipo de apuro. Ele nos ajudou quando precisávamos.

— Embora em geral ele nos ajude a sair de problemas apenas depois que nos coloca neles — observou Tanis, suspirando.

CAPÍTULO TRINTA E CINCO

O plano deveria ter funcionado.

Destina tinha chegado tão perto de alcançar seu objetivo. Logo estaria com o pai e o salvaria da morte e o traria para casa. O Rio do Tempo gentilmente levaria suas mágoas passadas embora. Ela encontrara o Dispositivo de Viagem no Tempo na Grande Biblioteca. Tivera-o nas mãos. Tudo estava indo conforme ela planejara, e então teve a impressão de que uma grande onda no Rio do Tempo havia se erguido e se chocado contra seu rosto.

Foi pega pela correnteza rápida e lutou para se manter à tona, mas o rio repetidamente a arrastava para baixo. E quando ela temeu estar se afogando, o Rio do Tempo a largou na praia e a deixou lá. Encalhada.

Destina ficou imóvel. Não sabia onde — ou quando — estava. Mas estava ciente de pessoas ao seu redor e manteve os olhos fechados, fingindo estar inconsciente. Pelo menos estava em seu próprio corpo. Não era mais uma kender. A explosão violenta de magias devia ter interrompido o feitiço de metamorfose.

— O que há de errado com ela, Sturm? — perguntou uma voz sussurrante.

— Não vejo nenhum ferimento — respondeu Sturm. — Acho que ela desmaiou.

— Ou a explosão a deixou inconsciente.

Destina encolheu-se e manteve os olhos bem fechados. Lembrava-se da explosão, embora tivesse esperado não lembrar. Os cortes nas palmas de suas mãos ardiam e doíam.

— Não sei como pode estar tão calmo sobre isso, Raistlin.

— Talvez prefira que eu saia gritando e arrancando meus cabelos? — Raistlin sugeriu sarcasticamente. — Não consigo ver como isso ajudaria.

Ele começou a tossir. Tirando um lenço da manga das vestes, pressionou-o contra a boca. O espasmo de tosse diminuiu e ele se voltou para Tasslehoff.

— Se você puxar minha manga mais uma vez, vou transformar suas entranhas em uma corda e estrangulá-lo com ela!

— Só quero fazer uma pergunta muito importante — disse Tas, aflito. — Não quero magoar seus sentimentos, mas você e Sturm não estão mortos?

— Parecemos estar mortos? — Raistlin exigiu saber.

— Não — Tas admitiu. — E vocês certamente não *soam* como mortos, o que é bom, porque se você estiverem vivos podem fazer essa tal de Destina acordar e me contar o que ela fez com Mari. Diga a *ela* que você vai transformar as entranhas dela.

— Conhece esta mulher, Tas? — Sturm perguntou, surpreso. — Por que não disse nada antes?

— Porque você e Raistlin estavam conversando, e Tanis sempre diz que não devo interromper — respondeu Tas. — O nome dela é Destina Rosethorn. Ela apareceu na estalagem perguntando sobre o Dispositivo de Viagem no Tempo e depois sugou Mari em um ciclone mágico, e depois disso encontrei Mari na biblioteca, mas agora Mari sumiu de novo e esta mulher Destina está aqui. E onde é aqui, afinal?

— O Dispositivo de Viagem no Tempo... — Raistlin murmurou. — Isso explica tudo.

Destina sobressaltou-se horrorizada. Suas mãos — suas mãos vazias — fecharam-se em punhos nas dobras de sua saia. Ela tinha tomado o dispositivo de Kairn. Ela o estivera segurando com firmeza, e em seguida houve uma explosão devastadora, e agora suas mãos estavam vazias, as palmas queimando e ardendo.

Não!, Destina disse interiormente, contorcendo-se em angústia. *O kender deve estar com ele. Talvez eu o tenha deixado cair nos arbustos! Sim, é isso. Deixei cair nos arbustos.*

— Explica o quê? — Sturm estava perguntando a Raistlin. — O que é esse dispositivo?

— Um artefato mágico que permite a seu usuário viajar no tempo — Raistlin respondeu. — Tas, quando essa mulher chegou na estalagem para questioná-lo sobre o dispositivo? Não poderia ter sido a noite do nosso reencontro. Nunca a vimos antes.

— Ela veio anos depois que a Guerra da Lança terminou — disse Tas. — Você e Sturm estavam mortos, e eu estava morando em Solace na casa de Flint, porque ele também está morto. Tika acabara de ter seu segundo bebê. Eles o chamaram de Sturm em homenagem a você, Sturm. O primeiro bebê se chama Tanin em homenagem a Tanis. Perguntei se eles iam nomear o terceiro Tas ou talvez Hoff em minha homenagem, mas Tika disse que achava que não teria...

— Tas, não estamos falando de bebês — interrompeu Raistlin.

— Certo, não foi isso que você perguntou, foi? O que foi que você *realmente* perguntou? Ah, lembrei! Destina veio à estalagem então, quando quer que então foi. Ou é. Ou será. — Tas suspirou. — Estou ficando muito confuso. Acho que todos devemos ir para apenas uma época e permanecer lá.

— Raistlin, precisamos conversar — disse Sturm.

Tas chegou perto.

— Vamos falar sobre o quê? Sobre como vocês não estão mortos?

Sturm lançou-lhe um olhar sombrio.

— Precisamos ter alguma ideia de nossa localização. Suba naquela árvore, Tas, e diga-nos o que consegue ver lá de cima.

— Boa ideia — disse Tas, animado. — Talvez eu veja Mari.

Destina ouviu sons de arranhar, enquanto o kender subia na árvore. Manteve os olhos fechados. Perguntou-se por quanto tempo conseguiria manter essa farsa. Desejou conseguir para sempre.

— O kender está certo, não está? — questionou Sturm.

— Sobre nós dois estarmos mortos? Sim — respondeu Raistlin.

— Lembro-me de uma vida passada — refletiu Sturm. — Lembro-me dos nossos amigos. Lembro-me de uma longa jornada e de uma batalha final. Lembro-me de me sentir abençoado e de meu espírito seguir em frente, guiado pelas mãos dos deuses. Mas essas lembranças são como sonhos para mim.

— Os mortos não sonham. Uma das poucas vantagens da morte — comentou Raistlin, mordaz. — Mas eu entendo. Também me lembro de uma vida passada. Lembro-me de pessoas, eventos e atos. Lembro-me de adormecer e de meu espírito deixar meu corpo para partir em uma nova jornada. No entanto, agora nos encontramos arrastados de volta ao mundo dos vivos. Tenho meu livro de feitiços comigo, aquele que eu estava carregando na estalagem. Mas não estou com meu cajado. Você está usando uma espada, Sturm. Essa é a que pertencia ao seu pai?

— É a espada de meu pai e estou com a armadura dele.

— Não estou com meu hoopak, porque o deixei do lado de fora da biblioteca quando entrei para encontrar Mari — Tas gritou da árvore. — Mas minhas bolsas são as mesmas! Eu acho...

Raistlin o ignorou.

— Você e eu estamos mortos. Nós dois nos lembramos de nossas vidas passadas. E agora estamos vivos e ambos temos conosco o que era preciso para nós em vida, você tem sua herança e eu tenho minha magia.

— Como isso é possível? — perguntou Sturm.

— Não faço ideia. E, francamente, *como* isso aconteceu não é relevante — respondeu Raistlin. — O mais importante é...

— Sturm, Raistlin! — Tas gritou de seu poleiro na árvore. — Eu sei onde estamos! Estamos na Torre do Alto Clérigo! Eu a reconheço, embora pareça diferente. Para começar, é apenas a torre interna. Parece que estão construindo a torre externa, porque as paredes estão cobertas de andaimes.

— A Torre do Alto Clérigo? — Sturm repetiu, atordoado.

— Olhem, vocês provavelmente conseguem ver a torre superior de onde estão — disse Tas, apontando para uma torre à distância.

— Parece mesmo com o Alto Mirante — Sturm admitiu. — Mas como viemos parar aqui?

— Pergunte à Senhora Rosethorn — indicou Raistlin.

Destina manteve-se o mais imóvel que pôde, pressionando a bochecha nas folhas úmidas e mortas. Desejou poder afundar sob elas.

— Mas como a Senhora Rosethorn veio parar aqui? — Sturm perguntou. — Nunca a vi antes. A kender, Mari, era quem tinha o dispositivo.

— Destina Rosethorn *é* a kender Mari — explicou Raistlin. — Destina Rosethorn e Mari Mariweather são a mesma pessoa. Eu lhe disse isso na estalagem. Ela é uma metamorfa ou tem um artefato que lhe permite mudar de forma.

— A morte confundiu seu cérebro — Sturm zombou.

— Eu posso provar. — Raistlin ajoelhou-se ao lado de Destina. Ela podia sentir o leve aroma picante dos ingredientes para feitiços dele e um odor subjacente de decomposição. A mão dele acariciou a bochecha dela, e sua pele parecia anormalmente quente. Ela se encolheu com seu toque.

— Acredito que ela está acordando — Raistlin disse em um tom sarcástico que deixou claro para ela que ele sabia que estava fingindo. — Note que ela está usando as mesmas roupas que a kender, mas elas se ajustam a ela como se fossem feitas para uma humana. Ela usa o mesmo anel com a pedra verde que vi a kender usando. Essa é a magia do metamorfo. Vê este broche, as duas faces se fundindo? Um broche mágico de metamorfose. E então há esta estranha joia...

— Também deve ser mágica — comentou Sturm. — Tem uma aparência horrenda.

— *É* mágica — concordou Raistlin suavemente. — O artefato mais poderoso que já vi. Senti seu poder no momento em que ela entrou na estalagem.

Destina sentiu os dedos de Raistlin levantarem a corrente. Seus olhos se abriram.

— Não toque nisso! — ela avisou, mas era tarde demais.

Raistlin arfou de dor e afastou a mão.

Destina pegou a gema e a enfiou por baixo da gola da jaqueta. Ela se sentou, afastando-se dele.

— Eu avisei para não tocá-la.

Ela lançou um olhar frenético ao redor, procurando pelo Dispositivo de Viagem no Tempo, esperando ver um brilho de ouro entre as folhas. Discretamente, passou as mãos por elas, tateou as dobras da saia. Não conseguiu encontrá-lo e então notou um reflexo de luz brilhando a uma curta distância na grama. Teve a terrível sensação de que sabia o que era.

Raistlin estava estudando seus dedos queimados, parecendo mais intrigado do que irritado. Destina rapidamente estendeu a mão para a luz cintilante. Seus dedos se fecharam sobre uma joia e viu outra caída ao lado dela. Ela pegou uma esmeralda e um rubi e fechou a mão ao redor deles. Ela sabia, sem dúvidas, que o Dispositivo de Viagem no Tempo havia explodido, seus pedaços espalhados através do tempo. Enfiou as joias em um bolso.

— Parece que Tas teve sorte de a gema apenas tê-lo feito sentir uma sensação esquisita — Raistlin estava comentando. Fixou seu olhar intenso nela. — Por que a mudança de forma, senhora? Por que se dar ao trabalho de enganar Tas? Por que tentar alimentar Sturm com uma poção de covardia? Por que perturbar nosso descanso eterno?

— E nos trazer aqui, para a Torre do Alto Clérigo? — Sturm exigiu saber.

Destina olhou de um para o outro, sem saber o que dizer. Não poderia lhes contar que o dispositivo havia sido destruído e que agora estavam presos neste lugar e tempo. A ideia era tão terrível que ela não conseguiu encarar.

— Goblins! — Tas gritou e deslizou pela árvore, desalojando casca e folhas no processo.

— Goblins! — ele gritou de novo, chegando ao chão. — Um monte deles vindo para cá! Estão armados até os dentes!

Raistlin levantou-se rapidamente.

— Onde?

— Marchando por aquela estrada na beira da floresta — Tas disse, apontando para uma estrada que mal era visível por entre as árvores. — Depressa! Eles estão quase nos alcançando!

— Sturm, fique com a senhora — Raistlin mandou. — Vou investigar.

Sturm estava olhando para Destina com expressão séria.

— Sente-se bem o suficiente para ficar de pé?

Destina foi tomada pela vergonha. Ela não o teria culpado se ele a odiasse por tentar lhe dar a poção. Não confiava em si mesma para falar. Assentiu e estendeu-lhe a mão, e ele educadamente a ajudou a se levantar. O sol brilhava, mas sua luz mal penetrava na densa folhagem. O ar estava quente e as folhas tinham o verde fresco do início do verão. Quando ela deixou a biblioteca em Palanthas, era primavera. Eles haviam chegado à estalagem no outono, e agora era verão.

A batalha da Torre do Alto Clérigo ocorreu no inverno. Raistlin e Tas voltaram quase imediatamente.

— Um grupo de saque goblin — relatou Raistlin. — Se permanecermos escondidos nas árvores, talvez passem por nós. Mas devemos ficar quietos como a morte!

— Quietos como a morte! Isso é engraçado, porque vocês estão...
— Tas viu o olhar que Raistlin lhe lançou e fechou a boca, então apertou a mão sobre ela, aparentemente para evitar que qualquer coisa escapasse.

Os goblins surgiram, marchando em uma linha desordenada ao longo da estrada que contornava a floresta. Estavam tão próximos que Destina podia sentir seu cheiro fétido. Lembranças de defender o Castelo Rosethorn retornaram. Ela havia se saído bem na batalha. Lembrou-se de pensar que o pai teria ficado orgulhoso dela, e o pensamento a fez murchar por dentro. Se o pai estivesse aqui agora, ela teria se ajoelhado para implorar seu perdão por todas as coisas terríveis que fizera em seu nome.

Os goblins marcharam ao longo da estrada, falando alto em sua linguagem balbuciante — empurrando-se, chutando-se e sacudindo-se uns aos outros. Sturm manteve a mão no punho da espada. Tas manteve a mão cobrindo a boca. Raistlin observava, os braços cruzados diante do peito. Os últimos goblins estavam passando quando uma briga começou nas fileiras. Sturm começou a tirar a espada da bainha.

— Espere! — Raistlin advertiu.

Um hobgoblin montado em um pônei peludo galopou até a briga, empunhando um chicote. Ele começou a chicotear os combatentes, atacando em todas as direções. Os goblins uivaram de dor e esqueceram seus desentendimentos, enquanto tentavam escapar dos golpes selvagens do chicote. Saíram correndo estrada abaixo. O hobgoblin cavalgava atrás deles, estalando o chicote para mantê-los em movimento.

— Não importa por que estamos aqui ou como — disse Raistlin. — Precisamos ir embora. Voltar ao nosso próprio tempo. Onde quer que estejamos, nenhum de nós pode morrer aqui. Você tem o dispositivo, Senhora Rosethorn. Leve-nos de volta imediatamente e tudo será como antes. O rio continuará seu curso.

— Eu o faria — disse Destina com voz fraca. Ela molhou os lábios ressecados. — Mas... não estou com o dispositivo.

— Tas, você o pegou? — Sturm perguntou, olhando feio para o kender.

— Eu não o peguei! — disse Tas. — Eu juraria pelo meu coque, só que meu coque não está mais lá. Mari estava com o dispositivo.

Raistlin olhou para Destina.

— E já que você é a Mari, *deve* estar com ele! — declarou Raistlin bruscamente. — O dispositivo sempre retornará para quem o usou por último, metamorfo ou não.

— Mas eu continuo lhe dizendo, Raistlin, Destina não foi quem o usou por último — Tas insistiu. — Mari foi a última a usar o dispositivo. Isso significa que está com ela, onde quer que ela esteja. Temos que encontrar Mari.

— Já encontramos Mari — retrucou Raistlin. — Então, onde está o dispositivo, senhora? É o que eu me pergunto...

Destina respirou fundo para contar a verdade, mas Tas não ia desistir.

— Sinto muito por contra... contra... seja lá qual for a palavra longa que significa que você está errado e eu estou certo, Raistlin, mas você está errado. Não encontramos Mari...

— Silêncio, kender. Deixe-me pensar — Raistlin disse.

Tas ficou quieto por cerca de dois segundos.

— Desculpe, sei que tenho que ficar quieto para Raistlin poder pensar, mas estou ouvindo cavalos. Alguém mais está ouvindo cavalos?

— Sim — disse Sturm severamente. — Aquele hobgoblin estava a cavalo. Talvez um dos demônios tenha nos visto.

Ele desembainhou a espada e Tas tirou a faca do cinto.

Eles aguardaram tensos até que dois humanos apareceram cavalgando, viajando pela mesma estrada que os goblins.

Eram ambos humanos. Um deles usava uma couraça e elmo, botas de couro e cota de malha, e carregava uma espada ao seu lado. Tinha cabelos castanhos volumosos que caíam em duas tranças por cima dos ombros. Usava os longos bigodes que eram a marca registrada dos cavaleiros solâmnicos. Sua expressão era grave e determinada.

Seu companheiro era um mago trajando vestes vermelhas. Ele provavelmente tinha a mesma idade do amigo, embora parecesse mais jovem. Seus cabelos eram da cor do trigo dourado, e ele os usava descuidadamente presos na nuca, escorrendo pelas costas em um rabo esvoaçante. Não carregava arma alguma, mas tinha um cajado amarrado ao cavalo. Não tinha barba, as maçãs do rosto eram salientes e sua mandíbula, forte. Em contraste com a seriedade do amigo, ele exibia um sorriso sardônico, como se achasse a vida uma brincadeira imensamente divertida.

O cavaleiro parou seu corcel quase exatamente em frente a onde os quatro estavam escondidos entre as sombras.

— Estou lhe dizendo, eu ouvi vozes! — ele disse insistentemente. — Vinham da floresta.

— Vozes de goblins? — o mago perguntou.

O cavaleiro balançou a cabeça.

— O que ouvi não sooou como goblins.

— Talvez fossem fadas da floresta — sugeriu o mago, sorrindo. — Elas gostam de magos. Talvez estejam me chamando para me juntar a elas em suas farras.

— Fale sério para variar — disse o cavaleiro.

Tas olhou para Sturm e perguntou em um sussurro:

— O que eles estão dizendo? Você entende?

— Fique quieto! — Sturm respondeu em voz baixa.

Tas relaxou. Destina entendia o que eles estavam dizendo. A língua que o cavaleiro e o mago falavam era solâmnica, mas uma forma arcaica — a mesma forma que Vinas Solamnus usara ao escrever a Medida.

— Estou falando sério — o mago estava dizendo. — Não há nada que eu ame mais do que uma fada atrevida. Vamos para a floresta dançar com elas? Ou continuamos seguindo os rastros dos goblins para ver aonde estão indo?

— Consigo imaginar para onde eles estão indo — respondeu o cavaleiro. — Pelo que me lembro da última vez que estive aqui, uma pequena aldeia fica a cerca de oito quilômetros à frente. Os goblins sabem que os homens estarão nos campos a esta hora do dia, deixando apenas mulheres e crianças para defender suas casas. Eles planejam invadir a aldeia.

— Então, devemos detê-los — declarou o mago friamente. — No mínimo, vamos tirar alguns dos soldados da Rainha das Trevas.

O cavaleiro sorriu para o amigo.

— Devo lembrá-lo de que somos apenas dois, e contei pelo menos trinta goblins e cinco hobgoblins.

— Dificilmente uma luta justa para os goblins — comentou o mago. — Planejo matar dez eu mesmo. Tenho um novo feitiço que quero testar. Eu o chamo de "Gob Frito". — Ele estendeu a mão para trás na sela, removeu o cajado de sua bainha e fez um floreio com ele no ar.

— *Shirak!* — ele entoou, e o cristal no cajado começou a brilhar.

— Raistlin, olhe! Aquele mago está com seu cajado! — Tas disse, surpreso. — Tem o cristal e a garra do dragão em cima e tudo mais. Ele até diz a mesma palavra que você diz, "Shellac". Como aquele mago conseguiu seu cajado?

O cavaleiro parou de falar e olhou diretamente na direção deles. Sturm tapou a boca de Tas. Ninguém se mexeu.

— Com certeza você ouviu isso! — observou o cavaleiro.

— Eu ouvi o vento soprando nas árvores — respondeu o mago. — Ou talvez fossem as fadas da floresta.

Tas contorceu-se e puxou a mão de Sturm, indicando que estava sendo lentamente sufocado.

Sturm aliviou seu aperto, então disse baixinho:

— Tas está certo, Raistlin. Esse cajado se parece com o cajado que você carregou em vida.

Raistlin ficou em silêncio, observando. Ele umedeceu os lábios.

— O cajado era dele muito antes de ser meu.

— Você o conhece? — Sturm perguntou, surpreso.

— Digamos que eu conheça *sobre* ele — Raistlin respondeu.

— Vamos fritar goblins ou sair em busca de fadas da floresta? — o mago perguntou.

O cavaleiro desembainhou a espada e esporeou o cavalo.

— Vou chegar antes de você, Magius!

Seu amigo riu e esporeou o próprio cavalo nos flancos.

— Vamos tornar isso interessante, Huma! Aposto um barril de licor de anão que mato meus dez goblins antes que sua espada fique ensanguentada.

— Uma aposta que você vai perder, meu amigo! — o cavaleiro respondeu, rindo.

Os dois partiram galopando.

— Não acredito — disse Sturm, nitidamente abalado.

— Então você duvida de seus próprios olhos e ouvidos — Raistlin retorquiu. — Magius era amigo de infância de Huma Destruidor de Dragões. Os dois falaram da Rainha das Trevas que liderou um ataque contra Solâmnia. Eles estavam falando uma forma arcaica de solâmnico.

— Não acredito — repetiu Sturm, mas desta vez com menos convicção. — Você está dizendo que voltamos ao tempo de *Huma*?

— O kender nos disse que a Torre do Alto Clérigo parecia mais nova — respondeu Raistlin. — Se o que vimos e ouvimos é verdade, a torre *é* mais nova, por vários séculos, e ainda está em construção! Huma Destruidor de Dragões viveu e morreu quase mil anos antes do Cataclismo.

Ele virou-se para Destina.

— Você nos trouxe aqui, senhora. Por quê?

— Não, isso não pode estar certo! — Destina gritou de terror. — Eu não nos trouxe aqui. Ou, se o fiz, não foi minha intenção!

— Então, o que pretendia fazer? — Raistlin quis saber.

Destina lançou um olhar para Sturm e lentamente balançou a cabeça.

Raistlin avançou sobre ela. Seus olhos brilhavam; suas vestes vermelhas farfalhavam em torno de seus tornozelos.

— Lembro-me da magia fervendo e sibilando e, em seguida, um clarão cinza ofuscante e uma explosão de poder. O dispositivo sempre voltaria para ela... A menos que não fosse capaz de fazê-lo.

— O que quer dizer com não fosse capaz de fazê-lo? O que está dizendo, Raistlin? — Sturm exigiu saber, com raiva. — Fale claramente. Não seja tão misterioso o tempo todo!

— Vou falar claramente — disse Raistlin —, mas você não vai gostar do que tenho a dizer. Ela realmente estava com o dispositivo. Ela de fato nos trouxe aqui.

Ele agarrou rudemente os pulsos de Destina e segurou as palmas das mãos dela viradas para a luz. Ela gritou de dor e tentou se afastar, mas ele a segurou com força.

— Veja esses cortes recentes nos dedos e palmas dela. Magias poderosas colidiram naquela noite. A explosão destruiu o Dispositivo de Viagem no Tempo.

Raistlin soltou as mãos de Destina e ela esfregou os pulsos. Ela podia ver as marcas de seus dedos em sua pele.

— Isso foi claro o suficiente para você, Sturm? — Raistlin perguntou. — Ou devo deixar mais claro? O Dispositivo de Viagem no Tempo explodiu e, sem o dispositivo, estamos presos neste tempo até que a morte nos leve.

Sturm encarou Destina atentamente.

— Isso é verdade, senhora?

— Sinto muito! — Destina gritou, desmoronando. — Eu nunca quis que isso acontecesse! Eu estava desesperada! Kairn ia me levar para longe da estalagem, e eu nunca seria capaz de salvar meu pai. Eu não pretendia lhe dar a poção, Sturm, mas você estava lá, e de repente pensei que se eu lhe desse a poção e isso o deixasse com medo, você convenceria meu pai a deixar a Torre do Alto Clérigo antes da batalha, e ele viveria para retornar para casa para mim.

Sturm estava visivelmente perplexo.

— Não tenho ideia do que você está falando, senhora. Nunca estive na Torre do Alto Clérigo antes em minha vida.

— Mas você vai estar! — disse Tas. — E você vai...

Ele ficou em silêncio e olhou para os próprios pés.

— Eu vou o quê? — Sturm perguntou, franzindo a testa.

— Não importa — disse Tas. — Porque acho que agora você não vai. — Ele se animou. — E isso é bom! Posso gostar deste tempo no passado que agora é o presente. Posso dizer algo?

Raistlin suspirou.

— O que você quer, Tas?

— Se estou preso no passado, quero minha esposa comigo. Precisamos procurar Mari.

— Mari não vai voltar, Tas — disse Raistlin. Ele olhou para Destina. — Vai, Senhora Rosethorn?

Ela mordeu o lábio e baixou os olhos.

— Tentei contar a verdade para ele. Eu ia até mostrar para ele. Mas... — Ela balançou a cabeça.

— Mas ela tem que voltar — argumentou Tas. — Ela é minha *esposa*. Raistlin pôs o braço em volta dos ombros do kender.

— Venha comigo, Tas. Vou explicar tudo.

— Vou vigiar a estrada — Sturm disse, sua voz friamente educada. — Sugiro que permaneça aqui na floresta, onde é seguro, Senhora Rosethorn.

Ele caminhou até a beira da floresta e parou perto da estrada, contemplando as pastagens em direção às torres da Torre do Alto Clérigo, brilhando ao sol de um passado distante.

Destina ficou feliz por estar sozinha. Ela caiu de joelhos nas folhas mortas e baixou o rosto para as mãos para apagar a visão da torre brilhante, apagar a visão de sua culpa e vergonha.

A Gema Cinzenta estava quente contra sua pele — presunçosamente quente, como se estivesse se vangloriando. Contorceu-se ao senti-la e agarrou-a, tentando quebrar a corrente e arrancá-la.

A corrente queimou sua carne e feriu dolorosamente sua palma, que já estava ardendo. A Gema Cinzenta começou a brilhar, uma luz cinza brotando entre seus dedos. A gema ficou quente demais para tocar, formando bolhas em seus dedos, e ela teve que soltá-la.

A Gema Cinzenta aninhou-se de volta na curva de sua garganta, agora fria e contente.

Destina tentara salvar seu pai, trazê-lo para casa para ela. Mas, agora, se o pai dela nascesse, ele não teria uma filha. Ou, se tivesse, a filha dele não seria ela. Talvez ela devesse ser grata, pois então ele não teria que suportar a humilhação de saber o que ela tinha feito.

A Medida diz: *O corpo sofre a dor da morte, mas apenas por pouco tempo. A alma sofre a dor do arrependimento para sempre.*

Destina sentiria a dor de seu arrependimento até que a morte a levasse. E além.

CAPÍTULO TRINTA E SEIS

Dalamar, o Escuro, estava trabalhando em seu laboratório na Torre da Alta Feitiçaria para desenvolver um novo feitiço. Estava se baseando no feitiço Prende Pessoa que efetivamente paralisava uma vítima, impedindo-a de se mover e mantendo-a parada em um lugar. O problema era que a vítima ainda retinha suas faculdades mentais e poderia quebrar o encantamento. Dalamar estava tentando criar um feitiço que impossibilitaria a fuga da vítima.

Ele não tivera sucesso até agora e considerava que a causa de seu fracasso era o fato de estar tendo problemas para se concentrar. Três dias antes, a Senhora Destina Rosethorn havia roubado o Dispositivo de Viagem no Tempo da Grande Biblioteca. Ela e um monge da biblioteca e o kender, Pés-Ligeiros, haviam desaparecido. Presumivelmente, viajaram no tempo e, o mais preocupante, Destina levara consigo a Gema Cinzenta.

Dalamar havia enviado uma mensagem a Justarius na Torre da Alta Feitiçaria em Wayreth, avisando-o de que a Gema Cinzenta havia voltado no tempo. Ele havia recebido uma mensagem concisa de volta. Justarius ordenou que ele ficasse quieto, não contasse a ninguém por enquanto. Isso incluía membros do Conclave dos Magos e os deuses da magia.

Justarius havia acrescentado um pós-escrito no fim de sua breve resposta: *Afinal, não há nada que qualquer um de nós possa fazer.* Dalamar concordou com a avaliação sombria e se preparou para o desastre.

Até agora, no entanto, o mundo seguia bem pacificamente. Não ocorreu um segundo Cataclismo, nenhum incêndio ou inundações, fomes ou pragas. Ainda assim, Dalamar continuou preocupado. Não conseguia se livrar da lembrança do sinistro clarão cinza que vira pouco antes de a Gema Cinza desaparecer.

Dalamar olhou para as palavras do feitiço que acabara de redigir e viu que eram muito confusas. Com raiva, forçou-se a se concentrar. Estava sentado à escrivaninha, recitando as palavras do novo encantamento, experimentando várias novas combinações e anotando todas elas. Finalmente desenvolveu uma que pensou que poderia funcionar. Mais tarde naquele dia, faria uma experiência com um de seus alunos que havia provado ser particularmente hábil em quebrar encantamentos.

Alguém bateu à porta.

Dalamar parou de escrever e as palavras do feitiço sumiram de sua mente. Seus alunos e servos sabiam que, quando o mestre da Torre estava em seu laboratório, ele não deveria ser perturbado, exceto em circunstâncias extremas. Ele gesticulou, removendo o feitiço que selava a porta.

— Entre — ele chamou.

O Manto Negro que trabalhava como seu secretário curvou-se.

— Perdoe-me por incomodá-lo, mestre...

— O que você quer? — Dalamar perguntou bruscamente.

— Um esteta chamado Bertrem veio com um recado, mestre. Ele disse que o senhor está sendo chamado para ir imediatamente à biblioteca. O senhor deve ir diretamente para a Câmara de Artefatos.

— Ele disse qual era o problema?

— Não, mestre — disse o Manto Negro. — Eu perguntei se ele queria falar com o senhor pessoalmente, mas ele recusou. Mesmo que os estetas tenham passagem segura pelo Bosque Shoikan, ele parecia estar totalmente nervoso. Temi que ele pudesse desmaiar no caminho de volta, então enviei um de nossos Mantos Brancos para acompanhá-lo.

— Muito bem. Eu vou agora mesmo — disse Dalamar. — Depois que eu partir, feche os portais mágicos para todos, exceto para mim, e sele as portas da torre. Ninguém entra nem sai.

O Manto Negro pareceu surpreso com essas medidas extraordinárias, mas sabia que não devia fazer perguntas. Ele curvou-se em aquiescência e partiu para cumprir as ordens de seu mestre.

Dalamar rapidamente coletou os componentes para feitiços para lidar com todas as contingências possíveis, então apressadamente trilhou os caminhos da magia. Chegou à Câmara de Artefatos para encontrar Bertrem aguardando-o.

— Soube que Astinus mandou me chamar, irmão — disse Dalamar. — Pode me dizer o que aconteceu?

Bertrem parecia muito perturbado e chateado. Ele lançou um olhar para Astinus, que estava parado do lado de dentro da porta aberta da Câmara de Artefatos.

— Vou deixar o mestre explicar, Arquimago.

Astinus de Palanthas fundara a Grande Biblioteca séculos antes. Ninguém sabia exatamente quando, pois parecia que a biblioteca sempre existira. Rezava a lenda que a vasta coleção da biblioteca havia começado com um único livro contando a criação do mundo. Astinus estava ali há tanto tempo quanto a biblioteca. Ele era eterno, atemporal.

As pessoas haviam descrito sua aparência física ao longo dos séculos. A primeira descrição escrita o retratava como ele era agora. Um homem humano de estatura e constituição medianas com cabelos curtos e grisalhos, vestido com uma túnica cinza. Seus olhos cinzentos eram sua característica mais marcante. Talvez a melhor descrição de seus olhos tenha sido feita pelo infame mago Fistandantilus:

"Os olhos de Astinus são tão vastos quanto o mar, tão profundos quanto o mar, e igualmente indiferentes."

Astinus reconheceu silenciosamente a chegada de Dalamar à Câmara de Artefatos, então voltou sua atenção para algo que estava observando no interior da sala.

— Mandou me chamar, mestre — disse Dalamar suavemente. — A Gema Cinzenta foi encontrada?

Astinus optou por não responder. Ele deu um passo para o lado para permitir que Dalamar se juntasse a ele à porta e fez um gesto.

— O nome do monge é Irmão Kairn. Ordenei-lhe que permanecesse perfeitamente imóvel.

Perplexo, Dalamar olhou para dentro da sala e viu o Irmão Kairn parado tão rígido e imóvel quanto os que encontraram o olhar letal do basilisco que transforma suas vítimas em pedra. O monge conseguia ao menos mover os olhos e lançou a Dalamar um olhar angustiado.

— Que foi que ele fez? — Dalamar perguntou. — E como posso ajudar?

— Não tenho certeza se você pode, Arquimago, mas achei que deveríamos tentar — disse Astinus friamente. — O Irmão Kairn está parado no meio do que resta do Dispositivo de Viagem no Tempo. Ordenei a ele que não se mexesse até que você chegasse, para ver se você poderia salvá-lo.

Dalamar encarou o monge, horrorizado.

— Mas onde estão aqueles que viajaram com o Irmão Kairn? A Senhora Destina e Tasslehoff? Onde eles estão? E quanto à Gema Cinzenta de Gargath que a senhora está usando?

— O Irmão Kairn retornou sozinho — Astinus girou nos calcanhares. — O tempo passa. Deixo-lhe com isso. Bertrem, fique com o Arquimago.

Astinus partiu. Bertrem aproximou-se da porta, torcendo as mãos e murmurando:

— O dispositivo destruído! Isso é terrível! Simplesmente terrível.

Dalamar entrou na Câmara de Artefatos, movendo-se com cuidado para não perturbar nada até que entendesse a situação. Ao se aproximar do monge, pôde ver as duas placas de ouro, várias gemas, uma haste, uma longa corrente e duas esferas espalhadas pelo chão. Uma das esferas rolou para baixo de uma mesa.

— Não se mexa, Irmão Kairn — Dalamar ordenou. — Vou lançar um feitiço que, com sorte, permitirá que eu colete todas as peças.

Kairn estava pálido, suando e tremendo. Suas mãos estavam cortadas e sangrando. Ele engoliu em seco e assentiu.

Dalamar tirou uma bolsa de veludo preto do cinto e aproximou-se lentamente do monge. Chegou o mais perto que ousou do que restara do dispositivo e estendeu a mão direita, com a palma para baixo e segurou-a acima dos fragmentos espalhados.

Começou a murmurar palavras de magia, lançando primeiro um feitiço que fazia com que todos os objetos imbuídos de magia se revelassem. Vários objetos na Câmara de Artefatos passaram a brilhar em resposta, mas Dalamar estava interessado apenas naqueles no chão.

As gemas, o bastão, as esferas, a corrente e as placas douradas começaram a brilhar com uma luz cintilante. Dalamar vasculhou o chão, procurando por objetos brilhantes para ver se alguma joia estava debaixo de uma mesa. Pelo que sabia, todas pareciam estar contidas na área ao redor dos pés de Kairn.

Dalamar, então, lançou outro feitiço. Curvando a mão em concha, convocou os pedaços e peças brilhantes que uma vez haviam pertencido ao Dispositivo de Viagem no Tempo para vir até ele. Precisava ter cuidado para especificar o dispositivo, ou todos os objetos mágicos na Câmara de Artefatos responderiam à sua convocação.

Ao seu comando, os fragmentos se ergueram no ar e flutuaram em sua direção. Dalamar pegou as joias e cuidadosamente as colocou na bolsa de veludo preto. Então, ele pegou a haste e a jogou dentro da bolsa, agarrou as duas esferas brilhantes e a corrente e, finalmente, recolheu as duas placas douradas.

— Está vendo alguma partícula que eu possa não ter recolhido, irmão?

Kairn olhou para o chão.

— Não, Arquimago — ele disse fracamente.

— Que Nuitari permita que eu tenha recolhido tudo — Dalamar murmurou. — Se deixei de localizar até mesmo um minúsculo diamante, o dispositivo não funcionará.

Ele puxou os cordões da bolsa de veludo, fechando-a. A bolsa havia se expandido para conter todas as peças do dispositivo. Assim que a fechou, a bolsa se encolheu, ficando pequena o suficiente para que pudesse ser colocada em um bolso de suas vestes negras.

— Pode relaxar agora, irmão — assegurou-lhe Dalamar.

Kairn caiu debilmente contra a mesa. Fechou os olhos, parecia prestes a desmaiar.

— Não desmaie! — Dalamar ordenou. — Preciso saber o que aconteceu com o dispositivo.

Bertrem interveio, entrando na sala.

— Receio que ele não possa falar com você agora, Arquimago. O mestre ordena que o Irmão Kairn vá ao seu escritório. Sugiro que lave as mãos e o rosto, irmão, e fique apresentável antes de comparecer perante Astinus.

— Farei isso imediatamente, irmão — disse Kairn.

Bertrem voltou-se para Dalamar.

— Arquimago, o mestre...

— Não me importo com o que Astinus diz! Insisto em ir com o Irmão Kairn. O dispositivo é um antigo artefato mágico. Devo informar Justarius, líder do Conclave, que foi destruído. Se ele e eu quisermos ter qualquer esperança de consertá-lo, preciso saber o que aconteceu.

Bertrem empertigou-se com dignidade ofendida.

— Se tivesse me dado a chance, Mestre Dalamar, eu estava prestes a lhe dizer que o mestre o convidou para participar também.

Ele se afastou, suas sandálias batendo em fúria.

Dalamar sorriu ligeiramente, então virou-se para Kairn.

— A julgar pelos cortes em suas mãos, estava segurando o dispositivo quando ele explodiu. Tenho um bálsamo para feridas que pode ajudá-lo.

Kairn hesitou, nitidamente não confiando totalmente no mago.

— Obrigado, Arquimago, mas os cortes não doem.

— Eu o compreendo, irmão — disse Dalamar. — Está cansado de magia, mas não precisa se preocupar. O bálsamo é feito de equinácea, milefólio e bardana. Nem uma gota de magia nele.

Kairn estendeu as mãos. Dalamar removeu um pequeno frasco que trazia amarrado ao cinto, tirou a rolha e derramou algumas gotas do líquido em cada uma das palmas das mãos cortadas e sangrando de Kairn.

— Meu *Shalafi* me ensinou a preparar este bálsamo — prosseguiu Dalamar. — Muitos acham estranho pensar que Raistlin Majere foi um curandeiro em sua juventude, nos dias em que os homens dependiam uns dos outros e não dos deuses. O *Shalafi* estudou a tradição das ervas.

Kairn encolheu-se. Suas mãos tremiam.

— Eu o machuquei, irmão? — Dalamar perguntou.

— Não, mestre — respondeu Kairn. — O bálsamo é muito reconfortante. Eu agradeço.

— Agora, sugiro que vá se limpar e fazer sua confissão a Astinus — disse Dalamar.

Kairn suspirou profundamente.

CAPÍTULO TRINTA E SETE

Dalamar nunca havia entrado no escritório de Astinus. Seu *Shalafi*, Raistlin, já havia sido admitido e o descrevera para ele. O mestre da biblioteca permitia que poucos entrassem, pois não deveria ser interrompido no importante trabalho de registrar o tempo que passava diante dele. Seu assistente, Bertrem, era o único esteta autorizado a perturbá-lo, e somente quando convocado.

Dalamar esperou do lado de fora da porta até que Kairn se juntasse a ele. O jovem monge chegou com vestes limpas. Ele havia lavado o rosto e penteado o cabelo.

— Eu teria considerado uma visita ao escritório do mestre como uma das maiores honras da minha vida — comentou Kairn, infeliz. — Agora, eu gostaria de estar em qualquer outro lugar em Krynn. Até o Abismo.

— Coragem, irmão — disse Dalamar.

O escritório era pequeno, cheio de estantes repletas de livros. A sala não tinha janelas, o que era estranho, pois a luz do sol a enchia dia e noite, parecendo brilhar com uma intensidade especial sobre uma enorme mesa polida de carvalho. O mestre estava sentado atrás da mesa, com a mão sobre a Esfera do Tempo que havia sido criada para ele pelo poderoso mago Fistandantilus.

Astinus estava escrevendo, registrando a história de Krynn. Ele usava uma pena que nunca rachava e pegava tinta de um frasco que nunca secava. Uma pilha de papel em branco ocupava a mesa à sua esquerda. Ele colocava as folhas preenchidas à sua direita. Não havia cadeiras no escritório, a não ser a de Astinus. Ele não encorajava visitas.

Sentava-se à escrivaninha, com uma das mãos na Esfera do Tempo, e registrava a história que se desenrolava diante de seus olhos. Parava de trabalhar todas as noites exatamente ao pôr do sol, retirava-se para seus aposentos privados e lá permanecia até o amanhecer. Durante sua ausência, dois estetas entravam se esgueirando no escritório, removiam os documentos acabados e os levavam em silêncio para a biblioteca.

Ninguém sabia o que Astinus fazia naquelas horas em que estava em seus aposentos privados. Alguns diziam que ele dormia e mesmo dormindo via o tempo passar e levantava pela manhã para registrar o que tinha visto. Outros afirmavam que ele viajava para o outro lado do mundo para registrar a passagem do tempo em terras distantes.

Ninguém sabia. Ninguém ousava perguntar.

Bertrem silenciosamente conduziu Kairn e Dalamar para dentro do escritório. Astinus não pareceu notar a chegada deles, pois continuou escrevendo, com a mão sobre a Esfera do Tempo. Bertrem indicou que os dois deveriam ficar em frente à escrivaninha. E então se retirou sem fazer barulho.

Astinus continuou a escrever. Os minutos passaram. Ninguém falou. Dalamar observou a mão manchada de tinta do mestre fluir sobre a página, deixando para trás um rastro de palavras. A caligrafia era tão clara e concisa que Dalamar conseguia lê-la, mesmo vendo-a de cabeça para baixo.

Hoje, como acima da Guarda do Alvorecer levantando-se 45, o Irmão Kairn e Dalamar Argent chegam ao meu escritório.

A Guarda do Alvorecer indica a hora do dia. A Guarda Noturna começava à meia-noite. A Guarda do Alvorecer iniciava ao amanhecer. A Alta Guarda era meio-dia, e assim por diante. Astinus não ergueu o olhar. A pena riscava o pergaminho. Dalamar estava ciente de seu próprio valioso tempo passando, enquanto ele permanecia ali em silêncio, e mexeu-se inquieto no lugar, suas vestes farfalhando.

— Paciência, Arquimago. Esperamos por mais um — disse Astinus.

Neste dia, como acima da Guarda do Alvorecer subindo 49, Tanthalas Meio-Elfo chegou à Grande Biblioteca.

Dalamar levantou uma sobrancelha.

— Bertrem! — Astinus chamou.

O monge abriu a porta e enfiou a cabeça para dentro.

— Sim, mestre.

— Tanis Meio-Elfo acabou de chegar à entrada da biblioteca. Por favor, acompanhe-o até meu escritório.

Bertrem piscou atônito, mas obedeceu. Voltou pouco tempo depois com Tanis e o conduziu ao escritório, que agora estava ficando lotado.

— Tanis Meio-Elfo — Bertrem anunciou.

Dalamar não via Tanis há algum tempo. Ele era um mestiço — humano e elfo —, rejeitado pelas duas raças, evitado por ambas. Dalamar entendia. Também fora rejeitado pelos elfos quando colocou o manto negro. Ao contrário de Dalamar, no entanto, Tanis Meio-Elfo agora era respeitado por elfos e humanos. Dalamar notou que Tanis desafiadoramente ainda mantinha sua barba, talvez indicando que nunca havia esquecido ou perdoado o passado por completo.

Ele usava capa e botas, estava sujo da viagem e fustigado pelo vento, e pareceu surpreso ao se encontrar na presença de Astinus, que continuou a escrever.

— Como ele sabia que eu queria falar com ele? — Tanis perguntou a Bertrem em voz baixa. —Nem tive a chance de falar meu nome...

— O mestre sabe de tudo — disse Bertrem com orgulho.

— Bertrem, deixe-nos e feche a porta — disse Astinus.

Bertrem fez uma reverência e partiu, fechando a porta suavemente atrás de si.

Os três ficaram em silêncio, esperando para terem sua presença reconhecida. Astinus fez as apresentações.

— Tanis Meio-Elfo e o Arquimago Dalamar já se conhecem. O monge é o Irmão Kairn. Sentem-se — disse ele, ainda escrevendo.

Tanis olhou em volta perplexo e um pouco embaraçado.

— Desculpe-me, Astinus, senhor, mas não há cadeiras...

Astinus fez um gesto impaciente, e três cadeiras confortáveis se materializaram, alinhadas em frente à sua mesa.

Kairn sentou-se diretamente em frente a Astinus. Dalamar e Tanis tomaram seus lugares um de cada lado do jovem monge.

— Encontrou todas as peças do dispositivo, Arquimago? — Astinus perguntou, sem parar de escrever e sem erguer a vista. — Pode ser consertado?

— Espero que sim, mestre — disse Dalamar. Ele exibiu a bolsa de veludo preto. — O dispositivo é antigo e muito do nosso conhecimento da magia daquela época foi perdido. E se eu deixei de encontrar uma única pecinha, não funcionará. Vou consultar Justarius, o líder do Conclave.

Como lhe disse quando estive aqui três dias atrás para tentar impedir que a Senhora Destina roubasse o dispositivo...

— Três dias! — Kairn exclamou, chocado. Ele percebeu que havia interrompido e corou. — Perdoe-me, Arquimago, mas deve estar enganado. Não faz três dias que parti!

— Você caiu no Rio do Tempo, Irmão Kairn — explicou Astinus. — Você foi apanhado em vórtices e atirado em redemoinhos. Anos parecem segundos e segundos, anos. Considere-se afortunado por não ter se afogado, mas parado em uma praia familiar.

— Entendo, mestre — disse o Irmão Kairn, subjugado e abalado.

Astinus dirigiu-se a Tanis.

— Sua chegada é oportuna, Tanthalas. Diga-nos por que está aqui, senhor.

— Vim perguntar sobre nosso amigo, Tasslehoff Pés-Ligeiros, e entregar uma carta de Caramon Majere, mestre — explicou Tanis. — Ele mesmo teria vindo falar com o senhor, mas devido às circunstâncias detalhadas na carta, considerou necessário permanecer em Solace.

— Leia em voz alta — disse Astinus, continuando a escrever.

Tanis lançou um olhar para os outros.

— Não quero desrespeitar esses cavalheiros, mas o conteúdo é endereçado apenas ao senhor, mestre.

— O Irmão Kairn e o Arquimago também estão envolvidos neste assunto, assim como seu amigo, Tasslehoff — disse Astinus. — Eles precisam ouvir o que Caramon Majere tem a nos dizer.

Tanis deu de ombros e desdobrou a carta.

— Primeiro devo dizer-lhes, senhores, que os eventos que Caramon descreve aconteceram três dias antes. Voei de grifo, dia e noite, para trazer as notícias o mais rápido que pude.

Tanis desdobrou a carta e começou a ler.

Mestre Astinus:

Minha história parece inacreditável, mas juro que é verdade. Um ser estranho e assombroso veio à minha casa. Não era nem humano, nem elfo, nem homem, nem mulher, nem velho, nem jovem. Ele se autodenominava o Guardião das Almas.

De acordo com este Guardião, as almas de Sturm Montante Luzente e meu irmão, Raistlin, desapareceram. O Guardião disse que, como eles não estão entre os mortos, devemos procurá-los entre os vivos.

Dalamar levantou-se.

— Desculpe-me, Astinus, mas se Raistlin estiver vivo, devo voltar imediatamente para a torre...

— Sente-se, Arquimago — disse Astinus friamente. — Não precisa temer. Raistlin Majere não voltou dos mortos para tomar sua torre.

Dalamar não ficou totalmente convencido, mas voltou a se sentar. Tanis retomou a leitura.

O senhor vê tudo, mestre, e imploro que responda às minhas perguntas. Meu irmão voltou para a terra dos vivos? Caso tenha retornado, o senhor sabe como ou por quê?

Tanis dobrou a carta e a colocou na mesa de Astinus.

— Eu também gostaria de saber a resposta para essas perguntas.

— Todos nós gostaríamos — declarou Dalamar sombriamente.

Astinus continuou escrevendo.

— Conte sua história a esses cavalheiros, Irmão Kairn. Comece do começo e seja preciso nos detalhes.

Kairn começou a falar, então foi forçado a fazer uma pausa para umedecer os lábios.

— Três dias atrás, uma nobre solâmnica, a Senhora Destina Rosethorn, veio aqui na biblioteca e pediu para me ver. Havia estado aqui antes, em busca de informações. Estava agindo de forma muito estranha e, pelo que ela disse, suspeitei que ela estivesse aqui para tentar roubar o Dispositivo de Viagem no Tempo, que guardamos na Câmara de Artefatos. Não ousei acusá-la sem provas e, para ser honesto, esperava estar errado.

Kairn lambeu os lábios novamente e continuou:

— Eu disse a ela que o dispositivo estava guardado na Câmara de Artefatos, protegido por Gilean, e que apenas os monges podiam entrar. Ela agarrou o colar que usava, que agora sei ser a Gema Cinzenta, e colocou a mão sobre o símbolo de Gilean. Ela partiu o símbolo e abriu a porta. Tentei impedi-la. Ela me empurrou, eu caí e bati com a cabeça.

Quando recuperei a consciência, corri para a Câmara de Artefatos. Eu vi uma nuvem brilhante, e quando ela se dissipou, a Senhora Destina tinha se transformado em uma kender. Naquele momento, outro kender entrou correndo na câmara.

— Tasslehoff Pés-Ligeiros — disse Dalamar. — Eu estava presente e o reconheci.

Tanis gemeu e balançou a cabeça.

— Que os deuses nos ajudem.

— Tasslehoff chamou a Senhora Destina de "Mari"— Kairn prosseguiu. — Ele a abraçou, e ela implorou para que ele a levasse de volta no tempo para a Batalha da Torre do Alto Clérigo.

— Por que ela ia querer fazer isso? — Tanis perguntou.

— O pai dela era um cavaleiro que morreu naquela batalha — respondeu Dalamar. — A Senhora Destina queria voltar no tempo para salvá-lo, trazê-lo para casa. Ela não apenas perdeu o pai que tanto amava, ela também perdeu tudo o que tinha.

Tanis balançou a cabeça.

— Pobre moça. Sei o que significa perder aqueles que amamos. Sinto muito. Por favor, continue, irmão.

— Tasslehoff recusou-se, dizendo que o amigo dele, Sturm, havia morrido na torre e que era triste demais. Em vez disso, ele queria levá-la de volta para a Estalagem do Último Lar, para encontrar seus amigos quando eles estavam vivos. Ela tentou dissuadi-lo, mas ele insistiu. Ele pegou o dispositivo e recitou o poema. Destina e eu tentamos tirar o aparelho dele e falhamos. Ele ativou a magia e transportou nós três para a Estalagem do Último Lar.

— Você deveria saber que a Senhora Destina estava usando a Gema Cinzenta naquele momento — acrescentou Dalamar.

Astinus parou de escrever, a pena parou de riscar. Ele não retomou seu trabalho, mas agora observava Kairn.

— O dispositivo nos levou para a estalagem na noite do décimo terceiro dia da Colheita de Outono — continuou Kairn. — Essa foi a noite memorável quando Lua Dourada e Vento do Rio chegaram à estalagem com o cajado de cristal azul. Tasslehoff ficou feliz em ver todos os amigos e apresentou a kender, Mari, a eles, incluindo você, Tanis Meio-Elfo — Kairn acrescentou com um sorriso melancólico. — Eu conheci Sturm Montante

Luzente. Apertei sua mão. Falamos sobre Huma Destruidor de Dragões. Foi uma das maiores honras da minha vida.

— Uma honra que nunca aconteceu — disse Tanis, quase com raiva.

— Astinus, não estou acusando o Irmão Kairn de inventar esse conto de kender, mas eu estava lá naquela noite.

— E a Gema Cinzenta também — disse Dalamar.

Tanis balançou a cabeça em descrença.

— Outra história de kender — ele murmurou.

Astinus pousou a pena com cuidado. Tirou a mão da Esfera do Tempo, cruzou as mãos e as pousou sobre a mesa. Fixou Tanis com um olhar penetrante. Seus olhos cinzentos e perspicazes cintilavam.

— A Gema Cinzenta é muito real, Tanthalas, e muito perigosa — disse Astinus. — Durante séculos, ela se escondeu até mesmo da minha vista. Subestime-a por sua conta e risco.

Tanis ficou sentado em silêncio, preocupado e perturbado.

— Prossiga, Irmão Kairn — disse Astinus. Ele pegou a pena, colocou a mão novamente na Esfera e retomou a escrita.

— Consegui recuperar o dispositivo de Tasslehoff — continuou Kairn. — Não estávamos na estalagem há muito tempo, e eu ia imediatamente nos transportar de volta à nossa época, esperando partir antes que prejudicássemos o tempo. Mas Tas notou que algo já estava diferente. Fizban não estava presente.

Tanis levantou a cabeça.

— Mas ele estava lá, irmão! Eu saberia. O deus nos colocou em todo tipo de problema. — Ele acrescentou, franzindo a testa: — Mas se Fizban não estava lá, então o que aconteceu conosco naquela noite poderia não ter acontecido. Mas aconteceu! Eu sei que aconteceu!

Tanis cerrou o punho.

— O que isto quer dizer?

— Paciência, Tanthalas — Astinus murmurou. — Estamos aqui para descobrir. Irmão Kairn, creio que você tem uma teoria.

— Apenas conjecturas, eu temo, mestre — disse Kairn desculpando-se. — A Senhora Destina estava usando a Gema Cinzenta. Paladine no avatar Fizban deveria estar na estalagem nessa noite, mas a minha teoria é a de que o deus sentiu a presença da Gema Cinzenta antes de sua chegada e optou por não arriscar um confronto.

— Tal é o poder da Gema Cinzenta — disse Astinus, fixando Tanis com um olhar severo.

— Eu ainda não entendo — disse Tanis.

— Prossiga, Irmão Kairn — disse Astinus.

— Como eu estava dizendo, eu ia nos trazer imediatamente de volta ao nosso tempo, mas Raistlin Majere estava lá e no mesmo instante ele notou a Gema Cinzenta, embora não soubesse o que era.

— O *Shalafi* sentiria o poder do Caos — afirmou Dalamar.

— Tudo era um caos — disse Kairn, infeliz. — A Senhora Destina tentou colocar uma poção de covardia na cerveja de Sturm, e Raistlin a flagrou. Percebi desde então que se ela não fosse conseguir chegar à torre para salvar o pai sozinha, talvez ela tenha pensado que seria capaz de salvá-lo impedindo Sturm Montante Luzente de lutar e, assim, de reunir os cavaleiros. Ela poderia persuadir o pai a retornar para casa e ele viveria.

— Em sua defesa — Kairn acrescentou, corando —, a Senhora Destina pretendia alterar o tempo, mas só um pouco. Ela não achava que os cavaleiros perderiam a batalha só porque Sturm não agiu. A Medida ensina que o rio seguirá seu curso. Se um herói cair, outro se levantará para tomar seu lugar.

— A Medida também diz que se um herói *fracassa*, todos vão fracassar e, portanto, todos devem permanecer unidos — disse Tanis. Ele acrescentou com orgulho: — Mas Sturm não se importaria com nada disso. Ele apenas fez o que sabia ser seu dever. Ele levou a sério o juramento: "Minha honra é minha vida". Duvido que até mesmo uma poção de covardia pudesse detê-lo.

Dalamar pensou que isso poderia ser verdade, especialmente considerando que Ungar produzira a poção.

— Seja como for, eu sabia que tínhamos que ir embora, não importava quem nos visse — Kairn prosseguiu. — Mas enquanto eu recitava o poema, a Senhora Destina pegou o dispositivo e agarrou o braço de Sturm. Raistlin tentou impedi-la. A Gema Cinzenta brilhou ofuscante. O Cajado de Magius reluziu. Tasslehoff atingiu Raistlin com o cajado de cristal azul, que ardeu com um brilho sagrado.

— Destina e Raistlin, Sturm e Tasslehoff desapareceram diante dos meus olhos. A magia me varreu e me carregou de volta no tempo. Vi a Torre do Alto Clérigo, mas apenas por um instante. O Dispositivo de

Viagem no Tempo explodiu e vi-me na biblioteca com o dispositivo em pedaços aos meus pés.

Kairn suspirou profundamente, então abaixou a cabeça em contrição.

— Eu assumo total responsabilidade pelo meu fracasso, mestre. Aceito qualquer punição que considere adequada.

Dalamar interveio.

— Não culpe o Irmão Kairn, Astinus. Três dos artefatos mais poderosos de Krynn estavam presentes na estalagem naquela noite. A Gema Cinzenta de Gargath, o Cajado de Magius, o Cajado de Mishakal. A Gema Cinzenta procurava espalhar o Caos, enquanto a magia arcana e a magia sagrada procuravam manter a ordem. O choque entre essas forças titânicas destruiu o dispositivo. Mas isso é passado. O que está feito está feito. O assunto mais urgente é que Tasslehoff e a Senhora Destina agora estão presos no passado, e eles estão com a Gema Cinzenta.

— E quanto a Sturm e Raistlin? — Tanis perguntou.

— Eles estavam vivos quando o dispositivo os levou de volta no tempo — disse Dalamar. — Acho que temos que presumir que agora estão presos no passado e mais uma vez entre os vivos.

— Isso pode mudar o presente? — Tanis questionou.

— Não temos como saber. Isso pode significar que Sturm Montante Luzente nunca lutou na Batalha da Torre do Alto Clérigo.

Poderia significar que Raistlin nunca se tornou Mestre do Passado e do Presente. Que eu nunca conheci o Shalafi, Dalamar refletiu sombriamente. Sentira um medo profundo ao pensar em Raistlin voltando dos mortos, mas tinha de admitir que sentira prazer ao pensar em vê-lo novamente. Dalamar não conseguia imaginar o que teria acontecido com ele se Raistlin Majere nunca tivesse feito parte de sua vida.

— Para o inferno com a Medida! — Tanis praguejou, horrorizado. — Sem Sturm, podemos perder aquela batalha. Podemos perder a guerra! Sem falar no papel que ele desempenhou na minha vida e na vida dos meus amigos. Ele nos ensinou sobre a verdadeira honra e nobreza. "Minha honra é minha vida." Sturm era a personificação.

Ele inclinou para frente, os cotovelos apoiados nos joelhos, para enfrentar Astinus.

— O Irmão Kairn afirma que tudo isso aconteceu na noite em que conhecemos Vento do Rio e Lua Dourada na Estalagem do Último Lar. Eu estava lá e sei que *não foi assim que aconteceu*! — Tanis enfatizou as palavras batendo com o punho cerrado no joelho a cada palavra. — Nada explodiu! Nunca vi essa Mari ou a Senhora Destina. Fizban *estava* lá. Todos nós, Lua Dourada e Vento do Rio, Caramon e Raistlin e Sturm e Tasslehoff e Flint, saímos pela cozinha!

Astinus passou a mão sobre a Esfera do Tempo.

— O passado ainda não alcançou o presente — afirmou. — Uma gota de água caindo no rio causa uma ondulação na superfície, nada mais. Mas chuvas torrenciais farão com que a água suba lentamente. As enchentes avançam rio abaixo e, eventualmente, o rio transborda de suas margens.

— Se a Senhora Destina alterou o tempo no passado, o passado levará tempo para mudar o presente. Em outras palavras, as águas da enchente estão subindo rio acima, mas mais abaixo o rio ainda não transbordou. É por isso que você se lembra da noite na estalagem como era no passado.

— Preciso de uma explicação melhor do que essa! — retrucou Tanis, sua frustração crescendo.

— Vou explicar — disse Astinus. — O Rio do Tempo perdoa. Os que viajam no tempo são como gotas na água do imenso rio. Os estetas, como o Irmão Kairn, são observadores. Eles ficam na margem e observam a passagem da água. Até o plano da Senhora Destina para salvar o pai poderia ter funcionado, por mais imprudente que fosse. Ela e o pai são gotas na água. O rio teria continuado seu curso.

— Mas agora atiramos a Gema Cinzenta e o Tasslehoff Pés-Ligeiros na água. Tas decide levar a mulher que conhece como Mari para a Estalagem do Último Lar no outono de 351, a noite da Reunião dos Amigos. O Tas do passado estava na estalagem naquela noite e como uma pessoa não pode estar em dois lugares ao mesmo tempo, o Tas do presente entrou no corpo do Tas do passado.

— Destina piorou as coisas ao tomar a decisão impulsiva de levar Sturm de volta à batalha da Torre do Alto Clérigo com ela. A magia do Cajado de Magius, o cajado de cristal azul pertencente a Lua Dourada, o Dispositivo de Viagem no Tempo e a Gema Cinzenta colidiram, destruindo o dispositivo e arremessando os outros rio abaixo, séculos atrás, para a Terceira Guerra dos Dragões.

— O que poderia ter sido uma ondulação no Rio do Tempo torna-se uma grande onda. Sturm e Raistlin pertencem ao passado. No presente, ambos estão mortos. Mas como eles estavam vivos em 351 na noite da reunião, a magia transportou seus corpos vivos de volta para a Terceira Guerra dos Dragões, uma época em que nenhum dos dois existe.

— Suas almas desaparecem no presente, conforme relatado pelo Guardião das Almas, e se juntaram a seus corpos. Devo supor — declarou Astinus — que isso significa que eles serão capazes de se lembrar de suas vidas no passado e também de suas mortes.

— Meu *Shalafi* estudou viagens no tempo — comentou Dalamar. — Se ele se lembra, compreenderá o perigo e não fará nada que possa alterar o tempo.

— A menos que ele encontre uma forma de usar isso a seu favor — disse Tanis severamente. — Para alcançar a divindade, talvez.

Dalamar ficou calado. Tinha que admitir que isso era verdade.

— O que acontecerá se, por algum milagre dos deuses, Sturm e Raistlin e Tas e a Senhora Destina retornarem desta jornada? Será que vão se lembrar do que aconteceu? E, caso se lembrem, por que Sturm não nos contou sobre suas aventuras durante a Terceira Guerra dos Dragões na noite de nosso reencontro?

— Ah, isso é um pouco mais complicado — respondeu Astinus. — Se os quatro não fizerem nada para alterar o tempo na Terceira Guerra dos Dragões e, de alguma forma, forem levados de volta ao seu próprio tempo em 351, eles não terão lembrança de seu tempo no passado porque nunca estiveram lá.

— Sinto muito, Mestre Astinus, mas acho difícil acreditar em qualquer parte disso — declarou Tanis.

— Talvez eu possa oferecer provas — sugeriu Kairn —, mas primeiro preciso pesquisar algo nos arquivos. Autoriza-me a fazê-lo, mestre? Não vai demorar.

Astinus deu consentimento sem falar nada, e Kairn deixou o escritório. Ninguém falou enquanto ele estava fora. Astinus voltou a escrever. Tanis estava sentado com as pernas esticadas, franzindo a testa para as botas. Dalamar perguntou-se se deveria contar a eles sobre o futuro horrível que vira no Relógio de Ranniker. Justarius o aconselhou a não falar sobre isso e Dalamar decidiu que ficaria calado. Afinal, se a Gema Cinzenta tivesse mudado o passado, talvez ele não precisasse se preocupar com o futuro.

Kairn retornou com um tomo enorme, formado de folhas de pergaminho unidas. Ele colocou o volume sobre a mesa, abriu o livro e folheou-o depressa. Parou em uma página específica e encontrou o que procurava. Suspirou fundo.

— Temo que eu estava certo. A Senhora Destina planejou levar Sturm de volta no tempo para a batalha na Torre do Alto Clérigo. Infelizmente, o plano não funcionou como ela esperava. Ela o levou ao lugar certo, mas no tempo errado.

— De que época é o registro desse volume? — Dalamar perguntou.

Kairn apontou para o título no topo da página.

A Terceira Guerra dos Dragões.

Dalamar e Tanis levantaram-se de suas cadeiras e se reuniram em torno do livro. As páginas estavam amareladas pelo tempo. A tinta estava desbotada, mas a escrita era claramente legível.

— Uma lista de nomes — disse Kairn. — Uma lista de todos no exército que defenderam a Torre do Alto Clérigo durante a Terceira Guerra dos Dragões.

Ele colocou o dedo em um nome.

Huma Sulianthrosanti Feigaard, Cavaleiro de Armas.

— É o nome de batismo dele. Nós o conhecemos como Huma Destruidor de Dragões — explicou Kairn.

Ele continuou descendo a página até o último nome na lista de cavaleiros.

Sturm Montante Luzente, Cavaleiro de Armas.

O dedo de Kairn prosseguiu ao longo da linha até chegar a um título: *Magos da Guerra*.

Ele indicou os dois únicos nomes registrados na página.

Magius.
Raistlin Majere.

— Por que a Senhora Destina os levaria para o tempo errado? — Tanis questionou, perplexo.

— Acredito que não era a intenção dela — disse Kairn. — Sturm, Raistlin e eu estávamos discutindo sobre Huma pouco antes de ela usar o dispositivo, e talvez ele estivesse em sua mente.

— Ou na mente da Gema Cinzenta — disse Dalamar, pensativo. E perguntou: — E quanto à Senhora Destina e Tasslehoff? Eles são mencionados no livro?

— As listas de agrupamento não listariam nem um kender nem a Senhora Destina — disse Kairn. — Mas podemos encontrar uma referência a eles mais tarde no texto.

Ele virou para a página seguinte, mas estava em branco.

Kairn empalideceu e folheou o resto das páginas rapidamente.

— Estão todas em branco! Mas isso não é possível, mestre. Eu mesmo li esse livro há pouco tempo!

— Estão em branco porque a história daquela época ainda não foi escrita — afirmou Astinus. — O passado mudou. As águas estão subindo.

— A Gema Cinzenta — repetiu Dalamar.

— O que ela poderia fazer? — Tanis perguntou.

— O que ela quiser — explicou Dalamar.

Ele se levantou para ir embora, mas mesmo enquanto se virava para a porta, viu escrita aparecer de repente no topo de uma das páginas em branco. Uma única frase escrita com a caligrafia limpa e concisa de Astinus, como ele a havia escrito séculos atrás, no dia em que a registrou.

> Neste dia, como acima a Guarda do Alvorecer caindo 29, o dragão vermelho, Immolatus, e as forças da Rainha das Trevas, Takhisis, lançaram seu ataque à Torre do Alto Clérigo.

— Que os deuses nos ajudem — Dalamar murmurou. — A Terceira Guerra dos Dragões começou.

— E nossos amigos estão nela — disse Tanis.

AGRADECIMENTOS

MICHAEL WILLIAMS

Gostaríamos de agradecer a contribuição de Michael Williams. Michael foi o editor dos módulos de jogo de Dragonlance e membro da equipe de criação de Dragonlance na TSR, Inc. Ele escreveu os poemas para os primeiros romances de Dragonlance quando foram incialmente publicados em 1984. Michael tem sido um amigo querido e valioso por mais de trinta anos e estamos muito satisfeitos por ele ter concordado em escrever novos poemas para Destinos de Dragonlance.

SHIVAM BHATT

Gostaríamos de agradecer a ajuda de nosso "Astinus", Shivam Bhatt. Quando começamos a desenvolver o conceito desses novos livros clássicos de Dragonlance, percebemos que precisaríamos da ajuda de um assistente de pesquisa e de um especialista. Como Astinus estava ocupado na Grande Biblioteca registrando a história do mundo, ele recomendou Shivam.

Shivam leu os livros de Dragonlance pela primeira vez em 1991, quando estava no quinto ano. Ele escreveu artigos e ensaios para várias listas de discussão, fóruns e grupos de notícias sobre Dragonlance, e foi assim que o encontramos. Conhecemos Shivam em 2000, quando ele participou da Gen Con.

Ele tem sido nosso amigo há muitos anos e sua ajuda neste projeto foi inestimável. Ele respondeu a centenas de perguntas, leu e revisou manuscritos e ofereceu opiniões, sugestões e ideias. Agradecemos sua contribuição e valorizamos sua amizade.

Gostaríamos de agradecer a ajuda de nossos agentes, Christi Cardenas e Matt Bialer, que fizeram de tudo para guiar este navio por águas turbulentas e conduzi-lo até um porto seguro.

E, finalmente, o apoio de nossa editora da Penguin Random House, Anne Groell, que nos apoiou em tempos difíceis.

Com os nossos agradecimentos!

Margaret Weis
Tracy Hickman

REFERÊNCIAS

CRÔNICAS DE DRAGONLANCE
Por Margaret Weis e Tracy Hickman
TSR, Inc., 1984—1985

Dragões do Crepúsculo do Outono
Dragões da Noite do Inverno
Dragões do Alvorecer da Primavera

LENDAS DE DRAGONLANCE
Por Margaret Weis e Tracy Hickman
TSR, Inc., 1986

Tempo dos Gêmeos
Guerra dos Gêmeos
Teste dos Gêmeos

CRÔNICAS PERDIDAS DE DRAGONLANCE
Wizards of the Coast, 2006—2009
Por Margaret Weis e Tracy Hickman

Dragões das Profundezas dos Anões
Dragões dos Céus dos Altos Senhores
Dragões do Mago da Ampulheta

A Segunda Geração
TSR, Inc., 1994
Por Margaret Weis e Tracy Hickman

Dragões da Chama de Verão
TSR, Inc., 1995
Por Margaret Weis e Tracy Hickman

DRAGONLANCE: GUERRA DAS ALMAS
Por Margaret Weis e Tracy Hickman
Wizards of the Coast, 2000—2002

Dragões de um Sol Caído
Dragões de uma Estrela Perdida
Dragões de uma Lua Desaparecida

A Forja das Almas
Por Margaret Weis
Wizards of the Coast, 1998

AVENTURAS DE DRAGONLANCE
Por Tracy Hickman e Margaret Weis
TSR, Inc., 1987

ATLAS DO MUNDO DE DRAGONLANCE
Por Karen Wynn Fonstad
TSR, Inc., 1987

CLÁSSICOS DE DRAGONLANCE VOLUME 1
Aventuras de Jogo Oficial
Por Tracy Hickman e Doug Niles
TSR, Inc., 1984—1986

Dragões do Desespero
Dragões da Chama
Dragões da Esperança
Dragões da Desolação

CLÁSSICOS DE DRAGONLANCE VOLUME 2
Aventuras de Jogo Oficial
Por Jeff Grubb, Tracy Hickman, e Doug Niles

Dragões do Gelo
Dragões da Guerra
Dragões da Luz
Dragões do Engano

CLÁSSICOS DE DRAGONLANCE VOLUME 3
Aventuras de Jogo Oficial
Por Jeff Grubb, Tracy Hickman, e Doug Niles

Dragões dos Sonhos
Dragões da Verdade
Dragões da Fé
Dragões do Triunfo

DRAGONLANCE: UM MUNDO DE PEDRA
Um Guia para os Reinos Anões
Por Douglas Niles
TSR, Inc., 1993

SOBRE OS AUTORES

Margaret Weis e Tracy Hickman publicaram seu primeiro romance na série "Crônicas de Dragonlance", *Dragões do Crepúsculo do Outono*, em 1984. Mais de trinta e cinco anos depois, eles colaboraram em mais de trinta romances em muitos mundos de fantasia diferentes. Hickman está atualmente trabalhando com seu filho, Curtis Hickman, para a Hyper Reality Partners, criando histórias e designs para experiências de RV totalmente imersivas de corpo inteiro. Weis ensina o competitivo flyball esportivo de corrida de cães. Ela e Hickman estão trabalhando em futuros romances desta série.

MARGARET WEIS
margaretweis.com
Facebook.com/Margaret.weis
Twitter: @WeisMargaret

TRACY HICKMAN
trhickman.com
Facebook.com/trhickman
Twitter: @trhickman

SIGA NAS REDES SOCIAIS:

@editoraexcelsior
@editoraexcelsior
@edexcelsior
@editoraexcelsior

editoraexcelsior.com.br